长篇报告文学

国之盾

——鲜为人知的中国警察故事

蒋巍/著

群众出版社
·北京·

警察
POLICE

警察
POLICE

一个有希望的民族不能没有英雄，一个有前途的国家不能没有先锋。

——习近平

这些年来，每当看到、听到公安民警和公安现役官兵感人肺腑的事迹时，我都感到非常欣慰，甚至热泪盈眶，他们是祖国的脊梁。

——习近平

谨以此书献给——

牺牲在和平年代的公安英烈

以及为守护祖国和人民安宁而英勇奋战的中国警察

目　录

序

蔡安季

在长篇报告文学《国之盾——鲜为人知的中国警察故事》即将付梓之际，我很荣幸为之作序。该书由公安部宣传局和全国公安文联组织创作，是近年来公安文学创作的又一精品力作。作家蒋巍以新颖开阔的视角和饱含激情的文字，记录了近年来公安机关涌现出的一批公安英烈和公安英模的感人事迹，还原了一个个生动鲜活、令人难忘的英雄形象，集中展现了人民警察敢于担当、恪尽职守、无私无畏、不怕牺牲的精神风貌，对于大力弘扬人民警察核心价值观，全面展示新时期“人民公安为人民”的新形象，凝聚精气神，传播正能量，激励广大公安民警积极投身伟大的人民公安事业，具有重要意义。

公安机关是人民民主专政的重要工具，人民警察是武装性质的国家治安行政力量和刑事司法力量。长期以来，全国公安机关和百万人民警察在党中央、国务院的坚强领导下，忠实践行全心全意为人民服务的根本宗旨，全面履行宪法和法律赋予的神圣职责，打赢了一场又一场硬仗，战胜了一个又一个挑战，为维护国家安全和社会稳定、促进社会公平正义、保障人民安居乐业作出了不可磨灭的重大贡献。改革开放以来，全国公安机关共有1.2万余名民警英勇牺牲，17万余名民警光荣负伤。该书所反映的这些英雄模范人物，就是其中的杰出代表。在他们中间，有的数十年如一日坚守在平凡的工作岗位上，辛勤耕耘、默默奉献，以执法为民的实际行动诠释了人民警察对党和祖国的无比忠诚；有的面对穷凶极恶的歹徒和突如其来的灾难，置个人安危于不顾，临危不惧，挺身而出，以舍生取义的英雄壮举维护了人民群众生命财产安全；有的虽身患重疾而赤心不改，勇敢面对人生，克服了许多常人难以想象的困难，以坚韧不拔的毅力为人民公安事业竭诚奉献着自己的光和热。他们用自己的青春、热血乃至宝贵的生命，谱写了一曲曲忠诚为党、平安为国、奉献为民的壮丽凯歌，树立了一座座万年不朽的历史丰碑。他们不愧为中华民族的优秀儿女！不愧为共和国的坚强之盾！不愧为伟大时代最可爱的人！

党和人民始终铭记着公安英雄。党的十八大以来，习近平总书记等中央领导同志多次亲切接见公安英模代表，中央先后出台了一系列优待公安英烈英模的政策措施。2014年8月，十二届全国人大常委会第十次会议表决通过了设立烈士纪念日的决定，以法律形式将每年9月30日设立为烈士纪念日。公安部党委高度重视人民警察抚恤优待工作，紧密结合全面深化公安改革，不断健全完善人民警察抚恤优待制度，着力解除广大公安民警的后顾之忧。2014 年 4 月，公安部等九部门联合出台了《人民警察抚恤优待办法》，大幅提高了人民警察的抚恤标准。为加强公安民警职业风险保障，公安部、财政部决定自 2015 年起为全国公安民警办理人身意外伤害保险。各级公安机关通过组织开展英模评选表彰、先进事迹报告会、文学艺术创作、英烈子女夏令营、英模及家属休假疗养等多种形式，弘扬英雄精神，传颂英雄事迹，关爱英雄生活，在全警营造了崇尚英雄、学习英雄、争当英雄的浓厚氛围。

公安英雄是公安事业的脊梁，是公安民警的榜样。全国公安机关和广大公安民警要认真学习公安英雄的崇高精神和优秀品质，坚定理想信念，牢记为民宗旨，忠诚党的事业，一心服务群众，以奋发有为的精神状态和求真务实的工作作风，更加积极地投身于伟大的人民公安事业，为推进“四个全面”战略布局，为实现“两个一百年”奋斗目标和中华民族伟大复兴的中国梦作出新的更大贡献！

是为序。

2015 年 10 月 19 日

（本序作者系全国政协委员、全国公安文联名誉主席）

引言
我拒绝遗忘

蒋　巍

很忙。很累。很激昂。自 2014 年春，我拉着行包走过大半个中国，笔记本电脑里装满风云雷电和英勇悲壮的故事。

一切来自地平线上的一道铁血长城：200 万中国警察！

今天，长篇报告文学《国之盾——鲜为人知的中国警察故事》摆在读者朋友面前了。我想告诉大家的是，这是我一生中流泪最多的一次写作，是我的心灵沉浸于无数次感动和洗礼的一次写作，是我走近公安英烈英雄、和他们共磨砺共歌哭的一次写作。因此我必须大声说出，我拒绝遗忘，就像和平不能遗忘战争，幸福不能遗忘苦难，成功不能遗忘血泪。我拒绝遗忘，就像舟船不能遗忘风帆，儿女不能遗忘父母，人生不能遗忘良知。

许多年来，中国以惊人的速度发生着巨变，创造着奇迹；但在华丽转身的同时，受金钱和市场那只“看不见的手”的驱使，太多的历史遗存、精神遗存被我们遗忘，或毁弃在高速公路的远处和地平线的尽头。那里有历尽千年劫波的古村老街和古籍典藏，有荒草萋萋的烈士陵园和牺牲在乡村与城镇的公安英雄，还有白发苍苍的父母和落满乡愁的家园。那时我们很穷，但我们很纯朴、很温情、很激昂。前些年，一首伤感而深情的歌曲《常回家看看》感动了全中国。那时候母亲还在，家园还在，我们做什么都来得及。而今慈母已逝，家园已变，我们想回家看看，可再也找不到回家的小路了。历史就像时间一样不能切割，记住我们从哪里来，才知道我们应该向哪里去。因此我必须大声说出，我拒绝遗忘。

记忆，是文明的源流，是人类最可宝贵的精神财富。我们甚至可以说，人类所犯的大部分错误，都是因为遗忘造成的。一个人、一个民族、一个国家，如果患了失忆症，他（它）的前途也必然随之终结。因此，面对崇高面对英雄面对牺牲，我必须大声说出，我拒绝遗忘。正是出于崇高的历史感和责任感，还有饱含热泪的绵绵深情，我们集结起来了，通过今天这样一部作品向昨天、今天和明天大声说出，我们拒绝遗忘！

和平年代，人民军队时刻准备战斗，人民警察正在进行战斗！

据统计，从 2009 年 7 月 1 日到 2014 年 6 月 30 日的五年间，中国警察以身殉职共计 2161 人，负伤者数万人。天天有牺牲，时时在流血，是他们生活的真实写照。殉职警察平均年龄 42. 37 岁，其中男 2128 人，女 33 人；已婚 1881 人，未婚 280 人。他们留下遗孀（鳏夫）共 1790 人，遗孤 2159 人（包括遗腹子 15 人），平均年龄 17. 78 岁。可以想见，在这些数字后面，蕴藏着多少令人悲痛而又气壮山河的故事啊！

中国现有 200 多万警察，按人口比例约为 1/700。美国为 1/350，俄罗斯为 1/130，而且他们的民众多数集中于城市，治安管理较为方便。在大多数国家特别是发达国家，警察职责范围有明确规定，不该管的可以不管甚至不许你管。中国警察是“人民警察”，其职责有明确规定，同时也包含着为人民服务的无限范围。雷锋说过："人的生命是有限的，为人民服务是无限的。"因此可以说，在世界各国的同行中，中国警察是职责最宽、负担最重、干活儿最累的。"5+2"、"白+黑"成为他们的工作常态。中国尚未成为超级大国，中国警察早就成了"超级警察"。有多少人知道，警察的父母妻儿天天盼望的是什么？是警察半夜爬楼的咳嗽声，是他们轻轻拧开门锁的钥匙声……又有多少人能够想起，在那些全家团圆、欢声笑语的大年夜，我们的警察正守望在风雪街头……

警民关系一直是世界性的难题。在社会主义中国，公安姓公，民警姓民。以"为人民服务"为宗旨的人民警察同人民群众是鱼水一家亲的关系。但工作职责又要求人民警察必须铁面无私，严格公正执法，敢于"得罪"人。这个时代风云激荡而又竞争激烈，一切选择都需要判断，一切恶行都需要反制，一切行动都需要准绳。因此200万中国警察被现实以空前的力度推上社会的风口浪尖。他们时刻用鲜血生命守护着国家安全、人民安宁、法律尊严、社会秩序，守护着中国不容侵犯的神圣与庄严。

中国警察是一团火。对罪犯，他们是熊熊燃烧的怒火；对人民，他们是暖身暖心的盆火；对家人，他们是长夜守望的灯火。本书再现了许多公安英烈英雄的真实故事，那是从一次次面对面、心碰心、泪对泪的采访中得来的。忘记历史就是背叛，嘲弄英雄就是堕落。沧海横流方显出英雄本色。我们不能忘记，是无数英雄的奋斗铸就了民族的脊梁，照亮了历史的道路；是无数英烈的壮举创造了举世惊叹的中国故事。

党的十八大以来，以习近平为总书记的党中央以排山倒海之势，强力推进"全面建成小康社会、全面深化改革、全面依法治国、全面从严治党"的治国理政战略部署，使民族精神、国家面貌在短短数年发生了深刻变化，中华大地民情民心为之一振。中华民族实现伟大复兴的"中国梦"，从来没有像今天这样距离我们如此之近。奉法者强则国强，奉法者弱则国弱。我坚信，通过全面深化公安改革，200万中国警察将以空前的力度加强队伍建设，严肃警风警纪，规范执法行为，打造钢铁战力，努力实现习近平总书记要求的“政治过硬、业务过硬、责任过硬、纪律过硬、作风过硬”。历史已经证明并将继续证明，200 万中国警察是党和人民值得信赖的忠诚之师、威武之师。因此，在推出这部血与火交织的长篇报告文学《国之盾——鲜为人知的中国警察故事》的时候，我愿意大声地说出本书最强烈的意愿和指向——

那就是：拒绝遗忘！

第一章

中国蓝盔：“等我回家……”

2015 年 9 月 28 日下午，中国国家主席习近平出席联合国维和领导人峰会并发表讲话。发言的最后，他特别提到：“在联合国维和行动中，已有 18 位中国军人和警察牺牲。五年前，中国维和女警察和志虹在海地执行联合国维和任务时不幸殉职，留下年仅四岁的幼子和年逾花甲的父母。她曾经写到：‘大千世界，我也许只是一根羽毛，但我也要以羽毛的方式承载和平的心愿。’这是她生前的愿望，也是中国对和平的承诺。”

与会的各国元首和代表对习主席的发言报以长时间的掌声。

一、海地：强劲的“中国旋风”

2009 年 6 月，中国第八支维和警察防暴队 125 名成员，全副武装，头戴蓝盔，身着迷彩飞抵海地。

海地共和国，一个奇特的难以捉摸的岛国，孤悬于碧波万顷的加勒比海北部，人口不到 900 万，95% 是黑人。1492 年，西班牙著名探险家哥伦布率船队航行到此，意外发现了这个岛，取名伊斯帕尼奥拉岛。当时岛上尚处于新石器时代，居住着约 100 万印第安人，分属五个势力强大的土著酋长管辖。第二年，哥伦布奉西班牙国王之命，率兵返回此岛，用火枪利炮开始了疯狂的征伐与屠杀。半个世纪后，当地土著基本被杀光，岛上黑人的祖辈其实都是“老外”——殖民者从西非贩卖来的奴隶。全岛沦为西班牙殖民地。

随着时间的推移，岛上的法国移民越来越多。1679 年，法国政府从西班牙手中夺得该岛西部，后来这片地区宣告独立，成为多米尼加共和国，建都圣多明各。进入 18 世纪末期，全岛各种植园中的黑奴多达 50 余万。曾经是黑奴、后来成为海地皇帝的亨利·克里斯托夫在回忆录中翔实记录了白人种植园主的种种暴行：“白人将黑人倒挂起来，将他们钉死在木板上，将他们活埋，将他们装入麻袋扔到河里，强迫他们吃屎，用鞭子抽掉他们的皮，将他们绑起来让蚂蚁和蚊子吃他们，将他们活活扔到沸水中，将他们绑到大炮前轰碎，让狗吃他们……”1791 年 8 月 22 日，海地北方的 20 万黑奴以击鼓传音为号，发动了空前规模的大暴动。白人种植园主的甘蔗田和房屋沦为一片火海。两个月后，海地北方全部落入奴隶手中，被誉为“国父”的黑人领袖杜桑·卢维图尔建立起独立政权。1804 年定名海地（意为“多山的地方”）。政府颁布了第一部宪法，宣布永远废除奴隶制度，所有居民在法律面前一律平等，私人财产不可侵犯。海地由此成为世界上第一个独立的黑人国家。

但是，海地的光荣刚一开始就结束了。在欧美列强的干预下，海地陷入无休止的内乱。该国实行的是西方政体，法律规定，合法政党的创建者不得少于20人，支持者不得少于2000人。如此一来，搞得一个弹丸小国政党林立，相互间抢班夺权，以至于"选举、失败、政变；再选举、再失败、再政变"，成了海地"民主政治"周而复始的常态。国家经济社会生活受到严重破坏，沦为全球最贫困最混乱的国家之一和乙肝、疟疾、登革热、艾滋病的高发区。全国枪支泛滥，枪击、抢劫、绑架、强奸等恶性事件层出不穷，夜夜枪声不断。2004年，海地再次发生兵变，反政府武装控制了部分地区，与政府军交火不断。在人口密集的首都太子港，暴乱、枪战、暗杀更是时有发生，大批民众遭到屠杀，人民流离失所，总统流亡海外，全国陷入深重的恐怖与人道灾难之中。

联合国安理会对海地局势深感忧虑，决定向该国派出维和部队以维持当地治安，制止暴行。2004年10月，由125人组成的中国维和警察防暴队飞赴海地，这是中国第一次派遣成建制的蓝盔部队，前往海外执行联合国维和任务。至2009年，已轮换到第八支。

海地属热带气候，年平均温度近30摄氏度，地表温度达50余摄氏度。生活在这里的人就像天天站在烧得滚烫的铁板上，贫民窟的黑孩子们一丝不挂跑来跑去，男人女人的身体也只罩上几块遮羞布。

中国维和警察遇到的最小也最可怕的"敌军"就是海地蚊子。它们个头儿不大，飞来无声，如影随形，毒性极强，是疟疾、登革热等传染病的主要传播者。晚上睡觉前如果不把蚊帐里的入侵者扫荡干净，第二天就会浑身大包，痛痒难忍，人完全没了精气神儿。如果发了高烧那就更危险了，七天不退烧就可能患上了登革热。

两条腿的隐身杀手和不时爆发的街头枪战，则是警员们更须时刻警惕的。新闻官钟荐勤在日记中写道："在这样动乱的国度，危险如影随形，什么事都可能发生，每一个黑洞洞的窗户都隐藏着杀机，叫人防不胜防。迄今为止，已有32名各国维和人员在这里献出了宝贵的生命。"也因此，在各国驻海地的维和部队中，中国防暴队最为"耀眼"——队员们个个"削发明志"，从"头"做起，剃了锃亮的光头，为的是预防遭遇枪战，急救方便。在"参座"李钦领导下，警员们一天24小时保持临战状态。站岗、巡逻、执勤，高度戒备，全副武装，头戴蓝色钢盔，身穿防弹衣，挎上 95 式冲锋枪、狙击步枪、机枪，再带上充足的弹药和对讲机，全部装备总重达 50 多斤。在如此酷热天气里，坐进闷热的装甲车里，不消两分钟就会汗流浃背，挺上两个小时汗水就能把军靴灌满。

下岗回来，战警们的第一件事，就是脱下军靴，让汗水像小河流水哗哗淌出来。

“白天和罪犯战斗，晚上和蚊子战斗，全天候和炎热战斗！”这就是中国维和防暴队的生活写照。一天，距太子港 200 公里的城市莱卡发生了大规模暴乱，造成 6 人死亡、80 多人受伤，22 个加油站被砸毁，150 多家商店遭到打砸抢，450 多辆汽车被损毁。随后几天，暴乱蔓延全国。联合国驻海地维护稳定特派团（以下简称：联海团）官员迅速向中国防暴队发出命令：“莱卡危在旦夕，联海团一雇员一家五口被绑架为人质，请速往救援！”李钦一声令下，我全副武装的防暴队员火速跳进装甲车，加大马力向莱卡开进。李钦在车内，通过研究莱卡地图和相关情报，已得知暴乱指挥部所在地。抵近莱卡市中心时，只见城区浓烟滚滚，暴徒早用汽车底盘和燃烧的轮胎设置了重重路障，并不断开火射击，投掷石块和燃烧瓶，企图阻挡我装甲车队前进。

在和平环境中长大的中国维和警员，这回终于看到并闯进了真正的战争和飞蝗般的枪林弹雨中。李钦通过对讲机果断下令：“跟我前进！不理他们，兵分两路，绕开坚固路障，突破薄弱点，从两翼向前突进！”在李钦指挥车的导引下，我装甲车队如铁流滚滚，突破路障呼啸猛进。这时，新闻官钟荐勤扛着摄像机钻出装甲车的半封闭塔台，拍下了一路疾速冲锋的画面。20 分钟后，我铁甲战车直抵暴乱集团指挥部，轰然撞开大门。李钦最先跳出装甲车，按事先训练部署，指挥队员们迅速分为外围警戒、抓捕、掩护三个战斗小组，分别占据有利位置，交叉掩护突进室内。几个绑匪头目还没来得及拔枪，即被如从天而降的我警员扑上去按倒在地，束手就擒。经当场火速审问，25 分钟后，警员将分别关押在两处的联合国雇员一家五口安全解救上车。一场解救人质的漂亮闪击战就此结束，大功告成！

此后十天，李钦亲率两个战斗组往返突击莱卡十余次，清除路障45处，驱散闹事人群数万人，处置大规模示威19起，协助海地警察抓捕控制袭击平民、警察和纵火的歹徒25名，解救联合国机构车辆4台，海地参议员1人。

莱卡一战，中国警察防暴队在当地民众和各国驻海地维和部队中声名大振，打出赫赫军威，打出一股强劲的"中国旋风"。联合国秘书长特别代表科斯特先生对李钦说："在极度危险的情况下，你们重建了莱卡的安全。你们是联合国优秀的工作人员，不愧为优秀的中国和平大使！"后来闹事的暴徒只要听说中国防暴队来了，无不闻风丧胆，拔腿而逃。中国维和警察从此再没遇到过像样的抵抗。战斗中，钟荐勤钻出塔台，冒着枪林弹雨拍摄实战的景况被兄弟国家的维和部队看到了，一位军官对钟荐勤说："钟先生，你这是在玩儿命啊！"钟荐勤慨然回答："这是我的责任！"

其间，海地总统选举演讲，提名总理发表演说，海地民间狂欢节现场警卫，联合国秘书长特别代表视察，外国使节访问海地等重大特勤，大都由中国防暴队担任警卫。

维和部队的食品主要由联合国相关机构供给，但品种有限。海地经济落后，换来换去的政府又难有作为，很多年一直依赖美国的外援。普通民众的生活十分艰苦——不过不是"饥寒交迫"而是"饥热交迫"。社会动乱，暴力横行，农民不愿意下地干活儿，市场上极少见到新鲜的蔬菜。队员们个个口腔起泡，内火攻心，眼睛赤红。李钦带领队员们发扬自力更生精神，把驻地变成了加勒比地区的"南泥湾"，种上25种蔬菜，总产量达9000多斤，大大缓解了吃菜难的问题。外国维和部队军人来访，个个瞪大了惊奇而贪馋的眼睛，招待他们吃一顿青菜就算"盛宴"了。

中国警察不仅严守"三大纪律八项注意"，还帮助当地民众做了不少好事，送生病老人就医，送迷途小孩儿回家，为路边临产孕妇警戒，向流浪孤儿发放食品等，经当地媒体报道，受到海地民众广泛称道。我防暴队轮换时，当地民众站满长街，含泪相送，甚至联名上书联海团，要求挽留中国防暴队。

中国蓝盔驻在海地的数年间，首都太子港及周边200公里区域内，从城市贫民窟到山区乡村，从残疾人组织到教会学校，从工厂企业到机关单位，经常出现中国警察亲民爱民助民的身影，与当地民众结下深厚情谊。一见中国人出现，他们就笑容满面地高喊“希里瓦（中国）！”许多黑人孩子积极要求学汉语，希望长大后到中国学习和观光。为此，防暴队办了一个汉语培训班，由二赴海地的翻译官和志虹负责管理，办公室五位执勤官担任教员。学生们每次离开教室，都齐声唱响传统民歌，向中国老师表示真诚的谢意。联合国驻海地副总警监布莱斯先生称赞中国维和防暴队：“你们是可以信赖和依赖的，如果可能，希望能长期驻扎在海地。”联合国秘书长先后三次、海地总统先后两次接见中国维和警察防暴队政委李钦，对中国警察的优良表现给予高度评价。

联海团总警监迪亚罗先生对中国维和防暴队说：“你们的表现足以让你们的国家和人民为你们感到骄傲！”

二、和志虹：一根羽毛的心愿

2007年深秋的一天，宁静的夜晚，在春城昆明，和志虹第一次远赴海外，与家人告别：受联合国委派和中国公安部指派，她参加了中国第六支派驻海地维和警察防暴队，即将飞往那个遥远的加勒比海岛国。全球化时代，中国作为一个有全球影响力的大国，联合国常任理事国，对维护世界和平负有重大的责任。中国梦没有边界。中国梦连接着世界梦。中国力量、中国责任从“绿水”走向“深蓝”，是历史和时代赋予的重大使命。这个使命分解到每个中国蓝盔的肩上，分量没有减轻，而是更加切实、具体和沉重。

和志虹

和志虹是纳西族的女儿，同事和亲人眼中的一朵花。爱唱歌，会跳舞，能说一口流利的英语。明眸皓齿，性情爽朗，天生一张笑脸，笑声特别响亮。只是，临行的那个夜晚，和志虹哭了，不过她只是偎在丈夫的怀里默默地哭，躲在幽明的台灯下和厨房里哭，为的是把坚强的笑脸留给战友，留给海地。

为祖国分担神圣的使命，为人女、为人妻、为人母的一切生活必须让路。丈夫很忙，不大会打理家务，更不能抱着孩子上班。第一次出征前，三十二岁的和志虹不得不把一岁多的孩子送到丽江的父母家。过了三十岁才有了宝贝儿子，心连心肉连肉筋连筋，当母亲的怎么割舍得开呀！她陪了父母和儿子三天，再三叮嘱儿子要听姥姥的话，按时吃饭，按时睡觉，不许摔坏东西，不许吃很多的糖。儿子刚刚学会说几句话，什么都听不懂，只是踢蹬着白胖的小脚丫咯咯笑着，在妈妈的怀里撒娇，红润鲜艳的小脸蛋像盛开的花朵。小宝贝的一声笑，妈妈的天就亮了，然后泪珠掉下一串串。回昆明的路上，和志虹的眼泪悄悄地流，不住地流。然后，又该和丈夫告别了。丈夫在银行工作，心很细。和志虹经常笑他"数别人的钱，过自己的日子"，然后夸他"耐得住清贫，是个本分的好男人"。晚饭后，丈夫知道她离开心爱的家和儿子心情不好，说我们出去散散步吧。昆明街头，万家灯火，车潮如涌，看到别的年轻母亲推着幸福的童车走过来又走过去，和志虹呆呆地站住看，然后怅然目送母子身影远去。

偎在丈夫肩头，她又掉泪了。

和志虹说："我真后悔，应当早一点儿抱儿子去动物园看大熊猫。"

丈夫说："不急，反正儿子还小，等你回来我们再去。"

和志虹忧伤地说："等儿子长大了，我们老了，熊猫也老了。"

丈夫扑哧笑了："你是主动报名参加维和的，就不要后悔了。"

和志虹说："我不后悔，只是惦记儿子和你。为国家和世界分担一点儿和平事业，是中国警察的光荣。"

丈夫说："光荣是光荣，可海地战乱不息，你千万要注意安全啊！"

和志虹挽着丈夫的胳膊说："我懂。没人照顾你了，你要注意自己的身体，吃饭要应时。等我回家吧，等我回家，咱们一家三口就去动物园看大熊猫，儿子一定会乐得很开心。"

说着，和志虹想起儿子白胖的小脸蛋，抹抹眼泪笑了，笑得像儿子一样开心。

1975 年，和志虹出生在丽江市一个纳西族家庭，毕业于云南师范大学英语专业，在学校就入了党。那时，许多中外企业都在招聘英语翻译，薪酬很高，和志虹却选择了入警守卫国门。1998 年考入云南省公安边防总队，历任检查员、助理翻译、副科长、政治教导员，成了出色的少校女警官，英姿飒爽，清丽照人。在昆明机场边防检查站，她工作时一双明眸凛凛生辉，洞察秋毫，休闲时笑口常开，笑声响亮。一次，她对两名持缅甸护照的年轻女性旅客进行例行入境检查，一切手续和行李都合法齐备，无违禁品，按规定 45 秒就应该放行。但是和志虹注意到，两个女人的神情隐含着一丝忐忑，目光看似有些紧张。她当即报请带班领导同意，通过 X 光透视，果然发现两人体内分别藏有精制海洛因 680 克和 670 克。还有一次，在对达卡至昆明的航班进行入境检查时，和志虹发现十名持马来西亚护照的旅客，模样并没有马来西亚人的特征，倒很像孟加拉国人。她对所有护照进行了仔细审查，发现一些疑点，再送往站里证照研究中心进一步查验，确认其中九本马来西亚护照系伪造，另一人有组织偷渡的嫌疑。显然，中国富了，企图潜入淘金的偷渡客也多了。入警 12 年，和志虹共查获偷渡案件 50 余起，涉及嫌疑人 80 余名；查获毒品案 1 起、在控案 26 起；她和同事们紧密配合，出色完成了 1999 年世博会、GMS 会议、昆交会、旅交会等大型国际会议的边防检查及相关安全保卫工作。在检查站，年纪轻轻的和志虹有一个绰号："和大妈"，因为她热情高，爱管事，心又细。初来的新兵业务不熟、口语跟不上了，站里什么角落扔有碎纸屑了，谁谁有病或家里遇到困难了，和志虹事事挺身而出，施以援手，响亮着银铃般的嗓门儿管东管西，因此人送绰号"和大妈"——尽管那时她还不到三十岁，孩子还没影儿呢。

2007年深秋那个夜晚，她从昆明飞赴北京，经"魔鬼培训"后首赴海地，出任外交联络官。一年后她翩然归来，只是黑瘦了许多——说明海地的日子太苦了。到了2009年，因为海地维和需要有经验的翻译，和志虹又参加了第八支防暴队，第二次飞赴海地。这回，四岁的儿子听懂了妈妈的话，也会表达自己的小心情了。儿子说，妈妈，你回家的第一天，一定穿上警服去幼儿园接我，让小朋友看看我妈妈多漂亮多威风，好吗？

妈妈搂着儿子说："好，咱们击掌约定，等妈妈回家，一定去！"

三、朱晓平：暖人心的"三毛局长"

朱晓平，上海人，公安部装备财务局局长。他那南方人的温文尔雅、细心周到，一眼就看得出来。他在北京生活了许多年，内在的性情与本色依然不改。

朱晓平

淡眉长目，文质彬彬，性格沉静，一级警监，一员儒将，1962年生于上海。2010年1月初，春节前，他奉命率公安部工作组赴海地，考察和慰问中国维和防暴队，并与派驻当地的联合国官员会谈。

出发前的1月6日上午，在公安部大楼B座611会议室，朱晓平参加一个有关出版体制改革的会议，与群众出版社社长杨锦并肩而坐。青年时代，两人同一天到公安部报到，两家住同一栋住宅楼，是情同手足的好朋友。

20世纪90年代初，是公交车自行车称霸的时代，私家车还是遥不可及的"中国梦"。杨锦的妻子徐翼怀了身孕，挺着大肚子不敢挤公交。从每月一次到每周一次的例行产前检查，都是朱晓平自愿当徐翼的义务司机，每次忙里偷闲，不辞辛劳，用单位的桑塔纳

“保驾护航”，接送徐翼到医院。徐翼很是过意不去，说单位不会对你有意见吧？朱晓平笑说，这不叫“假公济私”，是“为公济私”，现在一家一个孩儿，是天大的事，帮助解决杨锦的后顾之忧，应该的！

1991年1月2日凌晨五时，正是年节，正是寒冬，还是黑夜，未到预产期的徐翼突然出现临产征兆，腹痛不已，必须紧急送到医院。无奈之中，杨锦想到了朱晓平。恰好那天晓平在单位值班，晓平开着车呼啸而至。长街之上，严冬之夜，北风劲吹，桑塔纳的两盏大灯就像救星一样明亮、迅速而安全。徐翼记得，在车上，她几乎忘记了疼痛和害怕，只有感动，只有温馨，脸上挂满了泪水。下车时，她喃喃对朱晓平说，你是我们家的救命恩人。

2010年1月初，在那次出版体制改革的会议上，杨锦听说朱晓平几天后要率工作组赴海地慰问。他说，为了世界和平，也为了咱两家的友情，我和太太给你备一杯薄酒壮行吧。有我家这杯酒垫底儿，你到海地什么酒都能对付了。

朱晓平笑呵呵地说，临行前事情太多，壮行酒就免了，还是完成任务后等我回家，喝一杯犒劳酒吧。

呵呵，一句多么快乐的“等我回家”！

回到装备财务局布置工作时，朱晓平对办公室主任说，去年我一直计划带全局同志到延安考察学习，因为忙没安排上。这件事你要记住，等我回来的时候，一定要抓紧办！

呵呵，又一句“等我回来”。

朱晓平，热血男儿，才干卓越，文静性情中有天生的侠肝义胆。1980年，十八岁的他和哥哥一起乘公交车，见义勇为，扑上去按倒一名带刀的盗窃分子，北京市授予哥儿俩“首都整顿治安积极分子标兵”称号。数月后，朱晓平考入中国政法大学法律系——他选择这个专业太对路了。毕业后，进入公安部一局，后任办公室副主任、调研处处长。他的缜密思维、文字功底和组织协调能力很快赢得高层赏识，1998年出任公安部港澳台事务办公室副主任，为迎接香港回归周年庆典和保障安全，做出许多细心周密的努力。2001

年，任公安部一局副局长，在"上海合作组织"的框架下，为筹建地区反恐组织机构，朱晓平担任中方代表团团长，与各参加国警方进行了灵活有度、卓有成效的谈判与协调，推动中亚五国与公安部分别签署了打击"三股势力"的双边协定。

2006 年 1 月，朱晓平出任中央人民政府驻香港特别行政区联络办公室警务联络部部长，圆满处理了许多很复杂很艰难的事情，为维护香港和内地的沟通合作和社会治安做出了突出贡献，被荣记二等功，同事们戏称他是"定海神针"，走到哪儿哪儿平。如此将才，说话办事却出奇地接地气、平民化，是名副其实的"晓平"。一次赴新疆，严冬时节，风暴雪狂，朱晓平裹着棉大衣，跋涉在没膝深的雪里，带领工作组深入被称为"死亡之海"的塔克拉玛干大沙漠，登上海拔 4000 多米的边防哨所，3 个月行程 3 万公里，走遍了新疆全部 15 个地州和兵团 10 个师，探访了 43 个县级公安机关，11 个边防支队和 112 个基层所、队，进行了广泛细致的督导和调研，小本子上记满了基层公安工作的成绩、困难和干警们的意见建议。边防的特警队巡逻在天山南北，地处高寒，即使夏天的夜晚也凉风透体，朱晓平很心疼，立即指示局里为民警们解决了毛衣、毛裤、毛皮鞋。过几年，朱晓平再赴新疆考察，特警队的队员们都记得他送来的温暖，戏称他是"三毛局长"。

2009 年，四十七岁的朱晓平升任公安部装备财务局局长。他要求全局干部做到"六气"："骨气树人格，正气树形象，勇气克困难，智气迎挑战，朝气养精神，和气赢民心。"同时他还为全局干部办了许多实事好事，唯独没有自己。公安部分房子了，朱晓平理应换一套大房子。他表示，我们两口子没孩子，房子够住了，大房子分给其他老同志吧。

这件事做得高风亮节，公安部大楼内赞不绝口。

临行前夜，妻子埋怨他总是忙工作，胃疼好久了也不去医院看看。朱晓平说："等我回家再说吧。"

好的，等你回家。

四、郭宝山：走向“最后一班岗”

郭宝山，东北汉子。1950年生于辽宁，满族，公安部国际合作局副局长，二级警监。

2010年，岁月的霜雪已经覆盖了钢硬的板寸，依然不减他英武的军人气质。通晓朝语，熟悉日语，英语也能来一点儿。年轻时入伍海军，从事翻译工作十余年，多次担任国家领导人和军内外高级干部的高级翻译。他的机敏反应和口语水准赢得广泛称道，曾获得朝鲜方面授予的功勋奖章。

郭宝山

2010年，恰逢郭宝山六十岁，几个月后就该办理退休手续了，但作为资深的国际合作、公安维和专家，每有重要任务，公安部领导总会想起他。春节前，公安部委派装备财务局局长朱晓平率工作组前往海地考察和慰问中国维和防暴队，郭宝山出任副组长。领导委婉地对他说，你就辛苦一趟吧。郭宝山笑说，谢谢组织信任，别的同志年满六十要站好最后一班岗，我年满六十最后一次去慰问站岗的民警，应该的，也是我的光荣。

郭宝山性情开朗豪爽，但在关爱属下、学员和基层民警方面，心细得像一位慈母。负责国际合作方面的业务，几乎天天在世界上空飞来飞去，每到一地，他放下行包就去看望在当地维和的中国警察，进食堂灶房检查饭菜数量和质量，问站岗的警员衣服是否保暖，褪不褪色？鞋子是否合脚？发现特警队出力大，饭菜不够吃，立即协调相关部门增拨伙食费。

郭宝山常说，自己是农民的儿子，从小吃苦长大，因此最看不得别人受苦。那副婆婆妈妈的热心肠，让家人也让很多人深感温暖。儿子结婚后出去过了，还没要孩子，老伴退休在家，日子似乎变得空空荡荡。郭宝山特意买回一只小狗，为老伴增添了许多欢乐。赴海地出发前，他对老伴说："等我这次出差回来就办退休手续，以后咱们老两口就可以一起浇花遛狗，安度晚年了。"

他留下的这句话，让老伴感到好温暖。

五、王树林：清华出身的"武林高手"

王树林，1952 年生于北京，公安部装备财务局调研员，三级警监。

王树林

戴一副眼镜，白面长身，玉树临风，他一生说得最多的话就是"抓紧点儿"，多年操劳，患上严重的心脏病，做了支架。

1969 年，王树林下乡到北大荒生产建设兵团当了知青。他雨里来雪里去，干活儿不惜力，1974 年被公推选送到清华大学建筑工程系当了"工农兵学员"。其实"文革"爆发时他只念到初中，知识底子之薄，是可以想见的。毕业后，他却被清华留校任教，其奋起直追的劲头和用功之刻苦，也是能够想见的。1980 年，王树林调公安部工作，很快成为专家型干部，他在相关业务领域的知识储备和技术智能，包括摆弄电脑的高超技巧，连信息化时代培育的大学生也自叹不如。机关里谁的电脑出问题了，第一个想起的"武林高手"就是王树林。

——2005 年，公安部决定实施"送车万里行"工程，集中补助中西部地区基层公安机关一万辆警车，王树林参加相关考察工作。他和同事们多次到科研单位、生产企业对各种车型及其性能进行调研，广泛征求基层意见，为部领导决策提供了翔实的资料。在车辆价格谈判中，王树林和同事们根据掌握的相关资讯，与销售商展开多轮谈判，据理力争，寸步不让，最终选购的车辆质优价廉，为国家节省经费2.6亿元。

——2003年春，“非典”疫情来袭，气氛恐怖，人人自危，百姓们躲进家里不敢出门。只有警察必须冒着风险战斗在第一线。为执勤民警采购防护服和相关用品，是一项迫切的任务，可对“非典”大家知之甚少，防护用品的使用功能、技术标准、检测要求更无从谈起。王树林临危受命，不惧染病的危险，一次次穿行和飞行在国家卫生、医药管理部门、医学科研单位、相关生产企业之间。他动情地说，我们民警的勇敢和献身精神也需要珍惜。那些寂寞而危机四伏的日子，北京和各大城市的街道空空荡荡，等车候机，疲惫不堪，而王树林像“独行侠”一样，一切都在所不顾了。在最短的时间内，他迅速掌握了防护服的地方和国家标准，据此制定了适合一线执勤民警穿用的防护服样服，并向全国公安机关及时发布了21家定点生产企业的名单和联系方式。在疫情肆虐的高峰期，一线民警都穿上了特制的防护服。

——王树林遇事好钻研，书柜里的专业书籍五花八门，需要什么研究什么，同事们都夸他“不愧是清华出来的”。他太认真也太累了，2001年做了心脏支架手术。痊愈上班后，他一如既往，照样没完没了地累自己也累部下。他的口头禅就是工作要“抓紧点儿”。前两年，他觉得自己临近退休了，所有分管工作都应该“抓紧点儿”，于是制作了一张工作倒计时表，压在玻璃板底下，对自己实施“倒逼机制”。年轻的部下看了，感动地对他说，现在时兴对自己好点儿，你不要对自己太残酷了好不好？王树林说：“我是为了退休不留遗憾。”

——1988年，现任装备处处长的谭保东刚调到公安部工作不久，他的岳父母有急事来京，可谭保东初来乍到，人生地不熟，只好请王树林帮忙接站。王树林说：“没问题！”那是寒冬腊月的凌晨四时，王树林抱着裹在小棉被里熟睡的两岁女儿，出现在北京站站台上。两位老人下车后，惊问他为什么抱着孩子来接站？王树林说：“我爱人上夜班，孩子没人照看，我就抱着来了。”这件事，让谭保东两口子掉泪了。

——年轻的董薇莎好学上进，最初仅是借调人员，在王树林的关心督导下，很快成了业务骨干。但局里编制已满，很难调入。王树林对领导说，如果眼下没有编制，我愿意退下来，把我的编制让给小董，因为我们的工作需要年轻人更快地接上来。

——在局里值夜班时，王树林常给同事们买夜宵，年轻的张立新过意不去，有一次提前给大家买了夜宵。王树林严肃地说："记住，以后禁止你买，咱们处里有传统，年轻人不准给大家买东西。你们年轻人工资低，开销大，我们的孩子都大了，家里没负担，所以这个钱就该我们花。"他的这番话说得值班室鸦雀无声，人人心里泛着感动的浪花。

——2009年金秋八月，当过知青班长的王树林组织当年战友三十多人，回访下乡的北大荒红色边疆农场。欢迎宴上，老农祁志全感动地告诉大家，王树林当年是个好小伙，现在是个好干部，他特别重情义，返城数十年来一直和我家有联系，常常写信给我们老两口。可我认字不多，不方便回信，但树林还是年年写信来，问我们身体怎样？问乡亲们好不好？我老伴病了，树林寄来一些药品和偏方，细心地告诉我们怎样食用。后来我孩子大了，就由孩子负责回信，不过常有些错别字。树林回信时，附带着把孩子的错别字都更正过来，一起寄回来，他那颗心啊，就是热，一直热！全场掌声如雷，向王树林表示敬意。王树林站起来大声说："北大荒是我们的第二故乡，我们应该做得更多，回报乡亲们！再过三年我就退休了，等我回家了，有时间和精力了，愿意再为北大荒多做些事情，以报答乡亲们的养育之恩！"

又一句感情深重的"等我回家"。

六、李晓明：二十六岁的"联合国大员"

李晓明，纯粹的阳光大男孩儿。精明强干，思维像一片密网，行动像一道闪电。1974年出生于河南，毕业于解放军外国语学院英语专业，一级警司。

2001 年，李晓明还在河南项城市公安局工作，经过严格考核，公安部选派他赴东帝汶参加维和警队，任中国维和警队副队长——那是中国第一次正式向他国派遣警察，参与联合国维和行动。当时东帝汶刚刚宣布独立，一个弹丸小国，派系斗争激烈，滥杀无辜的现象十分严重，联合国安理会决定向东帝汶派出维和部队。李晓明到任后，热情高涨，专业精深，为指导东帝汶建立科学、系统、有效的警察体系，提出了很多中肯的建议。其优异表现、专业精神和流利的英语深得联合国官员的赏识，获得联合国维和警察总警监的通令嘉奖。不久，李晓明升任联合国东帝汶警察司令部战略计划局副主管，摇身一变成了联合国的"大员"。

李晓明

从东帝汶归国后，李晓明被调至公安部国际合作局维和警察处工作。此后十年间，李晓明和战友们头戴蓝盔，全副武装，足迹遍及战火纷飞的海地、阿富汗、科索沃、苏丹等地，他们把脑袋挂在腰带上，奔赴前线，义无反顾。2008 年北京奥运会开幕前，李晓明被北京奥组委调入火炬传递运行护卫团队，33 天行程逾 10 万公里，穿越 19 个国家的大都市。在欧洲一些城市街道上，西方敌对势力和藏独分子企图抢夺奥运火炬，制造事端，李晓明和同事们一起昼夜谋划，几乎目不交睫，像金盾一样守护着火炬安全传递。到达北京后，李晓明一下子瘫倒了，整整睡了两天两夜。为此他荣立二等功一次。

人才又是奇才。刚刚护着奥运火炬"万里长征"归来，几乎没时间备课的李晓明竟然一举考取了英国"志奋领"奖学金——那是极高的难度啊！过后，赴英国华威大学国际关系学院攻读国际关系硕士学位，一年后学成归国。李晓明乐观、风趣，谈话中妙语连珠，又做得一手好菜，在华威大学宿舍，他经常招待中外同学品尝"舌尖上的中国"，饭后再讲些他在基层破案和东帝汶维和的惊险故事，迷翻了不少人。2001 年，晓明完成维和任务，从巴厘岛转机归国时，竟然赶上了爆炸案，许多当地人死于非命，身边的队友也身受重伤，晓明说，自己是"从死人堆里爬出来的"。从基层公安民警到国际维和警察，因为有过太多的历险，见过太多的血与泪，年纪轻轻的李晓明时时对突发事情保持着高度的警惕。相处时间长了，同事和同学们发现他在公共场合或饭店吃饭，永远面对门口。晓明说，这样一旦发生意外，可以及时做出反应。

一个多么优秀的青年警察啊！

晓明投身工作的时候像一台隆隆作响、干劲十足的发动机；静下来的时候又像一股清泉，悄悄地流向浩瀚的书海。他的生活无比充实，充实得没有给爱情留下一点儿空间。他的人生轨道那样笔直，笔直得通向每一个工作站点。有时，他也遗憾和奇怪自己怎么拿不出时间谈恋爱？和同学在大学校园里散步，看到青年情侣和白发苍苍的老夫妻携手而行，他曾感慨地说："我真羡慕他们，真希望有一天也能找到如意的伴侣，执子之手，白头偕老。"

2009 年，三十五岁的李晓明遇上一位可心的姑娘，郎才女貌。年底，他奉命参加中国第八支维和警察防暴队去海地维和。临行前，他悄悄向国际合作局警务联络官工作处处长李莉做了"汇报"，说自己处了一个女朋友，感觉不错，"等我回来，请你帮我把把关……"

李莉真为这位出色的大男孩儿高兴。她说："好，我等你回来！"

七、赵化宇：妻子盼他回家"吵架"

赵化宇，1972 年出生于河南省辉县。曾任公安部警务保障局政府采购工作处副处长，2007 年到湖北省孝感市公安局挂职锻炼，任孝南分局副局长，2009 年任中国第七支驻海地维和警队队长，二级警督。

他就读于重庆大学机械工程一系，毕业后到河南新乡市工作，1996年考入西南政法大学攻读法律硕士，毕业后考入公安部。

赵化宇

2004年6月，为采购中国首次赴海地维和防暴队的装备物资，赵化宇和同事行程数万公里，跑遍大江南北，考察了上百家生产企业。他的两项要求雷打不动，一要质量上乘，二要价格合理。他以半开玩笑的方式对企业负责人说："你们的产品是我们维和警员的生命保障，掺一点儿假，我就拿枪把你崩了！"历时130多天，采购了56万件、总重800吨的装备物资，再一路押运到海地首都太子港。警队附近没有像样的住处，为方便工作，他住在仓库里。看到警队的住处很差，他心疼得不行，多次冒着战乱风险乘坐大巴四处考察，最终决定把集装箱改造成活动房，解决了一时急需。任务完成，赵化宇荣立三等功。回家不久，怀胎十月的妻子分娩了，生了个大胖小子。赵化宇乐不可支，歉意地对妻子说："对不起，这段时间太忙，我没能使上劲儿。"妻子说："生孩子是女人的事儿，你一个男人能使上啥劲儿！"

一句话把赵化宇逗乐了。

2009年9月，赵化宇带领中国第七支维和警队抵达海地任务区。他风风火火为大家张罗安置事宜，或许因为防护不够或者太累了，十几天后突然染上登革热，被紧急送往阿根廷部队医院救治。他在日记中写道：

"2004年，中国第一次组建维和防暴队赴联合国海地维和任务区执行任务，我作为具体负责后勤装备的组长，几乎与中国第一支维和警察防暴队的先遣队同时抵达海地……谁知道五年之后的2009年10月13日，我穿着中国维和警察制服，戴着UT（联合国英文缩写）的贝雷帽，又站在了阿根廷野战医院的大院里。"

大病之中，警察赵化宇成了一个诗人，日记中他这样写道：

"头痛如针锥，高烧久不退。周身酸且痛，不思茶饭味。报国有雄心，维和乏力远。病床思故土，遥遥泪沾襟！想想未竟的事业、未尽的孝道、年幼的孩子，我的眼泪不知不觉流了出来。"

"但愿此病从我开始，也从我结束；我是第一个，也是最后一个，这一年的任务期里，愿警队队员都不再生病！"

"十天之后，我出院了。我迫不及待地打开电脑，连上网络，点开SKYPE，给我的父母、妻子打了很长时间电话，说了很多无用的话，却没有告诉他们我生病住院。两个月来，妻子每天给我发一条短信，大多也是很无用的话，比如：'今天和儿子出去散步，买了两个雪糕，一人一个，边走边吃，觉得还挺幸福的。要是有你在身边，能吵吵架就更好了。'"

多年来，为了维和的公务，赵化宇浪迹天涯，四处漂泊，在家的时间确实太短了。2009年，他第三次赴海地维和，2010年1月，前往联海团大楼的那一天，妻子发给他一条短信："春节快到了，我和儿子都想你。"赵化宇回了一条：

"亲爱的，等我回家。"

八、李钦：战友们的"参座"与"钦哥"

李钦，1963年生于云南省蒙自县，云南省公安边防总队参谋长，武警大校。自2007年起，先后担任中国第六支、第七支、第八支驻海地维和警察防暴队政委。2008 年，因战功卓著，联合国驻海地维和团授予他联合国“和平勋章”。

李钦

年纪未过半百，额发就早早地谢顶了，如果着便装，望去完全不像身经百战的高级指挥官，倒像一位和蔼可亲的兄长。其实，他是一员虎将。

——在对越自卫反击战中，毕业于大学外语系的李钦担任部队翻译，多次冒着枪林弹雨，随尖刀部队突入前线，审讯战俘。

——在云南缉毒战场上，他乔装打入贩毒集团内部，与贩毒分子斗智斗勇，巧妙周旋，屡建奇功。他曾率领专案组亲赴缅甸、老挝、泰国，万里追踪，深入虎穴，与相关国家紧密配合，从南疆到境外，从密林到海上，一线堵，二线查，空中拦，海上打。2005 年 9 月 22 日，经李钦策划，国际大毒枭、被中国列为头号通缉犯的韩永万包租的飞机在空中被老挝战机管制，迫降于机场。李钦率队和老挝警方共同将其捉拿归案，收缴毒品 700 余千克及大批枪支弹药。

——海地维和，他多次远离家人故国，率队出征，完成数千次武装巡逻、强力抗暴、高危解救，被海地人民称为“中国救星”。中国防暴队成为驻海地多国维和部队中唯一的“模范警队”，受到联合国高度赞誉，他本人荣立一等功。

——李钦模样像兄长，做政委也像兄长，对部属关爱备至，上下级亲密无间。在功利面前，他数十次把立功机会让给战友、部属，大家当面叫他“参座”，私下叫他“钦哥”。

——李钦在大学学的是越南语，为了维和事业，四十四岁的他又开始苦学英语。在联合国为中国第六支维和防暴队授勋的仪式上，他用汉语和流利的英语做了精彩的双语发言，引起全场雷鸣般的掌声。

——警队成员一年一轮换，李钦却连续三年坚守在海地带兵，雷打不动，无怨无悔。作为丈夫和父亲，他自然无比地想念家人。2010年1月13日早晨，为了参加中方与联海团官员的会谈，李钦通过互联网，把自己的发言内容用英语念给女儿听，请女儿帮着把关。念了一半，出发的时间到了。李钦匆匆对女儿说："看来等我回家，还要拜女儿为师，好好学啊！"

又一句"等我回家"，多么令人心颤！

九、钟荐勤："拍下子弹飞过的声音"

钟荐勤，1975年出生于江西省南丰县，云南省公安边防总队政治部正营职新闻干事，中国第六支、第八支驻海地维和防暴队新闻官。

钟荐勤

钟荐勤，像一团火，充满雄心和热情，极其热爱自己的事业。当兵要用枪，钟荐勤入伍十六年主要用的却是笔、照相机和摄像机。到了海地，情况不同了，危机四伏，暴徒乱窜，警员随时可能遭遇不测。为了加强自卫能力，不给队友增添负担，钟荐勤也挎上自动步枪和手枪。别人的装备20多公斤，他的"作战装备"接近40公斤。行军比别人累不说了，家什儿多了，遇到突发情况行动速度也慢了。其他警员一个动作就进入战斗状态，钟荐勤则需要"放下机器、出枪"两个动作，比别人慢了两秒。这势必给全队和自己带来巨大危险。于是钟荐勤天天满头大汗，苦练"放机、出枪"动作。功夫不负有心人，没过多久，钟荐勤"放机、出枪"两个动作的速度竟然和别人出枪的速度一样快了。战友们夸他是"西部大侠"、"出枪最快的新闻官"。

钟荐勤对自己还有一个铁打的要求："如果拍得不清晰，说明我离得不够近!”“不仅要拍下实战的镜头，还要拍下子弹飞过的声音!”无论在云南的缉毒前线还是海地的维和前线，他胸前挂、肩上扛，与拿枪的战友并肩前进冲锋。别人穿着防弹衣正面作战，他横着身子作战，摄像机和枪弹声一齐响。战友怒吼着让他往后撤，他说没事儿，子弹见着我会拐弯儿!冒着生命危险，他换来大量令人震撼的实战镜头，多次获得全国法制好新闻奖、公安部金盾文化奖、央视法制频道特别贡献奖。在海地，钟荐勤获得联合国授予的“和平勋章”和公安部授予的“中国维和警察荣誉勋章”，多次荣立二等功和三等功。

一个要新闻不要命的新闻官!

2007 年，钟荐勤和两地分居多年的妻子徐宏终于一起在昆明安了家，两口子商量，都三十岁出头了，该要个孩子了。这时，公安部下达命令，要求云南边防总队组建中国第六支赴海地维和防暴队。钟荐勤热血沸腾，渴望参加这次行动。他小心翼翼地跟妻子商量，孩子能不能晚要一年，到了维和前线，一定能拍回很多好新闻，这是人生的挑战，也是难得的机遇啊。徐宏也是边防战士出身，理解丈夫热切的心，但也担心到了战乱丛生的海地不安全，期望丈夫留下来，安心在家要个孩子。钟荐勤不死心，一直磨。最终，徐宏同意了，不过内心悄悄盼望丈夫在严格的考测中被淘汰下来，但又怕伤了丈夫的自尊心。一个女性要给警察当个好妻子，真是左右为难，太不容易了。6 月 28 日，是考测的最后一天，将最终确定维和防暴队的 125 名人选。那天徐宏一大早就起了床，心情异常复杂，既希望丈夫考上，又不想让他考上。徐宏想着难着，用手机给丈夫发了一条彩信：是一首歌《相信自己》。考核结束后，钟荐勤气喘吁吁给妻子打来电话兴奋地说：“听了你发来的歌，我浑身是劲儿，刚完成 1500 米跑测试，我跑了 5 分 38 秒，成绩比很多人都优秀呢!”

电话这边，徐宏笑了又哭了。

后来她听说，丈夫真是拼了命，跑完 1500 米，到终点就吐了。

出征那天早晨，停机坪站满了送行的家属。看着周围一对对夫妻依依话别，徐宏只能静静站在一边，默默看着丈夫在机场上生龙活虎地到处奔忙，拍照，摄像，采访队员。她为丈夫深感骄傲却又恋恋不舍，她想清晰地记住眼前的一切和丈夫的每一个细节，留待他走后的日子再慢慢温习。那是只属于她一个人的心情，自豪、高兴而又有些忧伤、炙痛。直到飞机快要起飞了，钟荐勤才跑过来向妻子告别，徐宏拼命忍住眼泪，把甜美的微笑献给自己的爱人，让他安心踏上征途，为国争光。

一去一年，钟荐勤拍了大量珍贵音像资料，回国后与央视合作，编辑拍摄了高扬国威、军威的三集电视专题片《加勒比风暴》，全国"两会"期间播出，引起广泛关注。

归国那天，徐宏到机场接机。钟荐勤瘦了一圈，他背着大行囊兴冲冲走到妻子面前。那一刻，徐宏什么都不想忍了，偎在丈夫温情的怀抱里，任泪水尽情地流。

第二个月，徐宏怀上了小宝宝。没想到，七个月后，即2009年4月，公安部下达命令，授权云南省公安边防总队组建第八支赴海地维和防暴队。钟荐勤是优秀的新闻官，组织上需要他二赴海地，钟荐勤响亮地回答："没问题!"

这一年，妻子徐宏三十三岁了，是不折不扣的高龄和高危产妇。她渴望小宝宝的出生又暗暗有些惶恐，怕出什么意外；如果钟荐勤在家，有一个宽厚的肩膀依靠，就什么都不怕了。但丈夫重任在肩，再上战场，一切困难和危险只能自己扛了。钟荐勤出征的日期是2009年6月13日，婴儿的预产期是6月17日，只差四天，仅仅四天！临行前夜，徐宏拉着丈夫的手，轻轻按在小宝宝的位置，沉醉地体会良久，让一家三口尽情享受这幸福团圆的一刻。送别时她说，孩子一落生，我会在第一时间告诉你。

钟荐勤点点头，在妻子脸上深情地吻了一下，没出声，回身大步走去，没敢回头。

6月17日，花蕾般的女儿按时出生了，母女一切安全。钟荐勤在电话那边高兴得几乎要跳起来。他说："一定要等我回家，再给女儿取名字!"

十、天塌地陷的一刻

海地时间2010年1月12日（北京时间13日）下午，首都太子港阳光灿烂，海风轻拂。按照预先约定，中国公安部派遣的慰问工作组一行4人，以及随组负责警卫的维和警员23人，集体乘车前往联海团办公楼，拜会联合国相关官员，并就一些维和事项交换意见。

工作组成员为：

组长、公安部装备财务局局长朱晓平，公安部国际合作局副局长郭宝山，装备财务局调研员王树林，国际合作局干部李晓明。

陪同参加会谈的有：

中国警察维和防暴队政委李钦，驻海地民事警察队长赵化宇，新闻官钟荐勤，联络官兼翻译官和志虹。

其余19名警员全副武装分散站在大院，负责警卫。

会谈气氛相当友好和热烈。双方谈到16时53分（北京时间5时53分），远处突然闪过几道莫名的电光，大地深处响起一阵轰雷般的巨响并发生剧烈波动。院子里负责警卫的队员们大叫："地震了！地震了！"但什么都无法做也来不及做了，刹那间，他们目瞪口呆地瞅着联海团大楼像纸牌搭成的房子般轰然坍塌，碎落成一堆瓦砾、废墟。"快救人！"队员们不约而同大喊，疯狂地扑上去拼命用枪掘、用手扒……

据中国地震台测定，这是里氏7.3级地震！因为海地是热带国家，所有建筑轻薄脆弱，且多有"豆腐渣工程"，首都太子港化为一片灰黑废墟，仅为一层建筑的白色总统府，以及外交部等许多政府部门的建筑也坍塌了。消息迅即报告防暴队总部并转报国家公安部，北京、中南海乃至全国深为震动！时任公安部部长的孟建柱指示：不惜一切代价，要把抢救八位同志的生命放在第一位，只要有百分之一的希望，就要做百分之百的努力！

中央领导同志迅速作出批示。

相关新闻播出后，举国上下密切关注。当夜，北京、昆明的公安机关院内，战友们含泪燃起一个个巨大的心形蜡烛光圈，为他们祈福……

中国政府当即商请附近国家赶赴救援，美国、巴西、多米尼加、冰岛、波多黎各救援队相继抵达现场。1 月 14 日，联海团紧急调援的大型挖掘设备开始投入救援工作，同一天，高度专业化的中国国际救援队飞抵现场。

但是，什么都来不及了。

中国公安部工作组 4 人和维和警察防暴队 4 人，以及在楼内的联合国官员、雇员数十人全部遇难。

地震发生 15 天后，经世界卫生组织确认，整个海地死亡人数在 22.5 万以上，19.6 万人受伤。

海地时间 16 日凌晨 3 时 30 分，救援人员挖出第一具中方人员遗体：公安部装备财务局调研员王树林，接着是新闻官钟荐勤……94 个小时之后，最后挖出的遗体是公安部装备财务局局长朱晓平。

多年的维和实战证明，中国警察防暴队是威武之师、铁军之师，剑锋所指，所向披靡！也因此，他们出征前都满怀信心、充满深情地对亲人、对同事说："等我回家……"

怎么也想不到，在战斗中无往不胜，所向无敌的中国警察，竟殉职于突如其来的地震灾难。

苍天有泪化飞雪，大地不平放哀声……

八位英烈的忠骸，于 2010 年 1 月 19 日 10 时 40 分运抵北京——他们就这样默默"回家了"。80 名神情肃穆的礼兵，肩扛英烈的灵柩，迈着轻轻落地的正步，仿佛怕惊动长眠的英魂，向灵车缓缓走去。灵柩上覆盖着鲜红的国旗。排列两侧的亲人、战友胸佩白花，臂戴黑纱，泪落如雨，哀哭着呼唤着烈士们的名字。十里长街，战友们肃立敬礼，市民们默默凝立，拉起一幅幅深情的挽联条幅，目送英烈远行。所有的车辆停靠路边，鸣笛向英烈致哀。公安部大楼，为英烈下半旗。

1 月 20 日，党和国家领导人亲往八宝山，为八位烈士送行。

亲人和战友们整理了英烈们的遗物，发现——

警花和志虹在日记中写道：

“于苍穹社会，我也许只是一棵小草，但我也要以小草的方式，向春天展现生命的绿色；于大千世界，我也许只是一根羽毛，但我也要以羽毛的方式承载和平的心愿。”

赵化宇在日记中写道：

“人的生命只有一次，天底下除了傻子之外，相信没有谁会不怕死亡。我既然选择从和平走向、危机四伏的海地维和之路，也就时刻做好为和平事业牺牲的准备。”

海地地震发生前两个月，钟荐勤的妻子徐宏写了一篇倾诉思念之情的短文，文中说：

“目前，爱人还在万里之遥的海地任务区和队友们一起为维护世界和平挥洒着青春、力量和汗水。我期待他能早日平安归来。其实，这不仅是我一个人的期盼，也是每个维和防暴队员家属的期盼。每个维和防暴队员身后的坚强而幸福的家庭，都是他们在任务区直面挑战、顽强拼搏、不辱使命、为国争光的力量源泉。我祈求和平的甘露洒遍世界每一个地方，祈求战乱贫瘠的地方早日安宁祥和，祈求每一名维和警察在遥远的异域他乡平安健康，早日凯旋，把荣耀灿烂的和平勋章别在亲人胸前，把寓意美好的名字写进宝宝的笑脸。第一次参加维和，他回来说，回国的感觉真好，再也不用穿戴防弹头盔和防弹衣了。第二次参加维和还未归来，他憧憬着告诉我，回国的感觉真好，可以一手抱妻子，一手抱孩子。”

李晓明在博客中写道：

"世界其实是美好的，所以应当怀着感恩的心认真过好每一天。快乐像香水，洒在自己身上，别人也能沾上一点点……"

徐翼，时任群众出版社社长杨锦的妻子，怀孕期间朱晓平给她当过义务司机。她在悼文中写道：

"夜太黑。我的泪水盈满了我的双眼。2010 年 1 月 18 日的深夜，我独自来到天安门广场东侧、设在公安部机关大院里的灵堂，和你默默对视，向你做最后的告别。你一如既往那样，沉静而略带腼腆地朝我微笑着，就如你以往话语不多，热情却尽在无言中的表情。你不是和老弟杨锦已经约好，等你从海地回来后要一起聚聚吗？闻听海地发生地震，我们是那么盼望着来自海地的消息，却又如此害怕听到来自海地的消息。当你的名字出现在遇难者的名单中，我们的大脑刹那间一片空白，无声的泪水滑落脸颊，满满的心碎成了一片一片的痛……19 日，是你和另外七位战友魂归祖国的日子。晓平，你老弟和战友们一早就到了首都机场。我们接你回家了。"

"参座"李钦的女儿李沁遥写了一篇悼文《想你，我的爸爸》：

"这十多天来，只觉得是一场噩梦。来得太突然，让人无法接受；来得太匆忙，让我还没来得及做好准备；来得太惨烈，让我和妈妈失去了方向。今天回家的路上，像往常一样习惯性地靠在车窗上，幻想着你能像从前一样，在我身后笑着说，丫头，别靠着窗，会撞到头的。然而没有，你不在了。那么多普通的日子里，每当我靠在车窗上时，你都会从后面伸出大手，垫在我的小脑袋下面，因为你知道这是我的习惯，我喜欢这样靠着，看着窗外，发发呆，你乐意依着我。快要春节了。亲爱的爸爸，天堂有春节吗？在天堂的你再也不夜以继日地工作了吧？

“记事后的日子里，与爸爸总是聚少离多。不论是平常岁月，还是逢年过节，你总有太多工作要做，你总要把休息的机会让给战友。去年春节，维和归来的你终于和我们一起过年了，全家在一起的幸福时光点点滴滴都铭刻在我的记忆里。从昆明回老家的路上，我困了，我小心翼翼地把座位一小点一小点地往后倒，怕挤到你。你魁梧的身体，在哪儿都喜欢宽宽大大的。可我的小动作没逃过你的眼睛。小丫头，把座位倒靠在我身上，路还长，睡一下。我得意地听着，幸福地笑着，甜甜地睡着。你那宽大的衣服足以把我瘦小的身体盖得严严实实。你总是很骄傲自己拥有我这么一个小丫头，在你眼里我就是你的宝贝，是你的天使，尽管我总是在给你出难题，尽管我总是会不耐烦你的啰唆，尽管我总在抱怨你是工作狂……海地地震，在地球的那一边，天崩地裂。在我们心里，你是那么坚强，那么勇敢；在我们心里，你不是一般的人，你有超人的毅力；在我们心里，你会好好的，你心里有所有的队员，有我们一家，你放不下，我们都相信你是奇迹的化身。直到1月17日，生命中最黑暗的那一刻到来了，你狠心地把我们丢下，你不顾我瘦弱的身体，不顾你对我的承诺，不顾妈妈、奶奶、爷爷苦苦的等待。你走了，走得那么匆忙，那么悲壮。那一瞬间，在地球的这一边，我们的天也塌了。

“就在地震前的几小时你还在给我读英语。精通越南语的你，在去海地维和前又苦学英语。这一次，你说，快授勋了，你让我作为第一个听众，听听老爸的英语发音是否准确，这关系到中国维和警察的形象……爸爸，你和你的队员说过，这几年最遗憾的事就是没好好陪陪丫头。爸爸，你可曾想过，丫头没有你的日子，会是怎样的孤单，怎样的无助。丫头知道你有太多的不舍，但丫头也知道，你总是把自己献给伟大的事业。虽然你常说，你从头发到脚趾都是国家的，来不及顾我们，可我们知道啊，你心里总是挂念着我们这个温暖的小家啊！出征前你说过，如果有伤亡，那第一个一定是你！我曾怨你说这样不吉利的话，我曾怨你这样不顾我和妈妈……但我也知道，现在的你无怨无悔……爸爸，每次回家，你都说觉不够睡。这一次女儿接你回家了，你终于可以好好休息，饱饱睡上一觉了。丫头和所有人都会好好的，你的丫头不会让你失望，你永远都可以自豪地和大家说，我拥有一个丫头，她继承了我所有的优点！"

第二章
朝阳：“曙光之城”的古墓魔影

一、红山女神：五千年后的晋见

辽宁省朝阳市，坐落于群山连绵、松涛阵阵的辽西大地，北靠内蒙古，南依河北，地势高远辽阔，襟怀八面来风。她是一个纯朴、低调、略显寂寞的古城。人们或许难以想到，共和国成立以来的头号惊天盗墓大案，就发生在这里。

以“关外第一高手”姚某为首的盗墓贼们，为何像鲨鱼见到血一样，一次次疯狂地扑向朝阳城？这与朝阳独特的历史文化有关。

不到朝阳，你无法想象这片大地下珍藏着多少惊人的秘密和无价的瑰宝。不到朝阳，非考古专业的你无法回答诸如下面的一些有趣问题，比如：地球是如何突然间变得万紫千红的？恐龙留下了什么后代？地球上的第一朵花绽放在哪里？第一只鸟飞起在哪里？中华民族拥有五千多年文明史的实物证据在哪里？中华民族的人文始祖有女性吗？等等。总之，有关地球远古生物的起源，有关中华文明的起源，所有这些问题的正确答案，在朝阳市都可以找到。

进入20世纪80年代，朝阳化石的大规模、专业化发现在国内外考古界引起轰动，大量恐龙和古生物的化石，都被请进新建的朝阳古生物博物馆。可以说，当造物主把中国的"朝阳门"打开之后，地球生物进化史上一个惊人而伟大的"分娩时代"，赫然展开在地球人面前。

依据朝阳化石迄今为止的世界唯一性，中外古生物学家们认定：

——大约两亿年前，因为被子植物（先开花后结果，种子包裹在果实里）的大量出现，盛开的各色花朵才使一片单调绿色的地球变得万紫千红。朝阳发掘出世界上最早的被子植物化石"辽宁古果"，证明地球上的第一朵花绽开在朝阳。

——早年曾有西方学者提出假想，恐龙并未彻底灭绝，鸟类就是从恐龙时代的翼龙进化而来的，但一直苦于找不到实证，即进化过程中的那些中间环节。而在朝阳首次发现的尾羽龙、始祖鸟、原始热河鸟、孔子鸟、三塔中国鸟等25种系列性化石，近乎完美地再现了从翼龙到现代鸟类的进化过程，证明地球上的第一只鸟是在朝阳飞起的。

——还有大量已经灭绝的水陆空古动植物化石，包括森林般的树化玉，世界唯一，朝阳仅见。

事情还没完。20世纪80年代以后，这里的牛河梁红山文化遗址发掘出集祭坛、女神庙、积石冢墓葬于一地的大规模文化群落，祭坛规制宏大，墓葬等级分明，标志着在距今5500年～4000年的新石器晚期，以朝阳为中心的辽西（包括内蒙古、河北部分区域）大地出现了一个近乎"国家"的社会雏形。玉，历来是王权的象征和国家的礼器，在牛河梁贵族墓葬中发现的玉器，数量之多，前所未见。其中的玉猪龙、玉人、双联玉璧、龙凤佩等做工之精美、造型之灵秀，令人叹为观止，在国内同期墓葬中极为罕见。其中很多文物表明，当时的牛河梁已发育出较为先进的农业、畜牧业，先民已穿上衣物和靴子，猪已被驯化。统治者的仓库里堆积了充裕的粮食，因此能养活一些制作陶器和磨制玉器的手艺人。

更令人惊叹的是，牛河梁神庙遗址还出土了一个接近真人大小的“女神”头像。她是中国发现的第一位女神，黄泥为肤，打磨光滑；玉片为睛，闪闪发光，整个脸部的形象十分生动，出土时彩绘极为鲜丽，与传说中的女娲“抟黄土做人”有惊人的契合之处。其脑后部较为平整，可能是当年作为被祭拜的神而固定在墙上。

据专家推测，当时的雕塑家一定“遵旨”参照了一位威望崇高、恩泽四方的女性统治者形象，细心制作了这个头像，以供后人敬祭和瞻仰，“红山女皇”由此转化为后人心目中的红山女神。上述大量实物实证表明，新石器时代晚期，地处辽西的牛河梁红山文化遗存相较于关内同期的仰韶文化，发育得更成熟更先进。仰韶出土的多为骨制品、石器和陶器——都是些“老土”的工具家什，牛河梁则有了很多供统治者及贵族在祭祀和日常生活中享用的精美玉器。全国考古学会原理事长苏秉琦据此判断，牛河梁遗址是“一个古国的开始”，是“中华文明的初曙”，“红山女神是我国发现最早的模拟真人塑造的女祖像，当是中华民族的共祖。”络绎不绝前来考察的中外专家则惊叹，朝阳是“考古学家必须前来朝拜的圣地”。

显然，称辽西朝阳为“中华文明的曙光之城”是当之无愧的。2008 年，经国家文物局和辽宁省人民政府正式批准，划出以牛河梁遗址为中心的 8.3 平方公里为核心保护区，并启动了国家级考古遗址公园建设。这里层峦叠嶂，风景秀丽，犹如红山女皇的后花园……

这样的朝阳够神奇够绚丽了吧？不，还没完。

战国时候，朝阳为燕国之都，荆轲刺秦王就是从这里出发的，其地下埋有很多三燕文化遗存和青铜器。

西汉时，名将李广在此战死沙场，唐代诗人王昌龄为其赋诗一首：“秦时明月汉时关，万里长征人未还。但使龙城飞将在，不教胡马度阴山。”其中所提龙城，就是现今朝阳市的一个区。

辽代时，朝阳为兴中府，因大辽君主、贵族崇尚佛教，城内塔寺林立，香火兴盛。80年代朝阳市对北塔、南塔进行维修时，先后在塔上天宫、塔下墓葬发现释迦牟尼真身舍利两粒、锭光佛祖（即民间所称燃灯佛祖）舍利十八粒以及《佛舍利铭记》墓志一方。两位佛祖舍利同现一城，全球绝无仅有。

朝阳就是这样一方考古圣地。走进地界，你说不定一脚就能踢出一亿多年前的一只小鸟或一条小鱼（化石）；低头一看，你说不定就会发现一块五千多年前的红陶片或王公玉佩。

根据以往的考古成果，专家认定中华文明发源于黄河流域，而后传播到华夏各地。朝阳牛河梁文化的横空出世以及一波又一波的考古成果发布出来，让朝阳赫然惊艳四方。1988年，国务院确定牛河梁文化遗址为"全国重点文物保护单位"。消息传开，群情振奋，当地老百姓哪怕大字不识的，都懂得了文物保护和文物的价值。2012年以后，央视也闻风而上，《探索与发现》和《鉴宝》等栏目对朝阳历史背景和文物收藏价值作了全面介绍，在当地引起广泛轰动，古玩市场随之风生水起，价格暴涨，一夜之间催生了数百上千个百万富翁，也勾起了一大群盗墓分子的贼心和贪心。他们知道，早年发现的红山文化遗址经过多年来的盗挖，地下文物已接近"枯竭"。而今，辽西朝阳还是一片深埋不露、鲜有盗掘的地下宝库，而且埋藏很浅。"要想富，挖古墓"，只要摸清"龙脉"，找准"龙穴"，就等着发大财吧！茫茫夜色中，"鬼吹灯"的魔影越过法律底线，渐渐接近了朝阳的牛河梁文化核心保护区……

二、李超：潜入朝阳的"老乡"

就在盗墓贼纷纷南下、蠢蠢欲动之际，2013年5月21日上午，一位后来被称为"大盗克星"的神秘人物也悄悄潜入朝阳城。他眉眼普通，穿着普通，举止普通，坐一辆旧越野车，从盘锦方向驶入朝阳城区。他转了几个街头，观察了交通情况和值勤交警的工作，然后走进一个派出所，说自己是外地来的，打听打听道儿。一边说一边还探头往后屋瞅瞅。警察警惕性很高，瞪一双牛眼吼道：“瞅什么瞅?”中午，他和司机吃了一碗牛肉面，又转到城区里著名的北塔下，在文化街上走了几家古玩店，看看货问问价，然后和广场上的一群老人聊了聊家常，问问生活情况、社会治安情况和对警察的意见。下午，他驱车驶进某公安分局大院，从院门径直进入楼后的停车场——奇怪，这竟然是个“不设防”的公安分局！他蹓蹓达达从后门进了楼，然后拾阶而上，这层看看那层看看。办公室的门大都开着，里面的警察打电话的敲电脑的印材料的匆匆来去的，都很忙。大概因为这位来访的“不速之客”面相善良文质彬彬，不像坏人，所以楼里警察都没拦他，有的还微笑着冲他点点头，态度特亲民。

两天后，他驱车进入朝阳市属的两市三县。

第三次，他再次驶入朝阳市区，通过导航查看了各个公安分局和多个派出所的所在位置和工作作风，进入多家宾馆、网吧，发现一些单位没有严格执行实名登记制度。深入社区和旅游景点，进行了面对面的社情民情调查。入夜归家，他又通过互联网和公安网对朝阳市的历史沿革、经济社会发展和警察队伍情况做了翔实了解。

后来，他三次来朝阳微服私访的轶事被民警传颂，此人就是现任的朝阳市副市长、公安局局长李超。

李超，军人之子，1960 年生于甘肃省酒泉市。父亲曾是边防部队的侦察参谋，后转业到企业——李超的微服私访本事大概就是跟父亲学的。三年饥荒时期，企业下马，父亲挑着两个箩筐，一个装书，一个装着小李超，千里迢迢，颠沛流离返回辽宁老家，落户盘锦。因为父亲的管教和家风的影响，李超自幼谨言慎行，好读书，喜思考，懂理论，能写文章。1979 年，他考入辽宁省警官学校，毕业后被分配到盘锦劳改队当管教。一个二十岁的初出茅庐的阳光青年，整天面对的是来自社会阴暗面的劣迹斑斑、内心污浊的“劳改犯”，那该是怎样艰难的工作挑战啊！但李超云淡风轻，从容应对，其“化腐朽为神奇”、“化干戈为玉帛”的本事很快引起上级的注意，四年后调入盘锦市局预审科。此后两三年换一个地方一个警种，曾获个人一等功 2 次、二等功 3 次、三等功及嘉奖多次。赴任

李超在办公室

朝阳之前，他是盘锦市公安局党委书记、常务副局长。调任朝阳的公示发布之后，他觉得可以趁这段时间搞搞调研做些思考，于是就有了他的三次微服私访。

2013 年 5 月 28 日那天，李超正式走马上任。事先他请市局通知召开全市副科级以上干部大会，并规定与会者必须"规范着装"：穿长袖警服衬衫和黑皮鞋黑袜子，每个单位必须列队入场。警察们很纳闷，这位新局长怎么管得这样细？

李超说，形象也是战斗力，一个"歪戴帽斜瞪眼、敞着怀叼烟卷"的警察，不可能获得人民群众的欢迎和信任！

会议开始了。李超的讲话没有那些表决心、假谦虚的客套话，开门见山，直奔实际和要害。他充分肯定了全市四千多公安民警的工作成绩，又摆出一条条缺失和群众的意见，甚至直点警察的姓名、单位、表现。全场大惊，肃然无声，个个竖着耳朵听着。这位李局长刚刚上任，怎么把咱们的情况摸得这样清？有的民警仔细一看，这位局长前些天就像进城农民一样，还跟他打听过道儿呢！

市情局情、存在问题了然于胸，改进、改革的方向、举措自然也就成竹在胸。讲话中，李超明确提出加强警察队伍建设的“二三四二”施政方案，即“两个姿态、三个负责、四个关注、两创目标”。其观点、内容、要求简明扼要，他的目标指向只有一个，那就是坚决打造朝阳公安的铁纪之师、必胜之师，牢固树立“民警清正、队伍清廉、管理清明”的清风正气。

三、王红岩：一个秘密作战计划

2014年7月7日晚九时许，一辆警车驶入市公安局后院的停车场，下来的是身着便衣的文物保卫分局局长王红岩。夜色中，他抬头瞅瞅楼上副市长兼市公安局局长李超的办公室窗口，如他所料，灯还亮着——这是李超的工作习惯——以办公室为家经常加班。王红岩夹上黑皮公文包，匆匆向楼内走去。他选择夜深人静的时候来汇报工作，因为一切必须严格保密，不能走漏风声。

王红岩在撰写汇报材料

王红岩，1962年出生于沈阳新民县，浓眉长目，高大威猛。少年时候考入航校学了三年，青年时代进入北京航空航天大学学习四年。毕业后在北京工作八年，主要任务是通过操作飞行模拟器，为中国空军和亚非友好国家训练飞行员。后调入朝阳市公安局消防支队。2008年，王红岩转业，被任命为牛河梁管理区治安分局政委，名号不小却“没房没地，没水没气”。手下四个兵，正好等于戏台上四个龙套，“代表了千军万马”，王红岩苦笑着说。

国务院和辽宁省人民政府确定了以牛河梁文化遗址为中心的8.3平方公里核心保护区以后，因保护遗址和考古需要，民居、大棚不让建了，打井不许了，农民承包地里的树要砍了，特别是随着三大博物场馆的建设，引发大量农民上访，也引起一些盗墓贼的觊觎。为保护遗址，化解矛盾，王红岩走遍了山野河谷、沟沟坎坎、村村户户。

他很快炼出一双火眼金睛，能看出盗墓分子的蛛丝马迹和鼠目贼光。没事时他常去博物馆转悠。普通观众面对展品，有的很散淡很轻松，有的很专注很陶醉，不时发出啧啧赞叹。而那些“地下考古工作者”多是脸色青白（因他们都是夜猫子，白天睡觉夜里活动），举止飘忽，动作敏捷，眼神发着贼光且闪烁不定，在人群中不时本能地东张西望，同伙间交流总是窃窃私语。

经过工作中的广泛走访排查，王红岩敏锐地感觉到，牛河梁保护区聚集的本地和外地“江湖高手”似乎越来越多了，荒坡田野上出现的探挖坑、盗掘坑也一步步向保护区延伸。2013年，他和手下警员在巡查时多次发现山中有盗墓贼团伙行动，但因夜色漆黑，山林茂密，难以缉拿。显然，随着朝阳文物影响的扩大和价值的提升，一场盗掘与反盗掘的大战已不可避免。李超赴任后前往牛河梁分局调研时，王红岩单独就当地盗掘活动日见升级问题作了详尽汇报。李超说：“文物盗掘案从来是无主案，没人告，没人追，不办也没人催。有些地方的文物几乎被盗空了，就是因为这类案件管控难、取证难、追赃难。我们必须吸取这个沉痛教训。朝阳很多文物举世无双，堪称国宝，其价值和影响决定了保护文物的紧迫性和案件性质的严重性。这是一场长线的、隐秘的战斗，不打则已，打则必胜，而且必须力求全胜!”

王红岩谈到他的困难：现在的管理区分局主要职责是管治安和维稳，而且只有几个警员，难以对付四处流窜的盗墓团伙。

李超当即拍板：“考虑到朝阳文物的重大意义和价值，我们要对民族负责，对历史负责！你的职责应当与时俱进，尽快向遗址保护、文物保卫方面转过来。下一步我来给你配备力量。”

王红岩凛然受命。

随即，李超做出一个重大的体制创新，在全国公安机关属于开先河之举：经局党委研究决定，将原来的牛河梁管理区治安分局报批更名为文物保卫分局，王红岩出任局长，并全面增强警力和装备。2014 年 6 月，走完编制等各项报批手续，朝阳市公安局文物保卫分局正式成立。表面上，从治安分局到文保分局，一切还是云淡风轻、正常工作的样子，实际上，一场紧张的无声的“备战”已经开始。

一个月后，即 7 月 7 日晚九时许，王红岩夹着公文包进了李超办公室。他报告，当天在朝阳市所属的凌源市郊大杖子村遗址第 6 号保护地点发现盗掘点，损失不详。警员在现场找到犯罪嫌疑人遗留的手套、烟蒂和矿泉水瓶等物证（后在这些物证上提取出盗墓人的 DAN）。此前，在牛河梁遗址的 6 号、12 号区域，在建平县富山镇的辽代古墓等处，都发现有团伙探挖或盗掘的痕迹。

王红岩请求采取行动。

李超沉吟半晌，说了一句妙语：“看来各路江湖都到齐了，我们应该行动了，不过要叫‘行而不动’。”王红岩莫名其妙。

李超起身转了几圈，沉思良久，然后说，“战争年代，在敌强我弱的情况下，毛主席指挥作战一向讲究‘伤其十指不如断其一指’。现在是我们强盗贼弱，因此我们的出击务必‘断其十指’，一网打尽，才能在较长一段时间保证朝阳文物的安全。为达到这个目标，眼下我们的方针应当是‘行而不动’：即秘密排查，顺藤摸瓜，严防严控，露头不打，择机再抓。”

王红岩笑道："还挺押韵呢，李局你可以当诗人了！"

窗外静夜寂寂，明月当空。两人细细研究了作战方案和各项行动部署，李超当场拍板决定，吸收市局技侦支队于兆海加入，调集19名精兵强将，成立秘密专案组，代号为"7·07专案组"。李超亲任总指挥。为防走漏风声，此作战计划只有李超和王红岩、于兆海知道。

在文物保卫分局前段调查工作的基础上，专案组"秘而不宣、行而不动"的拉网式排查开始了。专案组成员不知内情，只接任务，有些人甚至误以为这是"借查文物之名查毒品、查赌博"。他们化装成县乡或社区干部，访贫问苦的、查水表或电表的、做文物生意的，或者"还原"成管治安管防火的警察，逐街逐店、逐村逐户调查：宾馆来了什么新客人？做什么生意的？文物店有什么新货？谁有"真货"要出手？谁家男人长期在外突然回家了？谁家近来暴富，花钱阔绰了？谁家有钢钎（俗称扎子）、洛阳铲之类的盗墓工具？谁无业无商、游手好闲却经常参加豪赌？一些名声在外的盗墓分子最近和什么人来往？常去什么地方？

历经五个月时间，专案组调查走访群众上万人，追踪足迹遍布辽宁、吉林、黑龙江、内蒙古、山东、河南、河北等7省区，20多个市县，行程5万多公里，等于绕地球一圈；获取相关信息数万条，梳理出以姚某、冯某等人为首的9个盗掘团伙，涉案人员80余名。

王红岩在向局长李超的汇报中说，在新形势新条件下，盗墓贼的作案方式有了很大变化。

其一，一些团伙的盗墓工具和作案手段正在向现代化、智能化转变，其装备有电脑、车辆、强光手电、罗盘仪、金属探测仪、三维立体成像仪、大功率对讲机、高倍望远镜等。

其二，盗墓贼的反侦查能力大大增强。以往的老贼挖完就走，现今他们常对现场实施回填，并撒上草籽或覆盖草皮。离开时还会将矿泉水瓶、快餐盒、烟蒂等杂物清走，以掩盖盗掘罪行。

其三，盗墓贼与极少数公职人员、行会人员内外勾结，联手作案，串连成不少盗掘、倒卖文物的“地下管道”。被盗的文物出手快、倒卖快、流失快。

大量事实、情报和信息表明，朝阳地下丰富的红山文化遗存已经引起很多盗墓分子的觊觎，事态日趋严重，盗掘不断发生，文物正在流失。经详细审查相关材料和证据，李超毅然决定：“全线收网！而且要主动打，围着打，追着打，不能打跑，力求打尽，防止他们卷土重来！”

不过，涉案人员如此之多，分布面如此之大，显然不是朝阳市公安局所能做到的。2014 年 11 月 26 日，李超向辽宁省公安厅厅长王大伟作了汇报，省厅决定将此案立为全省大要案查办，代号“11·26”专案。随即，公安部又将此案确定为“部督 2015－1 号案件”。

案情之重大，由此可见！

四、扬眉剑出鞘：且看“锦囊妙计”

2014 年 12 月 5 日，各相关省区警方配合方案协调完毕，王大伟厅长决定于 7 日凌晨五时全线收网。此时正值塞北冬季，天寒地冻，夜色如漆，人们都在被窝里睡大觉，正是抓捕的好时机。

如此大规模、大范围的收网行动，需要调集大量警力，又要保证密不透风，可谓难上加难。战前，李超和几位指挥部成员对行动方案做了精心设计。他说：“说实话，行动前我的压力极大。案情惊动了省厅和部里，而且涉及七个省区二十几个市县，万一走漏风声搞砸了，咱当了几十年警察，丢不起人啊！”

专案组警察也难。在长达五个月的时间里，他们神秘兮兮地天天早出晚归，四处奔波，甚至几天十几天不回家。按照严格的纪律要求，他们又绝不能向家人透露任何工作内容和自己的去向，哪怕一句暗示也不行。因此两口子闹意见的，子女不高兴的，老人生病住院见不到儿子的，小孩子哭着找爸爸的，并非个别现象。警察们只能打掉牙往肚里咽，顶多回一句话：“还能忙啥？忙工作呗！”

铁纪，造就了铁军。如今回忆起当初老婆哭孩子闹的场景，有的汉子说着说着眼圈就红了。

为保证收网成功，李超运筹帷幄，推出多项重大而神秘的举措：

其一，专案组成员忍饥挨饿、爬冰卧雪，对每个团伙成员进行了随时随地的严密监控，绝不让犯罪嫌疑人离开他们的视线。

其二，李超和专案组领导对全市4000多名民警进行了认真过滤和筛选，从中挑选出政治业务素质过硬、有经验有能力的800余名民警，针对9个团伙、78个抓捕对象，按8:1的比例配备队伍，分成78个抓捕组（包括外省区支援的55名警员）。每个组谁当组长？谁有搜查经验？谁有审讯经验？都做了全面考虑和详尽安排。

其三，5日上午，天阴欲雪。市局通知全体民警备勤，不得请假外出。与此同时，在市局指挥部召开了战前动员会，相关部门一把手、各区县公安局一把手，以及各抓捕组组长与会。直至此时，李超仍然对任务内容秘而不宣，他只是严肃地说："公安部刚刚来了一个密件，向我们下达了一个绝密任务，代号'11·26专案'，要求我们按抓捕名单行动。"

其四，9个团伙的头目及成员都做了编号。比如第一个团伙的头目姚某编号为"101"，其成员为"102"、"103"等；第二个团伙的头目编号为"201"，其成员依次为"202"、"203"等，以此类推。将抓捕对象和编号一起发给抓捕组，便于牢记和统计。

其五，给每个抓捕组发一封"鸡毛信"，共计78个档案袋。袋里装着抓捕对象的体貌特征、家庭住址、犯罪事实、结伙情况，以及审讯提纲、法律文书等，其中还包括牛河梁重要文物的图片，以便抓捕组在现场参照比对。6日上午的动员会上，李超以极其严厉的口气要求各组长："散会后，每位组长拿走自己的档案袋，行动前当众拆封，但只有组长有任务知情权。组长看清本组负责的抓捕对象、设伏地点后，本组成员必须无条件服从命令，按图索骥，不得有误！从档案袋拆封之时起，各组不得相互打探通气，组内共同监督，任何人不得单独外出，不得向外打手机。凡有走漏风声者，坚决撤职查办!”

后来，参战民警们戏称李超局长使用了《三国演义》里诸葛亮的“锦囊妙计”，临战前再打开，一用一个灵!

其六，为避免犯罪团伙相互通风报信，抓捕行动统一在凌晨五时展开。捕获犯罪嫌疑人后，立即按档案袋里的审讯提纲展开审讯，并彻底搜查盗掘赃物，坚决避免盲点，防止文物流失。

其七，所有参战警员携带枪支、械具。动员了400多辆车，大都是无公安标志的地方车辆、政府公车和警察私车，以免靠近设伏地点时引起犯罪嫌疑人的注意。

其八，有的犯罪嫌疑人还在路上，为防外逃，全城布控。

任务布置完毕，各组长带上自己的“鸡毛信”纷纷出发，目光中充满庄严与坚定。6日中午，辽宁省公安厅相关领导抵达朝阳，指挥部进入战时状态，李超和局领导坐镇指挥，一支支抓捕组陆续出发。晚9时30分，行程最远的一个抓捕组到达预定位置，标志着全部警员进入设伏地点。

时值严冬，寒风呼啸，滴水成冰，临近午夜又飘起了小雪。很多战警躲在车里或蹲守在冰天雪地里，手脚冻得发麻，却不敢活动，车里也不敢开空调。直到这时，组长才向部下交代了抓捕对象的姓名、年龄、体貌特征以及搜查内容。

五、雷霆出击，创造三个“全国第一”

市局指挥部，墙上的钟表指针轻轻地转动着……

12月7日凌晨五时，大搜捕在北方七省区同时展开。在朝阳，从指挥部的屏幕上可以清楚地看到，埋伏在各抓捕地点的战警们借着雪光月光和手电筒光柱，个个如猛虎扑食，跃向一间间房屋一扇扇房门……

李超和其他领导同志最关注的，当然是第一个团伙中的首犯——编号“101”的姚某。通过GPS定位，“101”所在区域和第一抓捕组的行动，在指挥中心大屏幕上显示得清清楚楚。

姚某，1962年生，内蒙古宁城县五化镇新房村人。家中哥七个，他排行老三。父亲是农村中的手艺人，会制箩。姚某跟着老爹干了一阵子，觉得来钱太累也太慢。其间他到北京、承德玩了一趟，回来就入了盗墓的黑道，眼瞅着暴富起来。家里老房子翻修得高大气派，在赤峰市高档小区买了160多平方米的住宅，还有其他住房，都是他的落脚之地。此人中等身材，黑瘦结实，虽是年过五旬的老江湖了，行动依然快捷轻灵，像一只机警狡猾的老狐狸。回到农村老家时，他总是一身不起眼的农民着装；到了古玩市场，便戴上金丝边眼镜，西装革履，拿出一副大老板气派；去外地出货时，则是学者或政府官员打扮。据查，姚某这辈子除了年轻时跟老爹走村串户卖箩，入了盗墓黑道以后，再没干过什么正经营生。积数十年之历练，他在观星相、看风水、踩点、判断方面确实技高一筹，什么"左青龙右白虎"的能讲得玄乎其玄，其行动常比专业的考古工作者还来得快、看得准。每每领着团伙上山，姚某东走走西看看，再拿"扎子"（丁字形钢钎）插到地下探探，根据入土的手感，他便能确定此处地下是不是墓葬，有没有"货"。探准地方了，他让团伙成员抓紧下挖，自己蹲一边喝水抽烟观风。听到铲子碰石头的异常响动了，他便下令让同伙上来到远处歇着，自己下坑细细抠石筛土，所有的"老货"直接揣进怀里。究竟鼓捣出几件？是什么？卖了多少钱？他从不言声，马崽们也不敢问。过后由姚某随便赏，这个给五千，那个给两万。初入伙的开始还挺满意，觉得比种庄稼、做生意来钱快。时间长了，同伙们便发现姚某经常在赌场上一掷万金或数十万金。同伙们终于看明白，"师傅"肯定独吞了许多天价国宝，给他们的不过是一点儿土渣渣。姚某为人如此奸猾狠毒，自然难以维持"道"上的人缘，伙计们日积月累看懂了一些门道，纷纷离他而去，自己挑旗单干。连他的七弟也和这位三哥断情绝义，转而成为第三号团伙头目冯某的高参。就这样，一窝窝的盗墓团伙滋生出来，姚某把他们视为自己的"徒子徒孙"，他们也把姚某尊为"道"上的祖师爷和"关外盗墓第一高手"。据说姚某在大牢里听到这样的"历史定位"，十分不快、不服和不屑，他认为自己是“当之无愧的华夏第一高手”。据其手下董某交代，他跟着姚某干了两年多，外出盗掘就不下两百次，被其卖出的文物难计其数。也因此，在市局抓捕名单中，姚某“光荣地”名列“101”号。

姚某有两个姘妇，在赤峰市区、宁城县城和老家新房村等地有四个住处。11 月 6 日当天，他的所有住处和 11 个同伙的去向都被严密监控。万万没想到，当天姚某还决定带人上山“干活儿”，这让市局指挥部和抓捕组深感担忧。山上林木繁茂，地形复杂，抓捕行动一旦发出什么响动，在夜色掩护下他们很容易逃脱。

李超下达指令：“让他们放手干，一定等到他们下山，我就不信这几个毛贼不睡觉！”

黄昏时分，姚某等五人开着两辆车进入山野，然后扛着工具徒步上了山。不久，一辆黑色轿车悄悄停在山路拐弯的树林边上，抓捕组三位战警躲在车里，紧紧盯着姚某一伙开来的那两辆车。夜色如漆，天寒地冻，车不能开空调取暖，三人只能在车内活动活动手脚。午夜过后，山上传来一阵越来越近的脚步声，显然是姚某他们下了山。不久，盗贼的两辆车开动了，抓捕组的车远远跟在后面。临近宁城县区，盗贼的两辆车忽然分开，其中一辆向北票市方向开去。情况立即报给指挥部——没问题！第二抓捕组已经跟了上去。

负责分组抓捕姚某团伙 12 人的第一行动队由刑侦支队耿作明、兰大泉负责指挥，他们在宁城县天义镇宁城宾馆开了几个房间，作为临时指挥部。凌晨一时许，市局指挥部忽然打来电话：“注意，注意！保持隐蔽！‘101’和两个同伙的车停到宁城宾馆门外了！”

有那么一瞬间，耿作明几乎不相信自己的耳朵。怎么？姚某竟然自投罗网，把自己送到警察嘴里了？

真是冤家路窄。消息很快传来：姚某和同伙刘某、董某住进五层的两间客房。而第一行动队的指挥部就在三层。经市局指挥部商议，决定提前对姚某及其同伙实施抓捕。凌晨三时许，两间客房的钥匙悄悄插进钥孔，全副武装的战警两脚踹开里面挂着的钢链然后猛扑进去。疲惫不堪的姚某及其同伙来不及做出反应就被死死按在床上。

盗墓"道"上的祖师爷、首犯"101"落网！指挥部一片欢腾，李超兴奋地拍了一下桌子。

随即，战警们对照"锦囊妙计"中的重要文物照片，围绕姚某各住处全面展开大搜查。在赤峰市的高级住宅，有一间房子是专门放文物的，足有上百件。民警们一一登记打包。接着警察在厨房壁柜后面发现隔断有异，拆开后露出一个保险柜，从中搜出国家一级文物"黄金盖盒"、古瓷碗、青铜器等多件。在其新房村的老家，除了搜出马蹄筒玉器、玉佩、玉镯等文物，在院落的一口井里还发现一个竖梯。民警下到深处，在井壁的洞中搜出红玛瑙珠四串，疑似辽代文物。

"11·26"专案大获全胜后，战警们谈起"道"上的这位祖师爷姚某，发现冥冥之中有很多奇妙之处：本专案代号"11·26"，恰好是姚某的阴历生日；其落网时间凌晨3时17分，恰好是姚某的出生时辰；抓获他的地点——天义镇宁城宾馆，正合"天意"！

人在做，天在看，多行不义必自毙。

冯某，1979年出生于凌源市，第三个团伙首犯，编号"301"。他只有三十多岁，却显得比姚某更狡猾更有城府。此团伙包括姚某的七弟、韩某（凌源市人）、王某（宁城县五华镇人）以及从犯罪活动中谋取不法利益的冯某等。伙内"纪律"严明，个个装得像守法良民。平时形同陌路，不喝酒不赌博不来往，招之即来，盗完就走，卖钱平分，很多交往多年的哥们儿都不知道他们是盗墓贼。12月7日凌晨五时，第三抓捕组在张志学的指挥下，兵分五路开始行动。当身着便服的战警们冲进冯某家时，裸着一身青色文身的冯某目瞪口呆，一时不知所措。他的老婆却毫无惧色，跳着脚破口大骂。执法警察来了，她怎么会这样嚣张？原来，其间有一点儿误会。两个月前的一个深夜，冯某曾在家门前停车时遭遇一次绑票。五个暴徒以"要命还是要财"相威胁，从他的古玩店里抢走八件珍贵文物。事后查明，此次绑票是第九个团伙的几个成员干的。面对抓捕组的此次行动，冯某的老婆以为是绑匪故伎重演，自然忍不住大骂不止。

经突审，冯某交代，为免遭再次绑票，他把很多“老货”转移到堂弟家藏匿。战警们火速赶到其堂弟家，从保险柜里起获大小玉龟三只、玉鸟两只、玉蝉一只、马蹄形玉器四件、大小玉猪龙五件、玉镯七只。经文物专家鉴定，其中国家一级文物 14 件、二级文物 7 件，总价值在数千万元以上。

负责抓捕韩某的是邢军。邢军出身知识分子家庭，青年时代当过企业的团委书记，1995 年经公务员考试从警。他患有心脏病，腰部还有老伤。行动前，他叮嘱队员说：“韩某的孩子很小，咱们进去时小点儿声，别吓着孩子。”他们悄悄潜入韩某睡觉的二楼后，邢军把手枪顶到他的脑门上，轻声说：“警察！不许喊，跟我们走一趟。”韩某归案后长时间持抵抗态度，拒不交代罪行。后来得知邢军行动前曾嘱咐队员们“别吓着孩子”，心里十分感动，经专案组耐心做思想工作，韩某很快交代了犯罪事实，并主动引导民警提取了藏匿在亲戚家的两件珍贵文物，其中一件是红山文化时期的彩绘陶罐，为国家一级甲等文物。此后，这个专案组在邢军指挥下，根据各嫌疑人交代的线索，连续作战持续追踪，很快追回国家一级文物方形玉璧、Y 形玉器。至 2015 年 8 月，共追回国家一级文物 10 件套、二级文物 2 件套。

编号“403”的刘某家在内蒙古敖汉旗一个偏远之乡，12 月 6 日是他大儿子的大婚之日。周围十里八乡的亲朋好友纷纷前来贺喜，连该团伙一号人物“401”霍某也到了。霍某出生于凌源市一个贫苦农家，年轻时以收废品为生。后来结识一个倒腾古董的朋友，多少懂得了一点儿古玩知识。有一次他花了几十元，从一户农家收了一个古瓷瓶，转手卖了五千元，这让霍某大为惊喜。他拿着这笔钱跑到景德镇，租了一间房住下，然后拜师学艺，把瓷器史研究一通，回来后网罗了刘某等几个帮手，走上盗墓之路。

团伙老大亲自来给儿子贺喜，刘某自然热情相迎，按蒙古族习俗摆上满席酒肉饭菜，乡亲们载歌载舞，一直热闹到晚上。刘家距朝阳市区足有 300 多公里，当晚八时许，第四抓捕组陈文良率领两个小组共十名战警赶到。他们把车停在距该村很远的地方，趁夜色掩护徒步进入村内，悄悄埋伏在刘家附近。经排查，陈文良发现刘家院内外总共停了近三十辆车，显然不少来客包括“401”霍某都留宿在此不走了。陈文良迅速向指挥部请求支援，为加强震慑力，八名身穿警服、全副武装的战警火速赶到。凌晨五时，突袭行动开始，“401”霍某、“403”刘某都被堵在被窝里。搜查赃物时，民警发现刘某的妻子始终坐在炉灶旁的炕沿上不动，掀开炕席一看，炕洞里藏着一件罕见的古石器。

有一个盗墓贼交代，发案前他曾卖掉一支元代的牡丹龙纹金钗。专案组立即寻人寻迹追踪，发现这支金钗在半个月之内“旅行”了大半个中国：先从阜新卖到沈阳，再卖到太原，又卖到浙江余姚，然后抵达上海，再从上海卖回到太原。办案警察日夜兼程，穷追不舍，最后终使这支金钗“完璧归赵”，回到国家手中。

参与倒卖文物的个别公职人员和所谓“社会名流”也应声入网。

在辽宁省考古研究所长期当“编外技工”的邓某，在田野发掘中趁同事不备，将一件一级文物玉猪龙装入私囊。其后，他通过赤峰市敖汉旗博物馆原副馆长、有名的文物专家（也是文物倒卖贩子）刘某介绍，以320万元的价格将玉猪龙倒卖给天津的大老板张某，刘某从中获利20万元。

张某，原天津市红桥区人大代表，当地赫赫有名的企业家。他投入巨额资金，从姚某等朝阳地区的盗墓贼手中先后收购了大量红山文物，未经政府相关部门批准，在津南区开了一家规模不小的私人“红山文化博物馆”。专案组民警以物找人、寻迹追踪，查到他头上。张某自恃是地方名流、人大代表，态度极为蛮横。但面对专案人员出示的有关他非法购买国家文物的证据，张某不得不主动前往公安机关自首，公安人员迅速扣押了馆内682件文物。其中，国家一级文物95件、二级文物28件、三级文物11件。尤为引人注目的是一件墨绿色C形玉龙，当属五六千年前红山文化的精品文物，早年曾有一件出土于内蒙古翁牛特旗，被誉为“中华第一龙”，后成为华夏银行的标识。

收网行动自2014年12月7日凌晨全线打响，至7日中午，一举打掉盗墓团伙9个，抓捕犯罪嫌疑人78人，各团伙中一至六号的主要嫌疑人全部落网。随即，李超引用毛泽东的诗句“宜将剩勇追穷寇，不可沽名学霸王”，激励战警们连续作战，扩大战果，务求全胜。2015年1月29日，根据在押嫌疑人的交代和新掌握的线索，指挥部发动了第二次抓捕行动，第十个团伙——程某等26名犯罪嫌疑人全部被缉拿归案。2015年11月13日，第十一个团伙——于某盗掘文物团伙29名成员悉数被擒。

其间，公安部和国家文物局先后五次听取了专案组长李超的工作情况汇报，并多次派员赴朝阳市指导案件侦办。

截至2015年11月，共抓获11个团伙、217名犯罪嫌疑人，其中涉嫌犯有盗掘古文化遗址、古墓葬罪165人，倒卖文物罪40人，掩饰隐瞒犯罪所得罪11人，抢劫罪6人。共追缴文物2053件（套），其中国家一级文物247件（套）、二级文物141件（套）、三级文物262件（套）、一般文物1403件（套）。依法扣押作案工具417件、人民币现金1051.6万元。

“红山大案”成为共和国成立60多年来破获的最大盗掘、倒卖文物案。朝阳公安的雷霆出击，创造了三个“全国第一”：同类案件抓捕犯罪嫌疑人数量第一；追缴国家一、二、三级珍贵文物数量第一；破获案件数量第一。

2015年4月21日，公安部刑侦局向辽宁省公安厅及朝阳市公安局发出贺电。28日，国家文物局致函辽宁省人民政府，对辽宁省及朝阳市公安成功破获“11·26”盗掘古文化遗址、古墓葬案，表示衷心感谢。

2015年10月30日，中共中央政治局委员、中央政法委书记孟建柱批示：“辽宁朝阳公安侦破特大文物案的经验，十分宝贵，值得认真总结。”次日，国务委员、公安部部长郭声琨及其他部领导也作出批示，要求对朝阳公安经验“总结提炼，学习借鉴”。

辽宁省、朝阳市领导也多次作出批示，对朝阳市公安局成功破获“红山大案”给予高度评价。

2015年10月9日，国家文物局、公安部联合发文，宣布授予朝阳市公安局"文物保护特别奖"。

这确实是一项"特别奖"，因为它在共和国历史上首开先河。

大批珍贵文物收缴回来后，一一登记编号入册，摆了满满一屋子。朝阳市副市长、公安局局长李超特意请来几位国家级考古学者和文物鉴定专家前来鉴定。看到如此之多、光芒四射的民族珍器、国家瑰宝被朝阳公安从盗掘、倒卖分子的手中收缴回来，一位白发苍苍的老专家禁不住热泪纵流，当众向李超深深鞠了一躬。他泣不成声地说："你们不仅保护了一大批珍贵文物，而且保护了我们民族的灿烂文化和悠久历史！"

第三章
山乡警察：那些悲壮的记忆

一、三名警察的生死抉择

走进贵州，开门见山。

望谟县，一个遥远的绿荫覆盖的小城，深藏在贵州西南部的大山里，属黔西南苗族布依族自治州，南与广西接壤，有30多万人口，80%以上人口为布依、苗、瑶、壮等民族，汉族为“少数民族”。我们驱车从贵阳出发，从高速路到盘山路，从云雾山到深谷间，上上下下辗转了四个小时才抵达望谟。街道上人不多，车也不多，也少有现代化的建筑和时尚化的商场。在这里，时光仿佛走得很慢很慢，细长古旧的巷子里延伸着当地的质朴与宁静。一条清澈的王母河蜿蜒穿过城区，从山中流来，向山中流去。

大山深处的望谟县，贫困一直赖着不走。县公安局下属十七个派出所，一百多名警察镇守四方，守护着那里百姓的平安。每天他们要爬很长的山路，穿越很深的峡谷，走向很远的山寨。他们天天在路上，很多时候要打赤脚，喝山水，饿肚子，一不小心就会滚下山坡。

唐朝海，1966 年生，身材高大威猛，浓眉厉目。1985 年高中毕业，他报考了警校，却因为体重不够落选了。按照分数线，他本来可以另选其他学校，但是不，他一定要上警校！于是重新回炉读高三，每天猛吃，吃不下也吃，每个月吞下近百斤粮食，逼自己长体重。一个高大威猛的唐朝海蹿起来了，第二年一切条件都超常的好，如愿考上警校。在校期间他发狠读书，功课门门优秀，还练出一身擒拿、格斗、散打本事，三五个人近不得身。毕业时，同学们在一起喝酒告别，纷纷说起未来的志向，肯定是酒喝得有点儿高了，唐朝海站起来大声说，十年后我要当公安局长！

哗，同学们全笑了。一个嫩崽，十年后混个小股级就不错了，还局长呢，做梦吧！

就职于贞丰县公安局，一个优秀的警察很快浮出水面，他当了刑警队长，多次受到省、州、县通报表扬。

2006 年 11 月，他调任望谟县县委常委、政法委书记、公安局局长。

2011 年 6 月 6 日，星期六，午夜左右，正在家里休息的唐朝海突然接到 110 指挥中心的电话：县城还是大月亮天，没见下雨，可我们从监视屏上看到，王母河的水突然暴涨，桥面原来距河面三米高，现在已经平桥了！北部山区肯定下了大暴雨，县城很危险！

贵州山多雨多，云层或被切割或被阻挡，天气变幻莫测，局部的天气预报很难搞准确。当天，预报只说县城晴朗，周边有雨，没想到雨会来得这么快，这么猛！

唐朝海立即报告县领导，紧急启动应急预案，并布置警力全员紧急出动，呼喊县城群众迅速撤往山上！说时迟那时快，往常平静

唐朝海（左1）与战友

而安详的王母河突然变身成一条恐怖的洪水巨龙，数米高的恶浪呼啸着翻滚着从河床冲出，势不可当地扑向县城。刹那间电断了，通信断了，全城已成一片汪洋，民众陷入一片黑暗与惊恐之中，成千上万的人喊爹妈、叫孩子跑向楼顶和高坡。唐朝海让家人赶紧上楼顶，他则跑到王母河桥上查看水情。那一阵，他的心凉了，凉得像冻了冰。汹涌的浊浪就在脚下，滚滚的洪流中，漂流着树木、汽车、家具……

大水来得太突然太猛了。一个十几岁的小女孩儿抓着一块木板，被巨浪急速地卷向下游，眨眼间就没影儿了。洪水很快漫过一层楼，正迅速接近二层。对面的二层楼顶上，一个年轻母亲抱着孩子向周围的人们大声哭喊，谁来救救我的孩子？救救我的孩子！但是，洪水席卷一切，翻滚着的大树撞得房墙咚咚响，谁下水都会被卷走。

在中心广场附近的一处三层楼顶，聚集了一百多人，巨浪猛烈冲击着墙壁，情况十分危急。唐朝海带着一些民警赶了过去，从楼顶拉下一条缆绳，他第一个冲上去，把一个女大学生从楼顶救到地势高平的广场上，接着公安局黄云副政委上去了，教导员上去了，一个个武警上去了，一百多名群众得救了。事后唐朝海发现，两只手掌血淋淋的，皮全磨掉了。

凌晨六时许，县城局势稍稍平稳了一些。这时唐朝海接到北部山区打易派出所协警文玉超的告急电话，说从县城回所的副所长向翔、副教导员何会洋、民警刘克庄的手机联系不上了！

唐朝海一惊，说我马上赶过去！

他叫上一辆交警的车，火速向城北驰去。路上全是泥泞和洪水冲下来的垃圾，很快，车走不动，人也过不去了。唐朝海跳下车，从路边一棵大树上爬到对面高坡，找了一根粗树枝当拐棍，沿着泥坡一步步向北走去。那里遍地荒草泥滩，旁边是洪水滔滔的河谷，根本找不到去往打易镇派出所的路。幸而遇到几个供电局的工人，他们说，你顺着我们的高压线走就行了，肯定能找到打易镇。

高压电线架在茫茫山林里，越山跨谷，唐朝海继续艰难前行。路上，遇到打易镇派出所副教导员何会洋的丈夫王佳，王佳焦虑地说："昨天夜里，会洋来了两个电话，第一次说这边下大暴雨了，她和所里同志正开车赶往河谷，喊两岸老百姓赶快撤到山坡上。第二次说，水好大啊，太可怕了！以后手机再也联系不上了。"唐朝海听了，心里愈发焦急担忧。两人搭伴而行，翻过一座座山越过一道道谷，继续向北前行。越走泥水越多，涌动的黑色泥石流裹挟着杂树乱石漫坡而下，稍一失脚就可能滑下去陷进去再也出不来了。

夜幕渐渐降临，从6日早晨七时走到夜里九时，唐朝海和王佳在泥水里跋涉了十四个小时、五十多公里，没吃没喝，终于到达打易镇派出所。

筋疲力尽走进打易派出所的二层小楼，一层房里一片狼藉，地面堆积着半米厚的泥浆，只有一名实习的警校学生卢杰守在这里。他满脸泪水和泥水，见唐局长和王佳到了，劈头就问："唐局，你见到我们所长没有？"话音未落，肝胆俱碎的王佳当头栽倒昏过去了。唐朝海急忙伸手把他从泥水里捞了起来。王佳本是抱着期望来的，期望妻子何会洋已经完成救护老百姓的任务，安全回到派出所。

体力实在不支了，精神也近乎崩溃了，走不动了，唐朝海在打易派出所坐了一夜，等了一夜，也流了一夜的泪。他期望老天能给他一个奇迹，让三位好民警突然出现在所里，兴奋地向他报告：救护老百姓的任务已经完成！

这一夜如此漫长，如此黑暗，如此死寂。如今唐朝海向我们讲述那天夜里的情景时，依然禁不住掩面长泣不止。

第二天，全局和县相关部门组织力量开始大规模搜寻。十二天后，在王母河下游六十公里远的厚厚泥沼里，挖出副所长向翔和民警刘克庄遍体鳞伤的遗体，衣服已经没了，躯体四肢被泥石流挤压得变了形，只是刘克庄腰间的武装带和枪还在。副教导员何会洋的遗体和那辆警车一直没有找到，显然已被埋在深深的河床中了。

打易镇派出所仅有的三位正式警员，在这场突如其来的特大天灾中集体殉职。

向翔

向翔，浓眉深目，鼻梁高挺，一脸正气。他是主持工作的副所长，1979年生，牺牲时年仅三十二岁，可爱的女儿才三岁。向翔当兵转业考入警界，父亲是一位农民出身的老公安。向翔穿上警服那一天，老父亲叮嘱儿子说：“这身警服不是那么好穿的！当警察不比当兵，部队都在军营里，警察天天和社会、和老百姓打交道，小心点儿哟，别砸了老爹的面子！”向翔牢记父亲的嘱托，多年来忠诚职责，英勇奋战。在一次追捕歹徒的过程中，他冲在最前面，被穷凶极恶的歹徒用石块砸中头部，鲜血横流，他仍然死死抓住歹徒不放，直至战友们赶到将歹徒抓获，向翔因此荣立三等功一次。打易镇位于山区，冬季冰冻极为严重。每在雪后，向翔总是带领所里警察到路上巡查，随时为过往群众提供帮助。他还是一些孤寡老人家的常客，买菜提水修房子，什么活儿都干。向翔的姐姐回忆说，小时，当警察的父亲没黑没白在岗位上忙，妈妈在地里干农活儿，月亮老高了才回家，她和向翔几个弟妹没人管，常常不知不觉就在院子里的泥土地上睡着了。向翔当了警察以后，凡是邻里乡亲有难求他，他都认真办，给回音给结果。凡是有人送点儿礼，求他办点儿人情事，都遭到他坚决回绝。老父亲常夸他是“我的好儿子”。

何会洋

警花何会洋是布依族的漂亮姑娘，1983 年生，柳眉杏眼，开朗活泼，能歌善舞，多才多艺，是局里文艺活动的台柱子。做了一辈子农民的父母回忆说，会洋是个要强的孩子，从小跟我们受了很多苦，上学都是借钱读下来的，但她是家里孩子读书成绩最好的，长大后也是最孝顺的。入警以后，在繁杂的户籍工作中，她认真负责，一丝不苟，主动把服务送到山区村民家里，多次受到局里嘉奖，忙得很少回家看望父母。牺牲时，三十一岁的她刚刚怀了身孕，一下子走了两条命！

刘克庄

刘克庄，1980 年生，牺牲时女儿刚五岁。他妻子说，克庄的父亲在外打工，被电杆砸断了腿，落下终身残疾。她本人在外打工，前不久从房梁上掉下来，两只脚摔断了，至今没痊愈。克庄上班值勤时，她只能借助两个小板凳移动着身体做家务和照顾孩子。家里生活这么难，但他还是尽心尽力投身工作，群众的大事小情都认真办，先后受县政府嘉奖两次，被省公安厅评为优秀社区民警。

当地群众讲述了三位烈士牺牲前的一幕幕：

6月6日，夜幕降临，潮冷的风从北山方向吹来。副所长向翔、副教导员何会洋和刘克庄本可以在县城家里休息一个星期日，但他们惦记所里工作，还要轮流值班，于是由向翔驾车，三人向打易镇方向驰行。车行至高坡公路上一棵大榕树附近，所里的实习警察小卢打来电话说，打易这一带突降大暴雨，像天塌了一样，山洪已经下来了，正沿着王母河往下游冲去，你们要小心啊！

三人立即下了车，站在大榕树那儿向下面的王母河谷望去，还好，河水虽然涨了一些，还看不出有多猛。紧贴两岸的一排排民居灯火通亮，不见任何异常。但是，如果上游的山洪像小卢说的那样严重，毫无防备的沿岸数千老百姓就要遭大难了！三人决定立即开车，顺着下坡路冲下去，喊两岸老百姓赶快往山上转移。这时，他们周围已聚集了许多群众，有些人已经知道北部下了大暴雨，山洪快下来了。他们纷纷劝向翔三人别下去了，太危险。向翔斩钉截铁说："沿岸有那么多老百姓，不下去怎么行！"

何会洋和刘克庄都说："走！"

警车响着刺耳的警笛，颠簸着，摇晃着，跳动着，顺着山坡向下方河谷冲去。到了岸边，何会洋和刘克庄下了车，疯了一样挨家挨户砸门大喊，快跑！快跑！大家赶快跑！山洪马上下来了！好些群众正在打麻将、甩扑克，许多女人正带孩子在家门口玩耍，他们抬头看看天，没有一丝云，大月亮明晃晃地挂着。好多天没下雨了，哪来的山洪？扯淡！还有人跟何会洋他们开玩笑说，警察，你们吃错药了还是做梦呢？没看见月亮吗？

何会洋和刘克庄急得直跺脚，大喊："你们不要命了？上边所里来电话了！快跑吧！"

开车跟在后面的向翔急得眼睛血红，一边喊，一边拔出手枪砰砰朝天开枪示警！老百姓这才信了，赶紧回屋收拾细软。向翔又大声叫："求求你们了，来不及了！赶快上山吧！"就这样，何会洋和刘克庄一路跑一路喊，向翔开车跟在后面也在喊。黑漆漆的山坡上，顿时亮起成百上千的手电筒，迅速向山上移动，喊爹妈叫孩子的呼唤声响彻山谷。距离沿岸散落民居的尽头还有数百米远了，这时，河谷公路上方风驰电掣冲下来一辆摩托，骑车人显然是逃难的，他见向翔他们的警车还在向上开，停下来猛拍着车窗叫："快掉头，快上山！水马上下来了！"

向翔说："谢谢你，不过上面还有几十户老百姓呢！"

骑车人满脸惊恐喊道："别管那么多了，不跑就来不及了！"说着摩托一阵轰响，飞一样消失在夜幕中。

茫茫夜幕中，王母河水眼瞅着猛涨起来，而且已经能听到上游传来的犹如万头牛吼的恐怖涛声，显然巨大的山洪已经很近了。我们的警车，人民的警车，却不顾一切，逆流而上，坚定地继续向前冲！警笛继续响！三人扯着嗓子继续喊！那嘶哑的声音含着血，含着泪，含着一颗滚烫的心。终于喊到头了，老百姓纷纷撤了。何会洋赶紧上了警车前座，系好安全带，刘克庄坐到后座，向翔急忙掉头向后开。这时，何会洋给丈夫王佳打了一个电话："水好大啊，太可怕啦！"

后来，沿岸老百姓沉痛地回忆说，向所长他们三人一路喊我们撤退，喊到头了，向所长的车才紧急掉头，但一切都来不及了。站在高坡上的群众亲眼目睹了那悲惨的一幕：河谷上方的大洪水扑过来，"那声音像多少只野兽一齐吼叫，吓死人了！"只是几分钟的时间，一两层楼高的浪头排山倒海冲压了下来，眨眼工夫，那辆警车像一片树叶一样被卷走了，雪亮的车灯在巨浪中上下起伏了一阵，隐约闪射出道道光芒……

沿岸数千名群众得救了。

向翔、何会洋、刘克庄三位警察壮烈殉职。

忆起这一幕，唐朝海泣不成声，他说："在呼救老百姓的过程中，他们没有给我打一个电话，一切都是他们自觉、自愿做的。如果他们打一个电话来，我会叮嘱他们要注意自我保护，可这句话他们没给我机会说啊！他们牺牲得特别壮烈，特别伟大。他们不比警察面对暴徒的时候，脸对脸枪对枪，没有选择余地，只能拼命了。

而向翔他们三人是有选择的，骑车人喊他们撤退时，只要车头后转就是生，继续向前就是死！但他们选择了死，因为他们选择了自己的职责，选择了老百姓！我为什么跋涉了十四个小时去找他们？心疼他们啊！”

唐朝海失声痛哭。

为三位烈士送行时，望谟县公安局民警一片哭声。全城空巷，数以万计的群众戴白花，佩黑纱，潮水般涌上大街，排列两旁，泪如雨下……

三个为人民牺牲的英烈，三个出身贫苦农家的警察，三个家里的顶梁柱，留下三个需要他们用微薄工资支撑的困难家庭。

同事们说，因为何会洋系着安全带，激流没有把她从警车中卷出来。就这样，她和那辆警车被埋在深深的泥石流里，她成了大地的女儿。

二、芝麻镇的“芝麻事儿”：1620元和五条命

那一刻，下午，山路高高，幽谷深深，一辆疾驰的警车从黔北遵义县芝麻镇一条高高的盘山路上飞出去了，先是飞进山间缭绕的云雾，然后向下坠向下坠，坠下115米，摔在草树茂密的山坡上，然后翻滚、弹跳、碎裂，发出钢铁解体的响动。两名警察和三名协警从车里甩出来，飞向树冠，飞向草坡，然后重重落在老百姓的梯田里，鲜血染红了这片田、这片山。

时间定格在2013年7月18日14时58分。

两名警察和三名协警去执行一项“重大任务”，查办一件“大案”：一位60岁的老婆婆丢了1620元钱，其中520元是现金，1100元在一张信用社存折上。

那是七个小时之前，一位叫唐福敏的60岁老婆婆蹒跚走进芝麻镇派出所，哭着说她丢了1620元钱。唐婆婆是高原村村民，老伴早已去世，孩子都结婚出去过了，她身体多病，腿脚不好，一直拿着低保。昨天晚上，她要取些钱买药，可哆嗦着双手怎么

也打不开那个柜锁，难道被人换过了？没办法，她找来一把锯，用了一夜时间把锁锯开，发现里面的520元不翼而飞，幸而存折还在，不过不知被人盗取了没有。唐婆婆大吃一惊，上午九时许，弟弟唐凯陪她走了三个小时的“薄刀石”山路，到了芝麻镇信用社。工作人员经过查验告诉她，几天前，她存折上的1100元在七公里之外的山盆镇信用社被人取走了。唐婆婆坐地大哭，弟弟说，还是赶快到派出所报案吧。唐婆婆跌跌撞撞走进芝麻镇派出所哭诉了一切。她说，高原村在大山里，极少有外人来，一向很平安。她出门办事或下地干活儿时怕把家门钥匙丢了，总把钥匙放在门框上……

那天正是赶集的日子，镇上人头攒动，摩肩接踵。所长葛光全对部下说：“窃贼能进入唐婆婆的家换锁，看样子是熟人作案，咱们得抓紧办，不然窃贼把钱花光了，老人家损失太大。走！先去山盆镇信用社提取监控录像。”他叫上民警朱军和协警杨龙飞、杨兴春、舒万勇，风驰电掣赶往山盆镇。

上午11时，调看山盆镇信用社的监控录像时，他们一眼认出了犯罪嫌疑人。

12时，他们赶回芝麻镇派出所，顾不上吃饭，立即调取了犯罪嫌疑人的户籍资料，备齐报批抓捕的相关手续文件。

12时30分，葛光全率领朱军和三位协警换上便衣，开车直扑高原村马桑组，一是现场取证，二是抓捕犯罪嫌疑人。

13时30分左右，在马桑村组，葛光全等人完成了现场取证。这时唐婆婆的弟弟唐凯打来电话，说犯罪嫌疑人得知警察已经盯上了他，心里很害怕，决定自首，现在正在前往派出所的途中。葛光全很高兴也很警惕，他担忧犯罪嫌疑人中途变卦潜逃，于是迅速率部属开车急返芝麻镇派出所。车行至高原村大田组一处盘山路的“毛毛道”时，因碎石遍布，弯急路滑，警车甩出弯道跌进山谷，所长葛光全、民警朱军和协警杨龙飞、杨兴春、舒万勇壮烈殉职。

葛光全

朱军

芝麻镇派出所，空了。

1620 元，在很多人眼里不过是一顿饭钱，芝麻镇上的一件“芝麻大的案子”，两位警察和三位协警却为此付出了宝贵的生命。或许，他们可以不必这样急，急着上路调查取证，急着抓捕犯罪嫌疑人。山村里的时光过得很慢，那山那狗那人，他们都熟悉，都叫得出名字，谁犯了罪都难逃他们的手心，何必那么急呢？但是，葛光全懂得老婆婆唐福敏的眼泪有多痛，在山盆镇信用社，他掷地有声说了一句话：“1620 元，这是唐婆婆多年攒下的低保钱、保命钱，是她老人家的口粮钱啊！”

老婆婆唐福敏听说两位民警和三位协警为她的事情牺牲了，跑到派出所，进屋就跪下了，老人家哭着说：“老天哪！要是知道会出这样的事情，我就不来报案了！”

牺牲的派出所所长葛光全，一米六刚出头儿，黑、瘦、矮，沉默寡言。67 岁的老父亲葛文说，光全从小就是个孝顺孩子，每天放学归家，一个小时的路程能拾回一筐的粪。每当做完功课，他就出去帮家里干活儿，割猪草，拾柴禾，冬天手脚冻得通红。在县中学读高中时，他和同班女生陈天玉有了朦胧的好感。陈天玉秀丽、文静，学习很优秀，1998 年考中一所大专院校，葛光全考中了警校。但陈天玉家里太穷了，拿不出学费。姑娘痛哭一场，珍藏起录取通知书，没有告知葛光全，悄悄离开家乡远赴深圳打工。在那里，她凭着出色的劳动和优秀的文化素养，很快在一个建筑工地当了统计员。孤灯冷月，她常常忆起和葛光全一起读书、散步的那些快乐而朦胧的初恋时光，多少次想写信给葛光全，但写了没几行又撕掉了。她觉得光全上了警校，将来肯定有一个美好的前途，自己不过是个打工妹，配不上人家了。爱，就让它过去吧。

葛光全能吃苦，靠举债读完了警校，其中有银行贷款也有私债，因此所有的休息日和假期，他都去打短工，不仅解决了自己的生活费，还不时寄些钱给家里。快毕业了，很快要当警察了，光全想，工作以后就忙了，没时间谈恋爱，必须尽快找到流落天涯的心爱的姑娘。他跑到陈天玉家，打听到姑娘的地址和单位电话，立马登上火车赶到深圳。出了车站，身上只剩下一块五毛钱，买公交票都不够了，他只好找到一个公用电话给陈天玉打电话，说："我到深圳了，身上没钱了，你来接我好吗？"电话那头，听到葛光全那熟悉、热切的声音，姑娘的眼泪一下涌了出来。哦，他也没忘记、没扔下那段感情啊！是啊，只要一个人愿意等，另一个人就会出现。天玉匆匆赶到小货摊儿那儿，见剃了光头的葛光全破衣烂裤，穿一双露脚趾的布鞋，憨憨地站在阳光下冲她笑，笑得天玉心里好羞好暖好热："走，给你买双鞋去！"

路上，天玉说："你好像比过去胖了点儿。"

葛光全幽了一默："孤独的人会发胖，因为寂寞在膨胀！"

姑娘顿时大笑，笑得简直快直不起腰了。

接下来的日子，葛光全睡在男工棚，陈天玉睡在女工棚。闲暇时，两人漫步在繁华的深圳街头，讲述着分手后各自的生活与经历。葛光全问："你走时为什么不告诉我？"天玉忧伤地说："你以后当警察了，找个好媳妇还不容易吗？我没能读上大专也没正式工作，干吗还要牵累你？"

葛光全热切地说："不！咱俩都是穷人家孩子，啥苦都能忍。以后我当警察了，你就别在深圳打工了，我们在县城租个小房，和和美美过日子吧。"2004 年初，两人在遵义县附近的南白镇结了婚。已经当了警察的葛光全需要偿还上学时欠下的外债，需要接济父母，是彻底的“月光族”。幸亏陈天玉打工攒下一些钱，租房钱是她付的，电视是她买的，一张床是跟别人借的……

年底，有了一对双胞胎女儿，小两口又喜又忧。光全天天在外头忙办案忙巡逻，十天半月才能回家一次，天玉只好辞掉宾馆服务员的工作，当了全职家庭主妇。身体太弱没有奶，就靠买奶粉、做稀粥喂。冬天，天寒地冻，简陋的房子不保暖，火盆也不敢多烧，天玉只好抱着两个婴孩儿，用身体为她们取暖……

葛光全在家的时间太少了，回家时想抱抱女儿，女儿却大哭着喊妈妈，不让抱，认生！陈天玉说：“因为光全回家太少，特别是调到芝麻镇派出所以后，离家 86 公里山路，回家更少了。两个女儿直到上学，对父亲一直没什么印象，也没有太多的感情。光全牺牲后，女儿很少哭，也很少想起这个爸爸……”

说到这儿，陈天玉饮泣不止，瘦弱的肩头不停地发抖。

在县公安局时，葛光全再三要求从内勤转到刑侦大队，成为一名优秀的侦查员。2007 年，他和战友仅用一个月的时间，就侦破了长期流窜六个市县的机动车盗抢系列大案，追回被盗车十三辆。2008 年，一个盗窃团伙在遵义县七个乡镇大肆盗窃耕牛，连续作案三十余起，葛光全和战友们在二十多天里昼夜追踪，足迹遍及周边市县乡镇，将七个歹徒全部缉拿归案。2013 年，葛光全调任芝麻镇派出所所长，这里的工作点多、面大，交通不便，以往群众不甚满意。四个月后，在省公安厅部署的“雷霆行动”和禁毒两项工作中，芝麻镇派出所的战绩跃居全县同类所第一，经测评，群众满意度达 100%。

2013 年春节，葛光全一家四口回到老家和父母一起过年。只有三间破板房，吃罢年夜饭，家里无处安身，葛光全只好睡在警车里冻了一夜。初一大早，老父亲叫儿媳妇陈天玉喊葛光全进屋暖和暖和，话音未落，天玉的手机响了，是葛光全打来的：“告诉老爸，今天我值班，现在已经到所里了。”

警车里的大年夜，是葛光全和父母最后的一次见面和团圆。

年近五旬的警察朱军，出生于农村一个赤脚医生家庭。他连续十七个春节没在家吃过年夜饭。因为长年奔波在乡村，他儿子发高烧治得不及时，遗留了严重的癫痫症。妻子没工作，一直忙着家务和孩子。这一切让朱军很痛心也很不安。2013 年 7 月 17 日晚，朱军和一位战友聊天时感慨地说："我前半辈子为国尽忠，下半辈子该回家尽孝了。"

第二天即 7 月 18 日，朱军和四位战友壮烈殉职。

三、吴春忠：习总书记表扬的民警

海南省东方市。那一天电闪雷鸣，暴雨倾盆，狂烈的台风席卷着树木、车棚、草皮、沙尘，向大田镇马龙村扑来。一户人家茅草房的屋顶被掀掉了，破衣烂褂、锅碗瓢盆从露天的家里打着滚儿飞出来，惊恐万状的一家老小抱头蹲在地上；淋得浑身透湿、患有先天性智障的大儿子冒着大雨满地疯跑，仰天惊叫。

这就是东方市天安派出所所长吴春忠的家，当时他在很远山区的另一个派出所工作。妻子哭着给他打电话，希望他尽快赶回来。吴春忠大声说："这边的老百姓也受灾了，我正在救他们！你叫景运（次子）帮你吧！"说着喊着，他再一次跳进冲锋舟，率几个警察冲向被洪水围困的村寨，数百名村民得救了……

东方市，其实是个县城，地处海南岛最西边，与越南隔海相望，沿岸有八港七湾，前往南海打鱼的舟船很多都是从这里出发的。

东方市乡村地区有一大特色：无寺庙，多宗祠。说明这个地方的民众不信鬼神只信祖宗，因此宗派势力、家族观念很强，地域界限也划得很清楚。吴春忠所在的天安乡，近 1.5 万人口，多为黎族。这里的女性清秀、温柔、勤劳，能歌善舞，种地喂猪什么活儿都干，家里家外都是"一把手"。男性则有点儿大男子主义，不愿意干家务和农活儿，性情粗犷，好勇斗狠，喜喝酒，很多人都是"日光族"——有钱当天光。历史上东方市一带素有"三瓜县"之称（地瓜、南瓜、西瓜），沿岸沙地长满高大的仙人掌，经济穷困落后，老百姓穷得叮当响。许多人家唯一的“财富”就是家酿的几坛酒，连床和柜子都没有，有时用来下饭的“菜”只是一点儿盐巴或一只杧果。有些人还染上了吸毒的恶习。

改革开放了，时代变了，年轻女孩儿们纷纷出去打工，眼界宽了，机遇多了，很多姑娘在外面找了对象。村寨里那些游手好闲的大把光棍放眼一望，周边竟然看不到一个“七仙女”，于是闷酒喝得越来越凶。有人喝醉了，坐在马路中央就是不让路，什么车来了都不在乎，还冲着司机喊：“你有胆儿来轧啊？看我不把你的车顶翻！”

喝上瘾了，没酒钱就抢。有人骑摩托经过，常有人躲在树丛中扔一块石头过来，把人砸倒，搜尽腰包，然后一伙人呼啸着喝酒去了。喝高了，不是自己人和自己人打起来，就是和别的团伙打起来，而且动刀动枪，勇猛得跟老祖宗打猎一样。有的人家与邻村发生了争水争地、挑猫斗狗的纠纷，整个家族甚至整个村子一拥而上，打得鸡飞狗跳，血光四溅。过年的时候是派出所最紧张的日子，一是因为外出打工的姑娘们都回来了，“抢新娘”的械斗常有发生；二是喝大酒的人多了，情绪失控的人多了。2009 年春节期间，一个小伙子带另一个村的姑娘出去玩，凌晨两点多他把姑娘送回村，该村一群青年饿狼似的蜂拥而来，用棍棒把小伙子活活打死了。此事引发两村一场混战，大村来了一千多人，小村的人吓得全跑光了，数十天不敢回家，猪、鸭都饿死了。2010 年 6 月，五十二岁的吴春忠临危受命，出任天安派出所所长。一个又瘦又矮、两鬓飞霜的小老头儿，穿着一双蒙尘的塑料凉鞋，出现在这片地面上。不威不武，满脸慈祥，亲切和蔼，看着就像邻家大叔。你谁呀你？有啥本事啊？当地那些蛮横的家伙听说他就是新来的所长，酒桌上不屑地一笑，说是来混退休金的吧？根本不在乎他。

8 月，天安村发生一起命案，两个犯罪嫌疑人在路口将客运大巴司机打死后畏罪潜逃。死者是东河镇人，家人哭得哀声动地。镇上的青年咽不下这口恶气，入夜，上百号人集结起来，举着火把，拎着砍刀、棍棒，潮水般冲到天安村，让村干部把凶手交出来，否则就把天安村“平了”。天安村的男人们也火大了，罪犯跑了关我们屁事，东风吹战鼓擂，现在世界上谁怕谁！一阵激昂的牛角号，所有青壮年集中起来，带上镰刀猎枪长矛，雄赳赳站在村干部身后，有些人脸上还画了阴森可怖的彩纹。民族村寨自有古老的“战争法则”：首领先喝上三大杯酒，祭天祭地祭祖宗，然后双方谈判，怎么和？怎么赔？怎么打？一时间河滩地上刀枪如林，火把高烧，吼骂声震天动地。

天安村的女孩子吓着了，赶紧打电话报了案，新任所长吴春忠率领几个警察火速赶到。双方没谈拢，战斗的号角和警笛几乎是同时响起来的。一双塑料凉鞋踩得大地咚咚乱颤，一个瘦小老头儿从天而降，几声示警枪响划破夜空！

“双方各撤退十步！”吴春忠大吼，“我的枪不是吃素的，谁敢往前冲，谁先动手，要不你从我的尸体上踏过去，要不我从你的尸体上踏过去！”砰砰又是几枪。东河镇一个武装男子不肯退后，吴春忠举枪对准他的脑门儿怒喝：“你是领头闹事儿的对不对？快退！现在我给你数数，一、二、三、四……”枪口步步紧逼，逼着那男人整整退后十步，后面的“野战军”们潮水般跟着退了。

两军对垒中间，随行的三位警察个个站成怒目金刚。吴春忠高声说：“大家看清楚我！新任天安派出所所长吴春忠，五十二岁的老警察，穿了二十八年警服，黎族老乡的儿子，论年龄该是你们年轻人的老爹了。我本该退居二线了，但听说天安乡‘天不亮民不安’，年年打群架，年年有死伤，不少都是黎族兄弟，我听了心痛啊！于是自愿过来站好最后一班岗，为的啥？为的是不让老爸失去儿子，妻子失去丈夫，孩子失去父亲！”说着，他举起枪口指指两边领头闹事的，厉声喝问：“你！你！还有你！这次你们领头打架，如果死了几个，他们留下的老爹老妈、老婆孩子，你管吗？你负责照顾一辈子吗？你他妈的不是有胆儿吗？现在当着大家的面宣布，要是死了人的家庭你负责照管一辈子，我立马带警察走人！”

两边领头的个个灰头土脸，步步后退，屁都不敢放一个。

“乡亲们，”吴春忠接着说，“咱们各个村寨都是亲戚套亲戚，谁家死个人都是咱的亲骨肉，不能让老爹老妈、孤儿寡母没活路啊！大家要过平安日子，靠领头儿闹事的靠得住吗？靠不住！还得靠法律，靠警察管！我今天对大家承诺，一定尽快把杀人凶手缉拿归案，还大家一个公道！抓不着就算我这身警服白穿了，我愿意当众谢罪，辞职回家！"

吴春忠这一番慷慨陈词，不仅把暴怒的人群震住了，而且把大道理讲得清清楚楚，把领头闹事的嘴脸揭得彻头彻尾，有些人流了泪，好些人发自内心地鼓了掌。两边人群一哄而散。十几天后，经广泛走访周密侦查，吴春忠率警察从大山深处将杀害大巴司机的两个凶手缉拿归案。

吴春忠在训练队伍

吴春忠懂得黎族的风土人情，知道逢年过节和喜庆日子里年轻人喜欢喝大酒，喝高了就冲动闹事，打架斗殴。他到任以后，乡里凡有喜庆活动，他都尽可能参加，和大家一起载歌载舞，同时叮嘱年轻人少喝酒。他是所长，又是长辈，年轻人自然听他的话，时间长了，天安乡社会治安大为好转。

1958 年，吴春忠出生在大田镇马龙村一个农民家庭。

最初他在一个华侨农场当测绘员，工作认真负责，不畏艰苦，长年奔波在酷热多雨的山林中搞测绘，提供的每一个数据都准确无误。场领导一眼相中了他，把他安排到派出所当警察。通知他报到的那一天，吴春忠兴奋得一路赤脚小跑，翻了几十里山路。那是他第一次穿上公家发的警服，后来他常说："我是一个穷孩子，组织信任让我当了警察，这辈子都不能对不起这身警服！"

20 世纪 80 年代初，越南发生严重排华浪潮，受到抢掠和威胁的大批华侨越海涌入海南岛东方市。在吴春忠的辖区内，人群杂居，一时间出现了海南话、黎族话、哥隆话、广西白话、越南话等多个语种，交流困难，常有纠纷。吴春忠发现，越南来的华侨大多懂广西白话，于是他专门拜广西人为师，很快能说一口流利的广西白话了。

吴春忠在当地亲戚多、朋友多、关系多。某人是他早年同学、多年好友，因为与人发生纠纷，把对方打成重伤，还砸了人家的房子，吴春忠亲自出马把他抓捕归案。事后，好友的家人、朋友拎着大包小裹纷至沓来，求情关说，吴春忠一律拒之门外。当着几位同事的面，他对关在囚室的好友说："你虽然是我最好的朋友，但人情大不过法律。我如果不能秉公执法，还有什么脸面见老百姓！"

吴春忠还给妻子定下一条铁律：所有带着礼物上门的一律拒之门外，一个苹果也不许进门！

2011 年，"清网行动"大规模展开。年初，吴春忠感觉腹部阵阵剧痛，经常流鼻血，吃东西也极为困难。但他靠大把吃止痛片支撑着，带领全所三名警察，奔走在深山老林甚至全国、全省各地，锲而不舍地搜寻逃犯。后来经到医院检查，他告诉同事说，自己患了肝炎，不重，治治就行，实际已是肝癌晚期。后来吴春忠卧床不起了，同事们含泪责备他，为什么不把真实病情告诉大家。吴春忠淡淡一笑说："既然我的生命已经是倒计时了，与其躺在床上等死，不如多抓几个逃犯来得更有意义。""清网行动"期间，天安派出所共抓获在逃人员十人，辖区网上在逃名单全部清空。

2013 年元宵节之夜过后，吴春忠溘然长逝，享年五十五岁。他给妻子留下的遗嘱是：“我走了以后，不要给组织添麻烦。”他留下的遗产是：一双塑料凉鞋、一身警服和十几万元的外债。英雄逝世的消息感动了东方市、海南省，公安部追授他为“全国公安战线一级英模”，市公安局为他的二儿子安排了适当的工作，当地政府和社会各界给予其家属很多资助，生活状况大为改善。

吴春忠的妻子陈玉新也是黎族，采访时，她流着泪说：“开始吃止痛药，他是一片一片吃，后来是一瓶一瓶吃。我说，那是止痛的，你不能当营养药吃啊！可他不吭声，照样吃，后来知道他的肝有病了。我多少次求他别忙工作了，赶快到医院治治。他只是叮嘱我，你把孩子管好就行了……从那以后，为了减轻他的负担，我也常出去打工，给饭店洗碗，帮商店打扫卫生，什么活儿都干。”

2014 年 1 月 17 日，在中央政法工作会议上，习近平总书记高度评价了海南省东方市天安派出所所长吴春忠坚持秉公执法、忠诚为民服务的无私奉献精神，并号召全国公安民警向他学习。

第四章
A级通缉令："死亡约会"

怀着深仇大恨，李芳和妹妹默默等了十年，盼了十年。

终于等到了这一天。2012年年底的一天，身在四川省某市的李芳泪流满面，拨通了哈尔滨市一位陌生警察的手机："你是许建国队长吗?"得到对方肯定的回答，李芳扑通一声跪下了，她恸哭着说："我现在在四川，是跪着给你打电话的……刚刚在报纸上看到你破获的一个大案子，抓住潜逃十多年的杀人恶魔杨树彬、戢红杰。今天又恰好是我的生日，您是让我获得重生的大恩人啊……"

哈尔滨的一个女性沈玉梅，则为等待这个结果足足熬了十九年，从满头青丝熬到两鬓霜白。

一、魔鬼的钻戒

人不可能把钱带进棺材，钱却可以把人带进棺材。

1999 年夏，深圳某高级社区，阳光明媚的下午。一辆的士疾驰而来，停在一幢公寓楼门前，两个花枝招展、穿着性感的女孩儿下了车。这幢公寓楼是新建的，住户不多，来往的人很少。轻风中，两个女孩儿裙裾飘飘，长发乱飞，高跟鞋一路响亮地穿过大堂，进入电梯，升到第十四层，然后按响了一间套房的门铃。

门开了，迎接她们的是红红。三个女孩儿都是深圳一家豪华夜总会的舞女。昨天夜里，在 KTV 包房，红红把一位年轻英俊的老板介绍给这两个女伴。她说："老板姓周，是做煤电生意的，现在唯一让他发愁的就是钱多得花不出去。你们看，他是不是长得特像香港影星周润发，熟人都叫他发哥。"姑娘们媚眼一飞，这位发哥身材高大，浓眉大眼，肤色白皙，留一头齐整的板寸，身后还跟着一位文质彬彬的秘书和一个黑壮保镖，确实很有范儿。随后，唱歌跳舞，喝酒聊天，发哥表现得很绅士，话语不多，表情深沉，对姑娘们彬彬有礼，绝不动手动脚。但他似乎对其中一个女孩儿婷婷特别情有独钟，一曲舞过，发哥掏出一个小巧的红丝绒盒子递给婷婷："这是我的一点儿小心意。"

婷婷打开盒子一看，哇，一枚闪闪发光的钻戒！

发哥接着说："明天，你可以拿到珠宝店鉴定一下是不是真货？然后打电话告诉我，也算证明我是真心实意的。"

第二天上午，婷婷跑到珠宝店鉴定了那枚钻戒，果然是真的！天哪，婷婷不由得心荡神驰，看来发哥真为自己倾倒了……就在她痴痴地梦想着自己和这位"高富帅"的种种可能与未来时，红红给她发来短信："我已到，速来。"

婷婷没有丝毫的犹豫，匆匆约上一位女伴赶去赴约。两个女孩儿刚刚迈进房间，厚厚的防盗门就从里面锁死了。发哥从卧室走出来，脸上的笑很诡异，婷婷喜滋滋迎上去刚要问好，秘书和那个保镖猛然从身后扑上来扼住她和女伴的喉咙，随即用胶带封住了她们的嘴巴。发哥的表情也变得狰狞可怖，抡起大巴掌猛扇过来，两个女孩儿顿时鼻口蹿血，摔倒在光滑的地板上……

一切都是那枚钻戒惹的祸。

这位"发哥"就是杨树彬，"红红"就是戢红杰，另外还有那个秘书和保镖，共计三男一女。出道之初，杨树彬多次约夜总会女孩儿上门，都遭到婉拒。这些风尘女孩儿深知来夜总会寻欢作乐的客人鱼龙混杂，因此很注意自我保护，一般情况下绝不上门"服务"。于是杨树彬想出一个"金钩钓鱼"之计：拿钻戒当诱饵。一枚价值数万元的钻戒白白送你了，我难道还不是阔佬吗？这难道不是爱的表示吗？

此后几天，杨树彬、戢红杰和两个同伙对女孩儿用尽种种酷刑，逼她们交出自己的钱财。两个女孩儿为求活命，不得不交代了自己的银行卡密码和住处，几年来出卖青春的全部收入都归了发哥一伙。两人还被尖刀、铁钳逼着，以"患了急病"或"有急用"为借口，向亲友"借"了很多钱。数十万元到手后，发哥冷冷地说，该处理"后事"了。第七天清晨，透过一扇窗口，在那栋公寓楼的套房内，两个一丝不挂的女孩儿遍体鳞伤，静静地躺在席梦思床上，脸部、乳房、手臂、大腿有很多处被烟头烫伤和铁器重创，所有红指甲都被铁钳夹碎。

随着杨树彬一声令下，房间仿佛变成了医院的外科手术室，薄薄的塑胶手套戴上了，一堆闪闪发亮的刀具、铁器摆了出来，煤气灶也点燃了　　很快，两朵青春之花被肢解了，碎裂了。

窗外的朝阳冉冉升起。"讨厌！天这么快就亮了！"在满室腥臭的雾气中，响起戢红杰喑哑的声音，随即唰的一声，窗帘拉上了。

戢红杰，眉眼俏丽，身材窈窕，1981年出生在吉林省舒兰市溪河镇四家子村一个贫苦农民家庭。母亲患有癌症，父亲性格暴戾，好喝酒，醉了以后对家人非打即骂，家里几乎没什么收入，也看不到任何希望。十七岁时，戢红杰逃离这个冷冰冰的家庭，南下深圳在夜总会当了陪舞女。两年后，她被杨树彬用那枚钻戒勾下水，一夜风流之后，成了他的情妇与帮凶。此刻，戢红杰照例穿着自己特殊的“工作服”，半裸的身体只遮着一副黑色乳罩和一件黑皮短裙，连鞋都没穿——一切为了避免染上血迹。屋里太热了，而且整整忙了大半夜，汗水淋漓的她点燃一支细雪茄，冲着发哥说：“他妈的快饿昏了，出去吃点儿东西再干吧。”她的声音因疲惫而变得十分嘶哑，像电锯切过空气。

“快干！这就完事儿了。”发哥说。另外两个瘦男人像冰冷的机器人，一个俯身在浴盆前细心而专业地切割着，另一个站在煤气灶前鼓捣着蒸锅。四个杀手紧张地忙碌着，凶光在闪，血光在闪，煤气灶的火光在闪……三四个小时过去了，临到中午，所有的活儿都利索了。红红打开窗户，腥臭的雾气很快消散。此刻，地板光滑如镜，浴盆被冲洗得干干净净，洁白发亮。三个男人套上笔挺的西装，红红套上一件蓝色牛仔马甲，蹬上高跟长筒黑皮靴，然后对镜拢拢汗湿的披肩发，得意地摆出一个S造型——一个妖冶的狐狸精显形在穿衣镜里。发哥走过去揽住她的纤腰说：“走吧，我们可以出去吃一顿牛排了。”

一次“死亡约会”宣告结束，两个夜总会女孩儿彻底人间蒸发。因为她们从事的是难以告人的暧昧职业，对外报的是假名字、假住址，对家人说的是假工作，因此在以后很长很长的时间里，没有多少人关心她们去哪儿了？为什么失踪了？其家人因久久打不通她们的手机，才急忙赶到这座城市，哭求警方帮助查寻。

警方的记录只能是：“失踪”。

接着，又是连续几个“失踪”……

这是令人痛心的警示：所有渴望一夜暴富的天真女孩儿，千万要小心！把青春出卖给魔鬼，那是刀尖舔血的游戏啊！

二、许建国：一直“惦记”着发哥

2011年盛夏，夜幕下的哈尔滨。

傍晚，哈尔滨市公安局巡（特）警支队第七大队大队长许建国身穿便衣，出现在哈尔滨中央大街。这条街是哈尔滨最亮丽的风景线，时尚女孩儿都把它当作长长的T台，每来散步总是穿着最漂亮、最性感的衣裙，结伴成对，招展来去。距中央大街不远，在景灯的照耀下，暗红色的索菲亚教堂和它高耸的圆顶直伸夜空。

许建国，中等身材，结实健壮，板寸头，团圆脸，一双圆溜溜的老虎眼，平日与人交往总是笑呵呵的，像笑口常开的弥勒佛。其实同事们都知道他是狠角色，说话狠，办案狠，对自己也狠。每年冬天，零下三十多摄氏度，松花江上凿开一米多厚的冰层，开出一个泳池，许多冬泳爱好者年年在这里劈波斩浪，许建国就是其中的健将之一。曾有很多同事裹着厚厚的羽绒服跟他过来看热闹，只见他穿一条泳裤，站在冰跳台上展臂一跃就消失在漂着碎冰的江水里，上来时浑身红鲜鲜的，活脱脱一只红烧大虾！

此刻，许建国的思绪完全萦绕在公安部发动的"清网行动"上。2011年5月27日零时，公安部组织的重大战役——追捕网上在逃人员的"清网行动"在全国展开，由副部长刘金国（现为中纪委副书记）直接指挥。数十年来，全国A级、B级通缉犯和网上挂名的在逃人员约有32万人，公安部设定雷打不动的行动目标：通过为期一年的追捕，各地在逃人员数量必须下降50%以上！全国公安系统"全警出动"，追逃指标层层分解，落实给每一支战斗分队甚至每一位警察。200万警察闻风而动，雷霆出击！

许建国时任哈尔滨市公安局巡（特）警支队第七大队大队长，按职责分工只管路面控制、社会维稳，不管破案，但他和战友们自觉承担了部分追逃任务。接到任务指标后，许建国浑身肌肉都绷紧了，像一只时刻准备跃出丛林扑向猎物的猎豹。第一个闪入他脑际的名字就是——杨树彬！

这家伙在逃整整十八年了，许建国一直"惦记"着他。一则因为沉甸甸的职责，二则因为放不下的记忆。

两人是一对天生的冤家。许建国比杨树彬大六岁，都出生于哈尔滨市老工业区平房区，家住前后街，从小就认识。二十世纪八九十年代，国企处于艰难的改革初期，工人下岗分流，生产举步维艰，社会管理松弛，街头上游荡着许多小混混儿，杨树彬就是当地最有名的一个。他幼时丧父，缺少管教，书读得一塌糊涂。当时武侠片《霍元甲》《陈真》《少林寺》正在热播，其母便送儿子到五台山学了一阵子武术，想让他以后当武打演员混口饭吃。回来后，杨树彬自恃有一身武功，剃了光头，拢了几个坏小子整天在街上打架斗殴，人送绰号"武和尚"。杨树彬生性残暴，出手不计后果。有一次他和两个同伙把一个对头打得死去活来昏过去了，三人竟把那人抬到马路中央，用草帘子盖上，然后坐在路边一边抽烟聊天一边瞅，看哪辆车能轧死他。瞅了半天没人轧，杨树彬和同伙才晃晃悠悠走了。

许建国在家排行老二，从小练单杠双杠，练出一身疙瘩肉，且酷爱冰上运动，是哈尔滨东安厂冰球队的著名前锋，因此在当地小有名气。有一次，还是初中生的"武和尚"杨树彬在街头欺负放学回家的女孩子，被许建国抓住暴打了一顿，从此杨树彬见了许建国就装出一副老实相，开口闭口叫"二哥"。

二十世纪九十年代初，全国各行各业兴起经商热。许建国毅然从东安厂辞职，办了一家汽车零配件商店，专向平房区几个大型国企提供快捷服务，生意做得红红火火。1992 年夏，公安部门见这个小伙子头脑灵光，很有能力，说我们想以"特殊人才"的名义把你调进来，干不干？许建国闻言两眼放光，腾地站起来："要是让我当警察，我啥都不要了！"晚上回家，他进门就给老爸老妈立正敬个军礼，老爸哈哈大笑说："哪有警察穿大裤衩子敬礼的！"

从警以后，许建国干得虎虎生风。进入新世纪后，他调入巡警支队，出任第七大队大队长。上任那天，几十位属员见这位警长一副胖圆脸，笑呵呵的像个弥勒佛，有些高等警校出来的年轻人心里不太服，私下说，这位警长开个机床、做点儿小生意还行，当大队长也就是磨磨脚板搞搞巡逻，至于抓坏人破案子嘛，有点儿悬！

上级领导把群众的议论反映给许建国，让他努力工作当个表率。许建国大大咧咧地说："我又不是人民币，怎么能让人人喜欢我？铁杵能磨成针，木杵再磨也是根牙签，是什么料走着瞧！"

时过不久，许建国就来了个"壁虎爬窗台——露一小手"。

一个连续作案抢了五名夜行女工的"黑衣大侠"企图再次行抢时，被连续几夜蹲坑儿守在街角的许建国和其他巡警一举擒获。紧接着，九个来自四川大山深处的彝族飞贼乘盛夏之际潜入哈尔滨。他们黝黑精瘦，手长腿细，身轻如燕，登高攀爬，快捷如猴（后来我从北京市公安局了解到，这伙飞贼在家乡得过祖辈真传，个个是盗窃高手，"征战"过许多城市）。午夜过后，乘人们熟睡，他们带上专业作案工具，分散到各个社区，攀墙登壁，或割开纱窗，或跳进阳台入室行窃，最高的能爬到八楼。第二天一早，他们即将赃物打包通过火车物流寄回老家，住地不留一点儿痕迹，即使被警察抓住也无证物。

十几天他们连续作案几十起，哈尔滨人心惶惶。当地《新晚报》使用的标题是："何来蜘蛛王？惊梦哈尔滨!"许建国发了狠，带队昼伏夜出，加强巡逻。一个深夜，发现远处有两个长衣长裤的瘦子，一边走一边东张西望，他当即判断："注意，这两个王八蛋很可疑!"正值炎炎盛夏，这两人还是长打扮、塑胶鞋，显然不合常理。他打手势让警员不得出声，悄悄跟在后面，等到两个飞贼攀爬作案、双脚落地的当口儿，警员们如饿虎扑食当场将两个飞贼按倒。随即根据口供，许建国和警员们直扑火车站附近的出租房内埋伏。"满载而归"的飞贼们回来一个抓一个，瓮中捉鳖，人赃俱获，被一网打尽。

连破"黑衣大侠"和"蜘蛛王"两案，队里的年轻人对许建国心服口服了。

后来，许建国和战友奉命驰援汶川大地震，远赴新疆参加反恐战斗，屡立战功。在哈尔滨一次次维稳行动中，他也是一马当先冲在第一线。不过，他给下属警员定下一条铁律：如果是官员失职引起的纠纷，绝不可用粗暴的手段对付老百姓，而是要求官员出来表态，给群众一个合情合理的交代。一次，一个婴儿因患禽流感死亡，一群家属把孩子尸体放到医院办公桌上，闹闹哄哄要求"追责"。事态迅速扩大，孩子尸体放在那儿谁都不敢碰，医院陷入全面混乱。闻讯赶到的许建国镇定自若地走上去，抱起孩子尸体走出医院，通过劝说很快平息了家属的怒气。

在七大队，在哈尔滨市公安系统，许建国的胆气、豪气有口皆碑。

1993 年年初，平房区那个有名的街坊“武和尚”——二十三岁的杨树彬，再度引起许建国的关注。1 月 7 日晚八时许，杨树彬和同伙刘某、李某在哈尔滨上游街 116 号台球室与另几人发生争执，双方乱成一团打起了群架。杨树彬当场刺死一人，另有两人受伤。其同伙刘某、李某很快被抓获，主犯杨树彬却逃得无影无踪。此后，死者郝洪滨的妻子沈玉梅不得不走上漫长的上访之路，无数次到公安机关哭诉，要求将凶手杨树彬抓捕归案，让九泉之下的丈夫得以安息。

一个寒冬的早晨，许建国骑车到上游街 76 号队部上班，早就候在那里的沈玉梅扑通一声跪倒在他面前，未说话眼泪先下来了。许建国赶紧扶她起来，问有什么事？沈玉梅说，她在报纸上读到报道，称许建国是破案高手，于是大清早来堵他，请求他为丈夫郝洪滨报仇，设法抓住潜逃多年的杀人凶手杨树彬……

“武和尚”在哪里？自此成了许建国念念不忘的“牵挂”。他特意找到杨树彬的家，向杨母交代：“你儿子杀人潜逃，犯了死罪。如果他跟你老联系，你要好好劝他投案自首，还可以宽大处理。他要是不回来，就是逃到天涯海角，我也要把他揪回来！”

奇怪的是，许多年里杨树彬不见踪影也毫无动静。2011 年 5 月 27 日，公安部“清网行动”在全国展开。许建国想，杨树彬从 1993 年潜逃至今，整整十八年无影无踪，被害人郝洪滨的寡妻沈玉梅已届中年，孩子也已长大成人。杨树彬是死是活必须搞清，必须给被害人家属一个交代。如果他还活着，必须抓捕归案绳之以法，还法律一个公正！

三、连环血案：第十个专案组

2002 年 9 月，吉林市某夜总会，“死亡约会”在继续上演。

一支舞曲终了，美貌如花的年轻歌手燕燕登台了，全场响起一片热烈掌声和尖利的口哨声。燕燕是当地有名的"小歌后"，每唱完一首歌，都会有老板、大款捧着鲜花上去拥抱一下，在脸蛋上吻一下，然后把一卷小费塞进她的胸罩。半个月前，杨树彬一伙潜入吉林市，戢红杰一直在这里坐台"钓鱼"，已经和燕燕混成姐妹了。一天夜里，燕燕唱完了，戢红杰招手让她过来，悄悄贴耳说："燕妹，我给你介绍一位钱主儿，人称发哥。别看年轻，人家可是开发电厂、做煤电生意的大老板。好好侍候，以后可别忘了姐姐啊！"

发哥揽住燕燕的纤腰，款款走向舞池……

同一枚钻戒，又戴到燕燕的无名指上。

第二天上午，即 2002 年 9 月 11 日，燕燕如约来到吉林市船营区一处住宅楼七层的一间房屋。厚厚的防盗门关严后，接下来都是惯例了，经百般折磨殴打，燕燕被迫交代了银行卡密码，又电话约来另一名女孩儿小凤。两个姑娘的钱财被全部取光后，三个杀手仍嫌不够，逼着燕燕以各种理由给家人和亲戚打电话要钱。燕燕的父亲曾在公安机关工作过，警惕性很高。他想，女儿自己的存款不少了，为什么这几天一再跟家里要钱？他预感事情不妙，于是匆匆开车赶往吉林市。接到女儿第四个要钱的电话时，他说："你不要急，我已经向公安局报案了，下午就会赶到吉林。孩子别怕，爸爸很快会找到你！"

听燕燕的父亲说报了警，三个杀手大惊失色，当即勒死燕燕和小凤，碎尸后拌入大量花椒大料冲进下水道。忙到中午，三人都累了也饿了，下楼聚到一家小饭店胡乱填饱了肚子，然后回到社区，准备收拾工具逃跑。没想到，这时他们租住房屋的那栋楼前已经挤满居民，正叽叽喳喳嚷着什么。三人有些心惊，挤进人群一听，原来是一层住户的下水道堵了，马桶里浮上一层层碎肉馅，散发着刺鼻的花椒大料味，物业叫来管道工人正在疏通。围观的居民很气愤，纷纷说："这年头儿有些人富得不知东南西北了，刚买的肉馅都倒掉扔了！""堵成这样子，足有几十斤了，谁家能买这么多肉馅？""谁会把肉馅扔掉啊？应当叫警察来看看……"

三个杀手脸色大变，挤出人群，走到僻静处。杨树彬压低声音说："看来这事儿要露了，可屋里还有咱们的手包什么的，必须设法拿出来。"他对张玉良说，"你小子长得文质彬彬的，不会引起注意，赶紧上去把东西拿出来。注意别紧张，装成楼里的居民，溜达着走。"

身材细长、肤色白净的张玉良吓得脸无血色，嘴唇直哆嗦："怎、怎么往下拿呀？要是引起注意就完了。"杨树彬抬头瞅瞅楼房，立马有了主意："你从后窗扔下来，让红杰假装你老婆，在下面接着！"少顷，张玉良努力镇静着自己，双手插兜，一路吹着口哨上了楼，遇见邻居还礼貌地打个招呼。进了七层的那扇房门，他迅速收拾起各种物件，然后探身冲楼下的戢红杰喊了一声："老婆，接着！"

两个包从七层窗口扔下来了，三个杀手很快逃离了吉林市。

大约半个小时后，110警员赶到。他们一层层敲门查问是谁家扔的肉馅，家家都说不是他们的。一直上到七楼，再三敲门，房内没有任何反应。警员不得不用工具撬开房门。后来一位警队队长回忆说："门一开，满屋热气蒸腾，一股恶臭扑鼻而来，地上摆着七八个大塑料桶，里面装的全是碎尸块，我干了一辈子警察，从未见过这么血腥残忍的场面，他们简直就是一群变态杀人狂！"

经警察现场勘查，三个凶手都留有指纹。在衣柜上方顶盖上，赫然发现一本驾驶证，证主：张玉良！

张玉良潜回房内收拾东西时，紧张之中显然忘记自己的驾驶证藏在柜顶上了。吉林警方顺藤摸瓜，查到哈尔滨市平房区，查到吉林市下属的舒兰市，查明三名犯罪嫌疑人的真实姓名为：杨树彬、戢红杰和张玉良，他们还有另一个同伙叫吴宏业，不知何故未参与此次作案。三名男性凶手皆出生于哈尔滨市平房区，戢红杰出生在吉林省舒兰市溪河镇四家子村。

"9·11"血案震动全吉林，震动公安部。吉林警方组成专案组，对凶犯全力追查。但这四个杀人魔鬼匿名隐身，时而分散时而聚合，逃得无影无踪。2003年年初，四人潜逃到浙江省台州市，继续用"死亡约会"的方式杀害了两名青年女性，敲诈勒索近20万元。不久，杨树彬和吴宏业再潜入浙江省嘉兴市，杀害一名女性，掠得近8万元。此后，四个杀人恶魔突然销声匿迹，再无动静，仿佛这个世界上他们从来不曾存在过。吉林市公安局及各地警方先后组成九个专案组，负责追查他们的下落，都无功而返。

2006年，公安部在内部网上对这四名犯罪嫌疑人发出A级通缉令。

2011年5月，"清网行动"全面展开，全国一盘棋，公安大合围，网上"在逃人员登记信息表"上的名字雪崩般纷纷塌落，不断被勾销。那些日子，哈尔滨市巡（特）警支队第七大队大队长许建国不断翻查网上动态，他发现，1993年在哈尔滨市一家台球室杀害郝洪滨的杨树彬，2002年9月11日突然出现在吉林市，和两个同伙在那里杀害肢解了两名青年女性，遭公安部通缉。许建国还注意到，这个犯罪团伙中的吴宏业，是他小学时同级不同班的同学，另一个同伙张玉良曾在东安厂当过工人，他也认识。不过奇怪的是，2002年吉林"9·11"血案后，杨树彬一伙似乎金盆洗手退出江湖，迄今整整十年再无任何动静。

许建国据此推断，杨树彬一伙一定有了一个较为安稳、固定的藏身之所。"他妈的，兔子有窝就好找了！"他对同事们说。

为擒获杨树彬这伙杀人狂魔，许建国主动找到哈尔滨市公安局局长请战，要求组成专案组尽快投入战斗。他信心满满地说："我瞄上他不止一年两年了，这小子一直流窜作案，这些年没动静，估计一定在一个什么固定地方安家落户了，应当好抓了。"局长微微一笑，大笔一挥，批下一行字："时不我待，更待何时。同意！"

专案组随即组成——这是多年来中国警方为抓捕A级通缉犯杨树彬杀人抢劫团伙成立的第十个专案组，代号"9·11"专案组——这个日期太好记了！

8月1日，会议室兼大队长办公室里，八位战警集中了。说实话大家都有点儿挠头，从1993年算起，杨树彬已潜逃整整十八年，全国各地公安先后组成九个专案组追查他的行踪，都无果而终。现在咱们手上毫无线索，大江南北茫茫人海，上哪儿摸他去？许建国一口接一口吸烟，不动声色，先听大家的。末了该他说话了，他横着老虎眼狠狠扫视一圈："杨树彬是哈尔滨人，他的第一起杀人案也是在哈尔滨犯的，抓不着他是咱哈尔滨警察的耻辱！杨树彬逃了十八年，死者郝洪滨的妻子沈玉梅告状告了十八年，告到她老了，孩子长大成人了，告得市局接待室的人见她脸就红，没法儿答复人家，到现在孤儿寡母的眼泪还没干！你们知道不？这是咱的责任，也是咱的耻辱！"

许建国眼睛血红，还有点儿湿，后两句几乎吼起来了。满屋烟雾腾腾，一片静寂。

许建国停顿一会儿，接着说："其他省市先后组织了九个专案组没干明白，这不怪他们。他们不熟悉哈尔滨人情地理，不了解平房区情况，一个知情人都摸不着，咋破案子？咱是第十个专案组了，压力是够大的，再干不明白，那真是光屁股拜年——转圈儿丢人。不过，咱有咱的优势：其一，杨树彬团伙除了那个女的家在吉林，其余三人都是平房区的，肯定留有大量社会关系和行动的蛛丝马迹，我本人就见过他们。外地警察摸不着的线索，我们肯定可以摸到。其二，这次清网行动规模大，声势强，同时有了网上作战平台，为我们提供了全新的更有效的侦查手段。咱们必须下定决心，拿出真本事，下点儿苦功夫，在清网时限内把这几个杀人恶魔抓捕归案！这件事是我主动请战的，干不成，我许建国丢不起这个人，一定向局领导请罪辞职！"

这无异于壮士断腕，背水一战，铿锵有声，句句震撼！

专案组兵分两路，迅即展开全面排查。一路在网上寻找可疑踪迹，电话清单、医保档案、户籍资料、网络使用信息、银行账户等，都尽可能全面排查。另一路由中队长郑玉金率领贾玉琢、王维、孙岩三位警员在平房区围绕杨家居住处，走访附近几条街的老居民。一条重要信息很快反馈回来：杨树彬逃亡后，家里只有其弟杨树凯和母亲刘凤云。不过数年前杨树凯悄悄把房子卖掉，和母亲迁往外地，不知去向。

再查戢红杰的老家吉林省舒兰市四家子村，发现其母早年去世，其弟戢守营、其父戢景志也已迁往外地，不知去向。

几天下来，专案组走访了50多个单位、300多位老居民，终于大海捞针似的发现一条重要线索：前几年，一位中年街坊去医院看望住院的父亲，路经神经内科病房时，见里面躺着的一个人很像杨树彬的弟弟杨树凯，不过床头挂着的名牌好像叫"王什么凯"。他觉得自己可能认错了人，没再理会就走了。专案组对此线索如获至宝，迅速赶到该医院，经翻阅病历档案，"王学凯"的名字赫然显现！

专案组会上，许建国兴奋地说："这是本案的重大突破！两条资讯反映了一种可能：杨树彬逃亡十多年没动静，其母和弟弟杨树凯却悄悄迁走了，戢红杰的父亲和弟弟也迁走了，这件事很可能是杨树彬一手策划的，其目的只有一个：割断我们的追查线索。此外，杨树凯返回老家看病，改名为'王学凯'，证明他很可能与杨树彬有联系。据此推断，杨树彬一伙很可能漂白了身份，找到较为隐蔽的住处，于是让两家人全部改名换姓，迁往同一住地。我们只要找到这个'王学凯'，就一定能够抓住杨树彬的狐狸尾巴！"

许建国在分析案情

许建国还分析说，杨家和戢家都是北方人，不可能躲到南方去，因为语言不通，习俗不同，很容易引起注意。他因此给部下设定：以东三省、内蒙古、山西等地为重点，以黄河以北的北方、西北地区为搜索范围，按杨树凯出生的1972年上下各延伸四年，全面上网搜寻所有“王学凯”的身份和来历。

天哪，那是上百万的海量搜索啊！许建国和警员们守在电脑前，通过公安内部的户籍网一个个查阅，一张张照片比对。没黑没白，昏天黑地，眼睛痛了就滴眼药水，饿了就吃方便面，实在困了就趴桌上打一会儿盹儿。十几天夜以继日大浪淘沙，全部查完，没一个像的，也没一个背景可疑的。

“上下再延伸一年！”许建国来了狠劲儿。

查阅量又增加数十万，还是没有！

“这个王八蛋明明活着，明明在，我就不信查不到，再延伸一年！”主查的年轻警员孙文明是警校毕业的高才生，精通电脑网络，入队以来以吃苦耐劳、能征惯战著称，连他也叫苦不迭，说上下各延伸六年，就是整整十二年内出生在中国北方的“王学凯”，这要查到何年何月啊！“查！”许建国瞪着老虎眼吼道，“查不到就让你赵钱孙李挨个儿查！”在场警员哄堂大笑。

那天凌晨三时，一双双困顿血红的眼睛对着电脑，一个个“王学凯”翻了过去，突然，许建国瞪大眼睛叫：“停！翻过来再看看这个！”

这个“王学凯”被重新翻了回来。其出生日期标明为1978年2月12日，比底档中的杨树凯大了六岁，但仔细一看，这个“王学凯”虽然胖了一些，两人模样却相差无几！

“就是他了！”许建国高兴得像中了彩票大奖，蹦起老高，几位战警也爆出热烈欢呼，纷纷给许建国叫好，连骂人词儿也用上了：“许队，你真他娘的是神算子！”

这个“王学凯”的现住址为：内蒙古包头市昆都仑区钢铁大街某社区8栋24号！

不过令人费解的是，这个“王学凯”出生地标明为：河南省柘城县。

难道天下碰巧有长得这么相像的两个"王学凯"吗？

事关重大，情况迅速报到市局领导那里。局长说："不入虎穴，焉得虎子。是真是假，只有到了包头才能查清楚。而且行动要快，以防生变。如果杨树彬也在包头，这家伙反侦查能力很强，狗鼻子闻到味儿一旦脱逃，你许建国这辈子就甭想抓到他了。"韩峙补充说："到了包头也要高度保密，不得惊动任何部门包括公安，一是防止走漏消息打草惊蛇，二是给自己留个余地。这不是不信任兄弟单位，万一到人家地方搞错了，悄悄去悄悄回，等于给自己留点儿面子。"战警们都笑了。

就在这时，一直在网上不停搜索的警员孙文明砰的一声闯进门，兴奋地叫："查到'王学凯'的母亲了，叫刘凤云，也住在包头，她就是杨树凯的生母，真名实姓，只是出生年份从1945年改为1948年！"

目标就此锁定。2011年10月中旬的一天，哈尔滨市公安局派出巡警支队副支队长张晓波、张航带领先遣小分队前往包头，进行秘密侦查。

四、金蝉脱壳：从发哥到礼哥

包头市昆都仑区钢铁大街，某豪华小区。

傍晚时分，一个叫王学礼的中年男人穿过草坪上的甬道，漫步走出社区大院。他人高马大，身材粗壮，衣着体面，体重足有一百多公斤，一看就是社会上的成功人士。步出花草芬芳的社区后，他向左拐进入不远处的一家足道馆。多年来，在那里洗足，按摩，品茶，同按摩女郎春风一度调调情，然后睡上一小觉，或者和朋友洗脚后再喝酒聊天打牌，是他的最爱。王学礼有很多朋友，大家都知道他开了三家店：一家足道馆，两家台球厅，生意都很火。不过王学礼从不到自家的足道馆去，那里由妻子一手打理，做点儿什么暧昧事情不方便，再说去了等于白占了自家客人的位置，何必呢。

听谈吐看举止，王学礼如同他的名字，是个层次很高的人，朋友圈知道他是不显山不露水儿的千万富翁，都礼貌地尊称他礼哥。礼哥性情随和，善结人缘，而且有一个好习惯，每天坚持看《新闻联播》，国内外各种大事知道得一清二楚，酒桌上总能眉飞色舞娓娓道来。当地一些官员朋友对他敬佩得五体投地，说："礼哥，你比我们见过的当官的素质还高，当年应当从政啊！"王学礼笑说："小时候我家生活太困难了，因此一心想挣钱养家。要是走从政的路，怎么也能混个师长旅长干干。"

不过，这天王学礼到足道馆去，心情似乎很差。那里的老板娘见他到了，赶紧满面春风地迎过来："财神爷到了，有请有请！礼哥今天怎么了？有什么国家大事要你操心了？"王学礼一惊，这个娘们儿眼光够贼的，显见自己的心情挂在脸上了。他赶紧调整表情，展颜一笑说："老母亲身体有点儿病，我这个当儿子的惦记啊！"

"我知道，"老板娘说，"礼哥是大孝子，老人家有你照应着，是前世修来的福分啊！"

躺在幽暗的洗足室里，按摩女的一双手照例在他身上乱摸一气。"滚，今天用不着你！"王学礼压低声音把她吼了出去，然后静静想自己的心事。昨天晚上的《新闻联播》播出一条新闻，称公安部展开为期一年的"清网行动"，启动数月来，"各地公安部门雷厉风行，加大力度，集中精兵强将，追逃已经取得阶段性重大成果……"

这条新闻令王学礼心惊肉跳。他想，这段时间风声太紧，必须深居简出，小心在意了，还得提醒哥们儿和家人，少出头露面招惹是非。他掏出手机，给哥们儿张玉良、吴宏业和家人连打了几通电话。

行文至此，王学礼的真实身份读者肯定已经知道了，他就是曾经以"死亡约会"为营生的杀人恶魔杨树彬。不过那个杨树彬早已不存在了，人间倒是凭空多出一个老实厚道、腰缠万贯、广结人缘的老板王学礼。

躺在暗黑幽静的按摩室里，王学礼不知为什么觉得有些气闷。

他整整衣装，跟女老板告了别，然后漫步走上街头。这是一片新区，行人不是很多。王学礼神态悠闲，徐步而行，一桩桩往事却像黑白电影似的掠过脑际……

自2002年吉林市"9·11"血案后，杨树彬一伙潜逃到南方，又作下几个案子，掠到手里的钱足有数百万元了。杨树彬觉得，应当找个地方躲起来歇歇手了。那么躲到哪里好呢？他进行了认真的斟酌，其选择方向与许建国后来的判断大致相同：

——去南方不行，语言不通，习俗相异，很容易引起当地老百姓和警方注意；

——一线大都市也不行，警力太强，管理太严，且来往人多，容易遇到熟人；

——三线小城市也不行，人太少，不宜隐身。

——最好在北方找个二线的、较为偏远的、商业活动不很发达、旅游观光景点较少的城市。

杨树彬铺开全国地图反复掂量，最终选定了包头。这里的语言和生活习惯与东三省几无差别，人口很多，外来人较少，一切都适合他们长期隐身。而且包头还有一个好政策：买房就可以落下户口。杨树彬设想了"三步棋"：第一步，他和三个同伙改名换姓，漂白身份，彻底隐身；第二步，买房落户，开店洗钱，做个"良民"；第三步，一切安顿好以后，将他在哈尔滨的母亲和弟弟、戢红杰在吉林市溪河镇的父亲和弟弟悄悄迁出来，全部改换身份，彻底割断警察循迹追踪的可能。杨树彬对戢红杰、张玉良和吴宏业说："这三步棋走成了，警察想抓咱们比登天都难。"

四个杀人恶魔悄悄潜入包头，在富人区租了两套房，杨树彬和戢红杰住一套，张玉良和吴宏业住一套。他们告诉房东："我们是来投资做生意的。"

要改名换姓，漂白身份，另立户口，大城市户籍管理严，很难办，必须找个偏远的容易操作的小地方。机会终于来了，一次去小饭店吃饭，在那里当服务员的马丽容是山西省兴县人，不到三十岁，风姿绰约，性情泼辣。大概也算缘分吧，吴宏业和她眼风一搭就来了电，当天晚上就睡到一起了。闲聊时，马丽容抱怨她老公王华眼（一个奇怪的名字！）怎样怎样不中用，没本事，过年过节连件新衣服都买不上，逼得她不得不扔下老公，带上两个孩子闯到包头讨生活。吴宏业寂寞已久，觉得这个风情女子很可心，只是她还拖着两个年幼的孩子，有点儿麻烦。心计多多的杨树彬经过一段观察后，对吴宏业说："这个女人很有用，你就把她收下吧。"接着贴耳密授一番机宜。

过后，按照杨树彬的指示，吴宏业对马丽容说，既然咱俩要白头偕老，我总得去拜见一下岳父岳母大人吧。马丽容很感动，觉得碰上这么一个真情实意的老板是一辈子的幸福。"不过，"吴宏业接着说，"我们弟兄几个是从外地来包头投资做生意的，经济上来往多，给人送礼的事儿也多，用真名不太方便。我大哥希望我们改个名字，新办个户口。估计在你们那个小县城办起来容易些，你先回去做做铺垫工作，用多少钱吱一声。"

马丽容满口答应："县里我有很多熟人，没问题！"

三天后，马丽容带上两箱时装和礼物，打扮得花枝招展回到老家兴县，住进县城最好的一家宾馆。不久，人们发现，她和当地某派出所几个民警天天混在一起，喝酒吃饭，彻夜打牌，出手大方。所领导不仅在牌桌上大获全胜，连马丽容也成了他的"战利品"。到这时候，马丽容说啥所长办啥了。她说："我老公叫王华眼，这是什么鬼名字啊！干脆给他改名叫王华炎吧，你给办个二代身份证。"所长立马办了。

她又说："我在包头找到老公王华眼几个失散多年的远房亲戚，都是三姑二大爷的，身份证就一起给办了吧。"女人上床痛快，所领导办事也痛快，又办了。

杨树彬就此改名换姓叫"王学礼"，张玉良改名叫"王学国"，通过所里在当地办理了第二代身份证，岁数都改小了。

马丽容接着说，我在包头还认了个干姐戢红杰，合伙做生意，她想和我做亲姐妹，改名叫"马海燕"，父亲戢景志改名"马景志"，弟弟戢守营改名"马骏"。所长也给办了，赏金也收了

(2011 年，杨树彬犯罪团伙成员被逮捕归案后，兴县数名民警因此受到严厉惩处)。

马丽容风尘仆仆回来报功，吴宏业对杨树彬说："你们的名字都改了，我咋办啊?"杨树彬哈哈大笑："你是坐享其成。马丽容不是给老公王华眼办了新身份证叫'王华炎'吗？从今以后你就叫'王华炎'，也就是那个娘们儿的合法老公了，谁知道她在兴县老家还有个王华眼啊?"吴宏业恍然大悟，不得不佩服杨树彬"一举两得"的精妙算计。

当然，马丽容也不是傻透腔的娘们儿，她明白这伙人改名换姓肯定干过什么不可告人的坏事恶事。但她死心塌地爱着吴宏业，夜里躺在床上，她说："我不管你们过去做过什么，只要你好好爱我，咱俩以后好好过日子，我什么都不在乎。"

现在就剩杨树彬的母亲刘凤云和弟弟杨树凯尚未改名了。外地在包头打工做生意的人很多，很容易拉上关系。不久，通过关系人的疏通，杨树彬的母亲刘凤云落户在河南省柘城县，出生地改为柘城县，出生年份从 1945 年改为 1948 年。杨树凯改名"王学凯"，出生地也改为柘城县。如此一来，从户籍资料上看，"王学礼"是山西省兴县人，母亲刘凤云和儿子"王学凯"是河南省柘县人，双方不是一家人了，因此在包头，他们对外以堂兄弟相称。

2005 年前后，经杨树彬周密安排，母亲和弟弟，以及戢红杰的父亲和弟弟，先后秘密迁入包头。他们都不明白杨树彬为啥给他们改了名，杨树彬解释说，现在生意场上骗子很多，为防止骗子把咱账上的款抽走，用假名才稳妥。两边的老人都信了。

杨树彬的第一步棋走得顺风顺水，圆满成功。他想，今后只要小心在意，别惹是生非，就不会出什么纰漏了。为此他严格要求张玉良和吴宏业老老实实做生意，不得欺骗，不能张扬，低调做人，不能在外头乱搞女人惹乱子。他还要求自家人和戢家人，绝对不许再踏入哈尔滨老家和吉林老家一步，不得让老家任何人得知他们的新住处、新身份，彻底割断和老家的一切联系。不过，他的弟弟杨树凯不知道杨树彬曾做下惊天大案，没把哥哥的话当回事儿。前几年患了坐骨神经痛，他想，哈尔滨老家的医院有熟人，好办事，于是私自跑回去住了几天院。杨树彬听说后火冒三丈，把弟弟暴打了一顿。事实证明，杨树彬确是一只狡猾的狐狸，他的预感是对的：化名“王学凯”的杨树凯这次回哈看病住院，恰被邻居撞个正着，为许建国提供了极其宝贵的破案线索。

所有关系人的身份都漂白了，四个魔头彻底人间蒸发了，两家人、八个“合法公民”通过购房，摇身一变全成了包头市市民。随即，杨树彬开始了第二步棋：开店洗钱。他开了一家足道馆、两家台球室，由化名“马海燕”的戢红杰一手操持。化名“王学国”的张玉良娶了一个当地女人，开了一家保健磁疗用品商店。化名“王华炎”的吴宏业在市郊煤场与人合股做煤炭生意，并和马丽容及她的一对儿女过得和和美美。为避免引人注意，平时他们很少来往，对外以堂兄弟相称。只是过年过节，杨树彬才把几个哥们儿和老人找到一起，喝一顿小酒，只谈生意和亲情，绝口不提往事。

张玉良肤色白净，长得文质彬彬，1972 年出生于哈尔滨市平房区，比杨树彬小两岁。在学校，他本是品学兼优的好学生，大专毕业后进国企当了工人。但他太想发财了，没干几年就决意下海做生意，结果赔得一塌糊涂，只好求“发小”杨树彬指点一二。杨树彬把他带到深圳，第一笔“生意”就是杀人碎尸的“死亡约会”。张玉良吓得魂飞魄散，但打捆儿的几万元钱像大砖头一样砰的一声扔过来，走投无路的他只好认了——他知道自己如果不从，就会被杨树彬毫不留情地干掉，从此他成了发电厂大老板发哥的“秘书”。

吴宏业，比杨树彬大六岁，初中时与许建国同在一校，同级不同班。他也是做生意赔了，被杨树彬拉下水，成了一条道儿走到黑的同伙。两人对心黑手辣的杨树彬既敬服又畏惧，跟着这个魔头制造了一次次“死亡约会”。现在身份漂白了，日子安定了，但心里仍然十分惧怕杨树彬。酒桌上只要是杨树彬没碰过的菜，他们绝不敢沾一口，生怕这个魔头为求自保而杀人灭口。

日子稳当了，化名“马海燕”的戢红杰却不肯安生了。她还年轻，风韵犹存且风流成性。她与大她十一岁的杨树彬本来就没有什么真感情，完全是为了劫财杀人而勾搭在一起的。在包头打理足道馆和台球室期间，戢红杰很快认识了几个帅哥猛男，一来二去勾搭成奸，动不动跟杨树彬玩"失联"。杨树彬也有自己的相好，他对戢红杰红杏出墙虽然很恼火，但两人共有那段罪恶的历史，且已有了一个五岁的儿子，怎么也扯不开了；再说戢红杰性情火爆，做事不计后果，打起来怕引起注意，杨树彬只好睁一只眼闭一只眼，忍了。

五、哈尔滨上游街76号：从起点到终点

这四个杀手一路走来，干的都是杀人抢劫的营生，哪里会做什么生意？时间长了，都觉得钱不够用了。吴宏业天天泡在郊区煤场里，认识了许多煤老板。聚餐时，他们曾秘密商议，选一个财大气粗的煤老板，找个时机再干一个"大票"，抢他几千万。他们正琢磨着，公安部"清网行动"开始了。杨树彬叮嘱同伙，这个阶段要特别小心在意，别惹事儿，少出门，哪怕开车让"二把刀"撞了或遇上碰瓷儿的，都让着点儿赶紧走，别让警察把指纹、驾照、身份证什么的弄走。他凶狠地说："你们谁敢给我惹事儿，我拿勺子把你眼珠挖出来当泡儿踩！"2011年8月中旬，他特意带上戢红杰、张玉良和吴宏业到五台山走了一趟，焚香跪拜求菩萨保佑。但什么都不管用了，悄悄抵达包头的哈尔滨市公安局先遣侦查小分队很快查明：杨树彬（化名王学礼）、戢红杰（化名马海燕）、张玉良（化名王学国）、吴宏业（化名王华炎），以及杨、戢两家人都在包头，住处相距不远。

那天，杨树彬和几个朋友去饭店聚餐，店里人满为患，邻桌有三个男人正在吃饭聊天。杨树彬很警惕，倾耳听他们的谈话，谈的都是煤炭、钢铁之类的生意，后来三人都喝醉了，东倒西歪不成样子，杨树彬放心了。其实，这三人是哈尔滨市公安局巡警支队七大队副大队长杨为国和两名特警……

戢红杰每天接送五岁的儿子上幼儿园。那天，哈尔滨市公安局巡警支队副支队长张晓波和七大队副大队长张兴旺乔装成一般市民

模样，远远跟着戢红杰，见她把孩子送进幼儿园后，风情万种地坐上一个情夫的轿车走了，第二天又换了另一个男人……

再一天，张玉良开的磁疗保健用品店来了两个男人，竟为一点儿琐事与站柜台的女人争吵起来，而且不依不饶，吼声如雷。正在后屋的张玉良闻声走出来，态度特别和蔼，像日本人似的连连鞠躬道歉。两个男人的火儿消了，与张玉良握手告别。出了门，杨为国副大队长对战友周嘉林说："没想到这个杀人犯变得这么好脾气。"

吴宏业与人合伙开了一个煤场，地处包头郊区。一天，两个男人到煤场联系买煤，几经周折终于见到了他……

犯罪嫌疑人全部查明，住址皆在手中。2011 年 11 月 3 日，随着增援力量到来，抓捕行动全面展开。

这天，杨树彬照例又去附近的足道馆享受按摩的快感。昏暗的房间里，在按摩小姐灵动的十指下，杨树彬昏昏欲睡，一百多公斤重的胖大身体软成一摊泥。许建国事先提醒张晓波："这小子身高体壮，力大无穷，咱们动作要快！"两人查清他所在的房间，轻轻推开门，然后猛虎扑食般扑过去，手枪一左一右抵住杨树彬的太阳穴："警察！不许动，枪顶着火呢！"说时迟那时快，没等杨树彬反应过来，许建国猛地把他掀翻过去，张晓波迅速给他铐上手铐。

"你们是哪儿的？凭什么抓我？"杨树彬趴在软榻上大叫。为防止他拼死反抗，许建国故意说："我们是省厅的。你的足道馆和台球室涉黄涉赌！"杨树彬一想，这算什么屁事儿？交点儿罚款就可以出来，于是没做任何抵抗……

与此同时，二十九岁的戢红杰穿一袭白色驼绒短大衣，正在地下商业街闲逛。副大队长张兴旺迎面将她拦住，举着通缉令说："我是哈尔滨的警察，上面的照片是你吗？"戢红杰那张抹得粉白的脸立刻灰了，她默默点点头，手铐戴上了……

在磁疗保健用品商店，杨为国等几位警察把张玉良铐起来时，他的女人突然举着一把菜刀从后屋冲出来，嘶声喊叫："你们凭什么抓人？他是好人！"特警周嘉林拿出真功夫，伸腿一拨顺手一夺，那女人扑通一声摔倒在地，菜刀也在周嘉林手里了……

在煤场的经理室，吴宏业束手就擒。

2011 年 11 月 3 日，以杨树彬为首的四个血债累累、不断上演“死亡约会”的杀人恶魔在潜逃十八年后终于全部落网。经初步查实，从 1998 年至 2004 年，这个犯罪团伙在山东省文登市、青岛市，广东省深圳市，浙江省台州市、嘉兴市，吉林省吉林市等地，以“死亡约会”诱奸、绑架、抢劫、杀害十名青年女性，获赃款 200 余万元。此前的 1993 年，杨树彬在哈尔滨上游街的一处台球室曾刺死一人，他共负有十一条人命。如今被哈尔滨的警察缉拿归案，意味着杨树彬终于从起点走到终点。

哈尔滨市公安局成功破获吉林市 2002 年“9·11”大案，抓获杨树彬等四名犯罪嫌疑人的事情迅速传遍全国，媒体做了广泛报道。2012 年春的一天，哈尔滨市局就此召开新闻发布会，相关警员正在按照事先写好的通稿介绍案情和侦办经过，局长皱皱眉头问：“这个案子是许建国主办的，他怎么没来?”工作人员回答：“他正在核查两个受害人的事情。”

“通知他赶快来!”

不多时，许建国带着一位脸色憔悴的四川青年女性匆匆赶到——她就是本章开头提到的李芳。案情介绍完毕，许建国指指李芳介绍说：“这是刚刚从外地赶来的李芳同志。据我所知，凡是落入杨树彬犯罪团伙手中的女性，最后都被碎尸灭迹，极少有逃出来的，李芳姐妹是不幸中的万幸，活下来了。她是专程来给哈尔滨市公安局送感谢信的，她要求一定上会讲讲自己的遭遇，就请她说说吧。”

又一桩残忍的血案被揭开了：

李芳和妹妹李丽出生于四川，容貌姣好，身材高挑儿。1998 年，姐妹结伴去广州打工，很快成了一家公司的白领职员，接触的都是较高层次的人士了。2000 年，妹妹李丽嫁给一位富商，李芳在一家四星级宾馆做前台经理，收入颇丰。朋友圈里都夸这对姐妹花命好，出来三年就成了“白富美”。2001 年春，杨树彬、戢红杰、张玉良住进这家宾馆，结识了李芳。一天，戢红杰以打麻将为由，将两姐妹骗到一处出租房内，动用种种酷刑折磨了她们整整十三天，勒索了所有存款，又逼迫两姐妹给亲戚朋友们打电话，以“做生意”为由借钱骗款。

第十三天上午十时许，戢红杰的手机突然响了——按照杨树彬的规定，他们每到一地，都花高价购买本地的号码“777”或“888”之类，为的是蒙人并图个吉祥，完事后再把手机彻底毁弃。这个电话是房东大妈打来的，她说：“你们租住房屋一个月的期限已到，一会儿我就带新房客去看房子。”杨树彬一伙闻言大惊，来不及杀害李氏姐妹，当即收拾东西仓皇逃窜。被捆着的李氏姐妹爬到一起，背靠背撕开对方手腕上捆绑的胶带，跑到公安局报了案。但杨树彬等三人已逃之夭夭，姐妹俩不知罪犯的真实姓名，案子只好挂起来了。姐妹俩在被关押期间饱受折磨摧残，身体伤痕累累，李芳的乳房严重变形，腿部肌肉萎缩，下体被铁钳重伤，丧失了生育能力。十年来，姐妹俩满怀悲情仇恨，天天看报纸看电视看新闻，渴盼能找到凶犯的消息。2011 年年底，李芳从媒体上看到杨树彬、戢红杰被捕后的照片，姐妹两个抱头大哭一场。李芳千方百计找到哈尔滨市公安局许建国的手机号码，通话时她长跪不起，泣不成声，表达了自己的感恩之情：“今天恰好是我的生日，我和妹妹感谢你抓获了那伙灭绝人性的凶犯，替我们和所有被害女孩儿报了仇。我会专门去哈尔滨，向你、向哈尔滨市公安局表示感谢……”

在哈尔滨市局报送公安部的相关报告上，孟建柱部长批示：“有关立功同志要予以奖励。”刘金国副部长批示：“真是骇人听闻，令人震惊！……公安部要通令嘉奖！”张新枫副部长批示：“这是哈市公安局将‘清网行动’与侦破重大积案相结合的成功案例，无论是追逃还是侦查、审讯等环节均搞得很出色。”

许建国荣立个人一等功，此前他曾两次荣立二等功和一次三等功。2014 年 9 月初，在哈尔滨上游街 76 号，我采访了许建国，不久前他已升任哈尔滨市公安局道里分局副局长。他说：“杨树彬作案前期，曾有一个得力帮凶，绰号关胖子，也是哈尔滨平房区人。这家伙后来逃回老家，被警方发现围捕，他自知罪孽深重，难逃一死，用猎枪把自己脑袋崩碎了，带走很多秘密。实际上，被杨树彬犯罪团伙杀害的青年女性远不止我们已经查明的十人，他和关胖子等人通过'死亡约会'干的血案肯定还有很多起。现在杨树彬抓到近两年了，案子还没结，他为了多活几天，正在一点一点往外吐……"

第五章
排爆勇士：与死神比赛瞪眼

排爆警察是和平时期的高危职业，他们从事的是一种“生命游戏”：和死神比赛瞪眼，看谁先眨眼。

一、于尚清：中国的保尔·柯察金

1

2014年11月6日晚10时30分，全国公安战线二级英模、排爆英雄、齐齐哈尔市公安局巡特警支队民警于尚清溘然长逝，年仅五十八岁。曾以于尚清为原型拍过电影《千钧一发》的导演高群书，一直深情关注着于尚清，他在微博中悲伤地写道：“老于每天透析，脊椎，肾，肺，全部神经，都紊乱了……英雄老于被这个世界击垮了。”

老于的痛苦只有他自己知道。十一年来，由于100多块玻璃碎片分散在于尚清的眼底、四肢、膀胱等内脏和神经中，他经常浑身疼痛，有时疼痛得用脑袋砰砰撞墙，只能靠吃大把大把的止痛片来缓解。2013年7月因伤情复发，于尚清入住齐齐哈尔市第一医院接受治疗，又于8月13日转到北京解放军306医院。黑龙江省副省长、公安厅厅长孙永波和齐市公安局负责人前后专程到306医院看望慰问老英雄，并表示，“不惜一切代价，用最好的药、最好的仪器，不管花多少钱，一定要保住老英雄的生命！”

于尚清陷入病危，身处公安基层一线的儿子于嘉因为参加专项行动脱不开身，一个多月后才腾出时间奔赴北京。临上飞机前，于嘉写下了这样一段微信：“11年前的9月2日，知道您因为拆除犯罪分子安置的第十一枚遥控爆炸装置死里逃生，我从部队坐火车往医院奔；后来我接过您的枪，成为一名民警，现在我从家往北京赶。爸爸，我马上就上飞机了，我到了医院您醒过来好吗？爸爸您一定挺住，等着我过去，只要您好好的，我什么都可以放弃，我只要你好……”

于嘉一直用微信记录着一切：

“父亲能走到今天，真心感谢一直不放弃救治父亲的省公安厅和齐齐哈尔市公安局的领导，谢谢你们，我将用我的余生做一名称职的民警。”

“父亲一直处于昏迷状态，不知道他的脚步能停留在哪一秒，我和妈妈不停地抚摸他、呼唤他，把他最爱的孙女孙了的录音不断地放给他听……我们不知道怎样把他从死神的手里夺回来。”

“爸爸失约了，我曾告诉爸爸，我一定要努力挣钱让你和妈妈住上朝阳的房子，颐养天年。可是爸爸你却没有等我……”

“父亲带着不舍离开了妈妈和我，谢谢这些日子大家的不离不弃。谢谢那些鼓励，在我生命里是一段永恒。”

病中，于尚清一直是个乐观的人。他曾乐呵呵地说，他在120岁有个坎儿。这个坎儿，来得太早了点儿。

于尚清，当代中国的保尔·柯察金！

2

2003年9月1日，第三届中国绿色食品博览会在黑龙江省齐齐哈尔市隆重开幕，上千名中外宾客和商家会聚此地，满街彩旗飘扬，人潮涌动。上午9时40分，市公安局指挥中心突然接到萨拉伯尔大酒店报案：该店员工在三楼洗碗间靠近墙壁的煤气管道上，发现一枚定时爆炸装置！

该酒店是韩国一位富商开的，地处齐市最繁华的商业中心区，此时又恰逢全国性会议召开。可以想见，一旦发生爆炸，影响之恶劣、后果之严重，是不堪设想的。闻讯赶到现场的警察和消防官兵迅速围起一道警戒线。这是齐市历史上首次发生人为企图制造爆炸的案件，现场警察都不懂排爆，齐市也没有专业的排爆警察，谁都不敢轻举妄动。第一个赶到现场的建华分局副局长王春才焦灼万分，怎么办？向附近的部队求援，答复说，驻齐部队没有排爆方面的专家。向当地军工厂救援，答复说，那种非专业人搞的爆炸装置，他们也弄不懂。时间一分一秒地过去，这时有人建议，把分局治安科的于尚清找来试试吧，“他在部队当过军械技师，在局里分管危险品管理，平时好鼓捣无线电、半导体什么的，局里汽车出问题了，谁家电视坏了，大家都找他修，估计他能懂点儿这方面的知识。”

排爆是拿性命赌成功的事情，不是专业人士等于让他送命。王春才犹豫了一阵，无奈之中还是给于尚清打了电话，话说得模棱两可：“你对爆炸装置明不明白？明白就到场，不明白就算了。”

那天是于尚清的休班日，他说：“我去试试看。”

于尚清骑着摩托迅速赶到萨拉伯尔大酒店门口。他穿着白衬衣和蓝长裤，没有任何防爆装备，在场的一位刑警摘下自己的钢盔，给于尚清戴上。随后，他领着两名年轻的消防战士登上酒店三楼，进入灶间。果然，一个带有定时闹钟的爆炸装置，被犯罪嫌疑人用胶带绑在不锈钢水池后面紧贴墙壁的煤气管道上，其意图十分凶险：通过这个爆炸装置再引爆煤气管道，制造一次连环大爆炸。

墙壁和水池之间的缝隙非常狭小，手伸不进去。于尚清和两个消防兵锯断了自来水管，移开水池，这个由闹钟、雷管、炸药和一瓶汽油组成的爆炸装置便完全暴露出来。四十七岁的于尚清在部队当过工兵，对军用爆炸装置比较熟悉，但对这个土造炸弹一时也搞不明白。怎么办？“用高压水枪打下来吧？”消防兵建议。于尚清退了出来，消防战士用高压水枪打了半天，爆炸装置纹丝不动。于尚清看看手表，按照闹钟红色指针限定的11时10分，还有十多分钟就要爆炸了。他对王春才副局长说：“不能等了，我还是上吧！”

于尚清大步进入现场。他见跟在身后的几个消防官兵都很年轻，坚决要求他们撤离，他说：“我这么一把岁数了，要死死我一个，你们都撤！”

闹钟嘀嗒嘀嗒地响着，于尚清的心跳也在怦怦响着。他努力镇静着自己，轻手轻脚割断胶带，取下炸弹，距离爆炸时间只有一分钟了，他一把扯下连接闹钟的线路，定时功能被解除了，但把这枚土造炸弹移到外面仍有爆炸危险，必须把装置上的红线和白线拆除，才能彻底避免发生爆炸。拆对了便告成功，拆错了就粉身碎骨，各有50%的可能。于尚清两眼一闭，用手轻轻一拉，豁出去了——引线与炸弹分解成功！

走出酒店大门，于尚清已是浑身透湿，满脸冷汗。王春才和几位领导上前和他紧紧握手，王春才笑着说：“回家吃饭去吧，让老婆给你炒几个好菜，回头我给你请功！”

回到家里，刚刚端起饭碗，电话又响了：“现场发现第二枚爆炸装置！”

这回除了钢盔，又穿上一件防弹背心，战友们交给他一只鱼钩和一段钓鱼线。王春才嘱咐他：“这次不要用手拉引线，用鱼钩钩住，退远了再用线拉，这样可以安全些。”于尚清一步步拾阶上楼，心头突然浮上一种不祥的预感。他想，这辈子老婆跟着他没少吃苦受累，万一“光荣”了，怎么也该给她留下几句话呀！于尚清拨通了妻子杜长君的手机，说：“无论今后怎么样，你和儿子都要好好活着。”妻子在那边惊问：“怎么啦？你怎么啦？”于尚清没回答，关了手机。

第二枚爆炸装置很小，圆圆的像一个大鞭炮，被捆绑在四楼的煤气管道上。取下后，于尚清把渔线拴在引线上一拉，火药噗的一声烧尽了，完全没有任何破坏力。于尚清正高兴哩，转眼一瞅，发现这个爆炸装置其实是个障眼法，管道下面还有一个用传呼机当引爆器的爆炸装置。天哪！犯罪分子很可能就混在现场外的人群中，通过传呼机很可能随时引爆炸弹。于尚清回头对跟在后面的治安大队副队长张朝辉大叫：“撤！你赶快撤！”但张朝辉没动，他说：“你在这儿我就在这儿！”

时近傍晚，于尚清把第三个爆炸装置卸下来，捧到二楼无人处。仔细一看，这个炸弹有红、白、灰、蓝四根引线，红色引线一般都是火线，绝对不能碰。于尚清屏住呼吸，先拆了白色引线，再拆了灰的和蓝的，最后摘下那根危险的红色引线……

爆炸没有发生，危险彻底排除。于尚清的神经一直高度紧张，浑身汗水淋漓，这会儿一下松弛下来，瘫坐在地上怎么也站不起来了。战友们帮他脱防弹衣，因为肌肉僵硬，竟然怎么也脱不下来。回到家里，于尚清莺歌燕舞的，特别高兴。妻子埋怨他说：“白天你跟我说些什么话，吓死我了！现在咋又高兴了？”于尚清脱口而出：“我今天拆炸弹了，好悬哪。”妻子愣怔了一会儿，突然放声大哭。于尚清说不清自己是哭是笑，说：“我这不活着回来了吗？有啥哭的。”

9月2日一整天，一切平安无事，但于尚清一直觉得自己高兴不起来，冥冥之中他似乎有一种预感：事情还没完。他前后洗了三次澡，里外都换了新衣服，心情依然没有安宁下来。他特意把家里打扫收拾了一遍，然后拿出影集，看看自己幼时和爹妈的照片、年轻时在部队的照片、全家福的照片……

果然不出他的预料。晚七时，轮值夜晚的于尚清刚刚赶到办公室，王春才的电话来了：“现场又发现两个爆炸装置，都绑在煤气管道上，我马上派司机去接你！”

天哪，犯罪分子简直疯了！

于尚清不是排爆专家，也不是排爆警察。这是他有生以来第一次摸索着排爆，前三个侥幸排除了，那是蒙的，命大。眼下又发现两个，死的可能等于增加了两次或者两倍。司机小张很快赶到了，于尚清默默拿起防弹衣和钢盔，站在门口犹豫了一会儿，回身拿起笔给妻子留下一张纸条："我走时没跟你说，我想不会有什么事。万一出事了，不要给组织添麻烦，要让孩子在部队好好干，多学技术，做一个对国家和社会有用的人。"然后签上自己的名字。站在一旁的司机小张看着，不禁哇的一声哭出来，他说："于哥，你写这些干啥？让嫂子担心。""不怕一万就怕万一呀。"于尚清淡淡地说。赶赴现场的路上，他又给在部队的儿子于嘉打了一个电话："儿子，你在部队要好好干，我正在去排爆现场的路上，搞不好会出事，所以爸爸特意打个电话给你。"

那头，儿子急哭了。

这两个爆炸装置和前三个差不多，两个消防兵拿手电给他照着亮，三个小时后顺利排除。王春才说："行了，打扫战场是我们的事儿，你回家睡觉吧。"整整紧张了近两天，于尚清终于彻底放松，回家瘫到床上合上眼睛，眼前全是爆炸物的影子，心头怦怦跳，怎么也睡不着。迷迷糊糊到了夜里十时许，电话又响了："现场又发现了爆炸物，这就派车接你！"

于尚清再次赶到。屋子里坐了很多市里领导和干警，建华分局的黄局长和王春才副局长走过来和于尚清紧紧握手，眼神里透着心疼与心酸。两位局长说："老于，不行你指导我们一下，我们上吧。"

于尚清摇摇头说："你俩不懂电，还是我来吧。"

两位局长说："好吧，小心点儿。拆完了咱们煮酒论英雄，请你吃水煮鱼！"于尚清戴上钢盔，穿上防弹服，再次进入现场。他用手电上上下下仔细一照，天哪！哪里是两个？他奶奶的，还有八个呀！于尚清的脑袋都大了。

一个接一个，安全拆解完毕。轮到最后一个，也就是第十一个爆炸装置。它是最大的，看起来也是最复杂的：爆炸装置放在一个饮料箱里，连着一个嘀嗒嘀嗒响着的马蹄表，而且也是用传呼机引爆，箱外还露着几根线，顶部有两个球状金属物体。于尚清搞不明白这两个球是起什么作用的，他本想当场拆解，后来一想，这个东西比较复杂，万一搞炸了前功尽弃，人也完了，干脆拿到外面引爆吧。晚11时30分，于尚清小心翼翼捧着箱子走到酒店外面，警察早已清出一片空阔场地。他把箱子放到一个石柱后面，然后展开长长的引线，一直扯到公路对面。然后他又回身走到箱子那儿，慢慢蹲下，用镊子把纸箱盖轻轻撬开一道缝隙，准备把引线放进去。就在这时，突然间轰的一声，箱子爆炸了，于尚清腾空而起又重重摔到地上，昏过去了。黄局长、王副局长和战友们哭喊着冲过去，于尚清浑身血肉模糊，昏厥中两条腿还在挣动……

两天，四进现场，惊心动魄的40个小时，于尚清先后拆解了10个爆炸装置，第11个爆炸了。

在将于尚清紧急送往医院的路上，司机小张对王春才哭着说："我去拉于哥时，看到他在办公室写了一份遗书给嫂子。"

"快！去给我取来！"王春才大吼。

遗书很快被送到医院。看到这张纸条，在场的所有民警失声痛哭。

经医院紧急抢救，第二天上午九时许，于尚清醒过来了。住院一周后，他的脸上、双腿和下身开始流脓。崩入肉里的碎玻璃片一点点向皮肤外排出，浑身露出了密密麻麻的碎玻璃尖。妻子杜长君回忆说，"当时我一边哭，一边用牙签给他往外挑。他的左腿骨上有一块大玻璃，用牙签怎么也挑不出来，儿子就用指甲刀往外夹。碎玻璃被夹出来了，上面黏了一大块肉。"后来的十几天里，从老于身上挑出的碎玻璃，用报纸包了整整一大包。

于尚清活过来了，但身体造成严重伤残：左眼失明，右耳失聪，右手食指炸断，右腿残疾行动不便，体内有一百多片玻璃碎屑无法取出。市公安局将他送往上海一家知名医院，院方主动提出免费为英雄治疗，但鉴于他的严重情况，院方说如果进行彻底手术，"不能保证他下得了手术台"，而选择保守治疗"可能再活十年左右”。最终，于尚清和家人商量，决定选择“再活十年”。

排爆英雄的伤残激起全市警察的极大愤慨，经昼夜奋战追踪，爆炸案发生五天后，犯罪分子谷树坤、贺景新落入法网。谷树坤曾在这家酒店当过领班，熟悉内部情况；贺景新当过武警，有丰富的兵器和电器知识。这两人对制作爆炸装置做过深入研究，为敲诈酒店老板，实施了这一罪恶行动。

于尚清原本的生日是在2月，但2003年后的每个9月1日，于尚清的家人和他的老战友都会再给他过一次“生日”，祝他“生日快乐”。战友还给老于注册的QQ号取了一个名字——“铁孩子”，于尚清憨笑着说：“这名字好，听着就爷们儿。”

2014年11月6日，英雄的生命定格在22时3分。此后，“铁孩子”的QQ号依然一直被他的儿子于嘉用着，他说：“爸爸的QQ我会一直更新，直到我没有呼吸、心跳，我想让爸爸在天堂看到，他不舍离开的后人阳光地活着。”

3

英雄自有来处。1954年，于尚清生于黑龙江省肇源县一家农民家庭，父亲虽然不识几个字，却是镇上有名的“四大能人”。于尚清天生聪明又勤奋好学，中学毕业后当了几年工人，车钳铣刨各路活计没有他不会的。1976年，于尚清应征入伍，当年即参加了唐山大地震抢险救灾，他和战友们硬是用铁锹和双手，从废墟中扒出160多名受伤群众，因此荣立三等功。第二年参加辽宁抗洪救灾，他只身救出22名被困三天三夜的群众，再次荣立三等功，其中一个姑娘深深爱上了他，一直等到于尚清结婚才忍痛断了联系。1983年，东北发生特大暴风雪，于尚清率部破雪凿冰，登山开道，抢修了500多公里战备通信线路，把给养及时送到48个高山哨所，第三次荣立三等功。

在部队23年，于尚清先后17次受到沈阳军区和地方政府嘉奖，1999年转业从警后更是战功累累。2001年1月，一个建筑工地发生氯气中毒，多名民工中毒昏倒，第一个赶到现场的于尚清用湿毛巾捂住鼻子和嘴，只身向前关掉三个正在泄漏的氯气罐。事后专家说，如果不是于尚清及时关掉阀门，那将是齐市一场大灾难，周围数万居民都得“报销”。九一八事变后，齐齐哈尔爆发激烈抗战，日本侵略军在这里遗留了大量武器弹药。2002 年 5 月，于尚清在一个居民区的地下洞穴中清出 147 发炮弹、11 发毒气弹，因毒气泄漏，其面部受伤。2003 年 8 月，齐市发现日军遗留的一堆毒气弹，造成大面积“芥子气”中毒事件，此事震动国际舆论界。也正是于尚清只身上前，及时在周围建立起有效的隔离带，避免了更大规模的中毒。从警五年，于尚清出现场数百次，共清理、收缴日伪遗留的手雷、炮弹、毒气弹等共计 2000 多枚，足可以装满一个火车皮。

于尚清在整理炸弹

于尚清还帮助当地企业做了很多排爆、防爆工作，但从来不收酬金。他受伤后，记者到家里采访，发现三十多平方米的简陋住房里没有一件值钱的东西，两口子用的刷牙杯还是于尚清在部队时发的军用搪瓷缸，已经斑驳得露铁露锈，像文物了。

英雄本色，慨当以慷！

4

爆炸案的两年后即2005年，身体稍有恢复的于尚清被调到市公安局，担任巡特警支队副处级调研员，这是上级出于他身体状况的考虑为他安排的清闲职位。但他闲不住，依然每天穿着迷彩服忙着找活儿干。支队领导怕他累着，事事拦着他。于尚清总是说："你别拦我，一忙起来身上就不疼了。"做鼠笼、修车库、通暖气、换铁拉门，六七年的时间里，通过老于的手修旧利用，整个支队节省的资金将近13万元。

2008年，齐市公安局为巡特警支队划拨了两台专业通信车，车长20余米，现有车库都放不下。于尚清在部队期间是八级工程师，懂机械，他跑遍全市大小器材店，用最便宜的价格买回了钢材、金属齿轮、铁条、暖气片等材料，然后亲自带着几名民警，爬上爬下自建车库。一个多月后，车库建成，两台通信车在入冬前顺利进库。

只要有时间，于尚清仍然坚持跑社区。因右手食指缺失，其他手指也不灵便，他便在摩托车的加油把手上安装了一个自己设计的铁卡子，这样把手掌插进去，依靠手掌转动的力量就可以操控把手。辖区老百姓都认识这位"老于大哥"，知道他是排爆英雄，也认识他那辆陈旧的绿色摩托，有什么难事急事找到他，都能迎刃而解。齐市发现什么爆炸物，于尚清仍然冲在第一线。2004年8月，一处工地发现一颗地雷。于尚清闻讯赶到现场，判断那是日本侵略军遗留的一种松发地雷，踩实时不会爆炸，一旦松脚即会发生爆炸。于尚清让警察和民工们都退到远处，他小心翼翼将地雷取出，用绳子捆严捆实。为防止转移路上发生震动引爆，他将地雷揣进怀里，然后骑上摩托车来到市郊的江边，用力将地雷抛到江中，轰的一声，江中腾起高高的水柱，地雷爆炸了。战友们感叹："在我们心中，他的英雄之名，不单在爆炸的那一瞬间形成，而是日积月累，在长久的工作中铸就的。"

工作中的于尚清像个大男孩儿，爱说爱笑爱逗，然而在妻子杜长君眼中，丈夫的状况令人心酸。自负伤后，于尚清的止疼药就没断过，虽久经救治，伤情还是逐步恶化。每到漫漫长夜，钻心的疼痛仍是这位刚强汉子最害怕面对的，杜长君总是一边流泪一边照顾爱人。“他经常头疼得直撞墙，一宿只能睡两三个小时，试过多少种止疼药和安眠药，都没用。有时因为疼痛难忍，他对我发脾气，我只能一遍遍劝他，我要你活着，你不能离开我，不能离开儿子！”

2013 年，于尚清的伤情越来越重，由于玻璃碎片扎入神经，一些身体部位不敢动了，甚至只要有活动的意识就会产生剧痛。他的身体、下肢经常会鼓起一个小包，拨几下就会掉下一个玻璃碴儿。2013 年年末，于尚清出现吐血、便血，并伴随经常性昏厥。杜长君说：“11 月份他第一次大出血，我用轮椅推着他去了医院。当时天降大雪，他疼得无法说话，我在他耳边哭着嘱咐他，你一定要挺住，一定要活下去！每活一天就是赚一天，你活着就是我的希望！”就这样，整整 11 年，于尚清默默与痛苦搏斗着，直到逝世。

2004 年，于尚清被授予“全国公安系统二级英雄模范”称号。

2005 年，于尚清被评选为“全国劳动模范”，并获得“全国特级优秀人民警察”荣誉称号。

2006 年 6 月，于尚清被评为“全国十大优秀人民警察”。

二、王百姓：一百零二个“爹”

王百姓，一个奇特的名字。

六十三岁，灰色夹克，黑色长裤，精神饱满，胖胖的圆脸，中等身材，笑起来声音不高，嘴角却开得很大，眼睛眯成一条缝。他笑说：“我叫王百姓，以前是小百姓，退休以后是老百姓了，你们叫我老百姓就行了。”整个一个“老百姓”绕口令！

王百姓的老家在郑州市二七区黄龙岗村。在他之前，家里生了四个男娃都夭折了。1951 年，又一个男娃出生了，父母听了一位江湖先生的建议，抱着男娃满村转，拜了一百个“干爹”，最后又拜了一棵粗壮的柏树为“干爹”，再加上他的亲爹，这个男娃就有了一百零二个“爹”，从而正式起名“王百姓”。

也许是命中注定，王百姓要一辈子跟炸药、跟爆破打交道。20世纪60年代初，大饥荒席卷全国，老百姓四处寻找活路。王百姓的爹发现家乡的山上有石灰岩矿，可以烧成白石灰卖钱，于是带上十一二岁的儿子上山开矿炸石头，然后卖给公社石灰窑，一天可以挣5角钱。王百姓一个寒暑假能挣40元，这在困难年代简直就是一笔大收入了，学费、生活费什么的都不成问题了。不过，天天摆弄炸药不是闹着玩的，父亲上过战场，懂炸药，他小心翼翼护着儿子，打眼装药放炮时，再三教百姓怎样操作，如一定要专心致志，背着雷管炸药走路爬山一定要稳当，不能颠动，不能发生摩擦，点导火索时一定要侧身，不能面对和探头瞅什么的，等等。父亲这些教导让王百姓受益终身，让他做什么事情绝对一心一意。

1968年，珍宝岛之战震惊世界，激动全国。到河南招兵的军官给学生们做报告说：“好男儿报国的时候到了！我们要招特种兵，比飞行员还特，专打攻坚战！”王百姓听得热血沸腾，特种兵是国之利器、军之利剑啊。他立即报名，投笔从戎慨然从军了。出发那天，他和大批新兵被送进闷罐车，一路轰轰隆隆也不知开往哪里。下了车，只见高高群山茫茫森林，没有人烟。接着连长做了战前动员，王百姓这才知道，他从河南到了宁夏，这个“特种兵”原来是工程兵，这个“攻坚战”原来是打山洞啊！

回顾那段时光，王百姓感叹不已：“那个年代，全国人民打了不少的洞，现在城里的好歹都开发利用当商业街了，深山老林里的就扔在那儿了。”工地上，王百姓小时跟父亲学得的炸山本事、炸药知识立马用上了。很多战士因发生意外事故如爆炸、塌方、滚石等牺牲了，王百姓从小把雷管当“棒棒糖”玩，打眼儿放炮样样精通，安全系数最高。首长赞叹地说，这小子是爆破奇才，再送进大学好好深造一下。入伍三年后，二十一岁的王百姓进入南京工程兵学院，拿下爆破专业的大本文凭。

1985年百万大裁军，王百姓转业回到老家郑州，准备调入武警学校当老师。省公安厅领导看过王百姓的档案后，对王百姓说："去当老师等于把你的武功丢了，太可惜了！到公安厅治安处来管爆炸物品吧。"

从那时起到现在，王百姓一直冒着生命危险，在河南及全国各地不断清除着当年日本法西斯在中国扔下的炸弹及其他爆炸装置。

1994年3月，河南安阳大桥下发现一颗日军遗留的航空弹，重达250公斤。清除那天，京广铁路停车40分钟，大桥周围方圆数百米全部戒严，警戒线外，聚集了当地党政军警、铁路等各界领导和数百名当地村民。众目睽睽之下，王百姓头戴钢盔，脸戴口罩，身穿防弹背心，独自一人走向航弹。数百米之外，围观的人们屏住呼吸，心跳似乎比王百姓还紧张剧烈。只见他用工兵锹掏土，然后套绳，然后拼力缓缓拖动，每操作一小会儿，他都附耳贴在弹体上听听有什么动静。27分钟后，他终于将航弹拖离了桥墩——南北大动脉京广铁路避免了一次大断线，试想，如果哪次呼啸而过的火车震动引爆了炸弹，后果不堪设想啊！

炸弹被拖到一辆小型货厢车上，需要拉到安全地方引爆。那是一段30公里的路程，一位同样视死如归的司机，拉上王百姓和那枚炸弹，蜗牛一样向远方缓缓移动。那一刻，警戒线外很多人泪流满面，沿途数十米开外站着负责警卫的上百名军人和警察，向着这辆车和两位英雄肃然立正，致以庄严而深情的军礼……

数十年来，王百姓清理各类炸弹15000颗以上，其中相当一部分印有日本军工厂生产的印记。

反恐反暴，自然更少不了排爆专家。

1998年6月27日，河南郏县，停放在三郎庙附近的一辆轿车底盘上发现了一颗炸弹，显然是蓄意报复谋杀行为。凌晨2时30分，王百姓和战友孙平山赶到现场。夜色漆黑，警灯闪烁，人们说话都压低了声音，生怕什么响动会把炸弹引爆。王百姓挥挥手说："大家都退出50米之外，我自己来！"他拿着手电钻到车下，发现炸弹用细铁丝绑定在底盘上，这是一种无线遥控、具有多种发火方式的智能型炸弹，制作精度很高，在河南省是首次发现，在国内也十分罕见，见多识广的王百姓也不曾处理过。他钻出车底，对同事们说："他妈的！这家伙很复杂，是高智能型炸弹，爆炸力很大，能不能安全清掉我也没把握，说不定今晚回不了家了。"说着他微微一笑，灯光中那微笑透着几分悲壮。"来！"他招招手让负责照相的警察过来，"给我拍几张照片，死了好给家人留个纪念。"

过后，他让警察和围观群众尽快退出 200 米。他说："安放炸弹的家伙说不定就隐身在围观的人群当中，说不定什么时候引爆炸弹，要是炸了，整个汽车粉身碎骨，碎片乱飞，伤害面积是很大的。"领导、同事和群众都退到安全地带了，王百姓和孙平山仰躺着钻到车下，孙平山用手电为王百姓照着光，两人仔细分析判断了红白蓝各色线路的作用，确定了操作秩序，然后一一剪断。只剩下捆绑炸弹的细铁丝了。王百姓让孙平山用十厘米厚、半米见方的海绵垫在炸弹下面接着，他将细铁丝剪断后，手托炸弹让它轻轻落到海绵垫上。海绵垫拴有一条绳子，随后，两人将海绵垫拖出车底，再小心翼翼拖到远处的安全地点。在手电筒的光照下，王百姓把炸药、雷管、接收器、电池、磁铁一一分离成功。两小时后，王百姓站起来擦擦额头上的汗水，向大家宣布炸弹拆解完毕，没有危险了，几百名同事和群众报以热烈掌声。

2001 年，内蒙古某市发现一个居民社区内地下埋藏着 7000 余颗炮弹，王百姓奉公安部指令紧急赶赴现场，全部成功排除销毁。

2011 年 3 月 31 日上午，河南新县一位村民扫墓时，发现旁边一座古墓塌了，露出一个黑洞。他探头一看，里面竟然堆放着一大堆"铁疙瘩"，好像是武器弹药。王百姓自然又到了现场，他第一个钻进古墓，第一个摸在手里的是一个骷髅头骨，然后果然是一大堆生了锈的武器弹药。经五个小时发掘，墓内武器弹药全部出土，计有 60 型迫击炮一门、炮弹 57 枚，82 型迫击炮一门、炮弹 27 枚，机枪和步枪子弹 6475 发。据有关部门推测，这批隐藏的武器弹药可能是当年刘邓大军为轻装前进、战略转移遗留下的。

王百姓在清除武器弹药

数十年间的惊险历程，使王百姓成为名副其实的中国公安“排爆第一人”。他先后发表16篇学术论文，由他主编或与他人合编的《爆炸物品使用与管理》、《危险物品基础知识与管理》、《中国民用爆破器材应用手册》、《爆炸现场勘察要略》等专业书籍相继出版，在公安工作中发挥了重要而广泛的作用。

迄今，王百姓总计排除了15000颗以上的炸弹和各类爆炸装置，令人称奇的是他毫发无伤，媒体记者夸他是“天天与死神打交道的人”。最为奇特的故事是，河南曾发生一起抢枪案，案犯被捕后交代，他在夜里仓皇逃窜时把手枪顺手扔河里了，究竟扔在哪个方位，他也记不清了。按法律要求，手枪必须打捞出来，证物归档才能结案。警方动员数十位民警和沿岸老百姓，用尽种种办法探捞，忙了好几天也没见踪影。这时候有人不知为什么想起了王百姓，说把他请过来试试吧。旁边的人笑说，老王是搞排爆的，和捞枪不搭边，有啥用？

王百姓还是被请来了。他仔细问了问案情和案犯逃跑经过，然后左手揣兜，右手食指和中指不时敲敲脑门儿，沿河边走了二百多米远，目光始终盯着河面。有观景的警察偷笑说："两三米深的水，咱上百号人费了几天时间没捞着。我不信这个专家有透视眼，能一眼就看出来！"话音未落，王百姓指着一个地方说："叫人在这个地方再查查。"下去几个人摸了半天，没有。

王百姓没吭声，脱了鞋卷起裤腿自己下了河。走到齐胸深的地方，他站住了，招呼岸上一位青年警察说："你下来，顺着我的裤腿往下摸。"

警察一个猛子扎了进去，回头一个猛子窜了出来，手里高举着那把泥水淋漓的手枪，两岸欢声雷动，齐声喊："神了！"

王百姓神秘地一笑，说："其实我一边走，一边在揣摩案犯的心理和逃窜时的疲惫程度，或许在那个时候那个地方，他觉得必须把枪扔掉了……"

王百姓干了大半辈子排爆，是当之无愧的河南省首席排爆专家和全国赫赫有名的"排爆大师"，凡遇大案要案都请他到场。

2006 年，王百姓被评选为第二届"感动中国十大人物"。在颁奖晚会上，颁奖词是这样称赞他的："十年时间，1.5 万多枚炸弹，专门与危险打交道。谁能不害怕？平常人只要一次遭遇炸弹，就已经惊心动魄了。而他和我们一样，有家有妻有娃，只不过头顶上有警徽，警徽上有国徽，所以他才把家人的担忧、战友的期盼，一肩担起。"

三、李春伟：从来不写作业的学生

1962 年，正是中国大饥荒年代，李春伟出生在河南省周口市的一个乡村。小时候因家里穷买不起作业本，他从来不写作业。老师留下的生字和算术题，他拿树枝在地上划划就算完成了。也因此，他对数字产生了神奇的记忆，考高中时竟获得全乡第二名。

1981 年，19 岁的李春伟入伍开赴云南当了工程兵，那是部队里最苦的行当。修路架桥打山洞离不开爆破，新兵芽子包括班长、排长都是农村出来的，懂得放羊喂猪、春种秋收，哪儿懂得爆破？导火索点着后，战士们撒丫子就往山下跑。没跑多远一声巨响，石头满天飞，不少战士被砸伤了。李春伟第一次见识这种恐怖场面，用棉袄捂着头，躲在一棵大树后，算是逃过一劫。从那以后他意识到，部队干的工程离不开爆破，技术和安全问题急需解决，于是跑到县城新华书店买来几本与爆破有关的书。活儿太累了，深夜皓月当空，战友们都呼呼大睡了，李春伟却在埋头看书，记笔记。很快他就成了连队里的爆破技术员，施工安全水平大为提高。

一年后，全团分得两个军校生名额，李春伟以高分被长沙工程机械学院录取——这显然是他人生最关键的转折点，是他靠苦读书、苦学技术拼来的。两年后，李春伟被分配到云南边防部队任排长。那时对越边境反击战刚刚打完，山上山下到处是战后遗留的地雷，部队的主要任务就是排雷，因为技术水平不高，工具也很差，兵员伤亡非常大。李春伟赴任的时候，前两任排长都牺牲了，排长空缺了几个月。

排雷伤亡大的死结必须解开！他想。

此后，他对大兵进行了严格培训，发动群众在总结以往经验教训的基础上，搞出十几条安全操作规范，同时又搞了些发明革新，大大改进了排雷工具和排雷方法。此前，六个排雷队伤亡累累，有个队一天出工就炸死炸伤 8 个战士。1993 年至 1995 年，李春伟带领 60 名官兵，在中越边境大扫雷中排除各类地雷 5.5 万多枚，炮弹、手榴弹 2 万多枚，为当地民众恢复耕地 4 万亩，打通边境通道 14 条，无一人伤亡。这个纪录在世界排雷史上也是名列前茅的。云南省军区给李春伟记了一等功，国外媒体闻讯来访，报道称颂他们是“创造世界奇迹的人们”。八一电影制片厂专门以李春伟为原型，拍摄了一部电影：《征服死亡地带》。

1996 年，李春伟转业到河南省周口市公安局，开始了平静的生活。不过，一个偶然事件让他意识到，为避免战友伤亡，需要自己重新披挂上场了。

那天，局里组织了一个大规模销毁爆炸物品的行动，担任警卫的李春伟到了现场。战友们知道他在部队搞过排雷，负责引爆的警察还特意向他请教了一些注意事项。领导一声令下，那位警察神态庄严又略显紧张地蹲下来，准备点燃导火索。突听李春伟大喝一声：“停！”然后纵身上前按住了那位警察的手。“你用的是导爆索，不是导火索，点着就完蛋了！”一起重大事故得以避免。

当晚，李春伟在家里想了很久，思想也斗争了很久。看来局里十分缺少懂排爆的人，如果自己来做，安全系数会高很多，但这意味着自己要重返战场。毕竟，这是随时面临生死考验的职业。想来想去，别无选择，只能自己重新披挂上阵了。当警察和当兵一样，为了老百姓义不容辞啊！

那一夜，妻子睡得很香很甜，完全不知道丈夫在热血澎湃之间做出了人生中一个重大而危险的选择。第二天，他毅然向组织递交了申请，从此走向排爆现场，一干十七年，至今还在继续。

2009 年 1 月 11 日，沈丘县一家鞭炮厂发生爆炸，当场炸死两人，伤十余人，炸毁房屋一百多间，爆炸现场浓烟滚滚，一片火海，现场还遗有大量不明爆炸物急需转移。市局领导带上李春伟等人闻讯火速赶赴现场。在距离爆炸点约三百米的地方，有人喊住了他们：“快站住，别去了！爆炸的是配药房，十米外的仓库还有三吨多黑火药，谁知道啥时候又给引爆了呢！”李春伟大吃一惊，急切地对局领导说：“这三吨多火药一旦爆炸，周围两三公里范围内的居民房就全完了，我得上啊！”局领导感动得眼泪快下来了，一把握住他的手说：“春伟，我代表全局同志和老百姓谢谢你了！不过处置这么大的险情，可千万要小心啊！记住了，你活着进去，得活着给我回来！我等着你，你不回来我不走！”李春伟感动得也要掉泪了：“局长放心，我一定回来向你报到！”

李春伟找来两名知情的鞭炮厂技工当助手，随即小心翼翼进入火药仓库。沈丘县数十名消防官兵也是视死如归，手持水枪在仓库外围起一道隔离带，严防火势向仓库蔓延。

李春伟明白，对黑火药的处置绝不能有丝毫的摩擦和撞击，只能轻了又轻，慢了又慢。他的每一个动作，不仅仅决定他个人的生命安全，而且关系到周边数千名老百姓的安危。10 分钟、20 分钟、

30分钟……他和两位技工沉着冷静、小心翼翼地把一袋袋黑火药扛到三十多米外的卡车上，院落中不时还发生着这儿或那儿的小爆炸，常有火苗落在他们身上脚下，消防队员不管三七二十一，水枪对准他们猛喷，把三人淋得像落汤鸡一样狼狈。那是天寒地冻的腊月天啊，不过事后李春伟笑说："那是我一生中洗得最痛快的一次冷水澡，没有消防队员及时灭火，我早炸飞了。"

八个多小时惊险奋战，仓库内268袋黑火药、大堆炮引线等七吨多爆炸物全部被转移到安全地带，当地数千名老百姓逃过一劫。

2005年4月29日，警方发现西华县一家花炮厂违规储存2500公斤黑火药，李春伟组织力量进行销毁。销毁现场分为两处，他和一位技术员各管一处。销毁过程中，那位技术员因拖拉药袋用力过猛，导致散落在地面上的药粉摩擦起火，一路延烧到李春伟这边，同时引起两大堆火药瞬间燃烧，冲天烈火高达几十米。李春伟凭着多年的排爆经验，迅速卧倒翻了几个滚儿滚到路边土沟里，同时大叫："技术员，躲到这里！"可火势太快了，眼瞅着那位面目全非的技术员从烟火中爬了出来，衣服被大火烧得精光，浑身黑乎乎的，只剩一根腰带。后来花了40多万医药费才保住性命。

这件事不知怎么很快被李春伟妻子知道了——凡遇有危险之事，丈夫从不会对妻子说起，怕把老婆吓着，这是警察的惯例。当晚，妻子执意让春伟给她写"保证书"，保证以后不再干排爆。妻子一边擦眼泪一边说："在部队排雷你就让我天天担惊受怕，回到地方你又干这不要命的工作，让我和孩子过不上一天安生日子。万一有个闪失，扔下我们孤儿寡母咋办呀！我不稀罕你出名得奖，只求你平平安安！"李春伟久久无言，但是，这个"保证书"他当然不能写。他劝慰妻子说："排爆工作确实危险，可危险的工作总得有人干呀！我懂排爆技术，我不去干，让不懂的人去干，那不是瞪眼让别人去死吗！咱能干这种缺德的事儿吗？你放心，这么多年别人出事儿我不出事儿，就因为我懂排爆怎样干才安全。"

从警十九年来，李春伟先后处置爆炸隐患600多起，销毁炮弹、手榴弹8000多枚，排除犯罪分子设置的各种类型爆炸装置100

多个，销毁各种爆炸物60多吨，200多次与死神擦身而过。

李春伟在处置“提包式”炸药包

生死瞬间一闪而过。但是，每当爆炸物得以成功排除，每当围观的群众发出热烈欢呼，李春伟的心头总是油然升起一种职业的光荣感和自豪感。各种荣誉称号都是组织给的，他能无愧于心地给自己的一个评价是：“我是个好警察，老百姓信任的警察。”这就足够了。

四、李权卿：濮阳市的孤胆英雄

濮阳市位于河南省东北部，与山东接壤，现为地级市，有386万人口，警察2000余人，也是制造烟花爆竹的大市，却只有李权卿一个人搞排爆。办过几个大案子，搞过几次惊心动魄的排爆，李权卿出名了，媒体多次报道，央视做过专访。

李权卿和河南省所有排爆警察一样，都自称“排爆大王”王百姓的学生，听过王百姓的课，遇有重大案件，都跟王百姓通通手机，请他做些指点。

1968年，李权卿生于一个普通的农民家庭。六岁时母亲去世，

1986年高中毕业入伍，加入刚刚组建的中国快速反应部队，当了特种兵。当时在大兵中他的文化水平算是高的，而且天生脑瓜儿灵、反应快，经过一段魔鬼式训练，全副武装的李权卿一个冲刺能飞身跃上二层楼。部队先后选送他到工程兵指挥学院、解放军理工大学学习，学的是地雷与爆破工程专业。百万大裁军中，李权卿以副营级转业到家乡濮阳市房管局机关，眨眼间他当特种兵的本事全没用了。几乎天天枯坐办公室，一杯茶水一盒烟，《参考消息》看半天，除了跑腿学舌打零杂，基本上没事干。在部队天天剑拔弩张，流血流汗，电闪雷鸣，回到地方一下子闲下来，把李权卿闷死了。他心想，什么叫闲人？闲人就是没用的人。让他最发愁的是自己刚刚三十二岁就没事儿干了，什么时候能熬到退休啊？他几次找到局领导，要求分配一些工作任务，领导说："改革了，盖房的事交给老板了，房管局除了房子塌了，平时能有啥事儿？没事儿你就看书呗。"

2002年，一家大酒店发现一枚自制炸弹，罪犯扬言要老总出200万元，否则就炸掉酒店。濮阳市公安局赶紧把省厅的王百姓请来了，安全处置完毕，市公安局领导说："看来我们也要预备排爆人才，不知哪里找得到？"王百姓说："你们房管局就有一个，叫李权卿，部队转业回来的，有国家发的爆破专业人员证书，听过我的课。"领导记住了这个名字但迟迟没办。两年后又出了一件大事，有上访人员在市委大楼院内的保安值班室安放了一个爆炸装置，到场的警察没一个懂排爆，谁都不敢碰。市委大楼要是被炸了，不要说书记们没地方办公了，那将是震动全国的爆炸性新闻啊！关键时刻，局领导终于想起房管局有一个李权卿闲着呢。凌晨一时，电话把李权卿从睡梦中叫醒，说两位警察开车已经等在楼下了。到了灯光如昼、戒备森严的现场，市领导主动上前和他亲切地握了手，说："小李啊，就看你的了。"围在一旁的干部们眼神都透着惶惧和渴盼，好像"干部的大救星"到了。李权卿转业到地方四年了，此刻他第一次感觉自己不是闲人而是有用的人，不仅有用，还是一个很重要的人——一鸟入林，百鸟压音啊。啥装备都没有，众目睽睽之下，李权卿戴上口罩手套，大步走进保安值班室，一时间甚至觉得脚步有一点儿腾云驾雾的感觉——牛了。进去拿眼一瞄鼻子一嗅，雷管是纸制的，炸药是三升油漆和一些硝胺，导火索是每秒2.5公分燃速的，非常简单的一个爆炸装置。三下五除二，不到十分钟处理完毕。过后他把那些东西装进提袋拎出来，高声说："大家可以放心了，没事儿了，拆完了。"全场掌声雷动，这个"大救星"真是灵！肯定是市领导发话了，没过几天李权卿穿上警服，成了濮阳市的宝贝。

家人自然坚决反对，妻子跟他热战冷战了好些天。老父亲说："我就你一个儿子，出了事儿咋办?"

时过不久就撞上一个大案，一个非法制造雷管的私人企业发生爆炸，当场炸死十五人，伤数十人。因死伤惨重，事关重大，李权卿特意请来王百姓，深夜两人到了现场，电已经断了，在车灯的照耀下，遍地是散落的炸药、雷管、鲜血和人的碎尸块，恐怖至极。两人轻手轻脚四处勘查现场情况，不时踩着雷管就炸了。李权卿指挥警察一点点清理，到第二天中午他又踩响了一支雷管，碎片扎进眼睛，鲜血直流。赶紧送到医院检查，医生说："好悬，再深一毫米这只眼睛就废了！"妻子来电话问："你咋没回家吃午饭?"李权卿说："我和几个战友喝酒呢。"包扎完了他又返回现场，总共清出2200多个雷管、近百公斤炸药！

李权卿在排爆生死一线间

李权卿干到第93次排爆时，出事儿了。有人在一个居民区发现一家非法制造烟花爆竹的地下工厂，老板吓跑了，李权卿前往处理现场。遍地是药粉，炸药上百公斤，雷管上千支，一米长的引火索三千多根。清理完毕，需要运到安全地带销毁，李权卿要求沿途几百米的居民区彻底清场，保安、清洁工都不能留，他一个人开车拉着这个"大炸药包"缓缓行进。后来在场的战友对他说："当时看你孤身一人开车前进，好像烈士带镣长街行，我真想给你唱国歌了！"

到了销毁场地，李权卿让所有人退出二百米之外，他一人把爆炸物品一样样卸下车，小心放好，然后蹲下来安放药捻。突然间，一包炸药钻出一缕青烟，不好！李权卿转身向后一扑，与此同时，爆炸物轰然一声炸了，一个大火球和滚滚浓烟腾空而起，李权卿不见了。战友们哭喊着冲过来找他，发现李权卿被冲击波甩出好远，人事不知，头发烧光了，衣服全没了，浑身漆黑，脸上鲜血横流。政委抱着他大喊："权卿，醒醒！醒醒！我是高峰！"少顷李权卿苏醒过来，喃喃说："政委，没事儿，死不了还能干。"说完又昏过去了。

送到医院抢救了十几个小时，李权卿活过来了。不过两耳膜全部穿孔，到北京同仁医院做了修补，现在左耳失聪，右耳时常耳鸣。

就在我们采访他的前几天，李权卿刚刚出过一个现场。一个村里的烟花黑工厂发生爆炸，炸死两人，屋内、地下还埋着十几大桶雷管，总计三万多支。当时李权卿发高烧正在医院输液，架子上挂着四个瓶子。当地分局局长和所长亲自带车来接他出现场，满脸的不好意思。守在病床边的妻子哭着说："你不要命了？"在现场，发现一个深深的窑坑，里面堆放着许多雷管，人无法下去，李权卿就让战友抓住他的脚，他大头朝下，倒悬窑中，一次次把那些雷管捧出来——这简直就是找死的动作姿态啊！

迄今，偌大的濮阳市只有李权卿这一个"孤胆排爆英雄"，入警十年，出现场113次，多次经历生死瞬间大难不死。有关放毒、剧毒化学品、放射性物质的案子也由他管。

他说："干这行的，说不怕死那是自己给自己壮胆，不惦记自己也惦记妻儿老小啊！我和王百姓、李春伟等都是部队培养的，战场上死了就算光荣了，想啥都没用！”

五、任俊卿：“退到50米之外，我自己来”

三门峡市，230万人口，位于河南省西部，是20世纪下半叶建设黄河第一坝时崛起的一座新城。相传大禹治水时为疏通黄河水道，挥动巨斧将阻水高山劈出“人门”、“神门”、“鬼门”三道河谷，三门峡由此得名。

同样，全市只有任俊卿一个排爆警察。

2002年，那年冬天冷得很疼。

连续三年了，任俊卿对家人说话不算数——这是警察的通病。每逢“杂花生树，乱草飞莺”的阳春三月，任俊卿都答应带妻子曹传洲和儿子任珂到著名的陕州风景区玩一趟，但都因为工作忙没时间爽约了。这年的初冬到了，风景区的游客不那么多了，任俊卿终于得到一个休息日。11月16日一大早，一家三口兴致勃勃上了路。这对于警察的妻子、孩子来说，全家团圆出去玩玩，实在是难得的幸福时光。还好，时值初冬，陕州风景区还是山清水秀的好风光，只是老绿的叶子有些发蔫了。下午四点多，逛得差不多了，也是回家的时候了，曹传洲对丈夫任俊卿说：“今天还算尽兴，单位没有找你。”话音未落，手机响了。市局110指挥中心通知任俊卿，立即赶赴湖滨区崖底乡韩庄，那里发现一家制作烟花爆竹的地下黑工厂，现场存有大量爆炸物，急需除险。

曹传洲知道丈夫职业的危险性，因此多年来被家里的电话声和丈夫的手机声吓得心脏有毛病了，一听铃响就突突跳。“你可千万要小心啊！”她叮嘱丈夫。任俊卿说：“没事儿，都是些烟花爆竹，很容易搞定。你回家炒几个好菜，等我回来一块儿吃，庆祝全家今天成功出游！”

1957年，任俊卿出生于河南省偃师市一个农民家庭，1976年入伍。服役期间先在信阳陆军学院学习，后进入徐州工程兵学院学习爆破专业，毕业后分配到三门峡军分区当了教导队队长。有一次搞教学课演练，一个学员因过于紧张、动作走形，把拉了弦的手榴弹一下子甩到学员队列前。任俊卿手疾眼快，一个箭步冲过去将哧哧冒烟的手榴弹远远抛了出去，因此荣立三等功。任俊卿身材不高，很敦实，圆脸大眼，长得很像雷锋。他的照片登在报纸上，很多人赞美说“雷锋回来了”。

1999 年，任俊卿转业，进入三门峡市公安局治安科，负责管理爆炸物品和排爆工作。

从 1999 年到 2002 年的三年时间，任俊卿组织销毁炸药 3654 公斤，炸弹、炮弹、手榴弹 1390 枚，伪劣爆竹 370 万头，导火索 3.5 万米，枪支 243 支。城区改造，企业更新，常要炸掉旧厂房老烟囱，都请任俊卿去帮忙。妻子担忧地说：“公安的任务咱不能不干，企业帮忙的事就别去了，太危险了！”任俊卿总是说：“市里懂爆破的人不多，我不去，万一出了事，我心里过不去，传出去也不好听啊！”事情帮着做完了，任俊卿两手空空回来了，绝不收取报酬，是他给自己定下的铁律。他说：“这项工作太危险，万一出事了，组织上查下来，我和相关专家拿了报酬，我还有脸活在世上吗？”

治安大队副支队长李虎山，和任俊卿同一天转业到市公安局，他清晰地记得，有一次从地下挖出一颗重达六十多公斤的大炮弹，要转移到黄河滩上引爆。一路都是坑坑洼洼的土道，颠簸起来很危险。怎么办？大家很为难，任俊卿挺身而出说：“我抱着走！”就这样，在战友们提心吊胆的目光中，司机小心翼翼开着车，车上坐着任俊卿，怀里抱着大炸弹，上坡下坎一路运到黄河边。

2002 年 10 月 16 日，年近八旬的任俊卿父母拄着拐杖从老家到了三门峡市，一是看病，二是看看儿子一家。当天晚上，任俊卿给父母洗了脚，高兴地说：“这么多年顾不上家，顾不上爹妈，你们来了，我可以尽尽孝了。”后来几天，只要任俊卿回家早，他就坚持给老人家洗脚。有天晚上，他刚刚倒掉洗脚水，局里来电话说有任务，任俊卿顺嘴问：“带不带枪？”两位老人听说儿子要带枪，吓得浑身发抖，结果整整一夜全家都没睡，等着任俊卿回来。过后，两位老人执意要走，说："住在这儿天天为你担忧，受不了！"

送老人上火车那天，老父母流泪了，任俊卿也流泪了。怎么也没想到，这竟是老父母和儿子的诀别。

11 月 16 日，一家三口去陕州风景区游玩，返家的路上，妻子曹传洲说："一星期后就是你四十五岁的生日，是个大日子，咱们把亲戚找来，合家庆贺一下。"任俊卿点头了，快进城区的时候，110 来了通知，命令任俊卿紧急赶赴湖滨区崖底乡韩庄，说那里发现了一家非法制作烟花爆竹的地下黑工厂。当天下午，市巡警队赵晓飞等人巡逻到韩庄，或许是警车声音惊动了这家黑工厂的老板、工人，他们撒丫子就跑没影了。赵晓飞他们进去后，发现厂房是敞开式的二层小楼，现场空无一人，楼上、楼下、院子、地洞，到处堆放着大量成品和半成品烟花爆竹，还有很多雷管炸药。巡警们不懂排爆，不敢乱动，于是向 110 报了警。下午五时许，身穿便衣的任俊卿匆匆赶到韩庄。他仔细勘查了现场，检查了堆放的所有爆炸物，有时还用手指沾一点儿药粉闻闻或用舌尖尝尝。他认定一些包装袋或筐里的东西没有爆炸危险，就指挥警察们搬出去放到安全的地方。一层房里、院里都检查完了，敞开的二楼平台还堆有大量爆炸物，但不知为什么没见楼梯。巡警赵晓飞和战友们找来一些木料、木棍现绑了一个梯子。这时天色已黑，任俊卿在前，赵晓飞在后，两人各拿了一个手电筒上了二楼平台。那里堆放着好几袋原料，任俊卿仔细观察了一下，对赵晓飞说："这是黑炸药，很危险，你下去吧，告诉大家都退到 50 米之外，我自己来。"

任俊卿

赵晓飞和二十多位巡警战友刚退出不到 30 米远，就听轰的一声，夜空中升起一团蘑菇云状的大火球，整个小二楼塌下来了。赵晓飞他们不管是不是还有爆炸的危险，嘶喊着冲进滚滚烟火中，在一处墙角下找到任俊卿的遗体，人已经烧焦了，左腿不见了。

英雄时年四十五岁。

妻子曹传洲大病一场，人一下子瘦了几十斤。儿子任珂半个月没上学，没说话。后来曹传洲写了一篇回忆文章，她写道：

> 我和俊卿共同走过了幸福美满的二十个春秋，每当想起11月16日那个可怕而又难忘的夜晚，我都会浑身颤抖，泪流满面。二十年来，我承担着教育孩子、孝敬老人的责任和义务，在我的印象中，他没休过一次年休假和双休日，没给孩子开过一次家长会，没上街买过一次菜。接送孩子，我自己去；煤气用完了，我自己找民工扛回来；电灯坏了，下水道堵了，我自己修。我想，自己怎么忙怎么累，只要俊卿能安安全全回来，什么都值了。在部队，他招收过无数新兵；在地方，他帮工矿企业搞过无数次爆破，但从来不收人家的礼。俊卿常对我说，咱们的生活虽然清贫，但饭吃得香，觉睡得稳，不怕半夜有人敲门……
>
> 每天早晨上班时，他都精神抖擞，深夜回家却总是疲惫不堪。有一次他出现场回家喝了点儿酒，大概那次行动很危险，他感触很深，酒后对我吐了真言，他说："干我这行的都是命悬一线，说不定哪天会出事儿，你可要有思想准备啊！"我当时大哭了一场。没想到2002年11月16日，距他四十五岁生日仅差七天，这噩梦般的一天真的到了。亲爱的俊卿，你永远离开了需要敬孝的父母，需要你给予父爱的儿子，相约与你白头偕老的妻子。你走得那么突然，那么悲壮，我和老人、孩子怎么能够承受？在我眼里，你不是一个称职的丈夫，但你是百分之百合格的军人和警察……

第六章
犯我天威，虽远必诛！

一、血案，发生在魔鬼水域

毒品是当今人类面对的最大诱惑之一。贩毒者，犹如西方传说中的嘴巴沾满血污的吸血鬼；吸毒者，犹如一架行走的枯骨。沾上毒品，就等于把肉体和灵魂出卖给了魔鬼。目前，中国有记录在案的吸毒人员近 300 万人，2014 年查获毒品案件逾 10 万起。

地球上，遭到全世界人民深恶痛绝的毒源主要有三个地方：金三角、金新月、银三角。金三角被称为“死亡之谷”，地处泰国、缅甸、老挝三国交界地带，范围包括缅甸北部的掸邦、克钦邦，泰国的清莱府、清迈府北部，老挝的琅南塔省、丰沙里、乌多姆塞省、琅勃拉邦省西部等，95%以上为山区，有村镇3000余个。金新月地处中亚阿富汗、伊朗、巴基斯坦交界的新月形地区。银三角地处南美哥伦比亚、委内瑞拉交界的丛林地带。

这三个地方暗香涌动，毒气飘散，在高山深谷、林海绿荫的掩护下，到处种植着红罂粟，成为当地军阀、土匪、毒枭制造贩卖毒品的基地，被称为全球三大毒源，金三角名列三大毒源之首。

湄公河宛如一条婆娑多姿的飘带，穿过金三角，流经东南亚。它在中国境内称为澜沧江，出境后称为湄公河，贯穿中国、老挝、缅甸、泰国、柬埔寨及越南六个国家，全长4000多公里。这里土地肥沃，气候温热，雨水充沛，很适合罂粟生长。各派武装势力靠种植和贩卖毒品聚敛财富，各据一方。金三角种植罂粟高峰期曾达到100万亩以上，每年贩运出去的海洛因约占全球总量三分之二。在这里，1000克海洛因的成本不过几百元钱，运送到广东能卖50万元，到香港则高达200万港币。巨额利润自然是挡不住的诱惑，金三角的武装贩毒集团和贩毒分子尽管屡遭打击，死了一代又一代，大量毒品依然源源不断被输送到周边各国直至欧美。

云南省有绵延4060公里长的边境线，与缅甸、老挝、越南山水相连，丛林相通，鸡犬相闻，贩毒分子一步就能跨过来。尤其是毗邻金三角的西双版纳州，有966.3公里的边境线，与老挝、缅甸土地连片，道路相通，没有任何天然屏障，处于全省乃至全国禁毒的最前沿。1982年，云南成立了第一支缉毒警察部队，为打击毒品犯罪、制止毒流蔓延做出了重大贡献。

2001年，中国、泰国、缅甸、老挝签订了四国通航协议，开通了澜沧江—湄公河水路运输，湄公河成为连通四国贸易、繁荣沿岸经济的黄金水道。贩毒集团从中嗅到了血腥的“商机”，频繁出现在泰、缅、老三国交界的金三角流域，屡屡袭击和抢劫过往船只，制造了一起起血案。

2008年2月25日上午，云南省西双版纳州公安局水上分局

惨案发生在湄公河上

“007号”警务快艇飘扬着五星红旗，乘风破浪顺着湄公河一路疾驰。艇上有水上分局局长孙占云，缉毒警员柯占军、张伟、秦华和船员马会川，另有一位农业专家。他们的任务是把农业专家送到老挝，再前往泰国，送孙占云参加中、老、缅、泰四国警务联席会议，商讨推进替代种植、合作缉毒事宜。2月份，正值湄公河的枯水期，航道水浅，沙滩多，暗礁多，快艇容易搁浅，因此必须减慢速度。

驾驶快艇的警员秦华，眼睛不大胆子大，说话不多点子多，脸上常带笑意。闲散时候，动作、举止、表情，连眼神都有点儿懒洋洋的，就像没事儿干的下岗工人。“静若处子，动若脱兔”——这是许多警察的职业特点。秦华在家是老小，青年时代毕业于重庆河运学校，在云南轮船公司干了九年，出入东南亚如同邻里串门儿，对复杂多变的湄公河航道了如指掌。后来他当了公司“蒙乐号”船长，月收入7000多元，也算自得其乐的“成功人士”了。不过，他还是不满足也很不安心，“平平静静的生活就是平庸，太没意思了！”他说。也许从小看电视剧看多了，他觉得当警察才算纯爷们儿，于是不顾妻子和家人反对，辞了船长职务，考进西双版纳州公安局，当了一名缉毒警察。秦华第一个月领工资拿到1570元，少得让他大吃一惊。

湄公河是界河，南岸是老挝，北岸是缅甸。那天，秦华开着快艇正在破浪前进，突然砰砰几声枪响，艇上警灯和窗玻璃哗地碎了，秦华大惊，赶紧蹲下来叫："哪里打枪了？"柯占军喊："快趴下，是缅甸那边打过来的！"密集的子弹仍然不断飞来，轮机长张伟的手掌被打穿，船员马会川的右腿股动脉被打断，鲜血喷出老高。柯占军还算幸运，子弹擦着身体穿过衣兜，手机被打碎了。他扑到马会川身边，用一根细麻绳紧紧勒在他的右腿根上，然后又帮着张伟裹好手掌的伤口。秦华猫腰起身离开驾驶座，想去搬跳板阻挡子弹，结果身子一歪栽倒了，他这才发现自己也受了伤：子弹从臀部侧面洞穿腹部，血流满地。秦华倒下了，快艇失去控制，在江面上突突画着弧线。秦华意识到，河道中到处是浅滩和暗礁，快艇要是搁浅了，大家都成枪匪的活靶子了。他勉强爬起来，一手支住身体，一手把住舵轮，把快艇调入航道，不想右腿又中了一枪，人再次倒下。危急之中，局长孙战云猫腰大步蹿过来，把秦华搬到一边，驾驶快艇迅速前冲，并高喊着让柯占军赶紧联系泰国警方，请他们速到前方码头接应。

快艇终于冲出枪匪的射击区，抵达前方码头。泰国警方火速赶到，把三名伤员迅速送往清莱府医院。事后检查，枪匪使用的是M-16步枪，共打了90发子弹，秦华的驾驶座上有8个弹孔——好悬！

西双版纳州公安局获知消息后，连夜为伤员家属办了出国手续，由局领导带领赶往泰国清莱府看望伤员。妻子黄永娟第一眼看到身上像刺猬一样插满管子的秦华，不禁放声大哭。因失血过多，脸色惨白的秦华淡淡一笑，有气无力地说："我没事儿，哭啥？注意点儿形象，千万别告诉我妈！"

秦华、张伟、马会川在泰国医院住了二十多天，经抢救幸免于难。后来他们转回国内医院，医生从张伟的胯骨和脚趾上取下几块骨头接在伤手上，算是把功能基本保住了，属七级伤残。秦华的膀胱、肠子被洞穿，耻骨、盆骨都受了伤，先后做了八次大手术，还剪掉一段肠子，一周内掉了二十公斤体重，属六级伤残。

中国警务快艇上有国旗、警灯，标号“007”，金三角枪匪明显是冲着中国缉毒警察来的。这是湄公河上发生的第一桩针对中国警察的血案。秦华说：“血案发生前两个月，我们曾向缅甸警方提供了必要支持，接连摧毁了两个罂粟种植园。此次贩毒集团突袭我们，无疑是有预谋的报复行动。”

此案究竟是谁干的？云南边防和西双版纳州公安局从贩毒分子口中很快收集到许多有价值的情报。但中国警察隔境相望，鞭长莫及，找不到证据也无法追查凶手，案子只好撂下了。西双版纳傣族自治州副州长、公安局长王方荣是中国第一代缉毒战警，他和同事们恨得咬牙切齿，但限于涉外，约束甚多，动弹不得，两位战警和一位船员的血等于白流了。

事后，组织上给秦华颁了三等功。他出院后就上班了，领导劝他好好养息一阵子，秦华说：“没事儿，死不了，还能干！”

接下来，针对中国商船的抢劫袭击事件时有发生，血案连连：

2008 年 3 月 10 日，“中山三号”遭到来自缅方岸上不明身份武装分子枪击；2009 年 2 月 18 日，“宏源三号”、“中油一号”等四艘商船遭缅方岸上枪击，一名船员被打死；2011 年 4 月 3 日，“中油一号”、“正鑫号”、“渝西三号”三艘商船被一伙武装分子劫持，抢走各类财物价值达 26 万余元；5 月 2 日，一名中国商人被枪杀。

流经金三角的湄公河，一时间成了枪匪出没的魔鬼水域。

我商船和民众在湄公河屡遭抢劫伤害，外交部进行了多次严正交涉，但贩毒集团自恃藏身异国，行动不见收手，反而愈加猖狂。不久，更大的灾难到来了。

2011 年 10 月 4 日，中国商船“玉兴八号”从老挝梭累港起航，驶向湄公河下游的泰国清盛港。同一天，另一艘中国商船“华平号”从云南边境港口出发，目的地也是清盛港。第二天即 10 月 5 日上午九时许，两船相距 200 多米，驶到老挝与缅甸交界处的金三角一带时，突然有两艘军用快艇冲出岸边草丛，迅速贴近“玉兴八号”和“华平号”，胁迫中国船员将“玉兴八号”和“华平号”驶向草木连天的支流航道，不久草莽中响起一阵枪声，此后两船彻底失联。当天，西双版纳州公安局接到泰国清盛码头上的几位中国人报警，但情况不明，两艘遭劫商船上的船员不知去向。西双版纳州公安局判断事态严重，为尽快查明情况，他们紧急与泰方当地警局联系。案发第二天即10月6日，西双版纳州公安局会同泰国当地警方，及时将了解到的案情反馈回国。紧接着，经两国相关部门同意，西双版纳州公安局六名警察（包括三名刑事技术人员）赶赴金三角调查了解情况。他们找到多位现场目击证人，共走访船只40余艘，登记船员信息300余人，制作询问笔录183份；对两艘出事船只和事发现场进行了初步勘验，收集了部分物证。事后证明，在此案中，西双版纳州公安局充分利用地利优势和近邻友情建立的长期跨境警务合作关系，以及“抢前进位、搜集证据”的前期侦查工作，为后来中央、省、州派出各路工作组，赴境外开展工作提供了有力保障和重要的决策依据。

“10·5”惨案发生后，中国媒体因情况不明等原因没有及时报道，泰国新闻媒体却抢先发出大量报道。10月8日，网民“北纬21度1773”在网上发出大量触目惊心的现场图片，随即引起国内外网民的密切关注。遇难船员的家属们痛哭流涕，他们和船主及船员协会有关人员纷纷到西双版纳州政府上访，要求尽快查清事件真相，严惩凶手，到事发地认领尸体。滞留泰国清盛码头的100多名中国船员因缺少安全感，情绪异常激动，通过各种渠道要求政府尽快将他们解救回国。

经中国警方深入调查，沿岸民众反映：有人看见，泰国数名军人曾向两艘中国商船开枪。有人看见，“玉兴八号”和“华平号”首尾相连，停在岸边一块孤石边，看不见船员，只有一个背着枪的神秘黑衣男人叼着烟卷在船上走动。还有人提供，中午时分，“玉兴八号”船长杨德毅曾发出紧急求救呼叫：“我在泰国的吊车码头！赶快报案，赶快叫救护车，有人受伤！”之后再无音信。

10月11日，十二名中国船员的遗体被从河中打捞出来，他们头上缠着胶带，两眼被蒙，双手被捆，身上弹孔累累，惨不忍睹。两艘抛在河边草莽中的商船也被泰国警方找到，船上有多处弹孔，血迹斑斑。“华平号”甲板上躺着一具光脚遗体，脸部被枪弹揭去大半，面貌无法辨认，身边还扔着一支 M－16 自动步枪。显然，中国两艘商船“玉兴八号”和“华平号”遭遇劫持，全部十三名船员惨遭杀害，无一幸免！

“10·5”湄公河惨案震动全国，中国政府、中国民众深感震惊并表示了极大愤慨。国家领导人高度重视，与泰国总理直接通了电话，要求对方加紧侦破此案，严惩凶手，并希望中泰缅老四国通过协商，建立联合执法、共保湄公河航道安全的合作机制，杜绝类似事件再次发生。

惨案发生后，被称为“黄金水道”的湄公河一改往日的热闹繁忙，一下子变得冷冷清清，航运锐减 95% 以上，沿河弥漫着肃杀死寂的恐怖气息。行驶途中的数十艘中国商船、工程船也都停靠码头，船员们躲到岸上安全地方，不敢下水也不敢回家了。

案发两天后，几家泰国媒体透露了令人震惊的“内情”：称 10 月 5 日当天，泰国军方接到报案，获知中国两艘商船携带一批毒品入境，准备转运金三角。军方派员前往围堵，中方船上人员开枪抵抗，双方发生激烈交火，泰方当场击毙一人，其余逃窜。泰军方紧追不舍，遂将船上人员全部击毙，并发现船上藏有 95 万粒冰毒，云云。

一时间谣传纷起，迷雾重重。

就此，公安部副部长张新枫召集刑侦局、国际合作局等部门的负责人及刑侦专家进行了紧急磋商。大家一致认为：我船员是否涉嫌贩毒，成为中方如何应对湄公河血案的“命门”，但在座的大都是刑侦专家，任何可疑现象和蛛丝马迹都逃不过他们的锐眼，一系列疑点啪啪摆到桌面上：

——如果我船员涉嫌贩毒，金三角历来是毒品源头，怎么可能从中国向那里运进？

——如果我船员开枪拒捕，双方发生激烈交火，船上怎么只发现一支步枪？

——所谓中方"贩毒分子"被全部击毙，船上怎么只见一具尸体？后来多名中国船员的遗体从河面浮现，他们两眼被蒙，双手被捆，身上弹孔累累，惨不忍睹，这明显是一场屠杀！

会议要求云南警方查明我船员以往是否有贩毒行为，同时命令公安部物证鉴定中心立即派出专家赶赴泰国，与我驻泰大使馆官员尽一切可能尽快赶赴现场了解情况，调查取证。

接到公安部命令后，物证鉴定中心副局级巡视员、著名法医闵建雄等人，以及正在曼谷休假的我驻泰国使馆警务联络官件建民和我大使馆多名官员火速赶到湄公河现场，在泰国警方的陪同下进行了深入调查取证。

闵建雄首先取得了突破：此前，"华平号"甲板上的那具遗体因面部遭受重创，面貌无法辨认，经闵建雄检测，查实为该船船长。泰方媒体曾报道说，"涉嫌贩毒"的中方船员曾"开枪拒捕"，但船长身边的 M－16 步枪连保险栓都未打开，证明这个现场是伪造的，步枪是船长中弹身亡后有人故意放在那里的……

许建民，1975 年生于陕西谓南一户农家。家境贫寒，但他上学考试回回名列前茅，高考顺利进了上海同济大学。1992 年他拿到公安大学硕士学位，进入公安部刑侦局。2009 年 7 月，他出任中国驻泰国使馆警务联络官。他英语讲得呱呱叫，泰语讲得叫呱呱，在泰国警界交了很多朋友。谓公河惨案发生两天后，他跟随泰国警方深入现场周密调查，很快便将一份报告急电公安部，首次把该案定性为"有预谋、有计划的报复性杀害"。因电文保密，本书只能摘要简述：

——案发时现场的渔民说，当时他和几个乡亲正在捕鱼，有人拿枪驱赶他们说："快走快走！不要捕了，一会儿这里有事！"证明湄公河血案是有预谋、有计划的。

——一位电工当时正在高高的电线杆上修理电线。他看到两艘军方快艇胁迫中方货船开进河湾的草莽深处，船上很安静。直到看不见了才听到一阵密集的枪声。证明中国船员被胁迫时并没有开枪抵抗，而是被带到河道草丛深处被集体枪杀的。

——处理现场的警察说，冰毒是在甲板上发现的。这不符合常规，贩毒分子不可能把毒品放在光天化日之下。

——船上冰毒究竟有多少，不同的警察说法不一，有说95万粒，有说98万粒。泰国法律明文规定：如果人、毒俱获，一粒冰毒奖励1元泰铢；如果没抓住人只收缴了毒品，一粒冰毒奖励0.5元泰铢。如今，泰方警察说不清船上有多少冰毒，十三名中国船员被尽数枪杀且抛尸河中，意味着处理此案的警察把自己的奖金白白扔掉一半，这更不符合常理。因此可以确认，冰毒是后来有人故意栽赃放上去的。

两天后，仵建民又发出第二份密电。通过进一步摸底调查，他认定：其一，此案由泰国极少数军人主导，金三角大毒枭糯康与少数军人常有勾连，双方有合作作案的可能；其二，中国船只上弹痕较为集中，据此推断，中方船员很可能是被绑到一起，集中开枪打死的。

我驻泰国警务联络官仵建民的两份电报，为公安部决策提供了决定性依据。与此同时，云南警方确认，被害十三名船员没有贩毒史和吸毒史。

二、孟建柱：首开湄公河武装护航

那是分秒必争的日子。根据云南警方和我驻泰国警务联络官仵建民的报告，案情大白，案件性质基本确定。

中国亮剑的时候到了。时任国务委员、公安部部长孟建柱当即飞赴云南，部署与相关国家合作破案、保障湄公河航线安全等项工作，他做出两项重大决定：

其一，积极与东南亚相关国家沟通商洽，由中国公安武警武装护航，接滞留在湄公河两岸的中国船员、民工回家，并争取建立武装护航的长效机制。

其二，公安部组成工作组，出境和相关国家警方共同合作，联手破案，追捕凶手。

很快，西双版纳州公安局精心挑选了二十九名战警组成了武装护航队。出发之际，局长王方荣做了慷慨激昂的战前动员，他说："2008年，我局三名警察在湄公河上遭到外国武装贩毒集团突然袭击，身负重伤。现在，我十三名船员又惨遭屠杀，笔笔血债，历历在目，日夜痛在国人心头！不是不报，时候不到，时候一到，一切都报！这次出国武装护航是开天辟地的大事，我们必须以铁军的姿态、铁血的手段，让境外敌对势力、贩毒集团知道，中国尊严碰不得，碰了必遭雷霆打击、灭顶之灾！"

2011年10月13日，是湄公河上史无前例的日子：中国第一支武装护航队头戴钢盔，荷枪实弹，乘坐一艘白色巡逻艇，从西双版纳州首府景洪港出发，向泰国清盛港方向疾驰而去。西双版纳流动警务站站长罗晓声、缉毒战警柯占军、秦华等人，都参加了武装护航队。三年前曾身受重伤的秦华激昂地说："这是我们扬眉吐气的时候了，我真盼望再次碰上那些枪匪！"湄公河上白浪飞涌，机声轰鸣，沿岸滞留的中国船员、民工看到祖国的巡逻艇、护航队来了，看到五星红旗飞扬着来了，激动得泪流满面，跳跃欢呼。他们找不到大红纸，就用A4纸一张张拼接粘贴起来，高挂在船头或工程机械上，上面写着："祖国万岁！""我们想家了！""中国公安，感谢！""中国警察，好样的！"

罗晓声、柯占军、秦华他们怀抱冲锋枪，威武雄壮地排列在船舷两边，看到那些标语，他们不禁热泪滚滚。跟随护航队溯流而上的中国民船浩浩荡荡，绵延几十公里，许多船上播放着《国歌》或其他爱国歌曲，船员们不时高唱着"五星红旗迎风飘扬，胜利的歌声多么响亮……"历时四天三夜，横跨一江四国，航行近700公里，163名滞泰中国船员、26艘中国货船全部平安抵达预定码头，28名护航民警、一名随警船长、全数护航枪支弹药无一损失，护航任务圆满完成。

警局会上，孟建柱慨然说："中国尊严是不可挑战的，中国公民的生命不能在境外任人宰割，必须把制造'10·5'惨案的凶犯缉拿归案，绳之以法！"事实证明，中泰两国是好邻居、好伙伴。湄公河的安全和繁荣是沿岸各国的共同需要与福祉。面对中方提供的大量证据，泰国政府高度重视，表现出极其负责的态度。经二十余天排查，参与杀害中国船员的泰军少校车彭、中尉阿奴颜等九个涉案泰国现役军人不得不向警方投案自首。新闻发布会上，泰国警察总监飘潘愤怒地宣布：“这九个不法军人是泰国军队中的败类，他们将受到军事法庭的审判！”

但是，策划湄公河“10·5”血案的元凶和那些神秘的黑衣杀手究竟是些什么人？还需一追到底缉拿法办。因案情重大，影响广泛，中国公安部抽调200多名警员，组成六个工作组，分赴泰、缅、老，同三国警方进行了前所未有的合作和跨国协同作战。

三、追捕大毒枭糯康

很快，泰国警方查明，涉案的武装贩毒集团与九个涉案军人的牵线人是缅甸籍人沃兰，就是他受人指使，偷偷将95万粒冰毒放在中国船只上，企图栽赃陷害中国船民。案发后沃兰畏罪潜逃，不过警方收集到的大量信息和情资表明，此案一切迹象指向金三角大毒枭糯康。

我公安部专案组拿到了二十年前国际刑警组织通缉糯康时发出的照片。他已成了世界公敌。

糯康，缅甸掸族人（与我国傣族同宗同源），1969年生于金三角地带的掸邦孟耶镇。年轻时他模样英俊，善于交际，能说缅甸、老挝、泰国三种语言。青年时他为“拼出路，发大财”，加入大毒枭坤沙领导的地方武装“蒙泰军”，当了一个小头目。坤沙败亡后，糯康乘势而起，收编和组织了数百人的武装贩毒分子，配备有机枪、火箭筒、长短枪、手雷等武器，其合法名义是缅甸地方政府承认的大其力地区红列镇“民兵团”团长，实则是金三角制毒贩毒集团新一代“教父”。其指挥部曾一度设在湄公河的孟喜岛上，两岸分别为老挝和缅甸，实为两不管的“安全岛”。糯康为人沉默寡言，喜怒不形于色，城府极深，表面上待人十分和气，其实心黑手辣，杀人不眨眼。他公开占地收“税”，并以“保护航道安全”为名向湄公河过往商船强收保护费，同时制毒贩毒，设赌绑票，拦河抢劫，杀人放火，年收入高达4亿泰铢。平日，他伪装成开明乡绅，与当地官员打得火热，经常出资给当地村镇修桥、架路、办学，救助贫困，因此赢得很多村官和土著的保护。糯康有数不清的老婆和情人，当地人称糯康“搞定一个情人，施舍一个村庄，构筑一个保护网”。据说，美国中情局特工和欧洲缉毒警察曾多次潜入金三角缉捕糯康，但都空手而归。2006年，缅甸军政府对金三角地区贩毒势力进行了一次大清剿。糯康集团的罂粟种植园、制毒工厂和仓库大部被毁，其武装人员或亡或逃，糯康不得不从阵地战转为游击战，长期龟缩于缅甸的山林和村镇之中，与缅甸军政府对抗，同时继续组织各种罪恶活动。

“10·5”惨案后，在中国公安部主导下，中、泰、缅、老四国警方下定决心彻底铲除糯康武装贩毒集团，抓捕大网全线张开。鉴于糯康藏身于密林山村之中且眼线众多，中方工作组制订了严格保密的举措和“斩其手足，逼其出洞，循迹追捕”的策略。一个多月内，糯康手下的十几个毒贩相继落网，其中一个叫岩相宰的毒贩向中国警方交代，他的顶头上司依莱是糯康贩毒集团的三号人物，制

专案组在工作

造“10·5”血案当天，依莱的任务是指挥布岗放哨，跟踪中方商船。事后得知中、泰、缅、老四国联手展开大搜捕，依莱深感恐惧，遂逃离糯康控制，躲到老挝首都万象。中、老警方随即在万象全面布控，2011年12月12日，如惊弓之鸟的依莱带着儿子驾车企图通过一个路口检查站时落网，被我工作组押往西双版纳州公安局。依莱全盘交代了糯康勾结数名泰国军人、策划制造湄公河惨案的全过程，并交代了糯康十几个秘密据点。

情况愈来愈明，法网越收越紧。

2011年12月6日，情报显示，糯康在老挝敦蓬县希拉米村一个情人家露面了。中、老两国组成的特警突击队迅速赶到，但在村外即遭到当地村官和众多村民阻拦，糯康乘乱脱逃，军警人员最终抓获了糯康的情人并起获大批毒品、武器弹药和数千万泰铢。2012年4月25日，一艘民用快艇从缅甸开往对岸的老挝敦棚县码头，三个男人刚刚下船，随着一声炸雷般的怒吼，埋伏在那里的中、老特警突击队员个个如下山猛虎扑了上去。这三个男人当即被按倒在地，其中一人正是号称“金三角教父”的糯康。他满头苍发，胡须肮脏，衣衫褴褛，疲惫不堪，哀叹说：“不用绑了，我跑不动了，实在太累了。”

大毒枭糯康被国际刑警组织通缉了二十余年，终于落入中国法网！

2012年5月10日下午四时，糯康等人被押解到中国北京。在迎接专案组凯旋时，时任国务委员、公安部部长的孟建柱发表谈话说，糯康的落网，标志着湄公河流域四国联合执法机制取得明显成效，这是中国开展国际执法安全合作的一桩“典型范例”。成功的跨国联合作战，使“10·5”专案拥有了超出其他重大刑事案件的特殊意义。

经审讯，糯康供认，2008年2月25日袭击我“007号”警务快艇，至警察张伟、秦华、船员马会川重伤案；2011年10月5日袭击中国商船“玉兴八号”、“华平号”，杀害我13名船员案，都是他指挥武装暴徒干的。据专案组统计，2008年以来，糯康特大武装贩毒集团先后对我船只、公民实施抢劫、枪击犯罪28起，致死16人，致伤3人。

依据中国相关法律规定，经云南省高级人民法院判决、最高人民法院复核、裁定，2013 年 3 月 1 日，恶贯满盈的糯康及其重要同伙桑康、依莱、扎西卡被执行注射死刑。宣判前，糯康深表后悔，说自己走了一步错棋，不该挑战中国威权。他原以为自己是外国人，长期盘踞在金三角，中国政府管不着他也够不着他，尽管遭国际刑警组织通缉二十年，没有人能把他怎么样。没想到中国警方一旦亮剑，他和自己苦心经营的毒品帝国顷刻间灰飞烟灭。糯康还向中国政府和受害船员遗属表示忏悔，称愿意用自己的全部资产买回一条命，以后回家种地，当个老实的庄稼汉。法官愤怒地回答他说："你能用这些钱财买回十三名中国船员的生命吗？"

糯康（前排 1）及其他被告在法庭上

糯康沉默了。

犯我天威，虽远必诛！

2013 年 2 月 19 日，以公安部禁毒局局长刘跃进为首的"10·5"湄公河专案组获得央视 2012 年度"感动中国"特别致敬奖。颁奖词说："连续奋战十个多月，为了缉拿凶手，为了给遇害中国船员家属一个负责任的交代，始终有一种精神让国人振奋，始终有一种力量令人鼓舞——这精神，就是中国警察伸张正义的精神；这力量，就是中国政府保护公民生命财产的决心！”

四、柯占军：刚刚开始的灿烂

1

西双版纳州公安局的大楼内，仿佛还时时响起他爽朗的笑声和虎虎生风的脚步声。

方脸宽额，有棱有角，身材高壮，一双眼睛英气逼人；笑起来音色洪亮，极具感染力，唇边绽开两个小酒窝儿，多么帅气的阳光大男孩儿呀！

柯占军，1981 年 7 月 1 日出生在景洪市郊曼阁村一个哈尼族农民之家，那天正是建党六十周年的纪念日。他是四个孩子中最小的。

1999 年，柯占军考入云南省公安高等专科学校。2002 年，柯占军毕业了，进入西双版纳州公安局工作。2011 年年初，柯占军认识了秀美的姑娘小钟，10 月 1 日两人喜结连理，占军把家里八平方米的小屋粉刷了一遍就算新房了。小钟对占军说，现在女孩儿时兴找“高富帅”，谁知我找了一个“高穷帅”。占军说，你是“白穷美”，咱俩正好天生一对儿！小两口儿笑得前仰后合。

柯占军参加武装护航

10 月 5 日，发生了我十三名船员遭枪杀的湄公河惨案。武装护航的任务下达了，正在休婚假的柯占军风风火火赶到局里要求报名参加。

西双版纳州副州长、公安局局长王方荣，年过半百，中国第一代缉毒警察，身经百战，战功累累，金三角多个有名的毒枭如“缅北毒王”、“双枪老太婆”等人都落在他手里。柯占军跑来报名抢着上战场，王方荣心里自然很高兴，他说：“新郎官，已经批你婚假了，怎么不休?”柯占军说：“和老婆得过一辈子呢，用不着天天守着。”

2012 年春节，是柯占军和小钟婚后第一个春节，那些日子他正在外地追逃办案。大年三十儿，妻在江之头，他在江之尾，两人用相思相爱的几十条短信过了年。有一次占军出差十多天没回家，小钟发短信给占军说：“我换了一张床，把家又收拾了一遍。等你回来，看看咱们的五星级宾馆吧!”

2

柯占军不愧号称“黑旋风”，他高大威猛，英勇果敢，脑子快、智商高，很快成为禁毒支队的破案高手，2011 年升任情报调研大队副大队长。

2008 年，水上分局局长孙战云和柯占军、秦华等人乘坐“007号”警务快艇，在湄公河上遭遇糯康武装贩毒集团袭击。孙战云说：“幸亏小柯反应快，有急救知识，当时枪匪还在扫射，他冒着生命危险及时帮助张伟勒住大腿动脉，帮马会川包扎了手掌伤口，回头又把我死死压在身下。当时要是没他，这船上得死一个两个。”事发第二天，柯占军赶回警局，身上还套着被子弹穿了几个洞的警服，看到政治部主任老刀他就喊：“老波涛（老大爷），差一点儿冒失干死啦!”老刀说：“我也干死过好几遭，干死就挂起来嘛(意指当烈士了)!”

2009 年 5 月，西双版纳骄阳似火，酷热难当，柯占军奉命化装跟踪侦查三人组成的贩毒团伙，准备适时抓捕，人赃俱获。这三个惯犯为确保万无一失，毒品没有随身携带，而且一天换一个住处，东玩西逛，观察身后有没有“尾巴”。柯占军“客随主变”，始终紧紧咬住他们，白天跟踪，夜里蹲坑，清晨守在出口，凌晨三四点还不能睡，饿了渴了困了都得忍着。整个“游击战”进行了一个多月，战友们都很奇怪，柯占军这样的大高个儿，在南方是很引人注意的，贩毒团伙却始终没能发现他，真是神了！终于等到一天傍晚，三个毒贩和一个陌生人进酒店喝酒吃饭，迹象表明毒贩要交货了。柯占军当即向队领导发出信息，身穿便衣的战友们随即赶到，将酒店团团包围。凌晨二时许，一个毒贩悄悄潜出从藏毒地点取回毒品。五分钟后，荷枪实弹的战警们破门而入，缴获毒品 8000 克，毒资九万元。一个缅甸女毒贩年轻貌美，体态娇小，诡计多端，绰号“小妖精”，轻易不出手。柯占军和两个战友们以极大的耐力跟踪她两个多月，终于人赃俱获，缴获毒品 29.12 千克——这个数量就属于特大贩毒案了。

柯占军从警九年，侦办毒品案件 134 起，抓获贩毒嫌疑人 309 人，缴获毒品 891.28 千克、毒资 1000 多万元、各类枪支七支，多次立功受奖。局长王方荣称他“从素质到意志，从力量到智商，小柯都是一将难求的英才，最适合干缉毒”。

一次进入内地追查毒贩，持续奔波于珠三角各大城市。那天晚上柯占军接到妻子小钟一条短信，突然兴奋地跳起来高喊大叫：“我要当爸爸了！”战友们都为他高兴，凑份子喝了一顿小酒。鏖战数十天凯旋，第二天“老柯”来上班，战友们问他：“老婆说没说，男孩儿还是女孩儿？”柯占军眼圈红了，说妻子骑单车上医院检查，路上遭遇车祸，人没事，孩子流产了。警务室里一片沉默，一位老警官说：“庄稼不收年年种，咱警察就是这个命！”

3

2012 年 2 月，西双版纳州公安局禁毒支队接获情报：有七个贩毒分子勾结在一起，从内地流窜到景洪市，正在与市内毒贩廖龙（化名）等多个上线接触，要购买一批毒品和枪支。为方便交易，他们结伙住在一家宾馆，又租用了大曼么小区的一套民房。2 月 21 日，双方完成了第一笔交易，邓霜（化名）、潘文（化名）从廖龙手中购买了 60 件冰毒、一支 9 毫米口径格洛克牌手枪和若干发子弹，第二笔生意定于23日下午四时在租用民房内交易。

时任侦查大队长（现任禁毒支队副支队长）的李正涛立即组织警员，准备参加抓捕行动。那天上午柯占军刚刚参加湄公河护航归来，听说下午有任务，立即跑到李正涛那里要求参战。

李正涛，四十五岁，一级警督，版纳缉毒战线一员敢打敢冲的猛将，战功赫赫，曾获公安部“全国十大缉毒先锋”光荣称号。出任禁毒支队大队长三年，全州破获毒品案件1800余起，抓获犯罪嫌疑人1900余名，缴获毒品22吨、制毒物品32吨。他知道柯占军刚刚护航归来，在船上连熬了几天几夜，于是说：“今天没你什么事儿，回家看看老妈和老婆吧。”

“当兵打仗，天经地义，支队长你就点头吧。”柯占军央求说，“中午我回家看看，下午再来，啥都不耽误。”中午，小柯回了一趟家。妻子小钟说：“晚上你想吃啥？我去买。”“罗非鱼!”谁都没想到，这个中午是儿子与母亲、丈夫与妻子的诀别。

下午四时，警方行动迅速展开。第一战斗组的任务是埋伏在景洪市郊外公路十公里处，准备抓捕前来送货的当地毒贩廖龙。当战警们冲上去拦截廖龙的摩托车时，廖龙见事不好，扔下摩托车窜入路边茂密的橡胶林中。因为路上人多车多，战警们只能对天鸣枪警告。为防廖龙通风报信，李正涛决定，立即对藏匿于景洪市大曼么小区出租房内的外地毒贩实施抓捕。

大曼么小区11号楼3单元601室。

室内的毒贩都是惯犯，有很强的反侦查意识，其窗口正对着小区大门，并架设了一台高倍望远镜，一旦发现异常，毒贩可以提前逃走。房门是一道坚固的钢板防盗门，有猫眼且向外开启，警方砸门冲门不易。唯一的办法就是智取，让毒贩开门。李正涛和战友们悄悄接近现场后，正苦苦思索着怎么骗毒贩开门时，一个衣着花哨的时尚女孩儿进入3单元，上到4楼。她见楼梯上站着几个精壮男人，神色突变，当即转身下楼。战警们迅速把她控制起来，经审问，她承认自己是毒贩邓霜的女友小唐。李正涛要她上楼把门叫开，她又哭又闹死活不从，怕毒贩子要了她的命。

交易的时间到了，时间刻不容缓。李正涛蓦地心生一计：用小唐的手机发短信给邓霜，让他开门。但难题是邓霜看到短信，必然从猫眼向外察看，因此只能派一个警察蹲在门下方，及时把打开的门控制住，其他警察则埋伏在五六米之外的楼梯口。谁去？柯占军第一个说："我去！"李正涛同意了，小柯身高力猛，完全可以应付。

室内两个毒贩邓霜和潘文正蒙头大睡。接到女友小唐手机发出的短信，邓霜穿着短裤爬起来，从猫眼向外看了看，没发现异常，便扭开三道弹簧锁，缓缓开了门。隐藏在门侧下方的柯占军猛地纵身而起，端枪侧身挤进去大喝："不许动！警察！"

与此同时，埋伏在楼梯口的几位警察也猛扑上去，没想到一个要命的意外发生了：邓霜被猛冲进门的柯占军吓了一跳，惊慌中他本能地随手一带，防盗门啪的一声又关死了。柯占军不顾一切，猛地扑上去一个铁手锁喉，把邓霜放倒在地，随即把手枪别在腰间，掏出手铐。邓霜二十八岁，身强力壮，在湖北老家练过武术，他拼命挣扎躲闪，同时冲里屋正在睡觉的同伙潘文高喊："快，拿家伙来！"潘文闻声从枕下摸出手枪冲出来，对准柯占军胸口开了一枪。子弹穿胸而过，柯占军眼前一黑倒了下去。邓霜跳起来，掏出柯占军腰间的手枪，对潘文大叫："快快，快从后窗跑！"这时，门外的战友们焦急万分，一边拼力用破门斧砰砰砸门砍门，一边高喊让小柯开门。

就在邓霜拔腿要逃的时候，倒在地上的柯占军猛然纵身死死抱住邓霜的一条腿。邓霜拼命跳脚乱蹦，怎么也挣脱不开，于是抡起手枪猛砸柯占军的头部和双手，柯占军依然不松手。邓霜拖着柯占军在地上挣出三米多长的距离，地面留下一道长长的血迹，然后冲柯占军的太阳穴又开了一枪，英雄躺倒在地再也不能动了。

听到屋内的枪声，李正涛心急如焚，血红着眼睛大吼："开枪！给我打，打死他们！"战警们端起冲锋枪，从不同方向哒哒哒向门内怒射，一枚子弹击中邓霜的右肩。他和潘文慌忙跑进卫生间，潘文用枪柄砸开窗扇，光着血污身子，只穿一条裤衩从后窗爬了出去，接着邓霜忍着肩伤也爬了出去。

防盗门终于被劈开了，战警们冲进房间，发现毒贩从卫生间后窗逃跑，立即通知楼外警察追捕。此时柯占军一息尚存，李正涛抱起他嘶声大叫："占军！醒醒，你要挺住啊！"柯占军瞪大眼睛用颤抖的手指指窗外，嘴里喷着鲜血好像要说什么，但身子一软再没醒过来。17 时 55 分，英雄的生命定格了，年仅三十一岁。

畏罪出逃浑身血污的邓霜穿一条短裤爬出后窗逃到街上，企图劫车逃跑，被警察当场击毙，向柯占军开了第一枪的潘文缴械投降，逃到橡胶林的廖龙等十三个毒贩全部落网，同时缴获毒品 48 千克、手枪一支、子弹 28 发。

审讯中，潘文供述了柯占军在室内与毒贩邓霜拼死搏斗的一切细节。2012 年 2 月 26 日，西双版纳傣族自治州首府景洪市举行了庄严肃穆的送别英雄追悼大会，十余万市民自动排列长街两侧，拉起一条条横幅："缉毒英雄，一路走好"，"人民的好儿子，永垂不朽"，"青山含泪埋忠骨，绿水低回哭英魂"。沿街的绿枝系满白花，犹如铺天盖地的南国雪。

灵堂中，哭干了眼泪的老母亲和妻子小钟，按照哈尼族风俗，把一盘做好的罗非鱼送到遗像前。战友们对天鸣枪 120 响。州公安局局长王方荣致悼词时泪如雨下，泣不成声，全场哀声动天。八位青年战警托举着英雄灵柩，正步走向灵车，送英雄远行。

五、陈锡华：惊涛雄魂

照片上的陈锡华，那么阳光，那么灿烂，那么雄俊。一个英姿勃发的有志青年，一个敢打敢拼的缉毒战警。

1975 年，陈锡华生于贵州仁怀县大坝镇一个农民家庭。1994 年，贵州师范大学的录取通知书寄来了，陈锡华成了全村第一个大学生，但是学费这道坎儿怎么也不过去了。父母唉声叹气，甚至不敢拿眼睛瞅儿子，好像是他们有错，耽误了孩子的前程。12 月，招兵的来了，19 岁的锡华珍藏起终生不会忘记的大学录取书，跟着一群新兵离开了家乡。

身材颀长、清眉朗目的武警新兵陈锡华出现在云南保山边防支队，领导们高兴地瞅着他，哇，多么帅气的小伙子啊！

陈锡华

2003 年 5 月的一天晚上 9 时许，陈锡华带领执勤战士在路口拦下一辆满载西瓜的大货车。昏黑的夜色里，陈锡华在盘查询问过程中，发现司机目光游离，神情不太自然，一边答话，眼角的余光一边不时瞟向停在不远处路边的一辆小轿车。陈锡华断定这辆货车肯定有问题，于是暗示战士分散秘密控制这两辆车，并下令让货车卸货。满车西瓜卸下后，果然从车板上铺的稻草下面查获海洛因 63 块共 23.55 千克。轿车上的毒贩企图乘夜色逃跑，也被拦下。陈锡华一战成名。

2007 年 3 月 20 日，保山支队东风桥检查站查获一起贩毒案，缴获海洛因 670 克。因为数量不大，两个嫌疑人都坚持说是自己从境外买的，自己吸的。一些战友认为可以就此结案了，陈锡华却从犯罪嫌疑人的口供中感觉到其背后还有神秘的影子。他亲自上阵审讯，端出漏洞，两个毒贩无法自圆其说，只好交代一个叫“李师”的昆明男子雇用了他们，把毒品从腾冲运送到保山交给下线，每人给 5000 元报酬。陈锡华顺藤摸瓜，化装跟踪“李师”两个多月，一个庞大的贩毒团伙逐渐浮出水面。支队战警按图索骥，历时 280 多天，辗转云南、新疆、四川、广东四省区，实施 9 次围捕，抓获毒贩 24 人，缴获海洛因 10.69 千克，摧毁了一条从云南边境到内地多省的贩毒链。

检查站站长杜融，牛仔裤，灰夹克，短头发，中等身材，肤色黝黑，一双眼睛总是眯着，看似要睡着的样子，瞅人马马虎虎，其实什么都逃不过他的目光。入警十八年，参与破案 689 起，缴获各类毒品1140千克，抓获犯罪嫌疑人767名，荣立一等功1次，二等功1次，三等功7次，先后十八次化装打入贩毒团伙内部，经历无数生死瞬间。杜融说："暴利会让人发疯，现在毒贩子都疯了，因此缉毒警察需要很高的素质，意志、力量、智慧和机敏的反应缺一不可。

2007年，检查站堵住一个毒贩郑某，携带12.5千克毒品要前往深圳交易。经查，郑某的电话记录很少，似乎是"单干户"，有的同志建议结案算了。陈锡华觉得不那么简单，再次深入审问，郑某的心理防线终被突破，彻底交代了他所知道的贩毒网线。杜融和陈锡华决心趁热打铁，把来自国外的上线也挖出来。按照他们精心设计的方案，毒贩郑某给缅甸的卖家打了电话，说深圳来了一个买家，出手很阔绰，但埋怨这批货不太纯，希望老板带一批A货过来，买家要亲自验货，只要货好，价格好说。

郑某装得很像，缅甸毒贩很高兴，双方约定了交易地点和时间。

杜融和陈锡华都身经百战，事先，两人在街上买了几张文身贴，用吹风机吹干，看着很蒙人，杜融又佩戴上几十元钱的墨镜、二十几元的粗"金链子"，还有特潮的花衬衫、尖头皮鞋，一看就是江湖老大。陈锡华笑说，那我就当马仔吧，花衬衫大裤衩，手指套两个大"金溜子"。两人还买了广州的手机卡，带了一条"芙蓉王"牌软包香烟，相互对着拖长声调练了练广东话，笑得肚子都痛了。

他们包了一辆黑色大奔，带着"中间人"郑某到了接头地点。街上出现了一个模样艳丽的缅甸少妇，穿一双人字拖，像是漫不经心在散步，一双媚眼却东瞅西看，很警惕的样子。郑某说："就是她。"

陈锡华叼着香烟，晃晃荡荡跟郑某走过去，操一口广东话跟那个女人说了几句什么，然后朝杜融招招手。过后，少妇领着三人左拐右拐进了一个大四合院，像是富户人家。二楼长阳台上站着几个花红柳绿的年轻女人，有的还抱着孩子。

来开门的青年男子一身黑衣，脸无表情，人进来以后，咔嚓咔嚓连上了三道锁。“当时要是演露了馅儿，”杜融回忆说，“我和锡华肯定就成了人肉包子。”少妇把他们引进一间客厅，不大工夫，一个精瘦的黑衣男人进来了，脸色青灰，一看就是瘾君子。他递过两支烟，坐下来就问要多少？

陈锡华说：“至少二十个（千克）吧，不过我们要先验货。”

黑衣人说：“我现在就可以叫货来，不过你们要先付一半定金。”

身在虎穴，一切行动只能自己临机处理了。杜融向陈锡华使个眼色，意思是让他小心点儿，然后说：“款要从深圳那边转过来，我这就去银行，咱们同时办。”

杜融叫上跟来的郑某，坐上大奔疾驰而去，在市里拐了几个弯，迅速赶到战友们集中的附近宾馆房间里，约定一旦见到货来，人赃俱在，立即实施抓捕。过后，杜融带上 50 万元现金匆匆赶回四合院，一进门，发现院子里多了一条大狼狗，屋里桌上放了两把菜刀，而且陈锡华不见了。杜融暗吃一惊，顿时把脸一沉，问黑衣人：“你什么意思？我的马仔呢？”

黑衣人赶紧赔着笑脸说：“没啥没啥，都是道上人，多包涵。刚才你的马仔说进院时看到楼上有几个靓女，要上楼看看，我太太领着上去了。”杜融这才松了口气，心想锡华这小子够机灵，说是上楼看靓女，实际是查看有没有异常情况呢。果然，楼上传来陈锡华爽朗的大笑，意思是告诉杜融，楼上没事儿。

这会儿院门口一阵车响，显然送货的到了。杜融拎起钱包，跟着黑衣人。守门青年打开大门，两个缅甸男人拎着一个方方正正的蓝包走进来，默不作声交给黑衣人，然后乘车走了。这时，陈锡华也闻声走到二楼阳台上。人赃俱在了，杜融大喝一声：“我是警察，不许动！”说着饿虎扑食般纵身一跃把黑衣人压倒在地，随即伸手掏出枪来。与此同时，楼上的陈锡华也拔枪居高临下，连声怒吼，镇住了那个黑衣守卫和楼上的娘们儿。埋伏在院外的战友们闻声迅速把车开到墙外，跳上车顶翻墙而入。

审讯时，那个缅甸黑衣人哀叹：“你们警察演得太像了，要是我有怀疑，就不会落到你们手里了。”

投身边防十七年，陈锡华参与和指挥办案327起，缴获各类毒品468.1千克，抓获犯罪嫌疑人359名，荣立二等功两次，三等功三次。

2011年9月，儿子上小学了。陈锡华走不开，无法回家。他提笔给妻子晓晖和儿子分别写了一封信，是工整的小楷。信中，他给儿子写道："爸爸用毛笔给你写信，你现在还看不懂，但只要努力读书，好好学习，我相信不久以后你学会写字就会看懂了。学会后也给爸爸写封信。爸爸希望你在家要听爷爷、奶奶和妈妈的话，做一个快乐的小孩儿，在学校要听老师的话，尊敬老师，团结同学，跟同学们一起快乐地学习，积极参加活动，争取当一名德智体美劳全面发展的好学生。"

一个多月后，这封信成了父亲给儿子的遗书。

2011年10月21日凌晨，晓晖收到锡华发来的短信："我到芒市了。"这是他的习惯，出差办案，每到一地，都会给妻子发条短信。晓晖后来回忆，那天夜里她几乎彻夜未眠，心里有一种莫名的焦虑。第二天上午9时6分，锡华又发来一条短信。越来越重的焦虑感让晓晖实在忍不住了。10时30分左右，她开始不断地给锡华打手机，先后打了14通都无人接听……当晚7时30分左右，医院领导通知晓晖赶快回家，说家里来了好多锡华部队的领导。

晓晖蒙了，觉得天塌了，想哭却哭不出来。她不知道自己是怎样赶回家的。锡华的领导告诉她，锡华在办案过程当中出了点儿意外，请她赶快收拾行李，和父母、孩子去保山。在去保山的路上，晓晖紧紧咬住眼泪，咬住牙关，因为她什么都不敢问，不敢听。她只是想："锡华没事，那样聪明机灵的人不会有事，肯定只是受伤，叫我去照顾他……那也行，哪怕他一辈子躺在病床上，我就照顾他一辈子，这样我们就再也不用分开了。"

英雄的生死抉择是这样展开的。

2011年10月20日，根据举报和侦查，发现逃往境外隐匿数月的贩毒犯罪嫌疑人排永兴已潜回国内，躲藏在老家云南省德宏州芒市木康村一带。22日一大早，陈锡华率领侦查参谋李玮玮和驾驶员张晓冒雨驱车赶到木康村附近，隐蔽接近了村口。陈锡华和李玮玮在丛林里摸索前进了400多米，突然发现泥泞的地面有一行清晰的脚印。陈锡华悄声对李玮玮说："注意！有人刚刚走过，很可能就是排永兴，你我分开前进，保持左右呼应。"

两人渐渐接近了新桥电站的引水河，发现河边草丛中隐隐约约有一个红衣人影，于是猫腰朝那个人影包抄过去。距离约15米时，陈锡华伸出手向李玮玮示意，这个红衣人就是排永兴！随即他沿着引水河岸边隐蔽接近，或许是风吹草尖的响动引起了排永兴的警觉，他猛一回头，发现了正朝他迅速逼近的陈锡华。陈锡华立即大喝："不许动，警察！"随即一个箭步扑上去将排永兴按倒在地。就在这时出现了意外，雨中的山坡十分湿滑，陈锡华一只腿压在排永兴身上，另一只腿撑在地面上突然一滑，身体失去控制。那是接近50度的陡坡，就在战友李玮玮跑过去的时候，陈锡华抓着排永兴一起坠入三米多深的引水河，滔滔山洪瞬间吞没了两人的身影。

"教导员——"李玮玮撕心裂肺高喊一声，跟着纵身跳进引水河。但因水猛浪大，李玮玮没摸着陈锡华，反倒一下被冲出十多米远。他奋力挣扎，飘出五十多米后才攀上河岸，跑到附近公路上截停一辆微型车，借用司机的手机向战友呼叫，赶快沿河展开救援！

23日12时20分许，战友们搜寻到引水河与芒市大河的交汇处。这里距离陈锡华与犯罪嫌疑人排永兴搏斗落水处大约2.5公里，有人发现一具尸体因浪涛冲击，被吸附在引水河栅栏上，经辨认就是排永兴。大家伸手把他的尸体拉出水面，紧跟着上来的是陈锡华：他怒目圆睁，手臂紧紧抱住排永兴的一条腿！

为擒拿贩毒逃犯，保山边防支队案件侦查队政治教导员、武警少校陈锡华壮烈殉职，年仅三十六岁。

第七章
战斗在祖国的南大门

一、小兵艾伟：后背“永远是湿的”

深圳公主边防支队直属大队，公安边防“44101”战艇驻守的码头，坐落在山脚下的海边。一水之隔，可以清晰地看到矗立在对岸山峦间的“东方之珠”——香港特区森林般的高楼大厦。岸这边，山不高，连绵而青翠，拥抱着支队的码头。抬头望去，数十米高的半山腰上，横着一条白色栏杆栈道，栈道串联着几十幢精巧豪华的山间别墅，造型独特雅致。支队战士们仰头就可以看见粉白嫩绿的窗纱，栈道上常有大亨富婆、红男绿女举着阳伞逶迤而过，阳台上不时有主人或佣人出现，凭栏观看码头上忙来忙去的边防警察，像在欣赏一道风景。

支队码头很旧，水泥结构，地面墙面有许多残损的地方。蓝白相间的巡逻艇是旧的，岸边的队部二层小楼也是旧的，楼顶挂着国徽，飘着五星红旗。一层的食堂兼会议室，桌椅简单朴素，打扫得干干净净。

就这样，围绕着深圳大鹏湾，隔水相望的繁华大香港，半山腰上的豪华别墅区，老旧的边防支队队部和码头，结构成一个现实生活大三角，令人深思而震撼。

深圳公主边防支队情报大队大队长陈文鹏身材不高，大概因为多年从事海上缉私战斗，表情总是很严肃。他当过十年艇长，亲手缴获走私物品达上亿元。据他介绍，海上走私分子都是成帮成伙的，他们大都在夜间活动，乘坐的快艇多是300匹马力，两三分钟就能从对岸的香港到达大陆岸线。我们的边防巡逻艇是玻璃钢材质，马力也不如走私分子的船，要实施突然袭击，只有争分夺秒才能拦住他们。如果开到时速102.6海里，那就像风中飘着的树叶一样，飞起来了。而且我们的巡逻艇没有挡风玻璃，高速时能把人甩出去，非常危险。好在边防官兵机智勇敢，特别能战斗。我们的快艇速度差一些，就采取设伏和奇袭的战法，乘夜色开到预知的海域，关掉马达和大灯，彻底隐身静音，静悄悄漂在漆黑一片的海上。走私船远远地来了，我们的战士一听，就知道对方是什么船，多少马力，速度多少，往哪个方向去，载重多少吨，够神！

2005年11月7日晚，乌云重重，夜色如漆。支队接获举报，在香港岸边某隐秘地点，将有走私船出动。晚九时许，我“44101”战艇奉命出击，艇长陈明飞和六名战士目光如电，侧耳细听，静待猎物出现。

二十岁的艾伟是上等兵，中等身材，目光炯炯，黑瘦的脸有棱有角。他入伍两年，训练、巡逻、生活、学习，都咬着牙往死里拼，练得骨头叮当作响，说话也刚硬，打雷似的响，一句话能把人顶到墙上。

艾伟

静候约一个小时后，一艘走私船从香港后山那边开来了，行进到距我战艇数百米处，陈明飞立即命战士打开探照灯，强烈的光柱利剑般射向走私船，与此同时，陈明飞用高音喇叭向对方喊话示警："我是中华人民共和国边防巡逻艇，请你们立即停船，接受检查!"

那天有些反常。一般情况下，走私船见到有边防战艇拦截，会立即掉头逃窜。但这次不同，对方不仅不掉头，反而加大马力向我快艇猛冲过来。许多年来，走私团伙对我"44101"艇早已闻名，该艇官兵战功卓著，战果累累，曾获广东省政府授予的"海上缉私尖刀艇"光荣称号。走私分子一直把"44101"艇视为插在他们心脏上的一把尖刀，恨之入骨，这次他们开了一艘加装了两个发动机的铁甲大船反扑过来，显然早有蓄谋，存心报复。眼瞅着走私船加大马力冲过来，陈明飞高喊："他们要撞船！注意抓紧!"驾驶员林树雄立即把住方向盘向右急转躲避，但对方船速太快了，那巨斧般的船头猛地横腰撞上"44101"快艇。只听咣当一声巨响，左舷被撞开一个大裂口，快艇随即高高弹了起来，艾伟重重撞到右舷上，被甩到十几米开外的海里。

好在战艇没有倾覆，但艇上七名官兵全部受伤。走私船见我战艇严重受损，这才掉头扬长而去。陈明飞捂着鲜血直流的胳膊，急喊驾驶员林树雄和另一个伤势较轻的战士，赶紧下海捞艾伟。

艾伟被救了上来，昏迷不醒。陈明飞紧急发出呼救信号，邻近一艘渔船赶来，把巡逻艇拖到码头。艾伟被紧急送往深圳大梅沙医院。经多方抢救无效，艾伟壮烈牺牲，年仅二十岁。

我战艇较为落后，装备不力，多次导致边防官兵牺牲。数年前，在我巡逻艇快速靠近一艘马力强大的走私船时，时任缉私大队参谋的程均强见对方要掉头逃窜，于是奋不顾身跃向对方船只，结果两船猛地一靠，把程均强活活拦腰夹断，当场牺牲。

艾伟，年轮永远停止在二十岁了。人生还是一张白纸，甚至还没谈过恋爱，流星一样瞬间划过夜空，似乎不能给周边的人留下太多的记忆。不不，不！战友们泪流满面地吼。

艾伟说过，在江西贫苦乡村的上学路上，他从来没穿过鞋。为了给家里省电，入夜，他常常凑着灶口的火光背课文、写作业。入伍当了兵，津贴少得可怜，天天省吃俭用，把从牙缝中省下的钱攒起来，每月按时寄给家里。就是这样的一个穷小兵，2005 年 6 月，多国发生海啸，他响应支队号召捐出 200 元，是全支队捐款最多的战士。但母亲生病了，他又不得不向战友们借钱……

在艇上，他是让人放心的技术高超的枪帆兵，14.5 毫米口径的机枪拆解飞快。他还是艇上的“速成”炊事员，自费买了好多菜谱，一两盐二两油，都严格按照书上标准来。他还是船舱的自愿清洁工、洗衣工。谁的脏衣服没了，一定是艾伟拿去洗了……

驻地附近住着一位老革命，夫人精神上有些问题，家里脏乱不堪。闲暇时，艾伟常挤出津贴买些水果去看望老人家，还把家里收拾得锃明瓦亮才回来。邻居们都问老革命，你是不是认了一个干儿子啊？老革命笑呵呵说，那娃儿是“革命的好后代”……

战友们说，年年月月天天，艾伟军衣的后背“永远是湿的”！

这次出任务，战友们吃罢晚餐，艾伟正系着围裙在灶房里洗锅刷碗。听说要去抓走私船，他急忙跑到艇长陈明飞那里请缨出战。陈明飞说："算了，你在灶房忙一晚上了，歇歇吧。"

艾伟坚持说："我是艇上的枪帆兵，正当防卫！"

一句话把陈明飞顶没词儿了。

艾伟就这样满身鲜血飞进了大海。一首血染的战歌，写在蓝色的海面上。

二、林树雄："死去活来"的兵王

林树雄，"44101"英雄艇驾驶员、三级士官。

林树雄

在2005年11月7日那个撞艇之夜，见艾伟被撞飞到海里，驾驶员林树雄和另一个战友不顾伤痛，纵身跳进海里把艾伟救到艇上。

2006年4月21日，距艾伟牺牲不到半年，林树雄伤好归队不久，又一个不平静的夜晚。获知一艘超大马力可疑船从对岸出动，"44101"、"44113"两艘巡逻艇闻讯闪电出动，冲向拦截海域。林树雄坐在"44101"艇右舷前方，警惕地用探照灯搜索着漆黑的海面。经过长达九个小时的严密巡查，次日凌晨五时许，天色微明，终于发现前方有一艘走私船。"前方船只请注意，我们是边防警察，请停船接受检查！"艇长陈文鹏用高音喇叭高喊。走私船吓得立即掉头逃窜。"44101"艇、"44113"艇兵分两路，加大马力猛追上去，以夹击方式拦截到走私船前方。走私分子见走投无路，欺负我巡逻艇船型较小，加大马力猛撞到"44101"艇右舷前侧上。轰然一声巨响，右舷被撞破一个大洞，林树雄和另一个战士林寿敏被撞飞到海里，发动机也严重损坏停摆了。“44113”艇迅速靠近，将林树雄、林寿敏救起，同时鸣枪示警，控制了走私船，缴获大量走私物品。

林树雄身受重伤，林寿敏被捞上艇时已停止了呼吸。

昏迷不醒的林树雄被紧急送往医院。经医生诊断：颈椎骨折，多条肋骨断裂，右肺出血，胸腔积水。医生判断，成活的希望很小。尤其颈椎骨折是要命的伤，即使把命保住，也可能终生瘫痪。瘫在病床上的林树雄像一只刺猬，身上插满了好多管子，许多天里一直处于昏迷状态。医院请了北京、上海多名专家前来会诊。四十三天后，林树雄终于醒过来了。医生们施展十八般武艺，大手术小手术，针针线线，叮叮当当，几乎把他当成了大修的机器人。四个月后，二十六岁的林树雄超乎所有医生的预料，奇迹般站起来了，康复了，出院了。

大难不死，必有后福。林树雄在医护人员帮助下，不仅创造了“死去活来”的奇迹，养伤期间还创造了另一个奇迹——收获了爱情。护士朱丽青二十三岁，秀眉朗目，性情温和，家境殷实。她是特别护理林树雄的三位护士之一，第一次走进林树雄的病房，着实把她吓了一跳。林树雄的气管被切开，插着输液胃管，头上有两个大洞，缠着绷带，身上也到处是伤口和刀口，简直就是个千疮百孔，很难相信他将来能做个健全的人了。朱丽青安慰他说：“听说在重症监护室时，你同屋三个人，另外两个都死掉了，你够命大了，好好养着吧，会好的！”

医护人员都知道林树雄是在战斗中负伤的缉私英雄，对他充满敬意，倍加呵护。朱丽青更是用心，护理时坐在床边，用小汤勺小心翼翼喂吃喂喝，寸步不离。渐渐地，林树雄身体恢复过来了，能说话聊天了。朱丽青陪护时经常好奇地问他的战斗情景和人生经历。

1980 年，林树雄生于广东省揭阳市一个农民家庭，家里穷得叮当乱响，破床烂被锅碗瓢盆，所有家当加在一起不足 50 元钱。改革开放了，父母跑出去打工，把刚刚四岁的他和妹妹交给爷爷带，兄妹俩成了留守儿童。爷爷老了，精力不足，两个孩子经常吃不饱肚子。有一次妹妹饿哭了，他跑到别人家地里偷地瓜，被人抓住，骂得他一路哭着回了家。父母长年在外打工，只有春节时才回家。林树雄说："我的童年和青年时代，几乎没有关于爹妈的记忆。母爱父爱，距离我和妹妹太远了。"

四个月的时间，朱丽青给林树雄喂药喂饭，洗手洗脸，扶他缓缓走路散步，活动身体。姑娘那明亮的眼睛和温柔的微笑近在咫尺，他甚至能呼吸到她芬芳的气息。姑娘的关爱呵护让他感到深深的温暖，也让他树立了重新站起来的强烈信念。死过一回的人，对人间温情倍加敏感。他悄悄爱上了朱丽青，她也悄悄爱上了他，可两人在一起时，谁都不敢说一个"爱"字。轮班到别的护士护理时，两人问寒问暖的短信越来越频繁。

姑娘遇到爱情，心思是藏不住的。医院女同事们很快发现朱丽青和林树雄有点儿扯不开了。有闺密背后劝她，小伙子是战斗英雄，人也不错，可惜伤得太重了，将来说不定得靠你养着，能不能生孩子也是个问题。朱丽青不能不担心这些，她犹豫着。可那深深的爱依然抓着她的心不放。林树雄终于康复出院了，支队领导让小伙子回老家静养一段时间。他家在农村，生活质量显然要差许多，家人照顾得也不比医院。林树雄的体力尚未恢复，吃的又不合口，一个月后突患急性阑尾炎，再次送医院动了手术，接着刀口化脓发炎，痛得他死去活来。瘫在病床上，林树雄越来越思念朱丽青了。他想，要是她在身边，自己一定不会这么狼狈的。犹豫再三，他给朱丽青发出一条短信："我又躺在病床上了，惨透了！你能来看看我吗？"

姑娘的眼泪夺眶而出。她一切都在所不顾了，她心里只有这个人！朱丽青立马请了假，坐上长途大巴，一路东打听西打听，夜里十一时赶到林树雄家。门开了，两人的眼泪一起下来了。林树雄握着她的手说："你跑这么老远来看我，我会一辈子对你好的！"

那年十一国庆节，两人赴北京参加了公安部春节晚会集体婚礼。林树雄说："那时候我们没有一点儿钱，连去北京参加婚礼的婚纱都买不起。是公安部帮着租的。我们的房子也是租的旧民居。买不起床，只好跟单位借了两张行军床拼在一起。"

身体遭受如此重创，按理可以长期躺在家里养着了。但林树雄康复后坚决要求归队。他给领导写了一份报告说："离开战艇，我的生命就没有了意义。为了祖国，为了牺牲的战友，我愿意不惜用生命热血，为捍卫国家和人民的利益奋斗一生！"

如今，三十四岁的林树雄算是真正的老兵了，按规定，没上过军校不能提干，只能继续当兵。队里、艇上好多警官年龄比他小，但林树雄时刻牢记着"我是一个兵"，整理内务、打扫舱房、洗衣做饭，不管自己的别人的，林树雄都一起干了。

重新登艇，林树雄成了百炼成钢的猛士。一次驾艇巡逻，发现一条规制不大的走私船，走私分子欺负警方艇速慢，不听停船接受检查的命令，掉头就逃。林树雄猛然加大速度冲了上去，走私船猝不及防一下子被撞翻了。此役缉拿了两个犯罪嫌疑人，缴获快艇一艘、走私电子元件一批，总价值近 300 万元。

迄今林树雄服役近十年了，战友们都称他是"兵王"。他先后与战友出海战斗数百次，缴获走私物品案值达数千万元，荣立三等功两次，连续三年被评为"红旗驾驶员"。

死去活来，铸就了一个钢铁战警！

三、英雄挥泪为动情

2012 年的那一天，那一刻，在广东省广州市，大型音乐情景叙事《为民公安的足印》晚会隆重开幕，一个宽阔辉煌的舞台在人们眼前展开。巨大的屏幕上，五星红旗猎猎飞扬。聚光灯下，主持人富有激情的开场白感动了所有观众：

> 那一刻，举起右手，我就举起了头顶神圣的光华。
>
> 那一刻，我要用梦想的星火，让警徽闪耀在春秋冬夏。
>
> 那一刻，举起右手，我就举起了心中最美的图画。我要用执着的足迹，刻满老百姓一路的甜酸苦辣。
>
> 那一刻，举起右手，我就举起了茫茫人海中的灯塔。我要用青春灿烂的笑容，目送我的父老乡亲平安到家。

那一刻，举起右手，我就举起了一生的回答。我要用奋斗的岁月，证明我是人民警察！

广东是中国改革开放的窗口，是“中国梦”的实验场。十八万人民警察在这里日夜奔忙，用忠诚肝胆、热血汗水为改革开放和现代化建设保驾护航，守卫着人民和社会的安宁。据统计，改革开放以来，广东公安牺牲了近700名民警，平均年龄42岁。

1. 李罡：回家就像一个“影子”

深圳市公安局龙岗分局平湖派出所民警、一级英模李罡，他在这里整整工作了十七年。在那么长时间、那么平凡的工作中，功名第一还是职责第一？李罡以自己的行动做了最鲜明的回答。那天，他兴冲冲开车出发到分局，准备参加分局提拔任职干部的谈话会。车已开出好远，110指挥中心的领导打来电话，说平湖发生了一起案件，李罡熟悉当地情况，向他征询有关意见。李罡说：“你不用问了，我这就回去！”

李罡

车掉头了。这一刻，他向着一个突如其来的不幸出发了。其实他完全可以继续前行，完全可以不掉头的。到了案发现场，李罡通宵达旦投入工作，似乎完全忘记了对他的一生十分重要的提拔谈话会。连续几昼夜在奔波劳碌中过去了，李罡终于累垮了，那一刻突发脑溢血，巨大的身躯砰然倒在岗位上，年仅三十九岁。送别那天，细雨绵绵。平湖5000多老百姓自发排列在街道两旁，胸佩白花，默默为他送行。妻子王琛垂泪如雨，找出丈夫爱吃的点心和一年四季穿用的衣物，仔细洗过叠好，放进丈夫李罡平时出差用的行包，伴随丈夫一起送到不能再归的远方。

组织问家人有什么要求？父母含泪说，看见有那么多老百姓为他送行，我们才知道自己的儿子多么优秀，我们不能给儿子抹黑，没有要求！

电视晚会上，王琛说，她和丈夫李罡是大学同窗。对她而言，李罡在岗位上能征惯战，但回家就像一个影子，常常累得倒头就睡。许多年来，她夜夜在等待和倾听着丈夫爬七层楼的脚步声和喘息声。作为警察的妻子，她似乎不是和丈夫朝夕相伴，而是天天在等丈夫、盼丈夫。

王琛说，父母没有要求，我却有一个要求——是发自内心的恳求。我知道李罡是累倒的，我恳求党和政府的领导，恳求社会各界，多多关心我们的民警，他们太累了！

2. 梁海洲、张欣争：智战绑匪

梁海洲，板寸头，黑瘦脸，淡眉长目，目光炯炯，深圳市福强派出所副所长，“全国特级优秀人民警察”，二级英模。

他是个穷孩子，老家在雷州半岛上的一个小镇。

梁海洲从小学业优良，毕业于西安交通大学，却选择当了警察。二十余年来，他把全部青春年华都奉献给脚下这片土地了。在这里，梁海洲办了许多大案要案。

一次，福强派出所辖区的一个火锅店发生一起命案。凶手入夜闯进店里，残忍地杀害了老板和其小女儿，十二岁的大女儿被捅了

梁海洲（右）与张欣争（中）

十几刀，并抢走了一万余元钱。梁海洲赶到现场，地上血流成河，惨不忍睹。那个受了重伤的女孩儿瘫倒在地，眼角挂着几滴泪珠，在生命的最后一刻对海洲说："警察叔叔，是陈威杀我的……"

二十四小时后，犯罪嫌疑人陈威被抓捕归案。

一个连环作案的杀人凶手曾以送煤气罐为生，有一身蛮力，可以右肩扛一个煤气罐，左手提一个煤气罐。但他觉得这样赚钱太慢，不够挥霍，于是起了杀心。他用铁丝做了一个套圈，套圈上安了带螺丝扣的把手，专对出租车司机下手。路上行到僻静处，他坐在后座上用套圈猛地一套，然后用把手使劲绞，直至把被害人喉骨绞断再抢钱逃走。为防抓捕，他还备了一把手枪，准备随时拼命。梁海洲和战友们经数十天设伏，终于围住这个杀手。那家伙掏出手枪，凶相毕露大叫："谁敢上来我就开枪！"梁海洲就像没听到，飞身扑上去勒住他的脖子一把将其压倒在地，凶手倒地时开了一枪，子弹击中梁海洲的腿部，打穿了脚背，又从水泥地面弹回来射入脚底，等于一枪三个眼。他在医院做手术时，母亲的电话来了，战友按照海洲事先的叮嘱说：“海洲到海地维和去了，不方便回话，老人家有什么事啊？”老母亲说：“没啥事儿，我就是惦记他……”

术后，梁海洲脚内安了一块钢板。

不久，深圳福强派出所辖区发生了一起绑架人质事件。一个作恶多端的流窜犯备下绳索、胶布、尖刀和一把霰弹枪，悄悄跟踪一个当模特儿的女孩儿到了住处上了楼，乘她开门时猛地挤进房屋，把姑娘推倒在地五花大绑捆了。钱财洗劫一空后，他本想杀人灭口，但看到女孩儿年轻漂亮，邪念顿生，随即扒掉女孩儿的衣裙欲行施暴。女孩儿的表妹恰好住在隔壁，中间只隔一层薄板。听到姐姐的哭求声，表妹吓得滚到床下躲到衣箱后面，不过她很聪明，当即用手机短信报了警。

梁海洲和战友火速赶到现场，悄悄在模特儿住处门外放置好爆破装置。随着一声巨响，防盗门被炸开了，屋里的歹徒一下子蒙了。警察怎么这么快就知道了？他本能地一把搂起女孩儿挡在身前。梁海洲第一个端枪冲了进去，对歹徒大叫：“我们是警察！不许伤人！”歹徒靠墙站着，勒着几乎一丝不挂的姑娘，左手执刀横在她的脖颈处，右手的霰弹枪对着梁海洲，狂叫着让警察退出去，否则就杀人开枪。

梁海洲放松了表情，晃晃手里的枪平静地说：“事情到这地步了，枪口对枪口，我没退路，你也没退路，咱哥儿俩谈谈吧。”然后他回头对战友说：“一个小蟊贼，不碍事，你们都退出去，我单独和他谈。”战友们知道海洲的意思，纷纷退了出去。

警察与绑匪单对单、面对面、枪对枪，中间隔着人质。梁海洲缓缓弯下腰把手枪放在地上，说：“你别怕，我现在没枪了，不过你可以继续把枪对着我，咱们谈谈。我的意思是，你有胆子作这个案就别怕，何必拿女孩子当人质？你把女孩儿放了，让她走，我可以当你的人质，刀架在我脖子上，什么条件都可以谈。”

歹徒怕上当，坚决不肯。这时福强派出所所长张欣争也赶来了，进门之前他就在走廊里喊：“我是这里的派出所所长，现在我举着双手进屋，表明没带枪，进来咱们一起谈，你有什么要求尽管提。”

张欣争举着双手进来了。

两个没枪的警察，自愿选择面对歹徒的枪口。

这时楼外警笛响成一片，一批特警赶到，将这栋楼团团包围，还在对面楼的窗口设置了狙击手，但绑匪身前一直挡着人质，无法下手。梁海洲、张欣争继续与绑匪交涉，但他不放人也不投降，女孩儿哭得跟泪人儿似的。梁海洲皱着眉头问："你小子抢劫、绑架不就是为了钱吗？你想要多少？给个数。"

歹徒转转眼珠说："你弄五万块钱来，让我摸摸。"

梁海洲经验老到，心细如发，一个"摸"字让他警惕起来。他判断，这个丧心病狂的家伙可能意识到自己没活路了，决定摸摸那几叠钱，满足一下贪欲然后杀了人质再自杀。这时楼下、院内的对讲机哇哇直响，歹徒知道楼下布满警察，用枪指着张欣争要他退出，把周围的警察撤走，否则就同归于尽。

梁海洲说："好，你小子够牛，我们警察都听你的。欣争，你退吧，让楼外的特警撤走，再赶快弄五万块钱来。"说话间一个眼神递过去，张欣争明白了。

被爆开的房门敞开一个大洞，正对着楼梯口，无法隐藏伏兵。张欣争撤出后，大声喊着要特警撤到五十米以外，然后楼梯间响起咚咚咚一阵脚步声，张欣争下了楼。其实他只是做样子让歹徒放心，过后又轻手轻脚上了楼，贴身藏在门旁的墙后，偷偷伸手用指尖碰碰站在门内的梁海洲，示意他就在门外。

成捆的五万元钱送进来了。梁海洲问："怎么递给你？"

狡诈的歹徒要梁海洲把地上的手枪踢到墙边，再把防弹衣和上衣脱掉，让他看看后腰有没有另外的枪。

梁海洲腰后确实还插着一把上了膛的枪。优秀的战警，其思维之周密，反应之机敏，是常人难以想象的。一秒钟之内，门内的梁海洲和门外的张欣争同时想到了同一个奇妙的动作：梁海洲在脱下上衣和防弹服的时候，顺手把腰后的手枪悄悄递给了张欣争，然后举手就地转了一圈，让歹徒看到他身上确实没枪。

梁海洲说："这回你放心了吧？"然后他弯腰捡起外衣，就在这一瞬间，张欣争乘机把手枪插进梁海洲的后腰。绝了！这是战友之间一次绝妙的临机配合，没有事前设计也不必彩排却天衣无缝。歹徒毫无觉察，说："你把钱扔过来吧。"

又一个动作显示出梁海洲的智慧。他故意把钱捆扔到歹徒横刀的左手边。这个看似不经意的动作却是重大的，代表了警察的生死抉择：梁海洲选择了让自己面对枪口，如果歹徒先开枪再拿钱，自己就死定了；但歹徒伸出执刀的左手拿钱时，可以保证女孩儿有两三秒钟的生命安全，他就会拔枪干掉歹徒。

那厚厚的五万元真让歹徒动心了。就在他伸出持刀的左手弯腰捡钱时，梁海洲闪电般拔出手枪，砰砰砰砰砰，向歹徒连开了五枪。藏身墙后的张欣争似乎早就预知梁海洲让子弹飞的行动，在梁海洲拔枪的同时，他从门后飞身跃向女孩儿，瞬间把她向另一侧扳倒在地——张欣争显然担心子弹伤着女孩儿，决定用自己的身体为女孩儿挡子弹！

在张欣争飞身跃向女孩儿时，梁海洲的五发子弹顺着他的脑袋和胳膊飞过去了。

人质成功解救，绑匪被当场击毙。

晚会现场，主持人问福强派出所所长张欣争："当时你就那么不顾一切扑到枪口前保护女孩儿，你是怎么想的？"

张欣争说："我想的很简单，我们警察可以死，老百姓不能死。"一句话，引爆全场长时间雷鸣般的掌声。

主持人含泪说：

一名警察，一生何求？
百姓安乐，就是终生富有！
宁可用热血铺满来时的路，也要把平安留在身后。
如果要用警察的生命，换取百姓的安全，
我们绝不犹豫，因为这个决定，早已写在
响彻从警誓词的心头！

3. 刘绮玲：重演“七擒孟获”的女警官

刘绮玲，四十七岁，广州市公安局黄埔分局刑警大队政委，“全国优秀人民警察”，一等功获得者。身材高挑儿，面容清秀。

刘绮玲（右）

曾经的一个女孩子，从小就特别羡慕警察的威武和传奇生活，于是她执意选择了刀尖上的生活，当了在一线冲冲杀杀的刑警。最初进了公安局，女孩子嘛，只能分在秘书科搞搞内务，听听电话，印印材料。刘绮玲很快不耐烦了，闯到领导办公室说：“我不想当家庭妇女！”领导愣了：“我没撵你回家呀？”刘绮玲不好意思地笑了，说：“我是不想坐办公室，我要到一线当刑警！”

领导说，只有两个派出所要女的，一个近在城区，上班十来分钟就到；一个是黄埔派出所，从市区过去要两个小时，你去哪里？刘绮玲毫不犹豫：“远的！”

——一对打工夫妻在工地干活儿，一个女老乡说帮他们抱抱孩子，转眼间就没影了。夫妻两个天天到派出所哭求，刘绮玲陪着掉了不少眼泪。这以后，她和战友一路查线索查踪影，千里追踪，辗转数省，发现孩子先后被转卖了三次，最终被她安全抱了回来。孩子父母扑通一声在刘绮玲面前跪了下来，刘绮玲赶紧扶起他们，同时感觉到当人民警察的光荣与快乐。

——几个惯犯假冒军人抢劫，作案多起。终于被刑警们追上了。刘绮玲第一个冲上去堵在车门处。没想到一个歹徒突然开门跳下来，当胸一拳把刘绮玲打倒在地，然后跨腿要逃。刘绮玲顺势来个“蛟龙翻身”，双手横抱歹徒双腿猛力一扭，那家伙咣当一声摔倒，脑壳儿磕出一个血洞。接着刘绮玲又一个“猛虎扑食”，飞身骑到歹徒身上，双手死死掐住歹徒的脖子。这家伙膀大腰圆，练过几年功夫，铐上铁铐时，他瞅瞅刘绮玲，很不服气地说：“没想到我会输在一个女人手上。”

从警二十多年了，“小玲”变成“玲姐”，又变成“玲妈”，因为她有一张婆婆嘴管得细，也因为她有母亲的情怀。2011 年“清网行动”中，一个犯罪嫌疑人逃回湖南老家，时任刑警大队政委的刘绮玲率部属前往抓捕。那是一个极为偏僻贫穷的乡村，他们一路爬山穿林涉水过河，吃了很多辛苦。第一次进入犯罪嫌疑人的家，人不在，老婆怀着几个月的身孕，一副面黄肌瘦的样子。刘绮玲心软了，对部属说：“等他老婆生完孩子再抓吧。”然后她苦口婆心劝女人：“以后生了孩子，你一个人怎么支撑啊？还是动员丈夫投案自首吧，这样可以减轻一点儿罪过，早点儿回家照顾你和孩子。”

第二次再去，发现犯罪嫌疑人的老母亲是癌症晚期，来日不多了。刘绮玲的心又软了，对部属说：“等他给母亲送终以后再动手吧。”她再次劝那个女人动员丈夫投案自首，说：“这样一个灾难重重的穷家，没个男人，你孤儿寡母怎么活呀？”

第三次、第四次、第五次，刘绮玲都不忍心动手抓捕，气得部属跟她直瞪眼，一路不理这位“玲妈”。第六次上湖南，部属说：“玲妈，你要是不下决心抓人，我们就不去了。”刘绮玲动情地说：“清网行动还有一段时限，再给他一次自首机会好不好？这个机会不是给他的，是给我的。”11 月 30 日，刘绮玲第六次去湖南，还带去了一些营养品，卧床不起的婆婆和将近临产的妻子感动得哭了，说“我们家遇上了活菩萨”。不久男人的电话来了，表示愿意自首。12 月 7 日，刘绮玲和部属七上湖南，犯罪嫌疑人前来自首，他涕泪横流说：“遇上你们这样的好警察，我再躲下去就不是人了！”

考虑到此人罪行较轻且家庭困难，经与检察院、法院沟通，刘绮玲为他办了取保候审手续。

同事们说，为了关照这个逃犯贫困的家，刘绮玲重演了三国时候诸葛亮“七擒孟获”的动人故事。在那天的晚会上，刘绮玲说：“说实在的，为了保全这个男人的家，我七上湖南也是用心良苦。因为我们警察也是上有老、下有小，我们虽然很少有时间顾自己的家，但我们懂得家的重要。”

全场掌声雷动，人人泪花闪闪。

主持人说：

警察的职责，一条条印在纸页上，它是有限的。
警察的职责，在警察的心里，却是无限的。
它包含着疾恶如仇的决绝信念，
也包含着人道主义的崇高情怀。
比陆地宽广的是海洋，
比海洋宽广的是天空，
比天空宽广的是警察的心灵！

4. 胡明裕：“只剩下一颗红心”

胡明裕，广东省韶关市看守所民警，“全国优秀人民警察”，一等功获得者。方脸宽额，仪表堂堂，肤色黝黑，表情淡定从容，一看就是久经历练的硬汉。

电视晚会现场，大屏幕上的旁白令人动容：

“有一个令人感慨的事实是，我们的警察，如果不是生病，如果不是负伤，如果不是牺牲，如果不是有这样那样的惊人之举，我

胡明裕

们就很少认识他们。胡明裕这个名字，我们是从一份重大疾病救助的申请书上发现的。发现了他，我们知道了，他从军从警四十年，堪称战功卓著。他曾经为抓捕一伙盗窃电缆的人，大冬天连续在山里埋伏了十五个昼夜。一个杀害警察的凶手很快被捉拿归案，是因为胡明裕在艰辛劳苦的走访中，找到一个熟悉疑犯声音的盲人。他在派出所工作了十五年，有十四个春节是在岗位上度过的，另外一个春节是在医院里度过的。在看守所工作的十年间，他感化了无数的在押人员，让他们获得重生。同时我们还发现，许多年来，胡明裕以坚强的意志抗击病魔，感化了死神……”

听说胡明裕动了多次手术，行动不便，我们决定驱车去韶关市拜访他。听着他的讲述，一个刚强的汉子，一个传奇的故事展开在我们面前。

胡明裕出生于一个农民家庭。他是家里老大，下面有六个弟妹。他成人后入伍当了兵，经过超绝的苦练，胡明裕一杆钢枪打遍全师无敌手：10 发子弹 99 环；冲锋枪两个连续扫射，命中率全师第一；10 秒钟，10 发子弹从装弹到完成射击，速度最快，命中率最高，而且退出来的子弹壳全部夹在手指缝里，不掉一个。他因此坐上“直升飞机”当了教官，够神！

凭着一杆神枪，胡明裕在部队无疑有广阔的发展前程，但 1978 年父亲不幸煤气中毒，病卧在床，胡明裕要求复员，1988 年从警。

在警察岗位上，胡明裕又把自己练成了神探。后因身体有病，从派出所指导员转岗到看守所当了管教。二十多年来他全身心投入工作，和家人离多聚少，在儿女眼里，父亲总是严肃的，难以亲近的和来去匆匆的，很少有亲情表达，不时还对着电话发脾气怒吼。孩子们觉得，爸爸的心有点儿粗，有点儿冷。

2006 年，胡明裕家里突遭大难，九天之内倒下三个，四次大手术：老父亲患肝癌，第一次手术，三天后骨折，第二次手术；老母亲接着动了手术；妻子阿珍患宫内膜癌，第四次手术。“那一年真够背的，我感觉天都快塌了！”胡明裕说，“山里发洪水，整个家还被泡了，将近三米深的水，所有家当都废了。”其实，那一年他发现自己也病了，单位体检时发现肝部有一个黄豆粒儿大的肿瘤——老父亲就是这个病，像是有点儿遗传影响。胡明裕回忆说：“那时家里有三个病人，女儿在公安大学读书，只能放假时回来，儿子刚刚考进一个机关，我再倒下怎么办呢？因此我瞒住所有的人，也没去医院治，挺着吧，挺到哪天算哪天。”

胡明裕开始了他人生中最艰难最痛苦的时日，白班倒夜班，天天从单位跑到家再跑医院，煮饭、煎药，忙得昏天黑地，自己肝区痛还得瞒着忍着。妻子阿珍进入癌症晚期，痛得死去活来浑身冒汗，咬着牙用拳头砸床，用头撞墙。医生很同情，对胡明裕说，香港大亨李嘉诚搞了一项慈善事业：专门给晚期癌症病人建了一个康宁医院，免费发给强力止痛药。胡明裕赶紧把那个医院的医生特别请来，刚开始给阿珍一粒，能管 48 小时，后来减到 36 小时、24 小时，再后来只管两个小时了。阿珍终于挺不住了，弥留之际，她让胡明裕开车带她到街上转一转，那是她对生命、对生活、对家乡最后的留念啊。可不巧的是，正赶上看守所有紧急公务：管教在一个在押人员内衣里发现一支磨尖的牙刷把儿，胡明裕不得不匆匆赶回单位处理。等他返回时，阿珍已经不行了，她喃喃说："把我拉回老屋吧，我要死在那里。"那是一间破旧的砖瓦房，是胡明裕和阿珍结婚的地方，已经多年无人居住了。胡明裕含泪把妻子拉到老屋，把门板拆下来，架在两条板凳上，上面铺上毯子，胡明裕和儿女默默守候在一旁。天色渐渐黑了，山风从远方传来阵阵的林涛，看着窗外升起的一轮明月，阿珍流下最后的两滴泪，然后安详地合上了双眼。

胡明裕失声大恸，痛悔自己没能实现妻子临终前那个小小的愿望，拉着妻子到街上转一转。

不久，胡明裕又大难临头了，肝癌晚期！但他一直瞒着家人也瞒着单位，天天照样上班，直到肝痛得无法走路了，他才让儿子把自己送到医院。手术那天他记得很清楚，正是汶川大地震之日。躺在病床上，从电视中看到震区天塌地陷的惨状，听到灾民的哭声喊声，胡明裕觉得自己没必要治疗了，应当把生的希望留给他人，于是掏出身上仅有的3500元，委托战友们捐给灾区。

在场的医护人员和同事们无不泪下！

手术七天后，胡明裕就去看守所上班了。局里领导来电话赶他回家休养去。胡明裕倔强地说："回家也是等死，让我回去干什么！"

在岗位上他又做了些什么呢？一个中秋节，监房里点着烛光，胡明裕和在押人员围坐成一圈畅谈亲情，回顾人生。他让所有在押人员和他一起，对着烛光默默许一个愿，然后说出来给大家听听。有人说祝愿父母健康，有人说祝愿孩子考上高中，有人期望妻子等着他，别变心。过后大家问胡管教："你的心愿是什么呢？"胡明裕说："我希望我失业，天下无贼，警察没事儿做。"监房里好一阵沉默，然后是动情的掌声……

自2008年以后，胡明裕因癌病转移，先后动了四次大手术：肝割掉一半，肺叶割掉一半，胰腺割掉一半，胃割掉近半，胡明裕笑称自己"只剩下一颗红心"。胡明裕前往中山大学附属医院复查时，院长兴奋地对他说："坦率地说，医生早判你'死刑'了，你能活到今天，是医学上的一个奇迹。"据说，院方已把他列为科研对象，换句话说，胡明裕成了医院的“活标本”了。胡明裕乐观地说，老父亲就是他的榜样。老人家1992年做了肝癌手术，2005年因患胆结石又切除了胆，成了“无胆英雄”。如今二十多年过去了，不吃药不打针，精神好得很，天天上山搞绿化，挖坑种树拾垃圾，“上个月还摘了一篮子的枇杷，捕了两条十二斤重的鱼。”

前不久胡明裕办了退休手续，他称自己“安全着陆”了，现在没事儿的时候常陪着老父亲上山干活儿。看他现在的样子，面色红润，身材魁梧，找不到一丝一毫的病态。

电视晚会上，女儿胡旭霞这样表达自己对父亲的看法：“以前我对爸爸很不理解，小时候，家离派出所那么近，我们却十天半个月不见他的人影。他很固执，那么看重他的工作，我结婚的日子订在一个双日子、星期三，两家亲朋好友都通知到了，爸爸却说，那天他太忙，能不能改到星期六？妈妈住院，爸爸没请一天假，都在忙工作。妈妈最后想上一趟街，爸爸却有紧急的公务走了。等他匆匆回来时，问妈妈怎么样了？我生气地说，你还在乎这些吗？当时爸爸默然无语，眼里有了泪。现在回想，我那句话说得好狠啊！我真正了解爸爸，是从看守所在押人员写给他的那封信开始的……”

站在一旁的胡明裕笑说：“还有一些女性在押人员写的，我怕你妈妈看见影响团结，顺手烧掉了。”

女儿接着说：“记得爸爸跟我说过，我没时间管你，你把自己搞定，就是对我最大的孝顺。现在，我最想跟爸爸说的就是，对不起，爸爸，以前我不应该对你那样说话……”

全场又泪落如雨。

主持人说：

你站在这里，挺拔成一片蓝天、一片绿意。
即使阴云遮蔽了你的壮丽，也要用春雨滋润大地。
一个什么都可以割舍的人，更懂得赤诚的含义！
即使遭遇狂风暴雨的袭击，
闪电雷霆也是你坚强勇敢的呼吸！

第八章
新疆："撞我长城，就是自取灭亡！"

一、闫小飞：反恐第一线的英雄

2014 年 9 月 21 日晚，巴州轮台县一处农贸市场、一个商铺门口、两个派出所相继遭到爆炸装置袭击，六名过路行人当场身亡，54 名受伤，其中多数是维吾尔族群众，两名民警和两名协警壮烈牺牲。正在当地维护秩序和巡逻的公安人员随即包围了制造暴恐事件的暴徒，击毙和自爆身亡的暴徒共计 40 名，抓获两名，该案首犯买买提·吐尔逊当场毙命。暴恐分子滥杀无辜的暴行又一次激怒了全国各族人民。

当今，恐怖主义已成为世界公敌。丧心病狂的暴恐分子挥动带血的屠刀，不分民族，不分宗教信仰，不分政治理念，在光天化日之下，在许多公共场地策动突然袭击，制造爆炸事件，疯狂砍杀、伤害妇女儿童和无辜民众。那些流淌街头的眼泪、鲜血和被摧残的生命证明：我们同暴恐分子的斗争，根本不是民族问题，也不是宗教信仰问题，而是光明与黑暗、文明与野蛮、正义与邪恶、人道与兽行、法律与罪恶的决战。毫无疑问，中国政府和中国各族人民如果不对宗教极端势力、民族分裂势力和境外恐怖势力予以坚决、无情、彻底的打击，如果让暴恐分子分裂祖国的阴谋得逞，新疆将陷入一片血海！

事实已经并将继续证明，强大中国的力量，亿万人民的力量，文明正义的力量，是不可战胜的！企图撼我昆仑者，必将自取灭亡！为了捍卫祖国统一，为了保卫人民生命财产安全，新疆人民警察和各族群众一道，正在进行不懈的坚决的战斗！

喀什地区公安局特警支队的战斗口号是："闻警即动，快速反应，指挥有力，处置果断。"2013 年 8 月 20 日，喀什地区沙尘弥天，三米外看不清人影。晚五时许，大地猛地一颤，虎背熊腰、全副武装、身高一米八十多的闫小飞如天降神将，背剪双手站在茫茫沙尘中，迎候着自己的战士。

闫小飞，"80 后"战警，时任喀什地区公安局特警支队特战大队副大队长。这个夜晚，闫小飞奉命率领部分战警，参加打击暴恐团伙的一次百里奔袭，此战代号"胡杨行动"。此前，公安机关侦知，在喀什地区泽普县和叶城县交界处的一处民房内，以玉麦尔为首的制爆团伙 26 人集中在那里，他们表面上伪装"讲经学经"，实则正在秘密制作爆炸装置，策划暴恐行动。在掌握充足证据后，警方决定对这伙暴徒提前予以清剿。一声令下，头戴钢盔、身穿防弹服、全副武装的特战队员飞速奔向轰然发动的装甲战车。

闫小飞高大威猛，浓眉朗目。他 1981 年出生于四川省温江县。父母给他起了这个灵动的名字，没想到儿子一生真的总是在"飞"：在校园的体育场上，他是有名的"飞毛腿"；参军后在部队操练演习中，他是一把冲锋陷阵的"飞刀"。2006 年从部队复员，二十五岁的闫小飞本有多项选择，父母也为他在家乡找好了工作，但发生

闫小飞

在乌鲁木齐等地的暴恐事件深深激怒了这位热血军人。“男儿何不带吴钩，收取关山五十州!”经招聘考试，闫小飞进入喀什地区公安局防暴支队，成为新疆第一代防暴战警。多年的军旅生活养成他做事雷厉风行、说话高声大嗓的作风。

2008年8月，在疏勒县、伽师县发生的暴恐事件中，闫小飞最先迎着暴徒的长刀火枪冲上去，当场击毙多名暴徒……

2011年7月31日晚，数名暴徒在喀什市香榭大街挥刀行凶，五名群众倒在血泊中。正在值勤的闫小飞火速赶到现场，两个暴徒已经杀红了眼，狂叫着举刀向他冲来。小飞持枪大吼，喝令暴徒放下武器，暴徒拒不服从，他手中的冲锋枪顿时喷出愤怒的火焰……

同年11月，闫小飞率队巡逻至一家商务酒店门前，发现五名男青年携带一个编织袋，表情紧张，形迹可疑。小飞和队友当即依法上前盘查，两名暴徒见身份暴露，猛地拔出短刀向小飞和队友当胸刺来。小飞身形一闪同时横枪撞向暴徒喉骨，只听扑哧一声，那个暴徒口吐鲜血瘫倒在地。经查，五名暴徒携带的口袋中藏有七把长刀、九根钢管，一场行将实施的暴恐袭击被提前发现和制止……

2013年8月20日晚，参加“胡杨行动”的战警分乘装甲战车，直扑玉麦尔暴恐团伙的秘密据点，迅速形成铁壁合围。战警通过喇叭喊话，要求房内人员缴械投降。几个年轻的匪徒举起双手战战兢兢跑出来了，但以玉麦尔为首的几个头目和骨干分子拒绝投降，并丧心病狂点燃了爆炸装置，一时间房倒屋塌，烟尘冲空，室内暴徒被炸得血肉横飞，一些活着的趁着烟雾掩护，挥刀持枪冲向我们的战警。闫小飞和战友们满怀怒火扣动了扳机。此战击毙暴徒十八人，击伤一人，活捉二人，收缴长刀十余把、长短枪四支，还有三面黑色的所谓“圣战”旗帜。

战斗胜利结束。但是据被捕暴徒交代，房屋废墟下还掩埋着数十个爆炸装置。如不彻底清除，将会给附近各族群众特别是儿童、学生的生命安全带来极大威胁。特战大队副大队长闫小飞挑起了这个重担。烈日炎炎，烈风似火，用了整整一天时间，闫小飞和两名战友从废墟中搜寻到 22 枚爆炸装置，通过枪击、火烧，成功引爆了其中 17 枚。其余 5 枚掩埋较深，尚须进一步清掉上面的砖石。闫小飞对战友们说：“你们退后，我来!”接着他独自踩着碎砖乱石，小心翼翼向深埋爆炸装置的地方走去。就在这时，一根歪斜的房梁倒下来，砸在废墟中的炸弹上，轰然一声巨响，5 枚爆炸装置接连起爆，火焰冲空，小飞倒在漫天烟尘之中。战友们号哭着扑上去喊着：“飞哥，飞哥，你醒醒!”但躺在遍地的火焰中，三十二岁的闫小飞永远地沉默了。战警们悲痛万分，一齐开枪为战友送行，枪口向着天空，喷射出无尽的怒火……

2014 年初夏，英雄的父亲和妻子李丹从四川飞到喀什，专程来看望小飞的战友。数百名战警全身戎装，整齐列队，眼含热泪齐声高喊：“向英雄致敬！为祖国而战!”

小飞的父亲泪流满面，说：“我的儿子虽然牺牲了，但有你们在，我就放心了……”

二、青春特警：花与剑

喀什公安局特警支队成立于 2009 年，现有各族战警数百人，除了领导成员，皆为“80 后”青年，一半以上是大专以上毕业生。

这是一支高文化、高素质、高技能的战斗队。

特警队巡逻、审讯、排查，时常要面对女性，因此女警是必不可少的。

燕燕，1988 年生于北疆，容貌清丽，肤色白皙，话语轻柔明快，笑的时候眼睛和嘴角都变成了月牙儿。

燕燕是父母的掌上明珠，走路跌倒了，膝盖处碰破了一点儿皮，或者树干上见到一只毛毛虫都吓得直哭。有人叹气说，这个女孩子胆儿太小，让她转行吧。领导发了狠："她就是林黛玉我也要把她练成孙二娘！"

特警队就是炼钢炉。如今的燕燕升任女子中队中队长，成了名震警局的"双枪警花"，能左右开弓，精于速射，急速奔跑中十几米开外，枪枪命中人靶头部胸部，擒拿格斗中经常把对手摔得啪啪响，长途拉练总是走在第一阵容内。

小麦王，是维吾尔族小伙子、特警支队"随军医生"的绰号。他名字中有个"麦"字，但全名叫起来比较复杂难记，便有了这个绰号。小麦王 1988 年生，中等身材，高鼻浑目，圆圆脸，十分可爱。新疆医科大学毕业后，他成为当地一所医院最年轻的外科医生。多次目睹了暴恐分子对无辜群众造成的严重伤害后，他决心从警报国，加入了喀什特警支队。其实他并非专职的"随军医生"，而是全职战斗员；只是他需要随身带一个医药箱，以便战时急救用，因此他比队友们负担更重。

小阳，淡眉朗目，身材壮实，独生子，1987 年生于河南南阳，2011 年南阳理工学院毕业后自愿"西去"援疆，加入喀什特警支队。他说，腊月寒冬，零下三十多度，特警队拉到昆仑高坡上进行生存能力训练，脚板磨得满是血泡，夜里睡在帐篷里不许点火，大家只能裹上睡袋抱团取暖，冻得半夜脚直抽筋。食物不够，有一次队长闫小飞发现冰河里冻着一只死羊，他乐得直蹦高儿，凿冰取羊给大家做了一次"烤全羊"。教导员艾力说："我们的一切训练都是从实战出发，真枪实弹地干，队员都练出一身钢筋铁骨，直径数厘米的木棒打在身上，咔嚓一声就断掉了！"小阳说："说不疼那是假话，但我们扛得住！”

大刘，肤色黝黑，身材瘦高，1983 年出生于新疆石河子市，是家里的独生子。爷爷是陶峙岳将军领导的国民党起义部队老兵，父母在新疆兵团连队。家传的兵本色、兵脾气让“兵三代”大刘十分酷爱军旅生活，当兵九年仍不愿意脱掉心爱的军装，转业后便选择当了特警。大刘作战神勇，技艺高超，在全疆大比武中多项成绩名列前茅：卡车换备胎用时 80 秒，驾车飞驰而来，原地转两圈儿后，嗖地滑进 2×4 米的停车位；狙击步枪获亚军，飞车射击和攀登获第六名。

2011 年，根据维稳反恐新形势的需要，新疆边防公安总队决定组建一支女子特战队，这些警花就是精心遴选的“精品女”。标准当然不是“白富美”，而是“白骨精”（白领、骨干、精英，白领即大学生）。当时面试的第一个问题是：“不怕苦不怕累不怕死吗？”

“不怕！”花朵儿们坚定地回答。

“愿意为维护祖国统一和领土完整而战吗？”

“愿意！”花朵儿们如雷地回答。

就是这句问话，一下子点燃了姑娘们心中的圣火，让她们突然觉得，人生的意义变得崇高起来，生命的境界变得高阔起来，个人的价值变得重要起来。本来，她们不过是爸妈的“心肝宝贝儿”，校园里的小花小草，都是自己美，自己乐。现在，她们觉得自己和“祖国”这个神圣的字眼儿一下子特别近了，仿佛一夜之间长成一棵树，一棵参天大树，雄伟地站在祖国边境的“防护林”里。

“魔鬼训练”和想爹想妈让喝可口可乐长大的姑娘们哭了无数次鼻子。代理排长“大姐大”李梦轩是独生女，1992 年出生，家在新疆博乐，上海师范大学毕业，一双眼睛笑起来像月牙儿。她说：“我们开哭是从剪头发开始的，一头披肩发，那是女生的命根子啊！第一堂训练课，领队宋涛训话说，记住，从今天开始，你们就不是女人而是汉子了！第一天长跑 5000 米，所有人都跑不下来，教官吼，跑不动就爬！最后几百米，好几个姑娘是爬到终点的。就这样，训练中开始我们当众哭，大声哭，后来小声哭，偷着哭，再后来就不哭了，咬牙挺过来了。"

入伍以来，李梦轩硬是"浪费"了近三万发子弹，打坏了四把枪，食指侧面和虎口磨出一层老茧，终于练出一手神枪手本事，射击移动目标，乘车运动射击，双手射击，转向随手甩射，负重长途奔袭，项项都名列前茅。

她还用化妆品吗？她似乎早已把这些物件忘了。当然，休假上街，年节晚会，偶尔还会翻出来用一下。有一次在抽屉里发现一支唇膏，她拿在手里端详半天，扑哧一声笑了，心想这东西还是我的吗？她还说了一句雄心勃勃的话："生活中我愿意做大姐，战场上我就是大姐大！"

"双枪霸王花"李昌丹，一双丹凤眼，一身迷彩战服，腰间挂着双枪，真个是飒爽英姿！样样精通本事了得，被列为"全能队员"。七秒钟将手枪拆解完毕，十五秒内重新组合。她说的最牛的一句话是："战场上没有男人女人之分，只有英雄和狗熊之分！"

李换，身高1.62米，秀眉朗目，还在安徽阜阳师范学院读大三时就毅然从军入伍。说话脸还会红，完全是一副小女生的模样。可想不到，她竟然是队里的专业狙击手，身背0.92米的狙击步枪，就像是儿童团背大枪。但是，暴恐分子倘若遇上她就玩完了。百米之外，风中飘动着三只小红气球，只听啪啪啪三响，气球应声破碎。百米之外，一枚一元硬币，你看得见吗？李换神闲气定，一枪命中！她这样解释自己的名字："只要汗水能换来荣誉，荣誉能换来平安，值了！"

三、幸福在哪里？幸福在家里

反人类、反文明、反人道的恐怖组织和暴恐活动，遭到全世界和全中国各族人民的切齿痛恨。所有有良知、有同情心的人们都坚定地站在正义事业一边。在新疆，广大少数民族群众十分珍视祖国的统一，十分珍视眼下幸福安宁的生活，十分珍爱自己的家庭，期望孩子们有一张平静的课桌，小伙子能载歌载舞，姑娘们能穿上最新最美的时装，白胡子花帽老人能漫步葡萄园，弹响自己的冬不拉……

中华大地是五十六个民族共同的家。幸福在哪里？幸福在家里！为了捍卫这个幸福美好的大家庭，为了保稳定、促发展，新疆各民族干部、警员和群众团结一心，正在忘我地工作着奋斗着。

喀什市。乃则尔巴格镇派出所——

这是总书记习近平视察过的所，辖区55平方公里，居民6万余人，99%以上是维吾尔族。在这里，总书记仔细了解了基层民警的工作、训练和生活状况，要求公安机关大力加强基层装备，强化民警训练，提高实战能力，并要求各级政府多多关心民警生活，努力帮助他们解决各种困难。

镇党委副书记、政法委书记兼派出所所长爱尔肯，维吾尔族，今年四十三岁，浓眉大眼，身材壮实，走路虎虎生风。大学法律专业毕业，入警后当了十年交警。他说："从我父母到我兄弟再到我全家，几十年整个大家族都在为党工作，我们有充分的自信，绝大多数维吾尔族群众是不希望闹分裂、搞动乱的，对杀人行凶的暴恐分子更是深恶痛绝。做坏事的主要是极少数没文化、没职业的闲散青年，有的连《古兰经》都读不懂。因此我并不觉得基层工作有多大的困难，我们镇有十五个行政村，现在每个村都设了警务室，一个警察两个协警。去年我们共打掉七个犯罪团伙。我经常走村串户，和村民聊起来像一家人一样，大家的心相通，感情相通，并没有什么隔膜。"

哈密。新疆兵团农十三师——

维吾尔族民众有一个良好优雅的文化传统，在家干活儿时常常赤膊上阵汗巴流水儿弄得泥头花脸，出门上街，一定个个西装革履，裙衫齐整，一尘不染，精神抖擞。那天，在农十三师所属的柳树泉农场，我到了当地著名"枣王"苏莱曼的家。苏莱曼年过五十，但长得英眉朗目，气宇轩昂，一身笔挺的深灰西服，内穿花格衬衣，系蓝白斜条领带。遗憾的是"枣王"个头儿不很高，否则肯定是标准的高富帅。提起以前的穷困日子，苏莱曼连连摇头说："四个娃娃能吃饱饭就不错了。"1998 年，苏莱曼咬牙包下连队里的四十亩枣园，因为品种不好，干了三年亏了三年，哭的心都有了。连长易米提和柳树泉派出所指导员依布拉英·艾买提都上门来问他有什么困难？苏莱曼说："我不懂技术，不干还好，越干越亏，怎么办啊？"农场技术人员很快登门指导，帮他买回上好品种，又手把手帮着嫁接了 1000 株。艾买提带着所里民警，帮他培育、施肥、剪枝。第二年，苏莱曼喜获丰收，收入两万元，第三年收入 5 万元，第四年收入 10 万元，2011 年红枣加葡萄，总收入 28 万元。苏莱曼成为当地第一个买车的人，第一个住进高楼的人，第一个被誉为"枣王"的人。娃娃也上了大学，当了教师。他说："我家日子过得比红枣还甜！"

苏莱曼懂得感恩，因此也知道回报连队和乡亲。园里的优良枣苗年年无偿赠送给十里八乡的乡亲们，来了随便剪。他还经常开着车四出指导栽种技术，在场队领导的支持下，短短数年，这个曾经穷得只有几把铁锹的连队被"枣王"带富了，所有职工都搬进了新居新楼，很多人家有了汽车。

苏莱曼热爱祖国，深知党的好政策让全家和乡亲们走上了致富道路，他再三要求加入中国共产党。2013 年，苏莱曼成为中共党员。

提到多次到家里帮他的柳树泉派出所指导员、维吾尔族汉子依布拉英·艾买提，苏莱曼的眼睛湿润了。农场领导介绍说，艾买提是一位恪尽职守、忘我工作的优秀共产党员，在他和战友们的努力下，柳树泉农场二十年未发生一起重大刑事案件，积案率不可思议地为"0"，该农场被誉为哈密地区的"首善之区"。2009 年乌鲁木齐爆发"7·5"事件后，依布拉英·艾买提率领全所民警日夜巡逻排查，在一线连续奋战了八天八夜，因极度劳累突发脑溢血倒在工作岗位上，7 月 15 日以身殉职，年仅四十五岁。七天之后就是他小儿子八岁的生日。出发那天，艾买提答应给儿子买一双新鞋回来，可这个承诺成为家人永远的伤痛。

和田地区墨玉县。英也尔派出所——

普乐乐，一个多么吉祥的名字！模样也长得吉星高照，人见人爱，团圆脸，细眼睛，小胖墩儿，见人就笑。他是蒙古族，1985 年生于北疆的博州乡村。

普乐乐当兵五年，2012 年复员后考入和田地区公安局，然后一层层往下派：墨玉县公安局——芒莱乡派出所——阿克吾斯堂村警务室。警车一路扬尘把他送到这里，所长乐呵呵介绍了一些情况就走了，只剩一个普乐乐坐在空荡荡的警务室。天哪，中国地盘再大，也少见这样辽阔广大的村庄，东西宽 1.2 公里，南北长 5 公里，229 家农户散居各处，分别在四所清真寺里做礼拜。警务室吃水，要用塑料桶从邻近的老乡家提过来。全村响着维吾尔族语，普乐乐像天外飞来的外星人一样，一句也听不懂。时逢盛夏，晚上一开灯，屋里成了苍蝇蚊子的大本营，挤成团轰轰飞，听得脑袋都要炸了。过去在军营里也苦，但有一大帮子年龄相仿的战友，吼着叫着笑着闹着，什么困难都集体克服了。这个警务室，只供着他孤零零一个土地佬儿，以后的日子怎么过呀？大半夜过去了，普乐乐脑袋枕着双手躺在床上，眼瞅着天花板，没脱警服，没打开行李卷儿，满脸懊丧，恨不得第二天就卷铺盖回家。

开小差当逃兵当然是不可以的。

生活中有一个不易被发现的真理：人的成功常常从“别无选择”开始，选择太多，东晃西逛，人就废了，逼上梁山才会出来豪气冲天的一百单八将。今天晚上就等于我提枪上了梁山，排位“第一百单九将”，怎么也得对得起这套“盔甲”——警服！想定了，普乐乐平静下来。为了折磨自己考验自己，两天后他拜访了东头第一家和西头第一家，来回正好十公里。一家家拜访过了，他按当兵的习惯，开始画“作战地图”，挺大的一张硬纸板上，画上全村地形地貌，每个圈圈代表一户，注明家庭成员、姓名、年龄、职业等。到了晚上，先来一场灭蚊大战，然后按照小本子上记的注音一句句背维语。

很快，普乐乐学了一口流利的维吾尔族话，并成了每户老乡家最勤快的“编外劳力”：盖房抹墙，种枣放羊，家里缺人手的，他上去了；很多人家没办二代身份证，他帮着补办后一一送上门了；孤寡老人家断粮断油了，普乐乐扛去了；妇女儿童患急病了，普乐乐帮着家人送医院了。村里有个维吾尔族小伙子阿杜，文化不高，头脑简单，家里很穷，外出打工时参与过乌鲁木齐“7.5”暴恐事件，经公安机关教育处理后回到村里。阿克吾斯堂村的村民们都很善良，好些人觉得阿杜手上有“血”，违反了倡导行善的教义，都不理他。妻子怨他“就会打架，不会干活儿”，吵着要跟他离婚。多病的母亲也怨他不争气，“撑不起这个家”。阿杜情绪低落，常常一个人躲在屋里不肯见人。普乐乐多次上门，鼓励阿杜放下包袱，重新站起来，做个堂堂正正的好男人。阿杜说：“都怪我一时糊涂走错了路，现在蹲在家里，做什么也没心思了。”普乐乐说：“在错误的道路上停下来就是前进，你完全可以重新开始新的生活了！”

阿杜愣着眼睛想半天，说：“你这话挺深刻呀！”

普乐乐说：“这样吧，你每天到警务室报到，跟我走几天，给我当个助手，咱们挨家挨户看看，有什么难活儿累活儿帮乡亲们干干。”这以后，阿杜天天跟着普乐乐走家串户，啥活儿都干，乡亲们夸得他红光满面精神抖擞，还送他一个绰号叫“副警官”。普乐乐还协调村委会帮助阿杜家解决了一些特殊困难，帮阿杜母亲办了低保。如今小两口过得和和美美，妻子瞅丈夫的目光都是甜的。

上级来考察普乐乐的工作，维吾尔族乡亲们都很智慧，说话幽默。一位长得特像圣诞老人的白胡子老头儿说：“普乐乐表现一般，好懒啊！村里那么多事情，他天天只做一件事。”领导的眉峰一下耸了起来，满脸严肃地问：“他做了什么？”白胡子老头儿说：“他叫普乐乐，天天做的事就是让我们乐和！很多老乡汉语说的不准，张口都称他‘泡乐乐’，维语的意思就是抓饭。我们天天泡乐乐，你说这个警察好不好？”

领导大笑，满屋大笑。

有一阵子，普乐乐外出参加培训，一个月没回来。好些村民跑到派出所打听，普乐乐是不是调走了？乡亲们说：“千万别让他走啊，没他我们村就没‘泡乐乐’啦!”

这个乡有15个行政村、12个警务室，因为工作太忙太累，语言交流困难，生活习俗不同，先后有六个片儿警调走了。二十九岁的普乐乐却在阿克吾斯堂村扎下了根，成了所有乡亲的知心人和“家里人”。普乐乐也对这片土地、这里的乡亲产生了深深的感情，“就像家乡一样，离开久了会想的。”一年前，他把妻子从北疆动员过来，在乡里开了一个日用小商铺。普乐乐说：“以后这就是我安身立命的地方了。”老支书阿不都哈力克·居曼今年六十岁，有二十多年党龄了，他笑眯眯瞅着普乐乐说：“小伙子工作好，亚克西，亚克西！大人小孩子都喜欢他，信任他!”

地处南疆的墨玉县有54万人口，是新疆第二人口大县，少数民族占人口99.5%以上，反恐维稳的任务很重，警察相当劳累。据说这里的民警有“四多”：辞职的多，离婚的多，生病的多，调走的多。但是，普乐乐所在的芒来乡派出所是一所“铁打的营盘”——红旗派出所。副所长苏占军于2012年因公殉职。所长艾合麦提托合提·麦提图尔逊毕业于新疆大学法律专业，从警十七年多次立功受奖，2007年因一举抓获了恐怖组织头目，被评选为“新疆十大法治人物”。调到这里当所长以后，全家住出租房，两个孩子上学，家庭负担极重。他本人身患多种疾病，口袋里揣着住院证，经常边打吊瓶边工作，衣服穿脏了，妻子乌热古丽到所里来取——典型的“以所为家”。2013年7月12日，麦提图尔逊正在医院里打吊针，接到一个报警电话后拔掉针头就出发了。当天夜里他突患脑溢血，倒在工作岗位上，年仅四十三岁。

和田县。英尔力克派出所——

副所长沈保文，肤色黝黑，声音沙哑，1960年生于甘肃武威，青年时代赴新疆谋生，从工人成长为一位警察。今年五十四岁了，仍然战斗在第一线。当地处于被称为“死亡之海”的塔克拉玛干大沙漠边缘，沙尘天气占全年三分之二以上。沈保文长年在基层当片区民警，家也搬去了。妻子没工作，给他当“编外助手”，帮着接电话、搞登记，形同“夫妻店”式的110。当地吃水十分困难，最初全家吃的是靠天下雨、挖坑存下的“老鸹水”，直到前年才通了自来水。为做好民族工作，加强交流，两口子都学会了一口流利的维吾尔族话。村民的摩托车丢了，耕牛丢了，案子都破得干净利落，物归原主。有两个维吾尔族男孩儿迷失在沙漠里整整三天，沈保文带领民警和民兵搜寻了十几个小时，终将昏迷的孩子找到，及时送往医院抢救过来。老支书阿曼·奴拉家里着火，沈保文接警后骑着摩托车第一个赶到现场……

沈保文三十年来一直坚守基层，热心服务群众，为困难乡亲解决了无数问题，自己家却极度贫困，长年靠举债度日。近几年沈保文的工资有所增加，才开始还债。沈保文的优异表现赢得当地群众的衷心爱戴，所里挂满了双语奖旗、奖状，他先后被评为新疆民族团结先进工作者和全国公安机关爱民模范。

做人民的坚强盾牌，做祖国的坚强卫士，全国200万警察都很忙很累，新疆的警察更忙更累。

四、警嫂：“你的右手属于更多人”

2014年6月，新疆公安网上，出现了一份帖子：《致祁小阳他（她）爹的一封信》，写作者马雯娟是乌鲁木齐市一家新闻网站的年轻编辑，收信人是她的丈夫祁阳——新疆昌吉回族自治州阜康市公安局博峰街派出所民警，其工作地点距离在乌鲁木齐市的家60多公里。

当时，马雯娟怀孕近七个月了，丈夫祁阳昼夜忙碌在维稳前线，数十天没有回家，她只能自己照顾自己和腹中即将降临人间的孩子。夜夜长守孤灯，常常潸然泪下，孤寂、委屈、担忧、想念，所有的爱与痛在心底涌流凝聚，融不开、化不尽、说不完。每天晚上，她给肚里的小宝宝放儿歌《我的爸爸是警察》，然后发短信给祁阳说：“胎教也要对口。”一个细雨霏霏的夜晚，马雯娟含泪敲下了《致祁小阳他（她）爹的一封信》，发到公安网上，期望老公在第一时间看到。

亲爱的老公：

我想你了。感觉已经有很长时间没有见过你了，同事们问我还记得你的模样吗？我开玩笑说：“暂时还有点儿印象。”

我已经怀孕快七个月了，也不知道你记不记得这个时间。宝宝现在动得比较厉害了，只是非常遗憾你至今还没有见过他（她）蹬肚皮的样子。家里虽然有爸妈照顾我，但是缺了你，总是感觉空荡荡的。

前两天家里洗手池下水堵了，我想看看哪儿堵住了，折腾得满头大汗，换了N种姿势，最终还是因为凸出的肚子没能看到。最后，还是求助了爸爸才修好。就在上周，我独自去医院做孕检，排到我时，大夫皱着眉头问：“你老公呢?”我回答：“没来。”“今天的检查很重要，必须有人陪同，你老公怎么这么不负责任?”面对医生的责备，我没有吭声。等做完检查，临走时我忍不住告诉医生：“我老公还有更多的人需要保护，因为他是警察!”

走出诊室，我第一次没出息地哭了。

我现在是女超人，修得了水管，换得了灯泡，家里啥活儿都能干，就是肚子太大有点儿碍事。老公，从我决定嫁给你的那天起，我就知道，你只能用左手保护我，因为那只敬礼的右手属于更多的人。当下不仅仅是你的一级响应，也是我们每一个新疆人的一级响应，在反恐的道路上，我们每个人都有义务和责任积极响应反恐号召。我能做的，就是理解你，支持你，我不会怪你的。希望你在百忙之中照顾好自己，注意安全，按时吃饭，抽空休息。虽然这些话从你穿上警服的那天起，我已经不知道重复了多少遍，却总是像条件反射一样不自觉地每天冒出来。

丈夫祁阳看到妻子的信，激动不已，浮想联翩，他为自己拥有这样温柔而又深明大义的妻子深感骄傲，同时也想到自己和万千战友的千辛万苦。于是他将此信发给了微信朋友圈并附言说："这不是矫揉，也不是炒作。妻子虽代表不了所有警嫂，但我们需要这样的支持和鼓励！"

信在网上广为传播，迅速火了。有公安网友深情赠言："但愿人长久，千里共婵娟！"还有警察评论说："作为一个普通人，我们也想陪着爱人，伴着孩子，守着父母。只是，我们肩上有沉甸甸的责任，我们守护这片热爱的土地，守护这里善良热情的人民！我们是新疆公安，我们一直都在！"

是的，是的，是的！新疆公安，一直都在！

撞我长城，就是自取灭亡！暴恐分子残杀无辜的罪恶行径激起新疆各族人民的强烈愤慨，警民联手除暴、合力围捕暴恐分子已成烈火燎原之势。2014 年春以来，在广大人民群众支持下，新疆公安以泰山压顶之势，全力展开严打暴力恐怖活动专项行动，要求"打准，打狠，打出声威，主动出击，先发制敌"，责任是"定人、定责、定时、定向"。截至 11 月 22 日，先后打掉暴恐团伙 115 个，抓获在逃犯罪嫌疑人 334 名，52 名涉恐犯罪嫌疑人投案自首，取缔非法经教点 171 处，解救学经人员 757 人，查缴非法宣传品 2.7 万件。

第九章
大连大火:“中国躲过一劫”

一、“中国的科威特”

大连新港码头位于大孤山半岛，半岛方圆25平方公里，因天时、地利、海运之便，这里成了寸土寸金、群雄齐集的风水宝地，成为全国最大的储备油库和油品加工基地。区内聚集了国家储油公司、中石油、大连港集团、中外合资企业等二十多家大型化工、石化生产、储存和转运企业，建设了上百个巨大的储油罐，油品总储量达2000多万立方米。其中，在中石油辖区，油库总储量近200万立方米，建有5至10万立方米容积的原油罐20个。在大连港集团罐区，建有10万立方米原油储罐12个，甲苯、二甲苯等危险化学品储罐51个，总容量13万立方米。北侧，是国家储油公司罐区，总储量为300万立方米，建有容积10万立方米原油罐30个。每个10万立方米的储油罐直径88米，高22米，相当于一幢圆形的巨无霸七层楼。新港码头如此高密集、大容量的储油区，在中国独此一家，因此此地号称"中国的科威特"。

2010年7月16日晚，一场令人恐惧的大爆炸及大火在这里发生。

这是中国消防史上的一次尖峰对决。这一夜，三个"如果"决定了大连的命运：

如果不是幸运——爆炸仅仅发生在原油罐区，而没有发生在剧毒化学品罐区，是上天对大连和中国的特别眷顾。

如果没有一道血肉长城的阻挡——上千名消防官兵的英勇战斗和周边各省市的全力支持。

如果在场的党政军警高层人士稍有动摇，后退一步——当时几乎所有富有经验的消防老兵都认为，这个火顶不住了，今晚小命就扔在这儿了。

那么，在这块号称"中国的科威特"的土地上，失去控制的大火所引发的爆炸当量、生命财产损失、环境污染程度，将大大超过二战期间发生在日本的两次核爆。大连将沦为一座死城，并祸及黄海和渤海湾，祸及朝鲜半岛和日本。那将是世界性的灾难。

所幸，这一切都没有发生。

大火之后，当地一位技术人员感叹："谁都没想到，这么先进的储油罐区，这么现代化的操作平台，怎么会发生爆炸呢？"

最可怕的就是这个"没想到"。人类文明的大敌就是"没想到"。有一万个"想到了"，只有一个"没想到"，就是10000减去前面的1，等于零。

2010年7月16日，盛夏。一个很平常的宁静温馨的傍晚，落霞纷涌，雪白的浪花层层涌来，轻吻着广阔的沙岸。长长的沙滩泳区内，汇聚着数以万计的中外浴客和上千朵盛开的花伞，浴客们个个晒得黝黑。情侣们依偎而坐喁喁细语。

晚上18时12分，大孤山新港码头保税区油库，中石油所属的103号油罐管线突然爆裂，随即引发爆炸和大火。随着一声爆炸的巨响，大孤山半岛上空像火山爆发，瞬间迸射出万道炽红火光和滚滚浓烟。很快，一朵外黑内红的巨大蘑菇云缓缓腾空而起。“爆炸了！大孤山化工区爆炸了！”海滩上，街道上，高楼上，阳台上，无数人仰头看着那朵高耸天空的可怕的蘑菇云，发出惊惧的尖叫。

赶到火场的消防队员们看到，那一刻巨大的蘑菇云伴着黑色的原油柱冲天而起，落地后变成冒着火焰的“油液雨”。原油涌出罐体后又变成“流淌火”，顺着西高东低的地势向罐区蔓延。风势助火升空，火势引燃爆炸，方圆数公里的罐区燃成一片火海。提到当时的险象，时任现场副总指挥的郑春生心有余悸地说：“我从当兵那天起就没离开过火场，历经大小几千次火灾救险，一直听人说火海但从没见过。这次‘7·16’大火，让我真正见识到什么叫火海了！”

生死劫难到了。消防人都记得数年前发生在青岛的那场大火。1989年8月12日上午十时许，青岛市黄岛油区的5号罐遭雷击爆炸起火。武警消防支队1200余名官兵赶赴现场，奋战到下午14时35分，火焰从橙红转为红白，邻近的4号罐突然出现软化塌陷。指挥员知道这是大喷溅、大爆炸的前兆，急忙高喊撤退，但已经来不及了，10秒钟后，4号罐爆炸，1号、2号罐也相继爆炸，3号罐体破裂，整个油区变成一片火海，燃烧面积达1平方公里，闫正连、杨永、王兴田等14名官兵壮烈殉职。除了中队长杨永32岁，其余队员都是20岁左右，有5位刚刚年满19岁。

可怕的是，大连大孤岛油区的规模比青岛黄岛油区大多了，而且还有数十罐剧毒性化学危险品。如果火势不能有效控制，储油罐一爆引十爆，十爆引百爆，近百个储油罐包括51个剧毒化学品储罐连环爆炸，其灾难性后果远远超过火山爆发，连绵的火浪及冲击波将席卷整个大连，数十万或上百万人将在一呼一吸间死于非命。大量原油流入黄海，还将祸及朝鲜半岛并远至日本……

大连陷入一片恐慌。半岛上，数以万计的员工和渔民像突遭战事的难民似的，带上便携的细软纷纷举家外逃，开汽车的，骑摩托的，蹬三轮的，徒步跑的，潮水似的溃退下来。大连城区特别是靠近大孤山的居民，纷纷向更远的城郊外逃。

城内交通完全挤乱套了，大连的各个路口，特别是沈大高速公路上，两大逆向行驶的车流形成鲜明对比：开往大连方向的道路一侧，是一眼望不到头的、警灯闪闪、警笛长鸣的红色长龙，那是从附近市县和全省各地紧急调来增援的数百辆消防车。在开出大连、开往沈阳方向的道路一侧，则挤得水泄不通，寸步难行，喇叭震天响，那都是逃难的私家车。

这个鲜明的反差现象显示：一群肩负职责、为了职守、必须舍命向前的热血汉子，迎着外逃的车潮正逆流而上，向火海冲去。他们是：大连市党政军警各界首脑，后来赶到的中央领导和辽宁省领导，大连市及后来赶到的周边各省市县的消防官兵。

最先闯进火海的所有消防官兵，当他们第一眼看到现场的恐怖景象时几乎都本能地认定，这是一场没有指望的战斗，今晚就是今生，肯定回不去了！一瞬间，他们的脑际都闪过父母、妻子和孩子的面容，闪过想象中的追悼会上的遗像、白花和黑色的挽幛。当然，这只是一瞬间。接下来，再无记忆，大脑一片空白，整个身心完全彻底地投入与火海的生死搏斗。确实如此，当时"7·16"大火中所有在场的人，从高层领导到消防官兵都已抱定这样的心理：赌上一条命，一边战斗一边等死，活着算万幸。

一位领导的司机到了火海边上，望着大火冲空，油罐林立，满天风烟滚滚，听说其中几十个油罐装满了剧毒化学品，他吓呆了，两腿抖得像是按了振动的手机。他随即写了一条短信："我在现场！今生怕是回不去了！"他本想发给老婆，但转念一想，万一自己没死却把老婆吓死了咋整？于是发给本单位司机班的班长了。数天后，班长请这位司机吃了一顿生猛海鲜，三杯酒下肚后，班长气哼哼地说："你小子，其实应该你请我！你没死却差点儿把我全家吓死，老婆一个劲儿吵吵要带孩子逃跑，搞得全家一夜没睡着。"

最先闯进火海的三辆消防车，隶属于大连港公安局的第三消防中队。面对数丈高的火浪和汹涌扑来的原油，他们的力量太薄弱了。最先抵近103号罐的消防车几乎瞬间就把泡沫打完了，可火势愈发猛烈，丈高的火浪迎头扑来，消防兵栾永利和许传杰见势不好，大喊撤退，可司机姜辉舍不下车，执意要把车开走。栾永利和许传杰大叫："都什么时候了，快撤!"两人生拉硬拽把姜辉架下车，刚刚撤出十几米开外，大火就吞噬了那辆车。战后，人们看到的是一堆黑色的扭曲得不成样子的钢铁骨架……

二、刘磊：奔跑的"思想者"

刘磊，纪录片中出镜最多的火线大兵。

他浓眉大眼，目光里闪动着沉静的光泽。他说："大火扑灭以后，当我意识到这场战斗胜利了，大灾难避免了，而自己还活着，觉得就像做梦一样。那时没有一丝一毫的光荣感和胜利感，我一下子瘫坐在白花花的泡沫里，放声大哭了一场……"

刘磊

刘磊当时是大连消防支队大孤山中队士官、代理中队长。那天第一时间接到报警电话，刘磊脑袋轰的一声，仿佛血液瞬间停流了冻结了。作为大孤山消防负责人，他清楚地知道库区有多少个油罐，油罐里都装了些什么。他扔下话筒，一边吼着嗓子大喊集合，一边跑到门外看。巨大的黑色蘑菇云正在高空升腾、滚动、蔓延，有一刹那间刘磊以为发生核爆了，油罐都炸了，到处都是烈焰和毒气了……

不计生死，扑向火海，这是消防官兵的职业。

刹那间警铃大作，21 位大兵身着钢盔铁甲似的防护装备，顺着溜杆从各自的房间飞速而下，跃上五台沃尔沃消防车各就各位，震撼人心的警笛随即响起，猛虎般的红色大车冲出车库，冲出大院，冲上大街。七分钟后，即 18 时 19 分，刘磊和他的战友们第一批抵达最前线。迎着冲天的火光和浓烟，刘磊大吼："戴上防毒面罩，往前冲！"开车的大兵一踩油门，消防车像一台台红色坦克一样，轰然闯进遍地火苗的罐区。这里，刘磊来过许多次，对地形和罐区分布了如指掌。此时纵目一看，盛装 10 万吨原油的 103 号罐距离他十几米开外，周围烈火熊熊，因为罐内的巨大压力，一大股冒着火焰的油柱从下部的一米粗管道激射而出，在半空中成伞状散开落到地上和四周的油罐顶上，形成一团团火球，特别是爆炸导致罐区全线断电，区内所有防火设施全部失灵。刘磊意识到情况空前严重，立即用步话机向支队领导发出第一个、也是最重要的火情报告："103 号油罐管线破裂！巨量原油正在涌出，火区面积正在扩大，周围全是油罐，情况危险！请求支援！要多，要快！"他的报告太及时太准确太必要了，从而促使领导们决定调集了空前规模的灭火大军和灭火设备。

刘磊和战士们跳下车的时候，只听扑通一声，战靴陷进遍地横流的没脚面的火苗和原油中，他说："那感觉就像陷入泥沼一样，踩进去容易拔出来难。"

干了十多年消防，这是刘磊身临最恐怖的火海，有一瞬间，他的脑际闪过一丝胆寒，今晚小命肯定就扔在这儿啦……

此刻，103 号罐的原油仍在源源喷出，遍地涌流，进入地沟，导致火海四处蔓延。刘磊意识到，原油不绝，来自 103 号罐的条条火龙就不可能扑灭。因原油涌出，103 号罐内部压力骤减，不太可能发生爆炸，但最危险的是距 103 号罐最近的 106 号罐，眼下地上的火海灼烤着它，大量的火球砸向它，其温度一旦升到一定限度，罐体势将发生爆炸，再后就是钢片乱飞，烈焰四射，整个罐区发生连环爆炸，大连就将房倒屋塌，毒气四散，灰飞烟灭……

据此，刘磊下达了作战任务：所有水枪对准 106 号罐，给它降温；所有泡沫枪、干粉枪背靠 106 号罐，全力阻挡流淌翻滚过来的火浪，防止抵近 106 号罐！

这是一个极其清醒、正确的决定。

刘磊是身经百战、久经考验的老兵了。1975 年，他出生于山东济南附近的乡村。1996 年刘磊从警当了消防兵。全省大比武中，刘磊率领中队取得了体能对抗赛的团体第一名，他个人拿到了大回环、手倒立、长振等高难度加分科目的满分。从警 18 年，他参与灭火战斗和抢险救灾 3600 余次，平均两天出战一次，先后荣立个人二等功 1 次，三等功 5 次，荣获“辽宁骄傲十大消防人物”、“辽宁十大绝活警察”等称号。

刘磊带领战友们手握沉重的火枪、泡沫枪，时间长了，挺不住了，就跪在火苗熊熊的原油层上，吸着尘烟和毒气，继续以血肉之躯抵挡火海……

前方又一段管道爆炸了，扑面而来的气浪把刘磊他们推出四五米远……

烈焰中，103 号罐像一块软泥一样逐渐塌陷，旁边墙体的水泥块被溶化了，一块块掉下来，墙体内的钢筋很快被烧得炽红，然后弯曲成奇形怪状的样子……

冒着火苗的原油很快成了一片片流淌火，通过地沟和井盖流入地下管道，不时发出声声爆炸，被炸开的铸铁井盖腾空而起，横空乱飞，有的落在战士身边，有的砸在旁边的油罐上。刘磊他们只能听天由命，拿自己的脑袋一赌生死了……

大连火场的战斗越来越激烈。不知过了多长时间，天空忽然飘下了一阵不大不小的雨，落在火场便成了“黑雨”。刘磊说，那简直是老天爷降下的救命雨，他和战士们一边战斗，一边仰口接雨，爽极了！

这时，大连市抢险指挥部已经成立，一些社会力量、社会车辆被动员参战。一辆混凝土搅拌车倒退着抵近106号罐，司机目睹火场的恐怖场面，一时吓傻了，不肯下车也不知怎么操作了。刘磊开门跃上驾驶室：“让开，我来！”很快，湍急的水泥流滚滚而下，沿原油火线筑成一道软塌塌的“土坝”。

面对不断涌来的流淌火，刘磊猛然意识到，103号罐管线爆炸，毁了变电所，导致罐区全线断电，很多油罐尤其是最近处的106号罐，本来一直在自动运行，输入输出。断电以后，油罐阀门都处于开启状态，管线中的原油仍在流动，罐区内管道四通八达，密如蛛网，如果被高温、火浪持续引爆，火场的扩张将难以遏制，特别是106号罐很容易被引爆，必须迅速关掉106号油罐两进两出四个阀门！

恰好罐区主人——中石油也组织了一些有责任心的员工到场。火光浓烟中，刘磊大声问中石油的技师张斌：“怎么才能关掉阀门？”张斌说：“没电了，只能手动。”直径近一米的管道，沉重的阀门像一个轮盘，而且扣丝细密。“上！”刘磊一挥手大步跃上铁梯，张斌刚爬了几步，一个小工友跑过来颤着声音喊：“别拧了，逃命吧，快爆炸了！”刘磊大吼一声“滚”，一脚把他踹下去了。

刘磊手握沉重的阀门，转一阵就得喘几口粗气，大约转了三四个小时——时间那时已经没概念、不存在了——两个进口阀门才完全关严。这几个小时里，刘磊站在两米多高的铁梯上，完全被浓烟火光包围，战友们都不知道他在哪儿，活着还是死了。指导员吴敬玉嘶声大喊：“刘磊，刘磊，你在哪儿？”喊着喊着眼泪就下来了。在混乱、嘈杂一片的现场，刘磊根本听不到。事后第一次看录像，听镜头中有人焦急地喊着他的名字，一听就是吴敬玉的声音，刘磊顿时泪如雨下，两人起身紧紧拥抱。

战场上救命谁靠谁？战友救战友！

刘磊这支尖刀队在大火现场血战十五个小时，火灭后为防再生意外，又在罐区坚守了一个月。舍命拼搏的时候，刘磊的手机被泡沫腐蚀坏了，妻子李扬从电视新闻中知道大孤山罐区发生重大爆炸火灾，猜到刘磊肯定到了现场，她急得心跳加速，连给刘磊发了三条短信：

“老天保佑你，咱们还没要孩子呢。”

“油烟有毒，一定戴上呼吸器。”

“咱妈在家烧香求佛保佑你们。”

18 个小时之后，刘磊借用战友的手机，与妻子通了话。他使劲扯着嗓子喊，可声音就像野狼嚎，妻子一个字没听清却热泪滚滚，老天保佑，丈夫还活着。

2010 年年底，因刘磊在“7·16”大火中表现英勇，尤其在烈火浓烟中冒着随时可能发生爆炸的危险，坚持数小时关闭阀门，他被公安部授予“灭火勇士”（二级英模）荣誉称号，并被破格提干为武警现役警官。

灭火十天之后，刘磊脱下一层皮。他笑说：“这叫浴火重生，凤凰涅槃。”

雕塑大师罗丹创作了一尊著名雕像《思想者》，其人躬身而坐，呈沉思状态。走进刘磊的人生，你会发现他不仅是火场上的灭火悍将，还是火场上奔跑的“思想者”。正是亲身经历的 3600 余次战斗和许多战友的鲜血与生命，让他成为消防大军中一名独特的“思想者”，开始了勇敢的革新与创新。

现有的消防器材装备好使不好使？缺陷和不足是什么？应当怎样革新改进？这是刘磊“咬定青山不放松”的课题。他说：“我们上了火场是要拼命的，而这些设备都是护命的，凡有缺陷和效率不高的地方，消防战士就有可能付出沉重的代价。”因此每次灭火后，带着一身黑灰和疲惫归来，刘磊总要认真回顾总结各类设备在灭火中发挥的作用和效率，是否有需要改进和革新的地方？科学发明中有一种方法叫“吹毛求疵法”——刘磊用的正是这个方法。有时想得走火入魔了，脑中火花乱飞，身边纸片乱飞，纸上数字乱飞。实战出真知，出智慧，一项项发明革新的火花就这样冒了出来：

——消防梯的下部以往都是尖头，适合早年的泥土地使用。如今时代进步了，火场很多地方是光滑的水泥地或水磨石，消防梯靠墙一立，战士们带着装备爬上去，压力之下消防梯子经常打滑，把战士们摔下来。因此每次救火立梯，都需要两三个战士把住梯子。刘磊想，这不是浪费人力吗？于是他设计了一个胶皮防滑碗，倒插在梯脚上，砰的一立，吸盘一样牢牢粘在地上。同时他又在梯子上端加了一个自动抓牢墙面的支架。这项小发明很简单却很实用，既节省了战斗员又有效提高了救援速度和安全性。

——防盗门内起火了，战士们用战斧劈，用铁杠撬。刘磊设计了一种技术性开锁和破解防盗门的方法，两分钟内解决问题。

——消防车进不去的狭窄胡同，战士们拖着水枪、泡沫枪往里冲，既费体力也占了双手。刘磊发明了一个金属卡子，可以将水枪扣在腰带上也可背在背上，这样双手就解放出来了，省力而方便。

——凡属油类起火如"7·16"大火，是不能用水灭的，那等于火上浇油，只能用泡沫。装泡沫的大桶有二百公斤重，运送到火场十分费力。刘磊历经多次这样的战斗，累得屁滚尿流。他想，能不能在消防车上插个管子，也用喷水的方式喷洒泡沫？他找了几个技术人员费时数十天，搞出一种专门喷洒泡沫的新型消防车创意。后来这个创意被某省一家厂子拿走了，该厂因此获得了一项重要发明奖。

——新港码头火场断电后，经历了靠人力关阀门的惊险战斗，刘磊因此设计出一种电钻式关阀器。

这些年，刘磊先后发明了楼层上升器、手式上升器、脚式上升器、卡式水带接口、轻便水带挂钩、水带收卷机、水带固定夹、新型便携式拉梯、水带晾晒架等近百项消防器材。同时还有十多项重大创新，如新式带压堵漏器材、弯管式堵漏器材、大型火灾救援现场紧急撤离报警装置、水带快速铺设收卷车、高层建筑灭火救援系统等，在世界公认的高层建筑救火难题上填补了许多空白，其中17项获得国家专利，还有一些尚在受理中。2015年10月，公安部消防局举办了全国消防部队"小革新、小发明、小创造"评选活动，共评出35项最佳奖，刘磊一举获得两项。刘磊的许多革新发明在大连、省内或多省已推广使用。有些朋友建议刘磊："你到企业去，或者把一些专利卖给企业，能发很大的财呀！"

刘磊说："我舍不得脱下这身军装。"

三、张良：约定拍摄婚纱照的日子

从照片上看，这是一张年轻得还有些稚气的笑脸。

张良

张良，1985 年出生于辽宁省辽阳市一个偏远而贫困的乡村家庭，2003 年入伍当了消防兵。那是他第一次看到以秀美著称的海滨都市大连，走在街上和海边，眼睛像孩子似的东张西望，整个身心沉醉在如画的城市风景里。他说："当兵真好！"老兵们笑他："眼睛别贼溜溜地到处看，不穿军装，人家会以为你是小偷呢！"领导们教育新兵："别以为你们进城是享福来了！大城市几乎天天有火灾，消防兵时时准备战斗，必须练出一身过硬本领，必须有受伤和牺牲的思想准备！"入伍七年，张良参加灭火救援战斗 900 余次，先后三次获嘉奖，多次被评为优秀士兵。

"7·16"大火冲天而起的那一刻，从省市高层领导到现场总指挥丛树印，再到火线上的每一位官兵都意识到，水！水是决定此战成败、决定数百万人民生命财产安全的关键之关键！103 号罐爆炸后，电路中断，变电所被毁，罐区所有消防设备全部瘫痪，地下水无法使用。成百辆消防车带来的水很快就被打尽，幸亏——简直就是万幸：20 世纪 90 年代，大连公安机关和消防支队下决心从荷兰进口了一套价格昂贵的远程供水设备，当时非议甚多，说花了上千万元买了一个"聋子耳朵——摆设"。真是人无远虑必有近忧，此之谓也！事隔十年，这套全国唯一的进口设备作为"聋子耳朵"，在库房里沉睡了十年，此刻突然间成了大连的救命索。这套设备由海上浮艇泵、长途管线和火场供水系统组成，可以从数百米上千米之外的大海不断抽水用于远程灭火。

这无疑是"7·16"大火的"扼喉之战"。第一时间赶到新港码头后，战勤保障大队班长张良和战友们迅速展开设备，安放浮艇泵，铺设供水管线。短短40分钟，一条近两公里长的管线铺设完毕。从那一刻起，每分钟达8000升的海水，源源不断通过前线战士手中的数百支高压水枪，铺天盖地喷向熊熊火场。班长张良和另一名战士守在浮艇上，每隔一个小时轮班下船潜入海水一次，每次半小时，任务是清理附着在发动机过滤罩上的杂草垃圾，以保证泵机正常运转。

火势之猛，火场之大，原油泄漏之汹涌，实在超乎想象。滚滚滔滔的原油顺着地势很快流入海面，形成30多厘米厚的油层。大量海草裹着油污吸附在发动机过滤罩上，清理工作变得越来越困难，时间也越来越长。张良当队长，不轮班，每次带头跳，清理完毕，人从海水油层中钻出来都成了"黑人"。17日上午十时许，现场所有明火被扑灭。至此，张良和战友们已连续奋战了整整十四个小时。

大火扑灭后，大队人马逐步撤离，张良和几位战友继续执行供水任务，不分昼夜，仍要及时清理浮艇泵，以保证罐区继续完成火场清理工作。20日早晨八时许，天空乌云密布，海上刮起八九级大风，灰色的海面恶浪滔天，浪尖上扬起阵阵雪白飞沫，海水凉气透骨。但在浮艇漂浮的近岸处，因厚厚的油层覆盖着海面，感觉风浪并不是很大。清理过滤罩的时间又到了，连续奋战了三天三夜的张良和战友韩晓雄脱掉工作服，只穿着短裤先后跳进海里。沉入水中的那一刻，两人才感觉到油层下暗涛汹涌，身体已经无法控制，一阵浪涌，两人就被卷离了浮艇。正在附近管线处忙碌的战勤保障大队指导员郑占宏见状不好，一边嘶声大喊"张良——韩晓雄——"一边飞速跑过来，纵身跳进海中。

韩晓雄被救了上来，二十五岁的张良因为连续奋战过度劳累，沉入深幽的海水中不见了踪影。张良的牺牲给郑占宏带来沉重的打击。他几乎崩溃了。他说，他一直不能忘记，“在海中有那么一瞬间，张良就在我的不远处漂动，脸色苍白，眼睛大睁，眼神清亮，静静地瞅着我，既不挣扎也不呼救，就那么静静地远去了。”

后来战友们才知道，7 月 20 日，张良牺牲的这天，本是他与未婚妻李娜约定拍摄婚纱照的日子。

李娜，一个漂亮的女孩，一头长长的乌发，一双明丽的大眼睛。数年前，她从家乡锦州来到大连，帮姨妈经营操持一个小杂货店。张良和一位战友常去买东西，时间长了，认识了，两个大兵都爱上了姑娘。但张良生性腼腆，不会也不敢表达，而且特重战友情谊，深深藏着自己的爱，自愿给战友当“地下交通员”，不时替战友给李娜送个鸡毛信、小礼物什么的。姑娘吃着雪糕，冷着比雪糕还冷的小脸，从不回信也不表态。张良劝她说：“我战友多帅呀，人还好，脑瓜灵，将来肯定有发展，你要跟了他，一辈子享福吧！”李娜笑嘻嘻说：“我天生是苦命人儿，享不了福。”那位战友觉得求爱无望，悄悄告退了。

张良还是继续去小店买各种小零碎，很多东西其实是没用的，买回来，他都整整齐齐摆放在抽屉里。一个端午节的晚上，张良大着胆子送给李娜一个光彩夺目的红线小手链。姑娘立马带到细腕上，高兴得脸上像是开了花。张良缩手缩脚站在那儿一声不吭，姑娘说：“你咋不问我喜欢不喜欢呢?”张良说：“我见着火不害怕，见着姑娘就害怕。”李娜扑哧乐了，说：“你送我礼物，我也该送你一件啊。”

张良不好意思地说：“不用送了，你的礼物我装了满满一抽屉呢！”姑娘蒙了，诧异地说：“我啥时送你礼物了?”张良说：“我从你这儿买的那些小零碎，我都当成礼物好好存着哪！”李娜感动得眼泪差点儿掉下来。

2010 年 5 月，两人登记了。

7 月 20 日，张良壮烈牺牲，魂归大海。他是大连“7・16”大火中唯一的殉难者。这一天，他和心爱的姑娘本该留下一张张美丽的婚纱照，作为相伴一生、白头偕老的记忆。但是，在生命的最后时刻，张良把他的爱献给了自己的祖国，而他和李娜充满幸福期待的婚约，刚刚开始就结束了。

郑占宏痛哭着回忆说："张良是几乎找不出缺点的好兵！他的军装永远是整洁的，他的笑容永远是灿烂的，他的心地永远是善良的，他的驾驶技术绝对是一流的。队里一辆带拖车的消防车长达20米，只有张良能一次倒进车库……"

李娜含泪回忆说："张良是感情最专的男人，我俩走在街上，路过的姑娘无论多么漂亮，他从不扫一眼。他还是心肠最软的男人，我没有固定收入，他的津贴也不多，两家老人的生活都不富裕，而且我们还要准备结婚，可只要战友有了困难，家里有人患了大病，张良总是拿出我们攒下的钱，一次次帮助别人……"

四、"黑旋风"李永峰·第一个"敢死队"队长

大连消防支队有位英雄好汉人称"黑旋风"，名叫李永峰。老家在山东沂州。

看李永峰的模样就知道他是天生的猛士。眼如星，眉如弓，坐如钟，站如松，行如风。说话不多却有板有眼，有一股狠劲，像是砸在钢板上的石头。即使他很友善很和蔼很亲切地瞅着你，那黝黑的脸孔、紧锁的眉峰和锐利的眼神也像是在严肃地审视你。

战士自有战士的风骨与品格。李永峰1972年出生，1990年入伍，先后荣立6次三等功——这个纪录够高的了。"7·16"大火后又被评为"灭火勇士"、公安部二级英模。

李永峰入伍仅三年就在全支队和省级大比武中拿过多项冠军，爬得快，跑得快，钻得快，人又长得黑，因此战友把一个绰号送他了——"黑旋风大李"。也因此，李永峰当上大连消防支队首创的"特勤班"班长。"特勤班"叫得很文明很委婉很模糊，其实就是"敢死队"。大连组建了第一支"敢死队"，李永峰就是中国消防大军中第一个"敢死队"队长——这个光荣的职务就是你必须随时准

李永峰

备“光荣”。二十年来，他对自己冲进火场的次数没有准确统计，“习惯了，这就是我们消防兵的生活方式。”他说，“有时几天一次，有时一天几次，平均一天一次吧。”后来公安部召开现场会，推广大连经验，各地纷纷效仿大连组织了自己的“敢死队”。现在，那个“特勤班”已经发展到消防支队直属的精锐部队“特勤大队”了。

有一次，停泊在大连港的一艘外国远洋货轮报警说，舱内库房起火。李永峰和战友们钻到甲板下面一看，通道浓烟滚滚，无法通行，要到达着火的库房，唯一的办法就是从敞开的储备油池上跨过去。李永峰让船员们在油池上搭一条长跳板，船员们大惊，用英语再三问：“你们是要从油池上过去吗?”李永峰大喝一声：“不要啰嗦了！快抬跳板来!”船员们战战兢兢搭完了，然后躲到一边看。李永峰对战友们说：“我先上，你们跟着!”他第一个登上跳板，穿着笨重的防护服，手里拿着连接管线的泡沫枪，颤颤巍巍的跳板下面三五米处，就是汪洋一片的油池，万一失脚掉下去或者一个火星崩进去，人瞬间就成油炸火烧的了，船也没救了！李永峰不愧人称

"黑旋风"，纵步如飞就跃了过去。他说："这种情况下你绝不能小心翼翼慢行，越慢越危险，只有瞅准方向大步窜过去。"库房里的火顺利扑灭，船上的老外们纷纷向中国消防兵伸出大拇指，连开了好几瓶香槟，浇了李永峰他们一身。登上甲板，李永峰才发现自己的双腿在打战。

2005 年，庄河某工厂发生氯气泄露，危及一所不到百米远的小学校的学生和当地数千群众。李永峰带领官兵及时疏散学生和群众 3000 余人，并突入泄露点成功堵漏。2006 年，庄河突降暴雨，发生山体滑坡，李永峰带领官兵，冒着随时可能被泥石流掩埋的危险，救出被困的三十余名游客。2007 年，庄大高速公路发生大型交通事故，十几辆车连撞，多辆车着火并随时可能发生爆炸，李永峰和战友硬是从车里抢救出五十余人。2009 年，庄河银行楼房坍塌，在残梁断壁摇摇欲坠的危险中，李永峰成功救出埋在钢筋混凝土下的四名工人。

"7 · 16"那天接到火警，时任开发区消防大队长的李永峰立即调集麾下 15 台车、72 名战士飞赴现场。这是他有生以来遭遇的最恐怖的场景：整个火场铺天盖地，天上是火雨，四周是火海，身边是火浪，地上是火流，面前的 103 号罐成了一座火焰山，烈火浓烟中，遍布着上百个惨白的储油罐和剧毒化学品罐。

今晚，自己和 72 名部下可能就毁在这儿了！李永峰死死抓着报话机，大吼着向大连消防支队队长丛树印报告："火势太大！现场消防设备一律报废，我的力量肯定顶不住了！人力不够，水不够，泡沫不够，请求全市增援！"

李永峰的火情报告为现场决策提供了重要依据。丛树印正在赶往火场的路上，他立即发令，调集全市各区县和各行业总共 127 个分队、128 台消防车辆和上千名官兵，以最快的速度赶往火场，同时向省消防指挥中心报告，请求紧急增援。事后证明，丛树印的预判和举措是及时和正确的。后来火场在罐区和大连港码头蔓延 5 平方公里，海面蔓延 1 平方公里，灭火战点达 48 个，没有足够的人力、车辆，没有足够的泡沫供应，仅靠大连支队的力量将前功尽弃。

所有的消防官兵无论老兵新兵，无论初进火场时曾怎样的胆战心惊和恐惧，三分钟后都成了视死如归的大无畏的勇士，一个李永峰冲了上去，72 个大兵就跟了上去！一个丛树印冲了上去，上千名消防官兵就跟了上去！同时，面对这场铺天盖地、排山倒海的大火，所有冲进火场的官兵都认定，自己没有退路，只能死拼到底，与火俱焚，同归于尽！

上千名官兵组成了一道血肉长城，挺立在火海前沿！他们宁可牺牲自己，也要尽一切可能挽救大连！

二十年来，李永峰是天天吸着烈火硝烟成长，那种火辣的令人窒息的味道能让一般人昏迷，却能让李永峰分外清醒。在不断发生爆炸的 103 号罐体前，当战士们顶着层层火浪，提着水枪、泡沫枪嗷嗷叫着往前冲时，李永峰猛然意识到，这是前所未有的最危险的一次救火作战，作为带兵的人，他把 72 个弟兄带进来，就有责任把 72 个弟兄全部安全带出去，他们大都是独生子，一个不能少！少了一个他一生都交代不过去！

喧嚣的火海中，李永峰冲着所有弟兄大喊："千万注意安全！你们都必须给我活着！"话音刚落，报话机响了，是丛树印的声音。他已经赶到现场，就在距离李永峰不远的后方。丛树印大叫："永峰，一定要顶住，我上来了，援军也到了！你要嘱咐弟兄们千万注意安全，既要救火又要保命！"

在 103 号罐前阵地，李永峰始终冲在第一线，和战士们一起用泡沫枪奋力阻挡火势前进。每当看到 103 号罐或管道上的黑烟突然变浓，火焰变红变亮，李永峰就立即高喊下令让战士们后撤。先后五次，每次后撤后都发生了爆炸。有一次后撤，战士周鑫被什么东西绊了一跤，泡沫枪掉在地上，他转身要回去取，被李永峰大吼一声骂回来了。战场上，枪支就是战士的亲兄弟啊！周鑫眼睁睁看着自己的泡沫枪眨眼间在火里弯曲成麻花，不禁跪在地上失声大哭。

李永峰说："那时候真是生无把握，死无准备。地沟里不断发生爆炸，铸铁井盖一个接一个飞到天上，像纸片一样。一个战士从火场上下来后，张着嘴，满嘴乌黑，口腔里全烤焦了。用水枪的还可以接几口水喝，我和几个战士用的是泡沫枪，没水喝，只好吞泡沫。有一瞬间，我脑子里闪过一个念头，说不定明天战友们就得在殡仪馆见我了，但即使我死了，也要让72个弟兄活着出去！"

"7·16"大火过去半个月，李永峰才回家一趟。看他变得更黑更瘦了，女儿说："爸爸战斗一场，好像长个儿了。"妻子李莉明说："那是因为瘦了，显的。"

迄今，李永峰结婚十二年了，没在家过过一个春节。他把节日的欢乐给了人民，而把遗憾留给了自己，把伤感留给了家人。妻子有时不免埋怨他几句，李永峰总是很倔地回答："没办法，我是当兵的！"

五、桑武：一个对老婆"撒谎"的老实人

桑武，宽阔的脸，厚厚的嘴唇，纯朴的眼神，结实的大手，敦实的身材。

桑武

桑武出生于内蒙古，1990 年入伍，今年四十岁，时任特勤二中队指导员——也就是“敢死队”的指导员，主要工作就是指导队员们怎么不怕死但又千万别死。世界公认，老实人最认干。但桑武这个老实人并非总是那么老实，他有一点“不老实”，就是常对老婆“撒谎”。

一户居民家着火了，大火熊熊，满屋浓烟。主人急得跳脚对消防队员们喊：“我家有个油桶，爆炸了咋办啊！”桑武闻声冲了进去，三分钟后把油桶拎了出来。刚刚出门，油桶忽地一下爆燃了，桑武的右手右袖顿时被火焰包围，但桑武硬是不松手，拎着烈焰熊熊的油桶一路飞奔，终于把油桶扔到安全的地方。幸亏有防护服和手套保护着，右手只是浅度烧伤，燎起一层大水泡。回到家里，妻子刘芳心疼地问他怎么搞的？桑武笑笑，撒了一个谎：“昨天晚上我到灶房帮厨，想练练手艺，没想到掂大勺时油着了。”

在一家企业救火，桑武冲进去拉电闸，强烈的电击令他眼前一黑。过后好长时间他眼前总有一团炽亮的弧光，看不清东西也看不清老婆，只好闭目养了一周。老婆奇怪地问他怎么搞的。桑武说：“和战友们到海滩玩水，大家比赛瞪太阳，我坚持了 23 秒，时间最长，冠军！”老婆说：“你脑袋肯定让大皮鞋踢了！”

一个中年人爬到 60 米高的塔吊上想自杀，消防队闻讯赶到。再三劝解无效，桑武大喊一声：“哥们儿，你等我一会儿，最近俺家遭了大难，我也不想活了，上去咱俩一块儿跳！”说着蹭蹭蹭爬了上去。那个中年人似信非信，见底下的官兵有的憋不住笑，他也想笑，甚至忘了想自杀这回事儿。这个傻大兵也太能逗了！桑武爬到中年人身边，一只大手拦腰一抱：“你过来吧！”两人安全下来了，桑武手上、膝上全是擦伤。回到家里，老婆给他细心擦拭抹药水，桑武叹着气埋怨：“今天当官的不知犯了哪路子邪火，训练搞得太苦了！”老婆眉眼都不抬，说：“你就别蒙我了，我还不知道你是干啥的呀！”老婆早就发现了，丈夫是一个爱“撒谎”的人。

“7·16”大火最凶猛的时刻，全线断电，油罐阀门自动关闭系统失效——这无疑是管理和设计上的又一个“黑洞”。管线爆炸，烈火蔓延，而油料仍在管道中运行，等于把爆炸的危险送往四面八方。迅速关闭距离103号罐最近的几个油罐的阀门，成为挽救整个罐区、挽救大连的关键一步。派谁去？现场总指挥丛树印想到了老实人桑武。这个人上火场就像老黄牛拉套往前拱，不下令不干完绝不会撤退，他办事最让人放心。但是，火势如此猛烈，爆炸不断发生，103号罐正在塌陷，最后的大爆炸很可能难以避免。派人前往关闭附近油罐的阀门，一个极大的可能后果是：谁去谁死！

但是，战场上决定成败的关头，为保大局没有别的选择。正在火场上奋战的桑武被叫来了。

"是！保证完成任务！"桑武叭的一个立正。

此行也许就是诀别！丛树印注视着桑武宽阔的背影，满眼都是泪水。临近106号罐了，桑武把自己的手机交给战友王雨帅说："你嫂子来电话问，就说我在后方供水呢。我要是回不来，就算给老婆孩子留个纪念吧。"王雨帅的眼泪刷地下来了。

桑武带上两个助手邱英辉和吕杰，大踏步趟着火浪朝106号罐走去。因为不知道阀门在何处，怎样操作，中石油公司派了技术人员跟着他们。顶火冒烟进入火源地103号罐附近，一看就明白了，距离103号罐只有20米远的102号罐和106号罐情况最为危险。103号罐已被火焰包围，发出一种奇怪的令人恐怖的吱吱尖叫声，相关联的管道正在剧烈燃烧。桑武看了看周边情况，镇静地对两位助手说："我去关106号罐，你俩去关102号罐，行动吧。"

登上三米多高的扶梯，才能够到阀门。每个罐有四个阀门，阀门形如海船的驾驶轮，铸铁制造，十分粗糙，门轴很长，螺纹密细如游丝。此时刘磊已关掉106号罐的两个进口阀门。桑武将106号罐的出口阀门拧了几十圈，不见有什么变化，便问旁边的技师："怎么不见效果呢？"技师说："每拧80圈才进一扣，门轴长一米，你算吧。"

站在狭窄的扶梯上，被浓烟和灼热的气浪包围着，桑武在106号罐，邱英辉和吕杰在102号罐，他们一圈接一圈拧着，手臂麻木了，眼前昏花了，汗水成流水了，防毒面罩失效了，手套磨破了，血泡拧碎了，时间仿佛也停滞了。为了“轻装上阵”，桑武和两位助手把厚厚的防护服全甩了，只穿着一件短袖迷彩衫继续拧，一直拧，本能地拧，麻木地拧……

附近的输油管线、排水排污管道不时响起剧烈的爆炸声，井盖、碎铁满天乱飞，砸得油罐轰然作响。现场一些帮着救火的企业工人都吓跑了，跟来的技师也吓得脸变了形，跟桑武说：“兄弟，不行了，咱们也跑吧？”桑武大吼一声：“放屁！”后来，技师和企业先后派来的三拨工人都跑光了。桑武和邱英辉、吕杰就像是钢浇铁铸的机器人，默默挺立在火海中，挺立在灼烫的罐体旁，以机械式的动作一圈一圈拧着，不时相互还喊一嗓子，给战友打打气，渴极了就下去捞几口泡沫吞进肚里，饿了只有忍着。

整整八个小时！拧了80000圈！

至17日凌晨四时，四个阀门全部成功关闭。就在那个烈火之夜，他们眼看着103号罐渐渐烧塌了。

桑武被公安部授予“灭火勇士”、二级英模荣誉称号，吕杰和邱英辉也都立功受奖。

六、烈火金刚：那些难忘的镜头

——火情迅速上报到公安部和中南海。7月16日午夜，公安部副部长刘金国身穿白色短袖衬衫——显然是从办公室直接赶来的——乘坐最后一班“红眼航班”飞抵大连。天下着蒙蒙细雨，夜色中，远远看到大孤山半岛上空的通红火光和烟云，他说：“直接到火场！”

凌晨二时许，面包车见缝插针穿过路上排满的消防车，抵近距火场最近的地方。陪同的市局领导建议他到前线指挥部听听情况汇报，刘金国说：“不，先到最前线看！”

临近火场，道路前面挤满消防车，面包车无法前进了。刘金国下了车，冒着漫天飞落的“油雨”和刺鼻的浓烟，一路走到主战场——103号罐阻火阵地。这里是火势最猛也最危险的地方，前面写到的开发区消防大队队长"黑旋风"李永峰、大孤山消防中队代理队长刘磊等人，正在指挥战士用泡沫枪阻挡数米高的火浪前进，同时用水枪不断给周围几个油罐降温。刘金国一直走到战士们的身后，距离103号罐只有二三十米的地方。管线和地沟里的爆炸仍在不断发生，碎石铁块横空乱飞，那辆被烧毁的消防车"骨架"正在熔化塌落，103号罐体几乎成了透明的红色。陪同的领导焦虑万分，再三劝刘金国往后撤，说这里太危险。刘金国发火了："战士们都在这里，我为什么要后撤！"他一边仔细观察火情，一边听取有关罐区情况、灭火力量、灭火物资的汇报，他的脸色越来越严峻，当即命令："立即调运周边各省市的泡沫！有多少要多少，要争分夺秒，不得延误！"

凌晨三时，刘金国走进设在海港大厦的前线总指挥部，全面部署了各项救援工作，并要求所有指挥员必须亲临一线督战，"人力物力不够，立即通知后方！有什么困难和问题，当场解决！"

凌晨四时许，身穿深蓝色消防大衣的刘金国站到了整个火场中最危险的地方，即距103号罐不远的化学危险品罐区前面。那是一条八米长的通道，身前就是汹涌澎湃的火海，身后就是装满剧毒化学品和油料的近百个巨大钢罐。那屹立不动的身姿意味着，他决定与罐区、与大连共存亡，生则同生，死则同死！

刘金国在那里整整站了七个小时。他显然非常心疼火海中的战士们，战士们没水喝，他也不喝。17日早晨八时许，火势已被有效控制，刘金国和市领导才坐在盛装泡沫的蓝色塑料桶上，捧起盒饭，没有筷子，只好用乌黑的手抓着吃。

一直在现场指挥战斗的郑春生大校说："当时刘副部长是火场上级别最高的指挥员，他不撤，谁都不能撤！"

——大连消防支队支队长丛树印说，这次大火紧急调集了周边六个省市的泡沫。当时听说大庆市有100吨泡沫，但当地正在下暴雨，飞机无法降落。有人建议用汽车从陆路运，黑龙江省消防指挥中心大怒："胡说八道，运到时黄花菜都凉了！密切观察云层情况，有个缝儿就钻过去！"23分钟后，专机冒雨起飞，数小时后，五台大卡车将100吨泡沫运抵火场。

——郭海，1973年生，大学毕业，大连市消防支队宣传处长。大火发生时，他打出租花了一百多元赶到火场。现场严格封锁，社会媒体记者一律不让进，只有央视记者、消防支队负责照相、摄像的宣传干部和他获准进入。幸亏有他们三人在，为这场惊天地泣鬼神的战斗留下了大量的珍贵音像资料。火场上，消防员有防毒面罩和防护服，郭海什么都没有，脚上是一双皮凉鞋。战士们在火海中战斗，他必须走到战士侧面甚至前面，背靠烈火和油罐，才能拍下他们的战斗场景。他在火场坚持了17个小时，吸入大量有毒气体，回家后上吐下泻，躺了好几天，身上脚上脱了一层皮。后来做战斗总结、评选功臣时，市公安局局长特意说道："要给那个戴眼镜的照相记者立一等功！"

第十章
红色通缉令：全球追逃

一、天涯海角，有逃必追

2011 年、2014 年，公安部先后启动了共和国史上最大规模的追逃战役——“清网行动”与“猎狐行动”，两大战役强力展开，震动全国，惊动世界。2015 年 3 月，经中央反腐败协调小组国际追逃追赃工作办公室会议决定，“天网行动”又正式启动，分别由中央组织部、最高人民检察院、公安部、人民银行等单位牵头开展。同时，中央组织部会同公安部，开展了治理违规办理和持有因私出入境证照的专项行动。中央纪委副书记、监察部部长、中央反腐败协调小组国际追逃追赃工作办公室主任黄树贤表示，根据习近平总书记在中央纪委五次全会上的重要讲话精神，我们要集中力量，加大国际追逃追赃力度，加强防逃工作，布下天罗地网，绝不能让腐败分子躲进“避罪天堂”，逍遥法外！

数十年间，累计约有32万逃犯遭公安部门通缉，他们犯下杀人、爆炸、贪污、受贿、抢劫、强奸、贩毒、拐卖人口等各类血案、大案后畏罪潜逃，其中2.6万人涉嫌故意杀人。他们大多改名换姓，通过种种手段漂白了身份，有的甚至成了老板、人大代表、政协委员，有的潜入庙宇成了吃斋念佛的和尚，有的成了频频在电视上露面的影星……还有一部分人潜逃到了国外。

前些年，一个电视名角“张国锋”在荧屏上出现了。

其本名叫吉思光，1972年出生于黑龙江省齐齐哈尔市，聪明灵动，少年时候爱唱歌跳舞，喜欢表演节目，显示出出众的艺术才华。但缺少温暖、吵骂不休的家庭让他深感恐惧和厌恶，他逃向街头，天天和哥们儿混在一起。1998年12月6日深夜，身穿便衣的警察杨琳和妻子行至一条小巷，四个歹徒手持尖刀突然窜出拦道抢劫，搏斗中杨琳被刺数刀，身负重伤，造成终生残疾，佩带的手枪和妻子的手包被抢走。三个歹徒很快被抓捕归案，另一个却逃之夭夭，此人就是吉思光。他辗转到了深圳，化名“张国锋”，伪称山东人氏，另办了身份证，开始在建筑工地打工，后来跑到歌厅、夜总会唱歌，当主持人，练出一身学谁像谁、活灵活现的本事。七八年惊弓之鸟的日子过去了，他以为旧案已被警方遗忘，心情渐渐平静下来，甚至觉得自己生下来就是“张国锋”，全世界也都相信他叫“张国锋”了。2006年，他的表演欲望又高涨起来，先是在几出影视剧中饰演群众甲、匪兵乙之类的小角色，后来越演越红，在热播剧《潜伏》中成功饰演了保密局档案股股长盛光，从而一剧成名，成为收入颇丰的专业演员，先后在《神探狄仁杰》、《倚天屠龙记》、《东方红1949》、《武则天秘史》、《新还珠格格》等三十多部影视剧中出镜……

曾经称霸北京街头、制造国际大案的黑道人物宗立勇出现了。

此人生于北京，从小浪迹江湖，好勇斗狠，打遍东城无敌手，人称“东城老七”。20世纪90年代，苏联解体后民众生活陷于极度困顿，宗立勇和几个哥们儿当了倒爷，向俄罗斯大批发运服装等生活用品，吃了很多苦，也赚到了第一桶金。当时中国唯一的国际陆路通道——K3/4 次国际列车，往返于北京、莫斯科之间，一时间挤满挂金戴银的中、俄倒爷。宗立勇等几个犯罪团伙恶心陡起，他们想，与其这么辛辛苦苦倒买倒卖，不如抢他娘的一次！1993 年 5 月 26 日午夜，这趟国际列车刚刚驶离二连浩特车站，进入俄罗斯境内，四个犯罪团伙亮出凶恶的真面目，手持火枪、砍刀、铁棍等凶器，挨个车厢大肆洗劫财物、轮奸妇女。在俄罗斯境内的四天行程中，他们共进行五轮洗劫，上百名旅客受害，被抢财物价值达上百万元，其中主要的策划者和头目就是“东城老七”宗立勇。

“中俄列车大劫案”犹如实录的好莱坞大片，震动北京也震惊了世界，影响极坏。俄罗斯媒体报道称，这些犯罪团伙的成员大都是在中国国内判过刑的人，每个团伙三至六人，多人持有伪造的俄罗斯高校学生证。我公安机关闻风出动，寻迹抓捕，绝大多数歹徒被抓获，主犯宗立勇却远逃欧洲，化名“李勇”，到处游走，以打工为生。2006 年，宗立勇持澳大利亚护照潜回北京。整整十八年亡命天涯，他已是满头苍发，且化名李勇，没人再认得出当年那个横行霸道的“东城老七”了。每天，他以华商身份出入各种高级会所，会朋友，找女人，谈生意，日子过得安详而惬意。2012 年，媒体报道公安部的“清网行动”大规模展开，这位“李勇”一下子变得惶惶不可终日。三十六计，走为上计，他决定再次外逃……

一个贤妻良母式的娇小女人出现了。

她叫吴正莲，又名吴金娇，“80 后”苗家女，出身农家，温顺乖巧，没上过学，不认识字，不过为人精明，心黑手辣。嫁人后，她和丈夫竟然做起了拐骗人口的“买卖”，两人共同作案，两年间拐卖妇女儿童三十余人。2011 年案发后，丈夫被捕，但吴正莲脱逃。警察撒下天罗地网，四处追捕她。吴正莲将一岁的儿子留在父母家，自己背着半岁的小女儿逃到河南的偏远乡村，化名“熊中仙”改嫁给一个老实巴交的农民，小日子过得很自然很安静……

还有，安徽省临泉县逃犯戴庆成，16 年间强奸伤害妇女多人，遭到通缉的两年间，又在各地作案多起。广东省茂名市农民叶冬青涉嫌抢劫诈骗，一直未能抓捕归案，反而在当地顺利混入党内，当上村支书……

数十年间，逃犯积累成一个可怕的数字。许多被害者倾家荡产，走上鸣冤喊屈的上访告状之路，无数次泪求公安部门尽快将逃犯抓捕归案绳之以法，还受害者一个公道。

民众之痛，何时能平？社会之患，何时能除？

进入新世纪，随着改革深入、经济发展，中国国力大增，公安实力倍增，现代化装备水平明显提升，特别是互联网时代的到来，使信息传递、信息共享有了快捷而准确的通道。1999 年，公安部在内部网上适时建立了加密的“全国在逃人员信息系统”，供各地公安部门查询，并首次启动网上追逃专项行动。此项行动后来展开多次，取得阶段性战果。2011 年春，为保障社会稳定，消除社会隐患，时任公安部部长孟建柱和部党委决定，全面动员公安系统警力，在全国范围展开一次空前规模的追逃大战役，定名“清网行动”。由公安部副部长、纪委书记、督察长，后来当选“感动中国十大人物”的刘金国出任领导小组组长，直接负责和指挥。2011 年 5 月 26 日，这项秘密指令下达到全国各地公安机关，下达到每一个基层派出所，刘金国要求各地公安首脑人物立下军令状，通过这次正义大扫荡，各地网上在逃人员数字必须下降 50% 以上。

启动时间定在 5 月 27 日零时。

战斗打响了！每日战报汇集到公安部领导小组总指挥部，整个战役期间共发“简报”1831 期，刘金国作出 1311 次批示，提出要求，明确目标，表彰先进，严批拖拉，催战的呼吼响彻公安系统。

——2011 年 12 月 7 日，电视剧《少林猛虎》拍摄现场，那位名角“张国锋”正在挥刀耍棍，大展中国功夫。累了，他刚刚走下片场，接过女助手递过来的茶杯，几位警察迎上去叫了一声：“吉思光”。这位“张国锋”顿时脸如死灰，喃喃自语说：“我知道自己早晚会有这么一天。”接着乖乖伸出双手听凭警察给他戴上铁铐。

吉思光被带回齐齐哈尔，见到被他和同伙刺伤、造成终生伤残的警察杨琳，扑通一声跪倒在地，痛哭着表示谢罪，但一切为时已晚。

——“中俄国际列车大劫案”主犯宗立勇，逃往异国时还年轻，十八年后潜回北京，又以“李勇”之名混迹于商界，成了华发早生、年近半百的华商。2012 年，他从媒体上得知公安机关展开“清网行动”，吓得像热锅上的蚂蚁一样，天天心惊肉跳。经周密准备，他决定启程前往澳门避风。到了海关，那简直是天意，更是“清网行动”的威慑力！精神万分紧张的“李勇”在填写出境卡时，竟鬼使神差写下自己二十几年前的真名“宗立勇”。咔嚓一声，铁铐戴上了！当他哀号着声称自己叫“李勇”时，警察把他自己填写的出境卡拿给他看，上面白纸黑字：宗立勇！

——改嫁到河南偏僻乡村的人贩子吴正莲，那天正坐在床头奶孩子，看到警察进入她的新家，不禁紧抱着怀中的女儿放声大哭。这时候她应该想到，被她拐走孩子的那些父母的眼泪早已哭干。

“清网行动”如惊涛拍岸，展开一个月就有 9000 余名逃犯向公安部门自首。战役进行了不足 200 天，网上挂名的在逃人员总量下降了 84%，共抓获 A 级通缉犯 16 名，B 级逃犯 174 名，涉嫌故意杀人的 1.2 万余名，潜逃 10 年以上的 2.3 万余名，从 77 个国家和地区抓获、劝归 900 多名。因大量在逃人员归案，各地连带破获积案超过 4.5 万起，化解信访积案 310 万起。这时公安部认为，200 天的雷霆出击已取得赫赫战果和决定性胜利。考虑到一些逃犯已逃亡数十年，再无新的犯案，人已老或死去；某些潜逃海外的，需通过国际刑警组织继续进行专项追踪；决定除各地州警继续追逃之外，为保障公安工作有序进行，不需动员大量人力物力进行大规模专项作战了。

原定为期一年的“清网行动”提前 130 多天宣告结束。其间，22 名警察殉职，495 名警察负伤。

二、猎狐行动的“形象大使”

仿佛一夜之间，中国公安工作揭开了神秘的面纱。

继2011年声势浩大的“清网”行动，2014年下半年又开展了震动全球的“猎狐”行动。7月22日，在全国公安系统电视电话会议上，公安部副部长、纪委书记刘金国宣布，“猎狐2014”——缉捕在逃境外经济犯罪嫌疑人专项行动正式启动。随后，从中央到地方，“猎狐”一词以铺天盖地的规模和空前的震慑力，响彻全国，传遍全球，令全国民心大快，令在逃犯罪分子闻风丧胆。

公安部特别成立了“猎狐”专项行动办公室，参与其中的警探们个个神出鬼没，来无影去无踪——为了让逃到境外的“狐狸们”不知道猎人是何许人也。前线指挥部里，为便于宣传联络、应对媒体，只有两个人以真名实姓对外展开工作，堪称猎狐行动的“形象大使”：一个是经济犯罪侦查局副局长、猎狐行动办公室负责人刘冬，浓眉大眼，战将形象；一个是调研处处长杨书文，潇洒飘逸，书生模样。

刘冬，1959年出生于北京，中国人民大学毕业，身材魁梧，出身于警察世家。

刘冬介绍说，其实猎狐行动已经进行了很多年，迄今共抓回近2000人，为国家挽回许多重大损失，过去只做不说，所以社会上知道的不多。有名的赖昌星案、高山案等，其实都是我们做了大量幕前幕后的工作，把人押解回来的。党的十八大以后，以习近平为总书记的党中央下大决心大气力，掀起反贪反腐风暴，要求“天涯海角，有逃必追”，我们的行动也从过去的引渡方式转变为主动出击。郭声琨部长明确要求，“要把队伍拉到境外去！”刘金国、孟宏伟副部长要求，“要形成强大的威慑力，让犯罪分子不敢逃、不能逃、逃到哪里都逃不出如来佛手心！”

时代在发展，形势在变化，这些年经济犯罪呈缓慢上升趋势，犯案者多是高学历的人。刘冬说：“要抓住狐狸，猎人就必须比狐狸更聪明。我们这支猎狐战警队伍是高端文化、尖端智商、极端能战斗的年轻队伍，平均年龄三十多岁，大部分是硕士，还有几位博士，还有几个海归。他们外语呱呱叫，熟悉国外情况和法律，到境外办案如鱼得水，每战必胜。”

刘冬接着说："他们都有一种使命感！有个海归已经在金融部门有很好的工作了，还是跑到我们这里来，少挣很多钱。我们还有五六个女警，个个都是侦查高手。有时接到国外通报，十几分钟就要组成一支缉捕小组奔机场，我们的战警拉起行李箱就走了。"

杨书文，肤色浅黑，清瘦，举止潇洒，一身书卷气。1972 年出生于山东德州，父母是普通公务员，爷爷当了一辈子村长。杨书文学业优秀，是山东师范大学学士、中国政法大学硕士、北京大学法律专业博士。2001 年，二十九岁的杨书文进了公安部，先后在经济犯罪侦查局反假币处、金融处工作，参与、组织侦办过许多大案。

雷鸣，1978 年出生于军人之家，父亲 1976 年进入西藏工作，所以雷鸣戏称自己"两岁就去援藏了"。雷鸣十八岁考入上海财经大学，后在英国获得硕士学位，2003 年考入公安部经济犯罪侦查局，此后做了十年证券犯罪侦办工作。

按照中国公安工作、执法行动一向保持高度严肃性、准确性的传统，把缉捕在逃境外经济犯罪分子的重大专项行动公开冠以形象、生动的代号"猎狐"，在公安史上当是开天辟地的创举。雷鸣说，这个主意是刘冬出的。

雷鸣说："近年来，大批经济犯罪嫌疑人潜逃境外，我们的追逃工作也一直在进行，但大多是坐在办公室里，通过文来文去、电来电往的方式进行外交式的交涉。对方要是心存偏见或有点儿官僚主义，不理不睬，拖拖拉拉，我们也毫无办法，所以收效甚微。"党的十八大以后，中央加大了反腐力度，经济犯罪侦查局在讨论落实党的十八大精神、加强境外追逃工作时，提出了一个新的指导思想：中国已成为在世界上有重要影响的大国，赢得广泛的尊重并同多个国家建立了密切的友好合作关系。我们的追逃工作应当与时俱进，变"文来文往、坐等对方"为"以我为主，主动出击"。2013 年，根据地方公安机关提供的线索，经周密侦查，经侦局锁定了潜逃马来西亚的十余名经济犯罪嫌疑人，经过与公安部国际合作局的多次会商协调，决定共同派出一支精干队伍，展开一次境外追逃行动。行动组在福建省公安厅召开了秘密动员会，讨论相关工作方案时，经侦局副局长刘冬说："犯罪后潜逃境外的人都是些狡猾的家伙，这次出境追逃，他们是狐狸，我们就是猎手。'缉捕在逃境外经济犯罪分子专项行动'这个说法太长，不好记，我建议代号就叫'猎狐行动'吧。"大家一致叫好。

这是中国警察第一次主动出击，境外追逃。雷鸣参加了这次具有历史标志意义的行动。在马来西亚警方的大力支持下，45 天抓获 10 名犯罪嫌疑人。这一成功经验得到公安部的高度赞赏。事实证明，党的十八大以来，新一届党中央以"壮士断腕"的决心和"零容忍"的态度掀起反贪反腐风暴，为猎狐行动提供了强大的精神动力，开辟了良好的国际合作环境。西方媒体评论说，"海外反腐成为中国重要的外交议程"，"中国的重要性使它能够在多边会议上推动自己关切的议程，APEC 会议上对反腐的独特关注——包括一份关于联合反腐行动的文件的通过——表明了中国作为议程确定者的新角色。"

猎狐行动队队长文晓华（化名），是革命老区出来的大学生，博士学位，曾在我驻外使馆担任多年警务联络官。震动全国的大逃犯赖昌星、高山等人被成功引渡回国，文晓华在幕后做了大量鲜为人知的工作。他笑说："猎狐行动把我们的时空概念都搞乱了，也不知自己的表准不准了。今天去刚果（金）缉捕，后天去印度尼西亚押解，再过两天又到另一个国家，我们简直就是满世界飞奔。前几天去乌干达，整个来回只用了三天，而且几乎都在天上，只在酒店吃了一顿早饭，睡了三个小时。"

1. 案涉 10 亿元："美洲琥珀"的传销神话

很长一段时间以来，青岛平地冒出一个所谓"美洲矿业会员服务中心"总部。随后，由"董事长"侯某等人精心策划的一个发财神话悄悄延烧至全国许多地方：他们以招募会员的方式，销售所谓"美洲琥珀"的期权和原始股，参加者必须按 1000 美元至 30000 美元不等的标准缴纳会费，再通过发展下线的方式逐级提成牟利。无疑，这是典型的带有诈骗性质的非法传销活动，传销的"产品"

就是主谋人编造出来的一个莫须有的东西："美洲琥珀"。很多人上当了。截至2014年6月，以侯某为首的犯罪团伙发展会员达180多层级共8万余人，非法收取会费达10亿多元。主办此案的湖南省常德市公安局经数月侦查取证后，6月18日开始在北京、长沙、常德、青岛、沈阳、昆明、杭州等地收网，捣毁传销窝点10个，侯某等22名骨干成员落网，但另有陆某、陈某等多名骨干分子潜逃泰国。这伙犯罪嫌疑人自以为人在境外，中国警察鞭长莫及，活动更为嚣张，通过网络继续大肆吸收会员。10月29日晚，陆某等人组织国内700余名下线会员到泰国曼谷，在一家五星级大酒店进行造势活动，由公安部猎狐办和湖南公安组成的缉捕组犹如神兵天降，在泰国警方配合下，将主犯陆某、陈某等六人当场逮捕，并缴获该团伙用于"奖励业绩"的百万元豪车、电脑和大量银行卡。11月10日，六名犯罪嫌疑人被押解回国，"美洲琥珀"传销案就此灰飞烟灭。

2. 案涉4亿元："微信点灯"，群狐梦碎

又一个发财美梦来了——手机上的"微视通"。请你先向一个银行账户打进6000美元，此后每天只要点点手机——叫作"微信点灯"，数分钟内就能赚进40美元。你要是还能活20年，收入就是天文般的数目，你要是能拉进下线，还会获得更多提成。能够不劳而获，坐收巨额回报，很多人就这样栽进去了。江苏省盱眙县公安局首先发现这一传销活动在本县悄悄流传，再经调查，这个"微视通"实际上已经蔓延全国，涉案金额至少在4亿元以上。前期，主犯把总部窝点设在国内，后期为安全起见转移到马来西亚，通过更为隐蔽的国际支付端口继续大肆骗取巨额财富。2014年9月，缉捕组飞赴马来西亚，发现"微视通"总部的三层楼已经人去楼空，只剩下三个接线生。主犯们早已听闻中国公安部展开了猎狐行动，个个隐身在高级住宅区不再出头露面。缉捕组严密封锁消息，冒着南洋高温天气和蚊虫叮咬，不分昼夜蹲守在外守株待兔，终于发现主要犯罪嫌疑人"四大金刚"的踪迹。9月27日，心神不安的

“四大金刚”齐集一家咖啡馆，商议下一步如何逃往另一个国家，八面埋伏的缉捕组突然出现，将四主犯一网打尽。

3. 案涉5亿元：“第二家园”的破灭

一个冠冕堂皇的企业——“深圳市古汉祥龙科技股份有限公司”，矗立在深圳市繁华商业区。自2009年始，该公司总经理赵某、行政总监左某以高额返利为诱饵，非法吸收公众存款近5亿元。2012年12月，深圳警方一举端掉这个非法集资团伙，但赵某和左某携300余万元潜逃马来西亚。经调查，赵某、左某开办公司用的是假名和假身份证，公司上下没有任何人知道他们的真实身份。潜逃马来西亚的三个月前，二人就偷偷用真的身份证办理了护照，并以投资创办“马来西亚第二家园”的房地产开发项目，获得在马来西亚十年期无限次免签的出入便利。“第二家园”顾名思义，就是他们的逃亡地。在公安部猎狐办的指挥下和我驻马使馆警务联络官的帮助下，我方缉捕行动获得马来西亚警方的大力支持，他们专门派出三位华裔警官配合行动，以方便沟通。广东缉捕组抵达马来西亚的第二天，犯罪嫌疑人赵某、左某已经被马警方抓获并关押在拘留所里了。9月12日，赵某、左某被押解回国，他们企图藏身“第二家园”的美梦就此毁灭。

4. 案涉2亿元：绕地球追逃一圈

2011年，河南锦河进出口公司老总、52岁的周某以高息回报非法吸纳公众存款，两年间揽储2亿多元。2014年6月6日所谓“六六大顺”之日，周某卷款潜逃哥伦比亚。9月19日，猎狐缉捕组两次起落、飞行24小时抵达哥伦比亚首都波哥大，很快锁定周某藏身于市郊的一栋别墅内。按照哥方法律，没有当地大法官签发的搜查令和逮捕令，移民局和警方不得擅入民宅抓人。哥方移民局官员十分赞赏中国的反腐行动，他们自愿和中国缉捕组守在别墅区外静待周某露头。11个小时之后，周某终于现身，当即被警方抓捕。我缉捕组向他亮出警官证和中国逮捕令时，周某面如死灰，哀叹说：“为逃亡南美，我整整谋划了两年，没想到你们三个月就到了！”准备搭机返国时，因周某在哥伦比亚经营多年，与当地有千丝万缕的联系，当地民航部门曾以种种借口阻挠我警方带周某登机。经我大使馆强力干预和妙巧运作，两天后，缉捕组带着周某搭乘另一家航空公司班机顺利归国，来回正好绕地球一圈。

三、警务联络官：走向世界的中国警察

“猎狐行动”短时间内能取得令国人拍手称快的赫赫战果，除了归功于全球搜捕、昼夜奋战的战警，还有一支鲜为人知、功不可没的外交官队伍：即公安部国际合作局及其外派的中国警务联络官。他们是走向世界的中国警察。

公安部国际合作局副局长杨少文曾在我驻美使馆担任过五年警务联络官。

1965 年，杨少文生于一个部队大院，父亲是老军人，解放战争期间从东北打到南方，后来成为新中国第一代海军航空兵飞行员，与抗美援朝时的著名战斗英雄王海同属一个团。杨少文从小学业优良，1982 年考入公安部所属国际政治学院（中国人民公安大学前身）。当时这所大学以培养国际交流人才为目标，录取分数线与北大、清华不相上下，好多学生都是当地的高考状元。1986 年毕业后，二十一岁的杨少文被直接选送公安部外事局，后来又作为公派留学生到英国攻读硕士学位。

2006 年，杨少文成为中国驻美使馆第三任警务联络官，官称“一秘”。回忆起那段时光，杨少文笑说：“我真是饱尝了美国民主体制之苦。”众所周知，美国实行的是联邦制，其执法机构有 18000 多个，互不隶属，各自独立。一个大城市的警察局只归市政府管，只听市长的，总统也管不了他，各州警局也是自扫门前雪，要协作办案都通过协议形式。“这样的体制，我们办事就麻烦透了。”杨少文说，“联系沟通一项工作或一个案子，在我们国家，上级机关定了，一道命令下去就贯彻到底了。在美国，要一个一个去说，然后

还要督促他们联系协调，把他们的力量组合在一起。”

杨少文

在任期间，杨少文与美国警方建立了良好的合作关系，办了许多大案要案。2011 年卸任归国不久，杨少文荣升公安部国际合作局副局长。

杨少文说：“猎狐行动能够在短时间内取得赫赫战果，主要靠两支队伍，一支特别能战斗，一支特别能攻关。后者就是我们国际合作局的工作人员和外派的警务联络官。”

据杨少文介绍，截至目前，中国公安部与 83 个国家和地区建立了长期固定警务合作关系，与 44 个国家的内政警察部门设立了 65 条 24 小时联络热线，与 31 个国家的内政警察部门建立了定期会晤机制，同 59 个国家签署了政府间、部门间执法合作文件 300 余份。可以说，中国对外警务工作已经形成广覆盖、全方位、宽领域、多层次、重实效的全球化格局。这是一张越织越密的天网。2013 年，公安部与 153 个国家和地区相互协查案件 2837 起，与 43 个国家合作办理刑事司法协助案件 172 起。其中，会同美国联邦调查局发起、20 个国家和地区共同参与的打击儿童网络色情“天使行动”，共抓获犯罪嫌疑人 184 名；联合马来西亚、泰国、印尼、柬埔寨等国警方，共同打击电信诈骗犯罪，先后打掉数十个窝点。

1998 年，公安部首次向我驻美使馆派出警务联络官。截至目前，在美国、俄罗斯、德国等 27 个国家、30 个驻外使馆和领事馆，共派驻了 50 多名警务联络官。他们是从 200 万警察中经过严格考察考试、层层遴选出来的精英，有熟练的外语能力，有专业的警察职业素养，有高超的外交手段。在驻在国的总统府、内政部或警察总署进行外交活动时，他们西装革履，气宇轩昂，风度翩翩，犹如中国警察的形象大使和亮丽名片。

——自 2011 年起，驻老挝、缅甸、泰国使馆警务联络官协调三国警方，配合实施近 30 次联合巡逻执法，为打造湄公河流域“平安航道”，打击抢劫、贩毒活动做出重大贡献。

——驻巴基斯坦、阿富汗、塔吉克斯坦三国警务联络官，多方协调驻在国执法部门，成功将多名涉嫌暴恐犯罪的“东伊运”恐怖分子遣返回国。

——2013 年，一个特大传销诈骗团伙把基地设在菲律宾首都马尼拉，诱骗国内人员大量加入。我驻菲警务联络官寻迹追踪，掌握大量情报，公安部专案组到达后，警务联络官和专案组成员一起乔装改扮，蹲守 48 小时后，将 17 名主要犯罪嫌疑人全部抓获。2014 年，又成功破获一起跨国电信诈骗案，缉捕 32 名中国籍犯罪嫌疑人（其中大陆 2 名，台湾 30 人）。猎狐行动中，十余名藏身菲律宾的经济犯罪嫌疑人被遣返或劝返。

——2013 年 8 月，由中美两国警方发起，20 个国家、地区共同参与，对蔓延全球的儿童淫秽色情网站进行了一次联合执法打击，代号“天使行动”，共抓获各国籍犯罪嫌疑人 250 余名。

——经过驻泰国警务联络官的积极沟通协调，成功缉捕并遣返 32 名在逃的重特大犯罪嫌疑人，其中包括外逃 14 年、涉案金额达 28 亿元的前中国银行重庆某支行行长余国蓉，逃匿 15 年的命案逃犯王党球等。

——2013年，首任驻阿根廷警务联络官到任后，积极走访探望当地华人华侨、社团侨领，并公布了举报电话和邮箱，仅4个月时间就收集梳理举报线索260余件。经协调，中阿警方成功打掉一批侵害中国公民权益的犯罪团伙。

驻外警务联络官是身在异国他乡的“境外110”，是公安部打击跨国犯罪、追逃缉凶的离弦之箭。

四、美女巨骗的最后70个小时

陈怡是深谙风情的上海女孩儿。

她深知神秘感就是诱惑，因此偶尔放一张美人照在网上，真身却隐藏在半透明的窗纱之后，犹抱琵琶半遮面。人们只知道她出生于上海，2000年毕业于某专科大学的计算机专业，电脑玩得疯转，如同她的翅膀。2004年，小女生陈怡闪着一双迷离的明眸，步入太平洋安泰人寿保险公司。她确是职场上难得的天才，懂得如何开发自身潜能和利用自身魅力指数。入行不久，陈怡就成了其他小女生小男生难以望其项背的“业内精英”、“大单高手”。

《聊斋》里的狐狸精需要修炼千年，上海的“狐狸精”只需要修炼三年。2007年，泛鑫保险代理有限公司在上海成立，2009年陈怡与其他五人组成创业团队加盟。她以出色的包装本领和策划能力，逐渐把泛鑫公司包装成主打高端市场和白领阶层的保险代理商。以至于上海滩的富翁富姐们手里有了一张泛鑫代理出具的保单，才能证明自己不差钱。

陈怡的上位之道是非凡的，“做人要低调，业务要高调，包装要炫耀”，是她的人生营销战略：她的座驾是一辆拉风的法拉利，其销售团队近千人，旗下女员工个个是熟男杀手、魔鬼身材。陈怡不仅严格要求自己，对员工也有细致要求，比如：女员工必须常年穿职业西服套装，黑丝袜配高跟鞋，必须穿超短裙见客户。男员工不得穿凉鞋，必须穿系带皮鞋，配领带，穿暖色衬衫，衣服上不能留头屑。经理级骨干成员必须穿国际一线品牌，开名牌轿车等。陈怡说过："成功吸引成功，如果一个团队都是比较高端的人，那么其他高端人士就会渴望加盟这个团队。"泛鑫招募员工还有一个潜规则："不招同业，只招白板"。陈怡说，这样的好处是"方便灌输公司理念"。他们的培训方式丰富多样，内容突破常规，不仅包括金融形势分析、理财方式介绍，还有用餐礼仪、奢侈品鉴赏、古玩基础知识等。这样做的目的只有一个：瞄准高端客户，当好美女"管家"。

在陈怡的主导下，短短数年，泛鑫公司的保费规模迅速膨胀，实现了爆炸式增长：2010 年保费收入仅为 1500 余万元，2011 年猛增至 1.5 亿元，2012 年完成新保单费近 5 亿元，创造了业内传奇，泛鑫自此成了上海滩保险中介市场老大。2011 年，32 岁的陈怡跃升为上海泛鑫保险代理公司的执行董事兼总经理。

必须承认，陈怡在经营上是有天赋有头脑的。但是这个小女人的躯体里包含了一颗太大的无法无天的贪心，闪电般的成功让她很快变成一条血口大鳄。她竟然玩起了华尔街最著名的"庞氏骗局"，设计出一套"期交变趸交、保险兼储蓄"的经营模式：即把本来是分期缴纳保费的各类保险产品，"改装"成一次性付完本金的"理财产品"，许以每年 6% ~12% 的高利息来吸引更多的投保人。于是，巨额保险金滚滚涌入泛鑫公司。泛鑫公司按照保险合同，仍然向合作的保险公司分期付款，从而套取了高额佣金和代理费用。陈怡再利用这些资金，以高利息吸引新客户，购买新保单，再套取高额佣金和代理费用。如此循环操作，使得泛鑫获得了滚雪球般的发展速度，迅速膨胀为一个拥有海量客户和坐拥巨额资金的庞大帝国。陈怡成了这个帝国的"女皇"。

但是，一个令陈怡深感头痛的"悖论式后遗症"很快浮上水面：泛鑫的客户越多，需要给付投保人 6% ~12% 年息的款额越大。她只能拆东墙补西墙，拼命用高利息吸引新客户，再用这些资金付息，等于拿后来的钱堵前面的窟窿。陈怡是计算机专业毕业的，她当然明白，这种滚雪球式的玩法虽然在短时间内可以聚敛巨额财富，但早晚有一天会入不敷出，导致资金链断裂，巨大的雪球滚到那时，就是泛鑫帝国大雪崩的开始。

看似文静柔弱的小女人陈怡，其实极其贪婪、冷酷和残忍，她决定甩下泛鑫难以数计（保密）的投保人和数以千计的员工，伺机卷款跑路。2012 年，陈怡紧锣密鼓开始为“人间蒸发”做准备，她带着自己的副总经理、律师兼情夫江杰，多次前往新西兰、澳大利亚等国家考察，暗中物色移民目标国家；在上海、浙江等地先后办理了 50 份移民公证；查询了十多个国家的移民政策；开设了境外账户等。最终，她选择了地球人很少知道的遥远的南太平洋岛国、只有 24 万人口的瓦努阿图共和国作为移民国家，并申请到了绿卡。出逃前两个月，陈怡秘密出售了两套房产，并将名下的四辆高级轿车分别做了处理。一个风清月朗的夜晚，她和情夫江杰最后去了一趟外滩，两人深情相拥，心情复杂地向亲爱的家乡大上海默默告别。江杰表示，无论走到哪里，他愿意和陈怡携手终生。美女的眼泪下来了。在大上海过的是灯红酒绿、众星捧月的日子，跑到南太平洋一个孤岛上，即使有花不完的钱，那样的“终生”还有什么意思呢？但她没有别的办法了：“庞氏骗局”的戏演到结尾，一切将真相大白，狐狸精一定要露出尾巴了。陈怡无法出来谢幕，只有逃，远远地逃，让自己在公众的目光里彻底人间蒸发。江杰是个乖巧的男子，他猜透陈怡的心思了，他说：“等风声过去了，中国把咱俩遗忘了，拿着瓦努阿图的绿卡，咱们想去哪儿去哪儿！一切可以重新开始。”

2013 年 7 月 24 日，陈怡和江杰带着卡上的巨款和七大箱珠宝首饰、名牌奢侈品悄然登机。安检人员都知道这位美女是上海泛鑫的“女皇”，“女皇”出行，带着男友和几大箱行装是自然而然的。从那一天开始，陈怡和情夫的手机彻底失联，两人像空气一样消失了。此前，陈怡当然把自己和江杰“出国考察”的事情通知了公司高管层，所以，她手下的那些“白骨精”（白领、骨干、精英）照样兢兢业业地工作着，她的泛鑫帝国照样运转着。过去三天，五天，八天了，泛鑫有要事请示汇报，却始终打不通“女皇”和其情夫的手机——这太反常了，那几天没听说哪架国际航班失联啊？泛鑫公司内部顿时陷入一片惊恐。数天后，一家媒体率先曝料：泛鑫保险代理公司的美女高管陈怡及其情夫携带5个亿跑路了！

8月的上海立时陷入一场不大不小的“地震”，所有经泛鑫代理的投保人惊恐万状，生怕自己的保金成了肉包子打狗——有去无回，潮水般涌到泛鑫大厦和相关保险公司门前要求退保。一时间民心骚动，民情激愤。泛鑫骗局不像电信诈骗，电信诈骗找不到事主，上当者只能总结教训，自认倒霉。好在泛鑫的骗局跑了和尚跑不了庙，泛鑫公司和保险公司都在，对于拿了高息回报的保民来说，“便宜”自然是自己的，吃亏的部分当然要找事主或政府。

上海市公安局迅速介入，查清陈怡和江杰携带巨额财产于7月24日飞赴韩国。8月16日上午，上海市局通报公安部国际合作局和经济犯罪侦查局，请求协助展开境外缉捕。

两名犯罪嫌疑人已经出境23天，一旦失去去向踪迹全无，再抓捕归案就太难了！副部长刘金国立即召集国际合作局局长廖进荣、经济犯罪侦查局局长孟庆丰及多名麾下战将，决定以最快的速度查清两人去向，展开国际合作，全力出击追捕。

追逃闪电战当即打响！8月16日当天：

——立即指令我驻韩警务联络官，查清陈怡、江杰到达韩国以后的去向；

——立即通过国际刑警组织，向各成员国普发全球协查通报。一小时之后，在我提供了逮捕证等完备的法律手续后，国际刑警组织发出红色通缉令，全球布控随之展开。

——一般情况下，嫌疑人很有可能潜逃加拿大、美国、澳大利亚、新西兰等国，公安部立即部署我驻美、加警务联络官，并协调澳大利亚、新西兰警方，尽快排查嫌疑人是否入境。

——立即指示上海市公安局，吊销嫌疑人所有出入境证件，并请国际刑警组织通报各成员国。

下午4时30分，我驻韩警务联络官报告，发现江杰7月28日从韩国转机飞往斐济，但未见陈怡入境韩国的记录。公安部国际合作局立即协调韩国警方，进行出入境证件的照片比对。晚六时许，韩方确认，陈怡和江杰于7月28日搭乘同一航班飞往斐济。随即，核查重点转向斐济。

恰好，斐济警察总署与我公安部关系良好，合作密切。年初我方曾援助斐方价值 100 万人民币的警用装备。因斐济 2014 年将举行总统大选，斐方特别聘请我警务专家担任警察总署的临时警务顾问。双方管道畅通，公安部立即发电我驻斐使馆和警务顾问，要求迅速落实三项任务：一是请斐济移民部门对嫌疑人实施出境控制；二是请驻斐使馆连夜向斐方发出吊销嫌疑人护照的照会；三是查找、确认嫌疑人在斐的落脚点。

8 月 17 日晨六时，我驻斐使馆回电反馈：经斐警方连夜展开调查，确认两名嫌疑人仍在斐境内，目前住在一个小岛上。公安部立即电告斐济警方：我即刻派工作组前往贵国，请务必确保不能让两名嫌疑人逃离斐济。

数小时之内：

——公安部国际合作局、经济犯罪侦查局和上海市公安局抽调 11 名民警，组成赴斐济工作组，由国际合作局副巡视员朱明任组长。

——公安部副部长孟宏伟发出致斐济国防国家安全与移民部部长和斐济警察总监的亲笔信，请对方积极配合中方缉捕和遣返犯罪嫌疑人。

——因时间紧急，经我方积极协调驻香港警联部、新西兰移民部门，工作组在来不及办理过境手续、签证的情况下，得以成功经由香港、新西兰转机，飞往斐济。

——我驻斐济大使黄勇紧急约见斐济外交部和移民局要员，敦请斐方实施抓捕后，尽快将犯罪嫌疑人及所携所有赃款赃物移交中方。

——建议斐方对犯罪嫌疑人实施内紧外松的控制方式，不要打草惊蛇，以免出现意外。

——部署我驻韩国警务联络官，提前做好在首尔的转机手续和安全保障工作。

8 月 17 日上午，公安部赴斐济工作组搭机起飞。这天早晨八时许，斐济国防国安移民部的电话打进机场边检站，要求全面布控，截下陈怡、江杰两名过客。与此同时，陈怡和江杰进入候机大厅，手持瓦努阿图共和国护照，带着七个行李箱，一脸轻松走到安检柜台，准备搭机飞往瓦努阿图。排队到了安检口，斐济警员看了看两人的护照，微笑着对他们说："你们的签证似乎过期了，我们需要向瓦努阿图共和国方面核对一下，请你们随我来，到附近宾馆稍事休息。请放心，所有费用由我方负责。"话说得很客气，两人没起任何疑心，跟着进了一家陈设简单、还算干净的小宾馆。此刻，距离移民部门打来电话要求扣留两人的时间仅差十分钟，好悬！

我使馆人员没来得及吃早点就提前赶到机场，敦促斐方严加把关。少顷，我使馆人员步入陈怡和江杰下榻的宾馆，面带微笑对陈怡和江杰表示慰问，说让他们受惊了，使馆方面一定会敦促斐方尽快办好手续，安排下一航班让两人飞往瓦努阿图。陈怡很高兴，小脸上带着惯有的温婉柔美的笑容，向使馆人员表示感谢，说祖国强大了，使馆保护境外中国公民的工作力度也增强了，这让她感到很温暖。陈怡还解释说，她和公司副总江杰办理了瓦努阿图的绿卡，主要是为了投资方便。

我使馆人员的态度让陈怡觉得如沐春风。其实，谈笑间使馆人员已把两人和房间仔仔细细观察了一遍，看看房间有没有其他出口，看看两人有没有警觉。

张卓，清雅文静，公安部国际合作局美洲大洋洲工作处副调研员。先是大连外国语学院毕业，后是北京大学法律学硕士，一口流利的英语比英国人讲得还标准。她是赴斐济工作组成员之一。17 日出发那天，两岁的女儿正在发烧。辗转十几个小时后，工作组抵达斐济。双方办理了移交手续，张卓等几个年轻警官清点了陈怡、江杰带出来的七大箱财物，并一一照相、登记、造册，其中包括 83.85 万欧元现金（约合人民币 700 万元），以及金条、珠宝、名表、名包、一线名牌时装等大量贵重物品。

一切移交工作完毕，在斐济警方引导下，工作组数人进入陈怡、江杰下榻的房间。一见来了一些黑眼睛黄皮肤、表情严正、举止干练的中国人，陈怡的脸立刻惨白如纸。她轻轻摇了摇头，仿佛眼前的一切是幻觉。过后没人下令，她自觉站了起来，双腿和双手都在发抖。

登上飞机，为避免引起恐慌，工作组成员和陈怡、江杰都坐在后排。给两人戴的是硬塑手铐，以免发出声响。张卓一直坐在陈怡旁边的座位，以防她闹事或者自残。不过陈怡表现得很老实也很悲伤，一路一直在轻轻哭泣。

8 月 19 日，陈怡、江杰被押解回国。此时距上海市公安局向公安部报告陈怡、江杰潜逃境外，仅过了 70 个小时。名副其实的追逃闪电战！其间，工作组在天上飞了 30 多个小时，在地上只吃了一顿饭。

上海市公安局经侦总队副总队长戴新福是这次抓捕小组的成员之一。他感慨地说："从确定陈怡和男友在斐济开始，我们就一直在和时间赛跑，赶在陈怡离开斐济前十分钟将其抓获。如果稍晚一点儿就可能失之交臂，再要抓捕就大费周章了。"

在看守所，陈怡整天以泪洗面，悲泣不已。她对警察说："我当时不该跑的。没想到公安机关这么快就把我抓回来了……希望其他人不要像我这样，我一定好好认罪，积极配合公安机关，尽量挽回损失。"

公安部"猎狐 2014"境外追逃行动自启动之日起，50 天抓获 71 名，70 天抓获 102 名，100 天抓获 180 名。截至 12 月 31 日，警方从美国、日本、加拿大、西班牙、阿根廷、韩国、泰国、南非、尼日利亚、马来西亚、菲律宾等数十个国家和地区，缉捕外逃犯罪嫌疑人共计 608 名，其中涉案金额超千万元的百余人，投案自首 200 余人。出击海外的近百个缉捕组无一失手。

2015 年 4 月 22 日，国际刑警组织中国国家中心局发布红色通缉令，集中公布了 100 名涉嫌犯罪外逃的国家工作人员、重要腐败案件涉案人，全球为之震动，各国都对中国政府铁腕反腐表示赞赏和支持。按照中央部署，各省区市追逃办和有关部门迅速行动，积极开展工作。截至 2015 年 9 月，"猎狐 2015"行动共缉捕外逃犯罪嫌疑人 500 多名。

第十一章
春风化雨在路上

一、曾凯：高墙之内的“曾妈妈”

1

曾凯是江西省高安市公安局看守所的所长，职位固定，工作方式固定，生活节奏固定，看似工作与家庭可以兼顾，其实更顾不上家。

看守所，那是许多犯罪嫌疑人一夜之间从公民身份突然跌进囚犯生活的地方，是他们在关押中等待宣判、等待结局，因而灵魂极为躁动不安的地方，是警察必须死看死守，保证安全“万无一失”的地方。

十几年了，曾凯没休过一个节假日，没陪女

儿度过一个星期天，全家没在一起过过一个团圆年。尤其大年三十和春节假日，为防止在押人员情绪出现波动，发生意外，同时也为了“替班”，让同事们能休息休息，曾凯年年都是在所里“过节”。大年夜，女儿在电话里不是给妈妈拜年，就是给爸爸拜年，拜着拜着，声音就不对了，哭了。老公笑着“讽刺”曾凯说：“天下的看守所都是关囚犯的，你的看守所是关你自己的。”

江西民风朴实、倔强、血性、独立、敬业、要强，是曾凯的家风。

曾凯生于1960年，幼时最初的记忆就是饥饿，“三块豆腐过个年”。后来毕业于高安师范学校，做过知青，当过老师。“文革”后恢复公检法时调入县公安局。她和母亲一样要强，在刑侦队当过警员，出现场，追逃犯，干得风风火火。然后到治安科干了八年，全县所有治安案件都由她一个人审卷，提出处理意见，基本上一锤定音，俨然成了说一不二的法律专家；再到通讯科当科长，常带上家什儿爬到6米高的电线杆上架线。有朋友看到了，奇怪地问：“你犯啥错误了？怎么爬电线杆子呢？”1998年，看守所的管理出了一些问题，原所长被撤，别人都不愿意来，领导说：“曾凯，看守所那个烂摊子调谁谁不去，你有多年的领导经验，又是女性，心细，去看守所当所长吧。”

上任没几天，一个信息传来了：从高安市看守所逃出去的一个犯人在外地又杀了人。审讯时问他为什么逃？犯人说：“那个看守所不是人待的地方，我天天挨打，只好逃。”再过几天，上级的内部通报下来了，严厉批评了高安市看守所管理不严、在押人员逃逸后又行凶作案的严重问题。领导在电话里大发雷霆：“你们的看守所问题成堆，现在又搞个女的来当所长，能管得了吗？不行赶快换！”

还好，高安市公安局领导对曾凯很信任，不信任也不行，接连出了很多烂事的这个看守所是烫手的山芋，调谁谁不来。领导们只好挺着，假装特信任并大力支持曾凯干下去，他们看似稳坐钓鱼台，其实心里也打鼓。

2

那些年，中国法律法规还很不健全，警界和全社会的法治观念、人权理念也不到位。看守所关押的都是正在走程序的、尚未定罪的犯罪嫌疑人，涉嫌贪腐的官员，涉嫌杀人、抢劫、强奸、盗窃等的囚犯，包括已经定罪判刑、刑期不足三个月的，也有个别后来被判无罪释放的，一股脑儿都关在这里。管理者的任务是监护他们走完法律程序，让他们平安度过这段过渡期。

曾凯上任之初，看守所关了280人。为保证看守所的在押人员平安过渡，曾凯首次提出，必须彻底打击、整治牢头狱霸！有的老狱警笑了，看来这个女所长确实头发长见识短，是个外行。

曾凯不动声色，接连采取了几道举措：

一是与在押人员谈话，隔着铁栅栏，站着面对面谈，了解每个人的身份，涉嫌犯罪的经历，入监时间和相关情况，以及谁打谁啦？把牢头狱霸摸得一清二楚。

二是找狱警谈话，了解看守所里的一切“潜规则”。

三是调整监号人员，强势和强势的关在一起，弱势和弱势的关在一起，横行江湖的惯犯关在一起，职务犯、轻犯和偶犯关在一起，同时对屡教不改的牢头狱霸予以严厉惩处，建议检察院方面从严判处。

四是以静待变，看守所在押人员流动性很大，不断有人进来有人出去，老的牢头狱霸被判刑后送了出去，新进来的绝不允许再滋生这类恶劣现象。

整整过了八个月，在押人员换了一茬。各个监号相安无事，读书阅报看电视，井水不犯河水，牢头狱霸居然真的消失了。狱警们惊叹，曾所长这真是以柔克刚啊！

管理工作制度也制定出来了。她要求全所21名警察把在押人员当成一群“特殊的学生”，在工作中做到尊重人格，关心疾苦，解决困难，坚决杜绝打骂、体罚和侮辱在押人员，严格禁止“吃拿卡要”，有犯者从严惩处，情节严重者一律清出公安队伍。与此同

曾凯在谈心

时，通过建立后勤基地，组织生产和积极向上级争取，向社会借贷，先后投资近百万元，改建了提审室、围墙、监房，新建了健身房、外劳卫生间、洗澡堂，还购买了一辆囚车。

时间长了，曾凯发现一些在押人员脸色苍白，身体虚弱，走路直打晃，皮肤常发生癣疮，环境卫生改善后仍然如此。她为此征询了医界的朋友。朋友说，可能是你们的饭食太单调，在押人员缺少微量元素造成的。曾凯随即在力所能及的条件下，尽可能调整饭菜品类。同时她听说，市场上卖的大米经过七道加工程序，即使是陈米也显得晶莹光亮，其实很多营养都没了，而农民们自家吃的糙米只是去掉谷皮，虽然视觉形象不那么可爱，口感也差些，却富含多种微量元素，于是她组织购进了一批糙米。开始在押人员同时表示抗议，说是“虐待”他们。曾凯打开自己的饭盒给他们看，说我吃的也是这个，肯定对你们的健康有好处。两三个月后，在押人员的身体状况明显好转，精神头儿足了，皮肤病也消失了。

看守所在押人员都在法律处置过程中，为防止串供，是不允许探视的。但考虑到这些人初受法律惩处打击，情绪处于极不稳定的躁动期，曾凯认为，通过适当方式让他们与家人有所交流，对避免发生意外，保证法律程序顺利推进是有益处的。于是她通过录音或拍视频的方式，动员和鼓励他们的家人劝慰在押人员实事求是，认罪服法，平静接受法律的审判，同时也在一定程度上免除了其家人的惦念。

高安市看守所的硬件建设和精神面貌焕然一新。一个问题成堆、打骂成风、狱霸横行的“老大难”所，在曾凯手上连续十二年警察无违纪、安全无事故，在全国警界树起一面文明化管理的旗帜、一个人性化教育的标杆，获得多项光荣称号。警察们说，那是因为曾凯像是管一个大家的“妈妈”，事无巨细，样样操心，以身作则，天天、事事走在头里。

3

曾凯有一项独特的自愿选择的工作，曾长时间让手下的狱警们很诧异，那就是与在押人员谈心。

曾凯说，他们就像社会上、老百姓家里出现的晚期癌症病人一样，即使到了垂亡之际，你也不能不抢救啊，最后也要给他止止痛啊。

左某犯罪团伙在地方上横行多年，抢劫、强奸、伤害、盗窃，无恶不作，一年之内作案达32起，受害人33名。2000年左某被抓获，关进看守所。他自知罪大恶极，夜里砰砰地以头撞墙企图寻死，后来又秘密组织策划越狱，监舍的铁窗栅栏被悄悄锯开，几条牛仔裤也撕成布条编成绳索，一切都准备就绪。幸亏狱警及时发现了他们的异动，所里采取果断措施制止了这一阴谋。左某因此对曾凯恨之入骨，见面就跳就骂。找他谈话他黑着脸一声不吭，要不就气哼哼地说：“我是个死人了，想活你不让活，还找我谈什么！”

可曾凯却有一颗充满母爱的心。她认为即使是死刑犯，也不应该让这种人带着一颗怨恨的、仇视社会的心走掉。一个人的临终忏悔、良心发现，对其家人是个安慰，对社会也是有益处的。她对左某说：“你连死都不怕，还怕活呀？”

此后她继续坚持不懈做左某的思想工作。不久，她发现左某腿部因受过伤，不断流脓流血，形成一串“母子疮”，痛得他日夜难眠，狱医也拿不出什么好办法。曾凯多方打听，自费买来一些草药，在家里熬好，天天按时到监舍为他清洗敷药。开始，曾凯蹲在地上忙活，左某直挺挺站在那里，黑着脸一声不吭。随着伤口渐渐愈合，他终于被感动了。有一天，左某瞧着曾凯蹲在地上为他清洗敷药的背影，突然放声大哭，他说：“我从小没妈，不知道妈妈是什么样子，也不知道妈妈都做些什么，更没叫过妈。曾所，你做的这些不就像是妈妈在照顾儿子吗？我知道我犯了死罪，曾所，你能让我在死前叫一声‘妈妈’吗？”

“曾妈妈”的叫法就此在看守所里传开，一茬茬人传下去，一直传到今天。左某的二十二岁生日是在所里过的，曾凯特意为他安排了一点儿好菜。左某流着泪说：“曾妈妈，我长这么大，第一次感觉到母爱，如果有来生，我绝不做坏事了，就是当牛做马也到看守所报到。”他自愿写出十一页检举材料，警方据此破获了一宗大案，抓获了十几个犯罪嫌疑人。临刑前，左某给父亲和家人留下一封信，信中说：“儿子犯了罪，今天是罪有应得，你们不要到看守所哭闹。二十年后，儿子还是一条好汉，不过绝不会再做坏事，让父母操心了。”

2008 年，一个湖南籍大学生刘某被关了进来。据案件卷宗所记，其女友在江西找到工作后，不久当了别人的“二奶”。刘某听说后气得发疯了，带了几个“兄弟”悄悄摸到女友工作的地方，在卖夜宵的大排档把女友和那个男的当场砍死。进了看守所，他天天琢磨怎么自残自杀。曾凯一方面耐心做刘某的稳定工作，一方面通过电话找到他的妹妹和大学同学，动员他们帮助刘某平静下来。经多方感化教育，刘某刑前表示了深切忏悔，在写给“曾妈妈”的遗书中要求捐献遗体，如果捐献能获得一些经济补偿，就分成两份，一份给受害人家庭，一份给母亲。

江西省副厅级干部李某因犯有贪腐罪被关了进来，这是中纪委办的案子。此人心高气傲，能说会道，在任时曾被某大学聘为“兼职教授”。关起来以后，他才发现人生就像是一场梦，来也空空去也空空。在位时前呼后拥不可一世，天天是豪宴上的座上宾，落马后沦为阶下囚，一切烟消云散。李某心灰意冷，天天想着要自杀，身体也迅速垮了下来。曾凯多次劝他平静下来等待法律的审判。他说：“外国总统都有自杀的，我算什么！”曾凯严肃地说：“你这个自暴自弃的态度就证明你是很自私的人。你觉得高官当不成了，沦为阶下囚了，就不想活了，你为什么不想想那些从没当过官的老百姓是怎么活的？即使你以后什么都干不成了，还有一件最重要的事情要办，那就是给老父老母送终。你一心要了断自己，难道忍心让白发人送黑发人吗？如果你被判了有期徒刑，出狱后总有重新做人的机会，总能做些报恩父母的事情，你的良心不会坏到连感恩父母都不肯做的程度吧？”

李某幡然醒悟，失声痛哭。过后，曾凯自费给他买了练习瑜伽的毯子和指导书籍，李某的精神振作起来，天天锻炼身体，领着监舍人员读书读报。半年后李某被判刑转往监狱。临走时他依依不舍，要求留在看守所“就地改造”，这当然是不现实的。李某对曾凯说：“我一生都不会忘记，你给我上了人生中最重要的一课。我一定坚持活下去，在余生为父母、为社会做些好事。”

“曾妈妈”就这样在看守所坚持着、坚守着。十几年，她没能很好地照顾心爱的女儿和家人，却天天在岗位上守护着高墙之内的安宁与文明，尽一切努力去点亮在押人员心中良知的明灯，播撒人性、法律和爱的种子。在她手里，走出60多个死刑犯，每个人告别看守所时都流了泪，表示忏悔，并向曾凯表达了发自内心的感激之情。许多囚犯说，能在曾凯的看守所里度过人生最痛苦最艰难的一段时光，“是幸运也是幸福”。十几年，曾凯接到3000余封在押人员离去后写给她的“家书”，年轻的一律称她“亲爱的曾妈妈”。经她帮教过的400多个未成年违法犯罪人员，除极少几个人重蹈覆辙外，绝大多数改邪归正，成了守法公民。刑满释放后成了家的，赚了钱的，小有业绩的，都写信向“曾妈妈”汇报。

高安市看守所成了一盏温暖的引人向善、救赎灵魂的明灯。曾凯以伟大的母亲般的情怀，向囚徒们指出了人性和兽性的根本区别，人生的价值和灵魂的温度，生命的道德伦理和终极意义，人与人之间应有的亲情、友情与爱情，人与社会、国家相互依存的关系，还有法律和正义不可违逆、不可撼动的力量。母亲的心灵是最温暖最明亮的，在高安市看守所，所有罪恶的灵魂都深深感受到这种温暖和明亮。

十几年来，曾凯和高安市看守所获得省、市和国家级的许多光荣称号，她本人荣立一等功、三等功各一次。

二、黄启才：街上那只高举的吊瓶

2009 年 1 月 25 日，大年夜。江西宜春，袁州古城，处处张灯结彩，一片欢乐景象。

袁州街头，站着一位身材瘦削、脸色苍白的警察。他叫黄启才。此刻，鞭炮礼花的狂欢时段已经过去，千家万户的年夜饺子已经吃罢，大年夜渐渐沉静下来，没有异常情况，没有火灾，没有求助，值勤的任务已经完成。他看看手表，回家的时间到了，然后拖着疲惫的步子向数里之外的家走去。节前，他已经带病坚持巡逻二十多天了，布鞋里的脚挤得很痛，因为浮肿，鞋装不下了。终于到了楼门前，一步步爬上三层楼梯，爬一层歇一气儿。站在家门口，他艰难地掏出钥匙。静静的夜里忽然哗啦一响，接着扑通一声，他猝然倒在楼梯间的水泥地上。

妻子刘小容赶紧起身迎过来，但门迟迟没开。小容打开门，发现丈夫黄启才昏倒在地上。“老黄！你怎么啦?”她扑上去一声惨叫。

黄启才被紧急送往医院，胸腔里抽出三瓶积水。肺癌晚期。

——公安局领导、同事、战友闻讯无不大惊：“病得那么重，口袋里揣了那么多药票子，怎么不说一声呢！”他们清晰地记得，大家在一起聊天，说起老婆孩子，病痛感冒，家里生活，抱怨工作太累收入太低，黄启才从不插言，只是淡淡一笑，总是淡淡一笑，永远淡淡一笑。大家以为，老黄就是那样的性格，兴许日子过得不紧不松，没啥说的。

——有同事见过两三个孩子来找过他，开玩笑对他说：“老黄，你是不是超生游击队的？怎么好几个孩子？”老黄只是一笑，不吭声。大家私下觉得，老黄是只会工作、不会生活的人，有点儿单调。同事们眼里的他或是在读书，或是在路上，或是在办案，有点儿不合群。

——大家办案归来，凑份子喝点儿小酒的时候，黄启才不见了；中午、晚间下了班，大家热热闹闹去食堂吃饭的时候，他不见了；有同事办红白家事的时候，他不见了；去解手的时候，他很长时间不见了，回来时额头渗出细密的汗珠……

黄启才，到底有多少秘密和隐情没向组织交代呢？

1968 年，黄启才生于一个农民家庭。小伙子长得很精神且学业优良。乡里领导听说他因为家穷拿不起学费，不考大学考了农校，觉得很惋惜，表态说：“你毕业后就到乡政府来吧。”人品好、文化高的人就是显眼，三年后，黄启才就当上了乡政府办公室主任。1995 年从乡村干部中选拔一批警察，黄启才顺利通过。后来他常跟妻子说：“我一个穷孩子能当上乡干部，又当了警察，一分钱没花，都靠领导看重，能不好好干吗？”

在法制科，勤奋好学的黄启才很快成了自学成才的“法学专家”。每周讨论案子，评定案情，他引经据典，条文背得滚瓜烂熟。到派出所当基层民警，当地 24 个逃犯他抓回其中的 13 个，打掉多个盗牛团伙。帮老百姓找孩子，盖房子，送病人，忙农活儿，为孤寡病残上门服务，他做了无数好事。当地报纸记者张芳慕名前去采访这位模范警察，问几句，黄启才回一句，而且既平淡也空洞，像个闷嘴葫芦。但给张芳印象最深的一句话是：“这都是警察该做的，不能把责任当奉献，没啥说的。”

通过走访村民、居民，张芳完成了自己的采访任务。记得去派出所采访黄启才的第二天，张芳走在街上，忽然发现前方不远处，在人群的头顶上，有一只高举的吊瓶。她挤过去定睛一看，是黄启才。他刚刚从医院出来，拖着病体缓缓走在人群里，妻子刘小容右手搀着他，左手为他高举着一只输液吊瓶。两人走向汽车站，公交车开来了，候车的人们看到黄启才夫妻的样子，纷纷主动闪开一条路，请两人先上车。那一幕让张芳惊呆了，她目送那辆公交远去，泪水成串地流下……

黄启才不会也不愿多说话，但那只行走的吊瓶说明了一切。前一天，他在上班；后一天，他在值勤；再后的许多天，他一直在工作。获得那么多“先进”、“模范”、“优秀”的奖励，他还是闷着嘴什么也不说，一生，一贯，一直不变，直到倒下。

春节长假期间，黄启才躺到医院里了。领导们、同事们纷纷到他家里慰问。局长目睹黄启才家里的清苦状况，了解到家里的一切，眼泪刷地下来了。

这么好的同志，这么优秀的干部，这么忘我工作的警察，家境原来这么困难！这时候黄启才的一切才真相大白：老母亲由他抚养；儿子幼时患了脑膜炎，留下半身瘫痪的后遗症；愁苦不堪、压力极大的妻子因此患了抑郁症，无论说什么，说着说着眼泪就不断地往下淌；弟弟遭遇车祸不幸身亡，留下三个不大的孩子，也由黄启才抚养。他本人患病许久仍坚持工作在第一线，追逃、办案、值勤、巡逻，经常连轴转，精力、体力严重透支。所有这一切，黄启才从来不说。每年机关工会都要讨论扶助、抚恤对象，可谁都不知道黄启才家的困难，他也从来没向组织递交过申请，而他每月的工资还不足1300元。

黄启才

全局会上，局长抹着眼泪对民警们说：“以往，我做过多次讲话，动员大家为灾区、为困难警察捐款，或许那都是义务。这次给黄启才一家捐款，是做人的良心、战友的感情！不好好帮黄启才一把，就对不起这份儿感情！”说着啪的一声，他把十张百元钞拍到桌上。

袁州是小地方，警察收入不高，日子过得都很紧。那次给黄启才捐款，创了全局捐款历史上的最高纪录。省厅、市局民警也都捐了款。

2009 年 5 月 24 日，黄启才病逝，年仅四十七岁。送行那天，周边来了上万老百姓，很多老人、妇女痛哭失声。上百警察手拉手，领导用步话机使劲喊，才为灵车排开一条泪湿的路。群众队伍中最显眼的一条横幅是：

“黄警官，你是人民的好儿子！”

三、李方洪：那颗舍身忘我的心

英雄猝然倒下了。那一刻，在漆黑的夜色中，在狂烈的暴雨中，在没腰深的急流中，热泪滚滚的战友和乡亲们聚集起来，一双双高举的大手组成一座人梯，擎举着英雄，向停在高坡处的救护车传递。英雄已停止了呼吸，英雄的身体已经变得冰凉，乡亲和战友们还在一边传递一边撕心裂肺地哭喊：“李所，你要挺住啊！”、“李所，你千万别走啊！”北坡上数百名获救的乡亲也在一声声高喊和呼唤：“李所！李所……”

一个英雄，一位派出所所长的名字，响彻北京那个雨夜。

李方洪，1966 年出生于北京燕山郊区一个农民家庭。父亲在他九岁时因病去世，母亲含辛茹苦拉扯着几个孩子长大成人。1984 年，十八岁的李方洪被召进北京市燕山公安分局。后来他一直记着，刚穿上警服那几个月，兴奋得走路直想蹦高儿，走哪儿穿哪儿，睡觉都不想脱，过春节给村里老辈儿拜年都穿着，那个荣耀啊！后来他当了派出所领导，给新来的警察讲课时语重心长地叮嘱大家，“你们要记住，警服是神圣的！它代表的是人民警察对国家对人民的责任和义务。穿上警服就意味着当国家和人民群众有灾有难时就得带头冲、往前上了！”

都说警察是铁血汉子，其实警察心里都有一块最柔软、最不敢碰的地方，那就是对亲人对家人的爱。因为其中包含着深深的歉疚，这份爱也就变得最温情、最难忘、最可贵。

从当民警到后来当派出所所长，李方洪从警 23 年，结婚 21 年，

李方洪

所有的春节都在外面值勤，没和家人过过一个团圆年，但有一项经常性的家务活儿他始终没忘，那就是隔三差五给老母亲洗头洗脚，剪手指甲和脚趾甲。1998 年，妻子患上股骨头坏死，疼痛难忍，行动不便，从此家里所有的重活儿累活儿，都由李方洪包了。工作紧，他就在午饭后短暂的休息时间跑回家干；白天忙，就夜里回家干。从那时起，老母亲和妻子洗头洗脚、剪脚趾甲的事，李方洪都一块儿做了。

2012 年 7 月 21 日晨至 22 日凌晨，一场特大暴雨袭击了北京，为有气象记录以来 61 年间最大的暴雨。21 日这天，是向阳路派出所所长李方洪的休息日。那天他原计划去看看老母亲，但大清早就开始下雨。上午十时许，看到雨越下越大，李方洪忧心忡忡对妻子李桂萍说："凤凰亭村那边地势低，我得去看看。"路上，在所里值班的政委梁涛赶到凤凰亭村后，当即给李方洪打来电话说，从四面八方涌来的水已经进了村子，淹了好几个院子，我们正在动员群众转移，情况很危险！李方洪说："我已经在路上了，这就到！"

这就是警察的工作和职责，灾情就是命令，闻风而动，无须谁下令。李方洪很快赶到。此时雨越下越猛，满世界风声雨声，村中主路上的水已近没腰，多家民居的院墙被冲塌，很多家具、衣物、床被、脸盆漂浮在水面上顺流而下，停在上方村口的一辆伊兰特轿车眨眼间打着滚儿被冲到下游村口。二十多名男女老少村民被困在家中，有的抱着大树，有的抓着窗户或门。李方洪和梁涛组织民警和街道干部顶着急流挨家挨户搜救。一个多小时后，附近几个院里的 21 名群众很快被转移到地势较高的村民于凤永家大院。李方洪四下一望，见洪水滔滔潮涌而来，燕山平地几成一片泽国。他焦急地对政委梁涛大喊："水太大了，周围几个村子都危险！咱俩不用都在这里，我在这儿守着，你立即到其他几个村子组织力量营救！"

那段时间李方洪的肠胃老病犯了，一直在吃中药，梁涛担心他的身体，于是把民警管宝华和曲祥留下了。到了下午，雨更大更猛，路南已经全淹了。李方洪让村民拿来几条长绳索，他和两个民警带上街道干部各背一条，分别沿上游、下游进户搜寻。一处老宅内困着一家老小四口，李方洪把孩子背到身上，然后把绳索拴在路边电线杆上，两手抓住绳盘，趟着过腰深的急流，一路拉到地势高的路北，再让被困村民扯住绳索转移过来。一家家，一户户，李方洪带领两名民警和街道干部在洪流中奋战了四五个小时，先后救出 63 名村民。临近傍晚，天黑如漆，暴雨仍没有减弱的迹象。这时，李方洪背着 80 多岁的老人刘永到了路北，双手推举着把老人托上高坡。这会儿他一定太疲惫了，在湍急的水流中难以稳住身子，他顺手抓住路边高压线电杆的斜拉固定铁线——刹那间铁线火花四溅！因为水流如汁，那根铁线已带电了。李方洪一下子失去意识，身子横漂在水面上，那只手被牢牢粘在铁线上。

刚被李方洪背到高坡的刘永老人顿足大叫："李所电着啦！快来救人啊！"附近的民警管宝华和曲祥迅速趟水冲过来，管宝华手里恰好握着一支探水的竹竿，当时电火花还在不断地闪，他用竹竿猛捅了几下，终于把李方洪被粘住的手捅开了，站在下游的曲祥一把抱住李方洪。旁边几位村民赶紧跳进水里，七手八脚把李方洪抬上高坡。管宝华和曲祥一边猛叫"李所"，一边给他按压心脏做人工呼吸。30多分钟过去了，李方洪毫无反应。这会儿医院的救护车赶到了，但因公路被洪水淹没，救护车只能停在上游村口。天黑如漆，几十柱交叉扫射的手电光中，只见5个、10个、20个、数十个村民扑通扑通跳进水流中，和民警、街道干部并排站成一条长长的人桥，一双双大手把英雄高举在头顶，向救护车的方向传递过去。传递中，高坡上的村民和水中的人们不断痛切地呼喊着："李所，你要挺住啊!"、"李所，你千万别走啊!"

2012年7月21日，北京的暴风雨之夜，房山区向阳路派出所所长李方洪为解救群众壮烈殉职，年仅四十五岁。为他送行那天，路边站满群众，整个燕山都在哭泣。在八宝山殡仪馆，当李方洪八十四岁的老母亲和患有股骨头坏死的妻子满怀悲痛各坐一辆轮椅出现在送行的亲友和战友中间时，全场一片啜泣之声。但老母亲只是默默流泪，因为老人家昨天晚上就对儿媳妇说过："方洪是为老百姓牺牲的，咱们明天不能哭！我哭了你劝劝我，你哭了我劝劝你……"

四、余玉全：穷得只剩下无数亲戚了

2003年12月31日晚，海南省三亚市西部山区的崖城镇，许多偏僻的村寨燃起袅袅香火，村民们合手默祷着祖先和逝去亲人的名字。千家万户，各有各的亲人，却有一个共同的亲人：警察余玉全。

余玉全

他没有力气跨过2003年12月31日那个劳累的下午了。那天，崖城镇分外热闹，街上的叫卖声此伏彼起，人们喜气洋洋忙着采购各类食品，准备晚上合家吃一顿迎新年的大餐。很多乡亲见到在街上匆匆而过的余玉全，双方像亲戚似的，热情地打个招呼。万万没想到，就在这天下午，身材魁梧的余玉全突然倒下了。

在老百姓的心目中，他是一座山，好靠山。

余玉全，海南省三亚市公安局刑警支队副支队长，一级警督，黎族，方脸宽额，一脸正气。此前他曾在三亚市西部山区当过二十多年基层民警和派出所所长，这些地方是多民族聚居区，经济文化落后，少数民族中的族群矛盾较大，相互常有械斗发生。又因这里地处海边，走私、贩毒、吸毒之风屡禁难止，社会管理和治安工作十分繁重。

2003 年 12 月上旬，崖城镇北岭村发生一起群体性械斗，余玉全率领部属紧急赶到。他们不能带枪，只能臂挽臂拉成人墙，隔在两伙村民中间，身上挨了不少冤枉脚、闷头棍。余玉全血红着眼珠子大喊："不许打！我们是警察！要打就冲我来！"有的老奶奶老爷爷也声泪俱下、拍着膝盖喊："住手，住手！你们这帮王八犊子不知好歹！别让三哥操心行不行?"

就这几声吼，冲突双方的上百人一下子安静下来了。

三哥就是余玉全。

接下来，余玉全到别村处理一起急案子，很快又返回北岭村，带着几个刑警调查械斗起因。二十多天里挨家走访，吃住在村里，睡觉就是一张凉席，吃饭就是一碗糙米。经过严密排查，发现一伙流氓恶势力和宗族势力勾结在一起，已经在这一带制造了十多起械斗和刑事案件。12 月 27 日清晨，抓获十三个犯罪嫌疑人，缴获长短枪、刀具多把，另有三个歹徒在逃。30 日晚九时许，余玉全冒雨从市局审讯点赶回崖城镇，研究部署抓逃方案，直至凌晨二时。第二天上午，他赶回市局向领导汇报，下午又回到镇上落实领导意见。15 时许，大家发现余玉全脸色苍白，不停地冒汗，劝他先休息一会儿，余玉全婉谢了，在太阳穴抹上一点儿风油精，继续开会。15 时 30 分，正在说话的余玉全突发心肌梗塞，身子一歪倒了下来，坐在旁边的战友迅速把他接住。余玉全再也没醒过来，死在战友怀里，享年四十九岁。

送别的追悼会上，哀乐声中，近千名村民涌来，不顾维持秩序的警察，纷纷扑到余玉全遗体上痛哭不止。

——几天来，四十岁的哑女冯家妹泪痕满脸，一直坐在余玉全的妻子黄秀珍身边，为余玉全守灵。二十多年前，余玉全在崖城派出所当民警，当时冯家妹才十几岁，模样很秀气，周边有些坏小子欺负她不能说话，常调戏她。余玉全发现后，把那几个坏小子狠狠训了一顿，并告诉冯家妹，以后谁要欺负她，就到派出所来告状。经过多次反复较量，坏小子终于不再敢招惹冯家妹了。时间长了，心存感激的冯家妹深深爱上了余玉全，表示愿意嫁给他。余玉全说自己已经有家了，家妹说，那你就做我的大哥吧。

冯家妹就这样成了余玉全的“亲妹”。后来冯家妹嫁给一个打工仔叶金泉，先后有了两个孩子，全家靠丈夫的工钱度日，日子过得苦不堪言。余玉全知道了，时常拿出几十元或百八十元接济他们，冯家妹使劲摆手不要。余玉全说：“我不是你大哥吗？快拿着！”

后来，两口子想在农贸市场摆个烟摊做点儿烟丝小生意，可是仅仅几十元的本钱也拿不出。余玉全知道后，资助了一些本钱，又跑前跑后找了工商、税务，请他们按照顾残疾人的政策免去了许多费用，并给他们安排了一个最佳摊位。这些事儿，余玉全做得尽心尽力，每一样都亲自跑，然后拿着办好的手续再跑回来，送到冯家妹手上。冯家妹不会说话，只能流泪。后来余玉全到集贸市场上巡查，累了就在家妹两口子的烟摊上坐一会儿，聊聊天，抽几口水烟筒，一元钱的烟丝抽半个月的。他抽不起纸烟，临走时，总会放几元钱在摊上，两口子知道，全哥在接济他们。

有一次，冯家妹的丈夫买彩票中了1.2万元，这是两口子有生以来从来没见过的一笔巨款啊，一家人乐得蹦高儿。他们决定再拿出这些年的积蓄盖间房，可盖到半截儿没钱了，工程一撂几个月，一家人愁死了，盖不成，彩票奖金和所有积蓄等于竹篮子打水一场空，白扔了，以后的日子怎么过呀？这时余玉全出现了，他不仅放下2000元钱，还和战友们拉来许多红砖、水泥、木材，都是大家捐的。警察们成了一群特殊的“打工仔”，七手八脚帮着把新房子盖好了。乔迁之喜那天，冯家妹请全哥过来喝酒，全哥当然不会到。两口子瞅着新房，眼泪一串串往下掉。

余玉全突然发病的消息，惊动了十里八乡。叶金泉跑回家喊，全哥病倒了，你快去！冯家妹疯了一样跑到派出所，没有！又跑到医院，医院挤满了警察和乡亲。她扑到余玉全身上，使劲摇晃着，全哥，你不能走啊……

英雄的遗体被运至三亚，冯家妹打的追到三亚，此后的三天三夜，冯家妹和余玉全的妻子一起，默默守护着。

——黎光璧，身材瘦小，性格内向。1999 年，父母相继去世，遗留下光璧兄妹四个孤儿。父亲是教师，城镇户口，因此双亲去世后，四个孩子连一分耕地都没有。余玉全听说了，上门来探望，四个破衣烂衫的孩子，透风漏雨的房子，让余玉全眼睛湿了，临走时，他留下二百元。黎光璧接过这笔钱时手直哆嗦，他不知道这个突然造访的陌生人为什么对他们兄妹这么好。陪同前来的村支书说："放心，拿着吧，这是市刑警支队的领导，大好人！"从那以后，余玉全成了黎家的常客，逢年过节更是必来，手从来不空着。每次来，余玉全都叮嘱他们兄妹，人要有志气，要靠劳动生活，千万不要做坏事染恶习，说话的口气就像父亲一样。黎家兄妹觉得，生活中有了余玉全，他们再也不孤独了。有一天光璧小心翼翼地问余玉全："我们希望您做我们的干爹，好吗?"余玉全哈哈大笑说："好啊，我一下子添了四个儿子女儿，多好的事情啊！"

2002 年，干爹又来了，说你们都大了，得学会自力更生自己养活自己了，不然以后怎么娶媳妇嫁人啊？种点儿青瓜怎么样？光璧为难地说，我们不会种地，再说也没有本钱啊。不久，余玉全同村委会商量，调来了几亩地，又帮着借来 3000 元本钱，还请来了农业技术人员。青瓜成熟季节照例要看守瓜地，光璧天生胆小，不敢独自住瓜棚，而这位干爹陪他住了好几个晚上——那时余玉全已经是市刑警支队的领导了。当年青瓜获得大丰收，卖了一万多元。此后，黎光璧家日子越过越红火，黎光璧有资格、有本钱、也有本事谈恋爱了。不想他"本事"太大，搞出个未婚先孕，女孩儿的父母火了，要找光璧算账。光璧慌神了，赶紧跑去问干爹。干爹说："这还不好办？结婚呗！"

“可我家就一间破房子，兄妹还住在里面，怎么结啊？”

“更好办！”

数天后，干爹呼呼啦啦开来一辆货车，装满了红砖、水泥、瓷砖什么的，还带来四位膀大腰圆的警察。那些材料全是干爹自掏腰包买的。婚礼当天，余玉全出钱替光璧租了三辆出租车去接新娘，他和妻子黄秀珍出面做证婚人。余玉全是市刑警支队的领导，在当地老百姓中又是妇孺皆知的大名人，夫妻两个亲来证婚，真是给黎家兄妹挣足了面子，媳妇娘家那边也觉得脸上光彩无比。

干爹突然离世，让黎光璧傻了，哭都不会了。他哽咽着给兄妹和妻子打电话说：“干爹去世了，今晚我不回家了。”他在医院，在干爹的遗体旁，守了一夜也哭了一夜。

——羊栏镇回辉村蒲瑞雄，改革开放后当包工头，攒下数十万家产，是当地首富。不想，大儿子蒲金山染上了吸毒恶习。老蒲押着金山送往广州、福建强行戒毒，前后花费十几万元，回来还是照样。跟着二儿子、三儿子都吸上了，短短数年时间，把老蒲的一座“金山”吸得精光。老蒲气疯了，家法从事，“家暴”不断，打断了五根棍子，打得三个败家子皮开肉绽，还是不管用。老蒲绝望了，几次想自杀。这时候的余玉全在羊栏派出所当所长，他把蒲金山强行送到戒毒所。路上，蒲金山连哭带喊说：“没用！我什么招儿都试了！你不知道犯了毒瘾有多难受，还不如死了！快放了我，不然我回来拿刀砍死你，砍死你全家！”

余玉全淡定地说：“等你回来，要谢我还来不及呢！”

一年后，金山回来了，效果还不错。余玉全常去看他，鼓励他巩固住：“你要是不想让老爸早死，让自己早死，就一定要下决心戒掉毒瘾！”他还说：“你不能闲着，必须用汗水，用干事业的雄心才能彻底洗掉毒瘾。你老爸当过包工头，跟你老爸学学，出去包点儿工程吧。”金山很听话，数年之后，顶替老爸摇身一变成了资产近百万的老板。每次见了余玉全，一声声“三叔”叫得那个亲啊！每向人介绍余玉全，他都坦诚地说：“没有三叔就没有我的今天！”

听说余玉全突然走了，老蒲家乱了营，丢下刚刚上桌的晚饭，老蒲夫妇、金山夫妇、老二夫妇，还带着一个孙子，开了两辆车往三亚跑。追悼会上，老少三代痛哭失声。

余玉全是个好人，也是个好警察。他办案神勇，战功卓著，从警29年来，侦破各类刑事案件2639宗，荣立三等功4次，受嘉奖8次，4次被评为三亚市优秀共产党员，被评为全省“优秀警官”、“优秀侦察员”。这是三亚市公安局领导和官兵们都知道的。想不到的是在广大老百姓中间，余玉全还藏有这么多感人至深的故事，这么多实实在在的关爱，这么多进家到户的细节。

当余玉全猝然离世的噩耗传遍山山水水，当那么多父老乡亲哭着扑向玉全的遗体、遗像，当公安局和媒体广泛收集了余玉全的事迹并报道出来时，所有熟悉的人和陌生的人都流泪了。

余玉全自己和家人过的是很清贫的日子，他却为人民、为国家，打造了南海那一片清平而温馨的世界。他走时，家里穷得只剩下无数的“亲戚”了。

他生活得是如此纯粹，如此高尚，如此安然，又如此伟大！余玉全一生记下34本日记。牺牲前夕，他在日记中这样写道：“当人民警察，为人民执法，保人民平安，让人民满意。”

他的心中只有人民，唯有人民在他心中！

五、王江的意义

1. 中国最大的片儿警

整整十五年，年年月月日日，只要村民们有事需要他的帮助，有时是匆匆的脚步行走在泥泞中或风雪中，有时是一辆破旧的哗哗乱响的飞鸽牌自行车歪歪斜斜骑行驶在山路上，他来了——乡亲们说，这就是王江！

王江，就职于黑龙江省佳木斯市公安局郊区分局四丰派出所，是分管松木河警务区的片儿警。

1996年4月，龙江东北部还透着浓浓寒意，山风掠过旷野，掠过村屯，掠过王江一家三口的“新家”。歪歪斜斜的木栅栏里，一幢不足18平方米的破草房。风中，房顶上的陈年茅草飒飒作响，从天花板上垂挂下来的昏黄灯泡在轻轻摇晃。因为常年漏雨，天花板是斑驳锈黄的，剥落处露出一道道木板条，墙壁有两面露着泥灰，地面没有抹水泥也没铺砖。这是个什么家呀？这还能叫“家”吗?!

妻子谢淑琴很后悔，她千不该万不该信了王江的话。在老家——桦川县新城镇前进村——她和王江曾拥有一个多么漂亮的家啊！1986年，王江从部队复员进入桦川县公安局，在老家的新城派出所当了一名普通民警，两口子省吃俭用，辛勤劳作，几年后盖起了三间亮堂堂的大瓦房。没想到，1994年王江被调到松木河派出所工作。松木河乡地处偏远，道路崎岖，一天仅通一趟客车，王江回家一次，要转乘两次长途汽车，来回需要十个多小时。为保证出勤，不耽误工作，王江在办公室搭了一张简易床，吃住都在派出所，一两个月才回家一次。两地分居的辛苦日子熬了两年多，王江跟妻子商量，你一个人挑着这个家也太难为你了，干脆咱们把家搬过去得了！

1996年4月，一辆马车拉着谢淑琴和儿子，还有一些必备的生活用具到了松木河。当马车停到歪歪斜斜的木栅栏外，谢淑琴第一眼看见那幢破草房时，她惊呆了！王江不是说买了一幢新房子吗？不是说条件不错吗？不是说什么都收拾好了吗？谢淑琴呆立在那儿，眼泪哗哗流，死活不肯进屋。入夜，一家三口挤在窄巴巴的半铺炕上，听窗外野风怒号，林涛汹涌，谢淑琴终于忍不住呜呜哭出声来……

就这样，为了工作，为了责任，为了松木河的老百姓，王江默默放弃了老家舒适温暖的大瓦房，放弃了热闹的新城镇，把家搬进大山深处一幢风雨飘摇的破草房，过起了寂寞清贫的苦日子。进入新世纪，国家进行乡镇体制改革，松木河撤乡变村，派出所也撤了，变成一个独立的松木河警务区，只留一个片儿警。上级征求意见谁留下？王江说：“别的同志家都不在松木河，工作不方便，还是我留下吧。”

自此，王江成了中国最大的片儿警。他一个人负责着133平方公里区域的警务。茫茫的山林平野中，分布着七个自然村和三个大农场，有的村距离王江所住的松木河村几十公里远，特别是深山沟里还有些三三两两的零散住户，只有一条崎岖的羊肠小道可以通达。春去秋来，年复一年，王江默默扎根在这片遥远的山乡土地上，默默履行着人民卫士的职责，一干就是十七年。

2. 中国最小的“110”

铃，铃，铃……在大山深处，在松木河村，王江家的电话响了。这不是普通的家用电话。

方圆百里，王江是唯一的民警。没有派出所了，他就把派出所的红灯安到自家门楣上方（这盏红灯的电费一直是他自付的），又把自家的电话号码告诉村民们，请他们广而告之。各村都能看到“8884085——有事找王江”的大字告示牌。王江的家成了松木河133平方公里区域唯一的警务点。每天，为群众报案或求助的各类事情，王江在辖区东奔西忙，妻子谢淑琴就成了义务协警员，帮助接听派出所的工作部署，受理群众的报警求救电话，有时需要帮手，淑琴还跟着王江去现场处理大事小情。十三年来，王江家的电话成了中国最小的“110”，每天晚上，那盏红灯都在王江家的门楣上方迸射着耀眼的光芒。

2002年10月30日，有村民电话报案：“在团结村到五七村的路上，有人受伤了，现在昏迷不醒，情况很严重……”王江迅速赶到现场，发现被害人头部重伤，浑身是血，已经死亡，衣兜里空空如也。根据现场情况判断，这很可能是一起抢劫杀人案。为抓紧时间，防止凶手外逃，王江用电话向派出所作了报告之后，立即就地展开走访侦查。在破案的关键时刻，王江长年扎根群众、亲近百姓、熟悉基层的基本功以及他在村民中享有的崇高威望显出了强大的作用——他对松木河每个村屯、每户人家的情况太熟了，甚至对每个人的根底都了如指掌。

他迅速查明，被害人曾在村供销社买过东西，当时在场的村民都有谁谁谁谁……

他又查明，在被害人离去的那条路上，村民们都曾看见过谁谁谁谁……

在众多的名字里，“李文祥”这个名字立马让王江警觉起来，他早知道李文祥“底儿潮”，是个好吃懒做、不务正业的家伙。一查，此刻李文祥已经不见踪影。王江马上赶到李文祥家做其家人的思想工作。全松木河的老百姓都知道“三哥”是最热心的大好人，也是和他们最贴心的好警察。“只要是三哥说的话，我们坚决照着办！”李家人表示。

王江又组织村里民兵全面秘密布防警戒，枕戈待旦。当天深夜，李文祥潜回家中，家人一边用好话稳住他，一边悄悄用电话向王江作了通报。不过十几个小时，这个抢劫了106元的杀人凶手就落入法网。

2006年，正月初四凌晨一时许，狂风呼啸，王江和老伴早就睡了。突然，家中电话响了，是团结村女村民李某打来的。她声音直哆嗦，边哭边说，曾和她同居过一段时间的外地人张守泉窜到她家行凶，杀死了她的父母还想杀她，被她设法闪躲开了，现在凶手正往桦川县方向逃窜，跑了有半个多小时了……

王江问清张守泉的体貌特征后，迅速向四丰派出所报告了情况。正在值班的所长王大伟告诉王江，你哪儿也别去，在家等我，我们会尽快赶到！放下电话，王大伟心急如焚，正值深夜，三十多公里的路，而且还飘着鹅毛大雪，还要请求分局紧急调集一批侦查人员、技术人员等增援警力，哪能说到就到啊！尤其让他不放心的是，他知道王江不会听他的话老老实实在家等着，王大伟不能不担心王江的安全……

二十分钟后，王大伟会同分局增援警力，一路响着警笛，风驰电掣开往松木河方向。

再看松木河这边，王江向所长报告后，立即套上棉袄棉裤，一边嘱咐老伴给村支书付云打个电话，一边抓起手电筒开门就走。

老伴一把死死扯住他："你干吗去？"

王江说："抓人啊！凶手正往桦川县跑，肯定要路过咱屯，不能让他跑了！"

老伴急得要哭出来了："你五十多岁了，身子骨单薄，又有病，手里没个枪，那个歹徒杀人杀红眼了，你能斗得过他吗？等派出所来了人再行动不行吗？"

王江说："不行不行，派出所离这儿六十多里地，等增援的赶到，那家伙早没影儿了！你快给付云打个电话，让他到路上找我！"他猛地挣开老伴的手，光着脑袋就跨出门外，顺手抄起一根一米多长的铁棍，冲进茫茫风雪中。

老伴冲他身后喊："戴上棉帽子啊！"

王江头也不回："不能戴，戴了听不见动静！"

夜，漆黑的夜，伸手不见五指，这是严冬里最冷的时候，裹着鹅毛大雪的狂风在群山旷野中怒号，雪花雪粒抽在脸上，刀刮般生痛。王江一手拎着铁棍，一手用电筒照着依稀可辨的路，警惕地向团结村方向走去。他想，幸亏这是能冻死人的大雪天，又是黑夜，歹徒不敢往山里跑，只能顺着道走。按松木河村到团结村的距离，估摸个把小时就能碰上……

王江深一脚浅一脚在雪路上艰难前行。走着走着，他突然发现雪地上有一行模糊的脚印。风雪天里，这显然是新踩出的。不过，脚印前进的方向是朝向他的后方——哦？两人怎么已经错过了？王江一想，这个叫张守泉的家伙肯定老远看到他的手电筒光，不知来人是谁，只好先行躲到路旁隐蔽的地方，等王江走过去再溜。王江迅速回身，沿着脚印猛追，为防张守泉发现，他关掉了手电筒。追出数百米，就看到前面一个五大三粗的壮汉背个破书包，正猫着腰紧走。王江几个箭步蹿到那家伙身后，猛地打开手电筒，大喝一声："站住！干什么的？"

那人被吓个冷不防，一回身，直射过来的手电筒晃得他睁不开眼睛，他赶紧举手挡光。刹那间，王江看到他两只手和棉衣裤上到处血迹斑斑。显然，他就是凶手张守泉了！

在两人眼对眼、面对面的此时此刻，凶手是三十来岁的壮汉，长得人高马大虎背熊腰；王江已经年过半百，身体孱弱，患有肝硬化等多种疾病，力量的对比可想而知。但是，王江什么都没想，在正义和邪恶之间，在人民警察和犯罪嫌疑人之间，根本没有什么可比性！在第一眼看到浑身血迹的凶手的那一刹那，王江的满腔怒火腾空而起，一切都是职业本能的反应——王江抛掉手电和铁棍，一声怒吼，猛地腾身跃起，饿虎扑食般摔倒张守泉，然后双手铁箍一样紧紧勒住他的腰。张守泉一下被摔懵了，可他迅即就反应过来，一边疯狂挣扎，一边挥拳猛击王江的头部。王江被打得眼冒金星，可他咬紧牙关就是不撒手，又奋力把凶手压到身下。两人在雪地上翻来滚去，王江渐渐力气不支……

就在这千钧一发之际，一个黑影猛扑上来，死死骑到张守泉的腿上，又按住他的两只手——是付云，松木河村支部书记！接到王江老伴的告急电话之后，他火速追了过来，与王江一起共同制伏了张守泉……

增援警力还在疾速开往松木河的路上，突然，王大伟的手机响了，他一看电话号码是王江家，心里不禁一紧，没想到王江报告的是：所长，犯罪嫌疑人抓到了！

王大伟激动万分，禁不住大叫："干得好，老王！"

事后检查，发现张守泉书包里装的都是汽油雷管。张守泉供认，他与团结村女村民李某曾在外地同居过一段时间，后来李某发现他品行不端，不辞而别，张守泉因此怀恨在心，特意选在春节期间赶来，要把李某全家斩尽杀绝。作案后，这个杀红了眼的狂魔决意一不做二不休，要赶回老家横头山镇，再杀几个与自己有积怨的人，然后纵火灭迹，再行潜逃。很有可能发生的一连串恶性血案，被王江制止了。

在农村，婆婆妈妈、鸡毛蒜皮的事情很多，邻里纠纷，婆媳不和，夫妻离婚，甚至到猪拱园子，丢鸡丢鸭，有了纷争，松木河老百姓首先想到的就是王江。"有事找王江"成了松木河乡亲们的口头禅、心里话。

——松木河村，王某家的牛吃了依家地头撒过农药的庄稼，病倒了。王家要依家赔钱。依家说，你的牛吃了我的庄稼，你该赔我！双方争执不下，越吵越凶，有人打电话报告了王江。王家住在村东头，依家住在村西头，相距有两三里地远，为了平息事态，王江一上午就在两家之间来回跑了四趟。他的一片真诚打动了两家人，双方都做出让步，就此和解。两家人都说，冲三哥的这份心，我们也不能再吵了……

——农村人大白天都在地里忙，家里发生点儿什么事儿不是大清早就是下半夜。一天深夜，李某和媳妇吵架动了粗，媳妇一气之下跑到大山里。公公婆婆着急了，赶紧告诉王江。王江穿衣就走说："现在山上狼很多，可别出什么事儿！"他召集了十几个村民，拿着手电上山拉网排查，终于在大草甸子深处找到李某的媳妇……

——深夜，村民老张发现自家养的100多只羊不见了。王江和几个青年整整找了一夜，终于在一处山洼找到。水利三处农场一家职工的五头牛被盗，正是春天发山洪的季节，王江带人在冰凉透骨的山水中趟来趟去，分片搜山，终于发现被盗贼藏在深山沟里的五头牛，牛嘴都已经被捆住，准备宰杀了……

——有人捎信给王江，说鲍家沟的老鲍家昨天丢了一只鸭子，怀疑是姓葛的邻居偷的，两家打起来了，吵得很凶。鲍家沟在大山深处，距离松木河村足有三十多里的山路，只住三户人家。王江迅速出发，在村口遇上村民李金发，李金发见三哥脸色焦黄，身体不舒服的样子，决定陪王江一道赶往鲍家沟。那些日子正是雨季，山路泥泞得像锅稀粥一样，走出不到一个小时，患有肝硬化的王江就满头是汗，脸色蜡黄。李金发也打怵了，说三哥咱们回去吧，鲍家沟那边不就是丢了一只鸭子吗？屁大的事情还能咋的！咱们连滚带爬走这么远犯不上，再说咱要赶去了，人家还说不定和好了呢……

不行，必须去看看！王江坚定地说。

为一只鸭子，三十多里的泥泞山路，王江足足走了四个半小时。到达鲍家沟时，天啊！老鲍家和老葛家正在火冒三丈、跳脚对骂的火爆当口儿，双方都是父子齐上阵，一家持刀一家执斧，声言要拼个你死我活，要不是仅有的一户邻居居中拉架，两家早血肉横飞了！王江亮嗓子威严地大喝一声“住手”！双方见“三哥”来了，虽然还是怒目金刚的样子，都乖乖放下了凶器。王江问清缘由，让两家人进自己屋坐着，“先消消气儿，回头再找你们训话！”然后他像闲游一样东走西逛地这儿看看那儿看看。不大工夫，他在葛家房后一处小水坑里发现了鸭骨。王江把两家人找到一起，两脚稀泥的他拿条小板凳坐在当中，让两家人分坐在炕头炕梢，表情十分严肃认真。王江把证据一摆，说老葛，肯定是你吃了老鲍家的鸭子！

老葛低下头，满脸羞愧，认了。王江当场裁决：按价赔偿，赔礼道歉！然后又开始“训话”，苦口婆心地劝他们在深山沟里要“友好相处，同甘共苦，和气生财……”

王江为乡亲找回丢失的耕牛

两家人心服口服，而且非常感动。双方竟然争着抢着备了几样菜，要一起和“大老远来的三哥”喝几盅。饭桌上，两家人不断碰杯，相互道歉，王江滴酒不沾，只能以白开水相陪。两家人动情地说："三哥，多亏你来了，要不是你到场拦下我们，为了一只鸭子一时冲动整出点儿血光之灾，多不值啊！"

十多年里，王江一天到晚辛辛苦苦忙的就是这些零零碎碎的事情，而且忙得不可开交。风来雨去，王江还是四丰派出所一位普通的片儿警，职级没变，待遇没变，家境没变，品格没变，意志没变，精神没变，爱心没变，他依然是老百姓真心爱戴的"三哥"……

3. 一个人的"政府"

方圆百里的乡间，只有王江一个公务员，因此在松木河乡亲们的眼里，王江就是"政府"。这个"政府"公正、热心、亲民，大事小事啥事都管，因此老百姓已经说顺了嘴："有事找王江"。十多年来，这个"政府"默默做了多少好事啊！

——来松木河的第一个春节，王江就到敬老院看望慰问那里的孤寡老人，从此他和妻子谢淑琴与老人结下不解之缘。每次去都不空手，自家的鸡蛋，新采的山野菜，刚红的山杏儿，新包的饺子，还帮着老人洗衣服，梳头发……

——走访四合山村，到了七十多岁的五保户刘禄家，家里除了刘禄和他的呆傻老伴之外，还有另一个五保户闫福。他们都是村里的照顾对象，为方便生活，经老人同意，村委会安排他们住到一起。看到屋里阴暗潮湿，破破烂烂，饭桌上除了咸菜疙瘩什么菜也没有，王江怦然心动了。回头，他找到村委会，掏出二百元钱塞到村支书手里说："三位老人太困难了，我兜里就这二百块钱（那时王江的月工资才四百余元），你帮着经管着，隔二差五买点儿猪肉鸡蛋什么的，给老人送过去。小时候咱们都受过苦挨过饿，这年月了，不能再让老人过苦日子了！"

村支书很感动，歉意地说："不好意思，我们的工作没做好，村里也难……"

王江又嘱咐村支书："别跟老人说钱是我给的，就说是村委会给办的事儿就成了。"

村支书更感动了，说："三哥，你办了好事咋还不让我说？"

王江笑笑：“这点儿钱算个啥，还值得一说！再说好事是村委会办的，不是有利于你搞好群众关系嘛！”

村支书感动得大泪珠子刷地掉下来，天底下哪有这么当警察的?!

——松木河村的养牛户徐贵和让老黄牛顶成重伤，躺地上昏迷不醒。王江闻讯跑去，一看伤势不轻，当即决定送往佳木斯市医院抢救。家里都是农村人，没见过世面，没经过这类事情，只会站一旁呜呜哭。这以后，找车，上路，背进医院，挂号检查化验办理入院交款领药，楼上楼下跑，全是王江的事儿。入夜，他和家属一起陪坐在病床边。第二天，一切都安顿好了，临走前，王江给自己只留下买回程车票的10元钱，其余200多元都留给了徐贵和的媳妇……

——五七村邹文里老两口生活十分困难，开春种地时没钱买化肥了，王江扛去两袋化肥。冬天，王江又与管区内的林场联系，帮助邹文里找了一份用马车上山拉木头的活儿。几年后，老伴去世了，年近七十的邹文里也干不动山上的活儿了，又成了村里的贫困户，王江托亲戚找战友，又在外乡帮邹文里找了一份喂猪的活儿。乡亲们说，三哥简直就是老邹头的亲儿子，管到底了……

——2006年春节期间，一场飞来横祸把团结村的王允武夫妇砸懵了。他们唯一的儿子，一家三口在佳木斯市惨遭车祸，儿子、儿媳当场丧生，刚刚五岁的小孙子侥幸脱险。白发人送黑发人，花甲之年的王允武痛不欲生，整日以泪洗面，几次欲寻短见要和儿子“一起走”。王江赶来，从收殓到安葬，他一直陪在身边，并安慰和鼓励王允武夫妇“为了你们的小孙子，一定要挺住”！事后，王允武想起儿子生前曾说过，为了孩子将来上学，他在市里银行存了一笔钱。可王允武既找不到存款卡，也不知道密码，更不知存在哪家银行。万难之下，他们又想到王江。王江二话没说，陪着王允武夫妇跑各家银行，查信息，开证明，做公证，二十多天后，他们终于查到这笔钱的下落。

王江的家。18平方米的旧草房，“半铺炕，一间房，脚蹬窗，头顶墙。”炕上放着那部红色的“110”电话和两口子用的电话记录簿。一家人过的依然是家徒四壁的日子。用了十多年的彩电和冰箱，在部队当先进时获奖得的两只行李箱，最值钱的衣服是 1997 年花 120 元买的一套“处理西服”。十多年了，他没买过一双皮鞋。自家鸡下的蛋也舍不得吃，积攒起来好换钱买药。长大成人的儿子看到家里生活太过艰难，下决心到深圳打工……

乡亲们见“三哥”日子实在过于窘迫，有人劝他到林场“整”几百根木耳椴搞点儿副业，有人劝他在农场“搞”几片耕地。王江摇摇头，说顾不上啊，一笑了之。在派出所的学习会上，王江常说：“当警察，最根本的是要有正气。有正气，老百姓才听你的信你的，下去办警务才会获得群众的支持。”

1999 年，王江病倒了，肝部剧痛，引发了持续的高烧。那是直不起腰、吃不下饭的剧痛，是无法入眠、大汗淋漓的剧痛。王江这个铁打的汉子终于挺不住，躺倒了。乡亲们听说了，纷纷找上门来，七嘴八舌逼着三哥赶快去看医生。三哥，佳木斯也就是几十里的路程，别拖了，你再不去，我们就抬你去！

星期一一大早，王江躺在炕上还没下决心呢，很多乡亲带着刚煮熟的鸡蛋、刚烙好的糖饼，已经上门来送行了，热热闹闹挤满了一屋子。数天后，王江被确诊为肝硬化，很严重，肝前小叶还发现鸭蛋大的一个囊肿。第一个疗程就需要住院治疗两个月。可王江只住了二十天就从医院跑出来了，老伴拦也拦不住。王江说，我必须回去，那么大片的辖区，就我一个警察，万一出啥事咋办！

那些天正是雨季，乡亲们来看王江，看到他家漏成那样子，地上炕上大盆小碗地摆了十来个。过后大家商量，三哥一年到头尽忙咱们的事儿了，咱们也得替三哥想想啊！他家漏成那样，咱们给换换房盖吧！不过这事儿还不能说，说了三哥会不同意的。

约定开工的那天早晨，王江家门前呼呼啦啦涌来一百多位乡亲。有年过七旬的老人，有背着婴儿的妇女，有十岁八岁的孩子，大家都有一个共同的心愿，那就是给王江家干点儿活儿，出点儿力。早两天，王江和老伴听说过乡亲们要给他家换房盖的事儿，他不同意，以为就算了。没想到大清晨一出门遇上这样轰轰烈烈、红红火火的大场面。

王江掉泪了。他高声说，乡亲们，我王江谢谢你们了行不行？别整了……

说啥都没用。这是王江在松木河第一次说话没人听！

帮工太多，挤不上，还是村干部硬性排了次序，定下每天二十个人，轮班换。王江挽挽裤腿袖口要一起干，乡亲们不容分说把他拦下了："三哥，今天这活儿还用得着你伸手吗？看着就得！"

2006 年 6 月，黑龙江省公安厅为王江记个人一等功，公安部授予王江全国公安系统一级英模称号。10 月 13 日，佳木斯市公安局隆重召开了"王江警务室"命名仪式。这是全国公安系统第一个以个人名义命名的警务室。

2010 年，王江病重不起。黑龙江省公安厅经考核，决定吸收王江的儿子入警。临终前夜，王江看到儿子穿上崭新的警服，瘦削的脸上露出一丝欣慰的笑意。他喃喃地对儿子说："给我唱一遍国歌吧，我要听着国歌走……"

儿子涕泪交流，轻声吟唱。

歌声中，王江安详地走了，在场的警察和医护人员无不泪如雨下。

王江的人生是平凡的。王江的意义是伟大的。

六、牟清元：一座城市的"雕像"

牟清元，紫红脸膛，身材壮实，站在漫天风雪中，站在一年四季中，站在滚滚车流中，站在一座城市的中心，仿佛一座钢浇铁铸的雕像，铸成中国交警的"标准像"。

大兴安岭，重峦叠嶂，莽莽苍苍，加格达奇是它的首府。牟清元是这个城市一号岗的交警，也是这个城市最威武、最响亮的名片和一道激励人心的风景。他是二级警督，似乎可以不做普通的交警了，何况信息化时代的交通指挥主要依靠红绿灯，只有高峰时段才需要警察临阵指挥和疏通。但加格达奇市的老百姓舍不得他，觉得牟清元如果不在一号岗上，就像这个城市少了一支威武之师，少了

风雪中执勤的牟清元

一些英雄气概，少了一台催人奋进的强劲发动机。加格达奇的市民们可能记不住市委书记、市长的名字，牟清元却无人不知无人不晓。

一号岗坐落在人民路和兴安道的十字路口，牟清元承托着全市人民的尊敬与爱戴，承托着警察的职责与忠诚，在一号岗一站就是二十六年。从二十二岁到年近五旬，他依然站在那里，像一尊雷打不动的雕像，像一棵傲雪凌霜的红松。

交警，号称公路上的“吸尘器”。冬天一身雪，夏天一身汗，晴天一身土，雨天一身泥。但在整整二十六年间，牟清元都以自己的行动宣示着一种“标准”、一种“坚守”。他的指挥动作，身姿挺拔，双腿并立，手势刚健有力又不僵硬，节奏分明，指向明确，不差分毫，充满力度和美感。站在街头看他的指挥，就像在欣赏一位技艺精湛的乐队指挥家正在指挥这个城市最为宏大最为动人的交响乐章。

大兴安岭地区位于中国雄鸡之冠，冬季长达七个月，白天最低温度常在零下 30 多度，夜间接近零下 50 度，著名的“北极村”就位于它的顶端。在这里，室外执勤的保暖装备再好，也难以抵挡凛冽的寒流。1988 年，从部队复员归乡的牟清元经过招聘考试，成为一名交警。领导见他形象高大英俊，又有军人之风，便把他分配到这个万众瞩目的一号岗，并嘱咐他说：“希望你在这个岗位上，为全市打造出一个形象工程。”从此，牟清元照着交警指挥动作标准，对镜苦练出一身刚健有力的过硬本事，一号岗迅速引起全市人民的关注。

冬季，交通警察的形象不允许牟清元在岗位上跺脚取暖、抄袖捂手，要求他保持动作的灵活性和准确性。棉皮手套不顶用了，他把硬纸壳剪成手指形状，塞进手套模仿十指，再攥拳指挥交通；为保持灵敏的听力，他不能用猫耳完全护住耳朵；他穿的警靴比脚大四码，里面垫上四双毡垫，再套上毛袜子。即便如此，一班岗下来，依然冻得手脚麻木，浑身僵硬，帽檐、帽耳、眉毛、睫毛挂满白霜。就这样，每年冬天，小腿的静脉曲张、严重的关节炎成了他的职业病，脚上的冻疮多年不愈，裂开一道道血口子。下班回家，妻子的第一件事就是帮他脱下血迹斑斑的毛袜子，洗净晾干，换用另外的一双。

多少次，违犯交通规则的司机掏出一点儿“心意”，请求牟清元高抬贵手放行，遭到严词拒绝；多少次，亲戚、友朋、战友开车路过违了章，哪怕是自己的姨夫、伯父，他都绝不搞“下不为例”，哪怕事后自己掏腰包把罚款送还亲戚，请对方以后注意行车安全；多少次，党政机关、首长或大款的司机违章，无论人情求到哪里，无论什么重要人物打来电话疏通，牟清元一律照章办事。时间久了，大家都理解了他，知道他是一位忠于职责的好警察，无论谁犯到他手里，都心甘情愿受罚，不再找人疏通，并对他充满真诚的敬意。二十六年，牟清元没给违章人开过一次“绿灯”，没收过一分钱的不义之财，没吸过司机的一支烟，没吃过一顿关系饭，没有一次因执法不明遭到投诉。他在一号岗铸就的崇高形象和法律权威光芒四射，有口皆碑！

——深夜，牟清元发现一辆农用车在路上“画龙”，司机疲劳驾驶，打着瞌睡，身子一歪从车上掉下来，被后轮胎碾压受伤。他迅速将司机送往医院急救，并垫付了300多元医药费，同时联系到其家人。司机伤势好转后，牟清元赶到医院对其进行了必要的教育和处理。司机和家人心服口服，连声道谢说：“早就听说一号岗是个大好人，以后我一定听你的！”

——一辆长途客车路经他的岗位驶往火车站，牟清元发现车内过道有人站立，显然超载了。他立即示意停车，将超员旅客请下车，然后抄下车牌号，记下驾驶员联系电话，将车放行，又将超员的旅客用执勤车及时送到火车站，所有乘客都没有耽误行程。事后，牟清元按规定对大客司机进行了处罚。

——一天，辖区内发现一辆出租车正高速行驶，他及时驾车赶上示意停车。司机摇下车窗对他说：“警察同志，对不起，车上有急救病人要去就诊！”牟清元向车内望去，见一位老者面色苍白，躺靠在一位护理者身上，他立即开动警车做前导，拉响警笛，将该车护送到医院急诊。

——一天当班，发现一个歹徒挥舞着长柄板斧当街行凶，到处乱砍，连伤了三人。牟清元奋不顾身徒手冲了上去，左上臂被砍开一个大口子，最终将凶犯制服。

——2010年7月的一天，午间高峰刚过，一位厂商满头大汗跑到一号岗求助，说自己的手提包忘记在出租车上，里面有几张银行卡、全厂工人的当月工资和自己的证件。牟清元问清时间和出租车的特征，立即驾车拉着那位厂商连续走访了几个出租车公司，五个小时后终于查到了那辆车。厂商接过自己的手提包大喜过望，拿出5000元表示谢意，牟清元一如既往谢绝了。

环卫工人说：“冬天冰封路滑，我们常常看到牟清元走下岗位帮着推车，过来一辆推一辆；老人或孩子摔倒，他会赶紧跑过来搀扶着走过路口。痴呆老人走丢了，他会帮着联系家人。”

电视台工作人员说：“下雨天，我们路过时看到牟清元浑身透湿还在一丝不苟地坚持指挥交通，立即拍了下来，制成一段公益短片叫《雨中的警察》，每天滚动播出，连播半年，感动了全市。”

银行工作人员邢星说：“我经常路过一号岗，看到牟清元在尽职尽责工作，帮助路过的老百姓，心里很感动。他常来我们银行办理业务，冬天脸上的冻疮红一块紫一块的。有一次我在香港买了两管防冻软膏，等牟叔来办业务时，我拿出来送给他，牟叔坚决不要。我不得不谎称是银行免费赠送的礼品，他才收下了。”

牟清元为老百姓做了难以数计的好事，赢得了广大人民群众的衷心爱戴。已经好几年了，每逢冬季到来，总有一位老奶奶为他送来厚厚的棉鞋垫，每逢炎炎烈日，再为他送来冰镇矿泉水。住在附近的徐大娘一针一线给牟清元做了一条加厚的棉裤，牟清元开始坚持不要，后来坚持要付钱，大娘说：“我不是卖棉裤的，是我自愿给你做的，而且是照着你的体形做的，你不要我送给谁呀!”此后，大娘每隔三年给清元做一条棉裤，连做了三条，后来因患了老年病才停止。

2002 年，交警大队领导为照顾牟清元的身体，决定调他到机关工作。没想到一石激起千层浪，从市领导到普通百姓，纷纷打听一号岗的牟警官哪儿去了？是病了还是调动了？他可是咱加格达奇市的一道风景，一号岗不能没有他啊!

牟清元站大岗，站出了同人民群众的深厚感情，站出了自己的责任感和光荣感，觉得坐机关不适合自己，也一再强烈要求重回自己的战斗岗位。许多天后他终于回来了，又开始了他那充满力度和美感的指挥。住在附近的老百姓好高兴，高喊着：“牟警官，欢迎回来!”

第十二章
名震大上海：刑警“803”

一、端木宏峪：“803”的定海神针

1995 年 9 月 3 日。灯火辉煌的大上海。六十八岁的端木宏峪走完了他风云激荡的传奇一生，停止了呼吸。

端木宏峪

上海刑警“803”总部，端木宏峪的雕像凝结着深沉思索的眉峰，迸射着智慧与力量的凛然目光。迄今，他仍然是“803”刑警们的精神引领和职业骄傲。

1925年，端木宏峪出生于苏州一个贫苦家庭，原名蔡承彦。

1949年5月27日，当解放军排着整齐队列进入上海之际，一身土布黄军装、身背驳壳枪的端木宏峪跟随一批山东南下干部，乘大卡车赶到地处福州路185号的上海市警察局。他们把一块手写的“上海市公安局”牌子挂到楼门左侧，在楼顶升起一面红旗，没举行任何庄严隆重的仪式，他们就匆匆进屋召集旧警察们开会，宣布接管，同时要求他们洗心革面，重新做人，并当场宣读了“三大纪律八项注意”，要他们一条条记在本子上，说“这是当好人民警察的最基本的要求”。

国民党军队撤退前，放出了在押的数千名刑事犯，加上匪徒横行，帮会猖獗，散兵游勇混迹于城乡，解放初期的上海社会治安形势十分严峻，杀人抢劫案屡屡发生。身高1.82米的端木宏峪曾乔装成“国军连长”，打入匪兵内部，里应外合，一举将匪兵全部歼灭。在围剿大运河上的土匪“水火帮”时，端木宏峪深入民间调查，指出匪徒船只与渔民船只的重要区别：一是匪徒船只多在月黑风高的下半夜出动；二是匪徒为行动方便，船体轻吃水浅；三是匪徒船上的渔网多用来蒙人眼目，故而网上的铁片都是生锈的。端木宏峪提出的这些细节，为“土八路”出身的刑警们提供了重要的侦查方向，上千名水匪很快被扫荡一空。以后的数十年间，胆大心细、思维缜密、善于观察的“名探”端木宏峪在侦查手段极为落后、甚至鉴定血型、比对指纹都十分困难的条件下，办了许多难案、奇案，被誉为大上海的“定海神针”。

裘礼庭，“803”第二代名探“三剑客”之一。他1930年出生于宁波，十七岁投奔三哥到上海打工。1949年上海解放后，他在街头看到公安局招收人民警察的告示，但报名者需持有工会开的介绍信。一个打工仔哪里有什么介绍信？小伙子灵机一动，用三哥的名字“裘礼庭”报了名，逼得哥哥后来不得不改了名。裘礼庭聪明机智，从派出所所长一路做到市局刑侦处副处长，后来成为老处长端木宏峪的高徒。他性情温和，思维缜密，藏锋不露，遇事轻易不表态，开口则有惊人之语，人送绰号“糯米团子”，意思是无论什么大案难案，沾到他手上就掉不下来。到退休之日，裘礼庭留下50多本破案笔记。20世纪80年代初，中国刚刚走出十年浩劫，社会秩序还较混乱，案件频发。其中，“民国名媛”蒋梅英被害案轰动一时。蒋梅英年轻时美貌如花，民国时期在上海滩名闻遐迩，号称“民国十大美女”之一，曾当选“上海小姐”。1983年10月22日在家中被害，时年七十四岁。裘礼庭奉命侦破此案。他一一排除了蒋老太身边密如蛛网的各类关系人以及“仇杀”、“情杀”、“台湾特务暗杀”、“图财害命”等种种可能，最终锁定凶手为长宁区公安分局警察、团委书记周某。1974年，周某从部队转业到当地派出所当民警，他听说蒋梅英当年风流一时的种种“花边新闻”，不由得色心顿起。当时蒋梅英虽然年逾六旬，因生活优渥，保养得当，又会打扮，看起来依然风姿犹存。年纪轻轻的周某多次上门调戏蒋梅英，都遭到拒绝。1983年全国掀起“严打”风潮，已升任分局团委书记的周某担心蒋梅英揭发他的丑行，深夜潜入其家将她勒死，并掠走部分钱财。中央及上海市领导都对此案迅速破获给予充分肯定，“文革”中被迫离开公安战线的裘礼庭一战成名，重归岗位。

1985年11月25日上午8时30分，中国银行广东潮州市支行的四位工作人员从只有一墙之隔的市行库房领取了60万元钞票。拉回本行库房进行清点时，在共计2.5万元的新5元钞中，发现五扎中少了一扎，计5000元，空缺处用了一捆印钞厂专用“一元券”纸头填补。事情迅速报告了行领导，经查，领取、运输过程中无漏洞，案子肯定发生在印制过程中。最终根据箱号认定，这包以假充真的5元钞出自上海印钞厂。厂领导接报后大为震惊。该厂历史悠久，管理严密，成品车间铁门重锁，层层把关，固若金汤，从未发生过丢失、盗窃之类的案件。一位副厂长带领技术人员火速赶往潮州，会同来自北京、上海、广州、汕头的行内专家，对案情进行分析研究。会上，看到那扎以假充真的印有“一元券”字样的纸头，上海印钞厂当即认账了。副厂长说：“这种贴头封条，在全国金融界只有我们厂生产，看来事情肯定出在我们厂内了！”普陀区公安分局派出强有力的侦查人员介入案情调查。但这笔款项自 1985 年 7 月 8 日装箱出厂，到 12 月 25 日发现短缺，时隔近五个月，被盗时的一切迹象和痕迹都无法寻找了。1986 年 7 月下旬，又一条骇人听闻的消息传来：当月 10 日下午，广东惠阳县工商银行从人民银行库房领取了 80 万元，押运回来后，工作人员打开一箱新币时大吃一惊：箱里应该装满 8 包，每包 2.5 万元，却少了一包，短缺 2.5 万元。经查，又是上海印钞厂出品的新币！

1986 年 8 月，市公安局刑事侦查处处长端木宏峪被请到上海印钞厂。在听取普陀区公安人员案情汇报和现场勘查之后，老端木从容不迫“祭”出三板斧：一是请银行系统向全市各银行营业点和储蓄所发出“协查单”，要求他们密切关注是否有被盗钞票回笼；二是调查成品车间所有职工八小时工作时间之外的一切活动，特别是经济花销情况；三是一切侦查活动都秘密进行，为避免打草惊蛇，白天上班期间侦查人员绝对不许出现在成品车间。端木说：“此人先后两次作案，时间相隔半年有余，正是因为他看到分局的侦破工作没有突破和进展，故而再次实施盗窃。此人已经偷惯了，时间长了不偷手痒痒，早晚有一天他会重出江湖的。”

一个夜晚，印钞厂工人都下班了，端木宏峪带着专案组成员出现在成品车间，重新进行现场勘查。普陀分局的同志们很奇怪，我们已经进行过多次现场勘查，就是一根毫毛也找不到了，老端木还能找出什么来呢？端木宏峪走来走去，仔细观察着每扇门窗、每个角落。陪同的厂领导自信地说：“我们成品车间处处加锁，管理严密，围得固若金汤，不可能有什么人随意进出！”突然，端木宏峪在冷风间一人高的通风口处站住了，问：“这里可以进出吗？”厂领导摇摇头说：“里面是直径不到一米的通风管道，除非冷风机出了故障派人钻进去修理，平日不会进人的。”

端木指指随行的侦查员小刘说：“你身材瘦，拿手电筒进去仔细看看有没有什么痕迹？”

半晌，满脸灰尘的小刘爬了出来。他报告说：“接近通风口的这一段管道灰尘较少，好像有人擦拭过，里面的灰尘较多，可以断定里面进去过人。”在场的分局同志大感羞惭，他们来厂办案已经数月，现场勘查也进行了多次，竟然没发现这个通风口里面能藏人！

不过罪犯很狡猾，把可能留下的足印和指纹都擦掉了。端木宏峪说：“不管怎样，这是一个重大收获，证明盗贼肯定是成品车间的职工！”他要求市、区两级组成联合专案组重新进行排查。没想到1987年4月3日，吉林省农安县农业银行又发现一包2.5万元的5元券中少了一扎，短缺5000元。

不久，时任国务委员、中国人民银行行长陈慕华专程来上海考察工作时，表达了对上海印钞厂盗钞案的严重关切，要求亲自听取案情汇报。老端木对裘礼庭说：“看来这个案子需要‘803’亲自操刀了，你去会上听听领导意见吧。”

会上，当着陈慕华的面，市领导要求裘礼庭“限期破案”。裘礼庭略加思忖，表态说：“今天是6月15日，快则两个月，慢则年底前一定破案！”市领导当场拍板说：“大家都听到了，裘礼庭立了军令状。军中无戏言，案子年底不破，我就撤裘礼庭的职！”

新一轮排查工作开始了。初夏的一天，侦查员张雷民来到普陀区永安里小区，调查在这里居住的印钞厂成品车间拉车工张德康的家庭生活情况。居委会主任告诉他，张德康一家已经搬到曹杨新区了。张雷民又赶到曹杨新区，户籍民警和居委会向他介绍说，张德康1947年生，现年四十岁，去年印钞厂分给他曹杨新区一套房子，一家人搬入新居后，家里装潢一新，陈设富丽堂皇，老婆孩子有很多时髦衣饰，生活水准绝非一般工人家庭所能达到的。

前期调查工作也曾发现张德康一家的生活水平大大高出本人收入，但张德康解释说，他是妻子家的上门女婿，有了儿子后，老岳父为传续香火，要求外孙随母姓，为此付给他5000元作为报酬。裘礼庭说：“什么叫侦查工作？就是滴水不漏，弄清真相。你们再查查张德康岳父的经济状况，他是否有这样的财力。”一查，张的岳父身体多病，在医治上花费很大，欠债很多，不可能付给张德康这么多子随母姓的“报酬”。在掌握张德康多项大宗支出的人证、物证基础上，老端木和裘礼庭决定对他实施刑事拘留、立案侦查。在强大的政治攻势下，张德康终于交代了三次盗窃作案的全过程：每次都在下班前乘人不备，潜入冷气间的通风管道躲藏，深夜时爬出管道，戴上尼龙手套作案，盗窃完成后擦洗掉一切痕迹，第二天早晨上班时悄悄出现，晚间下班时将赃款装进空饭盒，用提包拎回。

1987 年 10 月，按裘礼庭立下的军令状，震动中国金融界的上海印钞厂窃案提前两个月告破。

二、刘志雄：破获 31 年前的“电击杀人”案

刘志雄，清瘦，儒雅，闪着一双明亮而深沉的眼睛。他是“803”刑警总队刑侦技术中心高级工程师，1969 年生于一个工人家庭。

从上海第一警校毕业后，刘志雄分到“803”总部刑侦技术科指纹组。刚开始，刘志雄老大不情愿，他期望的是当中国的“福尔摩斯”和翘胡子大侦探“波洛”，天天关在办公室里，观察几乎千篇一律的黑白纹线，憋屈死了。那时库里只有十万枚指纹，也就是一万人的指纹库存。破案时用两镜：先用放大镜观察，再用显微镜比对，天天累得两眼昏花，一年能破两三个案件就不错了。但随着电脑时代到来，指纹库存已达六百万，比对由特定软件进行，快如闪电，精准无比，刘志雄成了知名专家。许多挂着“陈年老账”的罪犯指纹，像黑白底片一样装进他的记忆库。那弯弯曲曲环绕着的黑白纹线，在他看来，个个不一样，个个有故事。调出一枚指纹，刘志雄甚至可以立即指出这个家伙做过什么案子。凭着这样的本事，刘志雄足不出户，连破奇案。

1981 年 8 月，上海市静安区建华旅馆发生一起命案，死者李某

刘志雄在讲解指纹

身上有十几处淡黄色烧灼伤，房间内搜出几根电线和一把尖刀，还有凶手留下的四枚不太完整的指纹。法医判定死者系遭电击身亡。这是上海历史上第一例电击杀人案。旅馆前台人员介绍说，与死者同屋住的客人登记名字叫“李义清”，中等身材，三十多岁，有一点儿北方口音。那时住店要有单位的介绍信，“李义清”拿的是吉林省双阳县中医院开的介绍信。侦查员随即北上调查：既无此医院更无此人，全是假的。

除了指纹，其他别无线索。那时“803”总部有60万枚指纹库存，领导动员大量人力，手拿放大镜，眼观显微镜，轮班上阵连续作战，个个累得半死。正查着，公安部电告上海方面说，浙江嘉善一家旅社发生类似案件，幸亏被害人老冯睡得很轻，凶手手拿两根电线刚在老冯脑门儿上电了一下，老冯就被惊醒了，吓得直喊救命，凶手只好跳窗逃跑了。紧接着，在江西上饶市、九江市连续发生电击杀人案，各案累计三死一伤，经旅馆留下的登记笔迹鉴定，凶手虽不断改名换姓，但系同一人作案。鉴于当时落后的破案手段，凶手逃往外地消失于茫茫人海，几乎无法查寻。

倏忽三十余年过去了。2012年4月18日，刘志雄在警方指纹库全国联网比对中，忽然发现一枚似曾相识的指纹。这枚指纹来自江西省公安厅指纹库，此人叫艾红光，1983年因抢劫罪锒铛入狱，留下这个印记。刘志雄仔细端详着艾红光的指纹，怎么看怎么眼熟。有点儿像库中存留的一枚老指纹，即1981年在静安区旅馆电击杀人的“李义清”留下的指纹。刘志雄入警后因办案需要，天天查阅比对指纹，竟把31年前电击杀人案的这枚指纹的纹理牢记在心。这出自他惊人的记忆力，当然也是“803”刑警恪尽职守的明证。

刘志雄立即从电脑指纹库中调出系列电击杀人案犯罪嫌疑人、先后化名“李义清”、“陈志伟”、“李明春”的指纹，果然与艾红光为同一人！得到刘志雄的报告，“803”头头们大为振奋，刑警们紧急动员起来。一支队探长万宗来脱口来了一句：“欠‘803’的债总是要还的！”万宗来生于1971年，1992年从警。说起刘志雄发现的这枚指纹，万宗来说，当年负责侦办这起电击杀人案的老刑警王学仁因为案子一直未破，抱憾退休。临走那天他叮嘱年纪尚轻的万宗来说：“这个案子你要记挂在心上，破了以后告诉我一声。”

得到刘志雄提供的指纹信息，万宗来当即率人奔赴江西省厅，经调查得知艾红光那年（2012年）六十三岁，户籍在江西省鹰潭市月湖区农村。万宗来、李臣、姜东强等七位刑警又赶往江西鹰潭市，终于在其打工地点将艾红光抓捕。附近乡亲和他的家人大为震惊，平时老实巴交、胡子一大把的艾红光怎么会犯罪呢？在“803”总部，艾红光交代了全部犯罪事实：他出生于1950年，年轻时当过兵，懂得一些机械、电学方面的知识。婚后有了三个孩子，生活比较困难，他一直琢磨有什么发财的机会和办法。一次看到有人用电炸鱼，一个电瓶扔下去，砰的一声一大片白花花的鱼浮上来。艾红光灵机一动，对呀！用这个办法电死几个人，大笔的钱就能顺手揣进自己的口袋了。1981年，他先后到了上海等几个城市，专住小旅店，瞄准采购员，利用事前备好的电线和室内电路，作下“电击杀人”三死一伤的连环案之后逃回老家。

1984 年，艾红光在老家帮一个遭偷的哥们儿“惩治小偷”，两人以牙还牙，把小偷的钱财抢了又分了。警方破案后，艾红光以抢劫罪被判三年徒刑，故而留下指纹。这段耻辱的日子让他懊悔莫及同时也暗自庆幸——他没交代、警方也没发现他当年电击杀人的底案。因心中有鬼，艾红光在狱中表现积极，减刑释放回家后，他决定金盆洗手退出江湖，把以往的罪恶彻底埋进历史，带进坟墓。从那以后艾红光过起老实人家的日子。三十余年过去，他已年过六旬，三代同堂，儿孙绕膝，他以为漫长的时光已把他的一切罪恶都洗掉了。

刘志雄说：“当代办案，科技的力量越来越重要了，不过电脑只是工具，关键还在人脑。”

指纹比对，整天在黑白纹线的迷宫中转悠，终归是一项寂寞、单调、枯燥的工作，海量的库容就是大海捞针式的工作量。任务紧的时候，要查明一枚指纹的来历，昼夜兼程连轴转是常事。

2012 年，刘志雄以杰出的战绩被评为上海市“平安英雄”。颁奖晚会上，主持人深情讲述了刘志雄忘我工作的日日夜夜，坐在台下的妻子、女儿感动得哭了。回来的车上，女儿抱着刘志雄的胳膊说：“爸爸，你真了不起！”沉默了一会儿，她又说：“爸爸，以后我想当警察。”

刘志雄说：“好啊！”那一刻他的眼里饱含泪花。

三、姜伟良：境外追踪电信诈骗大案

姜伟良，1973 年生于上海。肤色偏黑，身材不高，形象气质不太像警察。

在“803”总部大楼，姜伟良大概算是多面手了，最初当特警，主要工作是禁赌缉毒。后来当刑警，负责打黑。再到三支队指导办案，又到搞技术侦查的六支队当政委。现在是二支队队长，负责侦办偷抢诈骗他人财物案件，也就是说他是查赃钱的。

2013 年 10 月 25 日，上海《解放日报》、《文汇报》、《新民晚

报》及广播、电视等各大媒体报道了一条重要新闻：昨天，上海、台湾两地警方首次通力合作，一举摧毁两个特大系列电信诈骗团伙，抓获团伙成员59人，收缴作案手机105部、银联卡101张，查扣嫌疑款项60余万元人民币、新台币近11万元，案值累计高达2000多万元人民币。

姜伟良率领二支队四十余名干警全程参与了这次行动。就在相关报道铺天盖地、轰动上海的前几天，又一件电信诈骗大案浮出水面。

这是外籍文女士报的案。她容貌清秀，气质不凡，一身西装套裙，是上海一家知名合资企业的财务总监。这样一位在财务管理方面有着丰富专业知识的女士，却因一个莫名其妙的来电上了当。

2013年10月22日上午，文女士在家中接到一个录音电话，提示她的一部电话因欠费将被停机，“要知详情请按1，转入人工接听”。1号键上接听的是个男子，自称是深圳市罗湖区电信局工作人员。他通知文女士说：“你在罗湖办理的一台固定电话因长期欠费将被停机。”文女士提出异议，说她的电话都是通过银行转账自动交付的，不可能发生欠费。对方说：“那么，你的身份很可能被他人盗用，导致欠费，现在我们就将你的电话直接转到罗湖区公安局报案中心，请你向警方报案，说明情况。”一阵转拨音之后，一个自称“报案中心刘警官”的人受理了文女士的申诉。为消除文女士对他身份的怀疑，“刘警官”主动给了她一个电话号码“0755－25777777”，请她查证后再与自己联系。文女士通过“114”一查，这个号码果然是罗湖公安分局的。文女士信以为真，于是再次与“刘警官”联系。“刘警官”说，经过他向公安局有关部门查询，文女士的银行账户“涉黑严重”，与多个重大犯罪团伙有牵连，犯罪分子涉嫌利用该账户洗钱，已被警方列入重点侦查对象，“你如果无法说明资金来源和自己的清白，账户内所有资金将被查扣。”

文女士被吓呆了，连连申辩说不可能，自己是外籍人士，担任某知名企业的财务总监，在中国一向遵纪守法，等等。刘警官说，警方必须暂时冻结你的账户，由专业人员进行清查，确认无问题后再将你的账户恢复正常。随后，“刘警官”将电话转给负责清查账户的“李警官”。“李警官”严肃地要求她两小时之内赶到北京的金融监管局当面说明情况，进行清算。文女士当然做不到。于是“李警官”建议她，暂时把自己的账上资金转移到警方设置的一个安全账户，查验完毕后警方再把资金转回她的账户。

这时文女士的头都大了。大概她长期生活在一个高贵而狭小的圈子里，对社会阴暗角落中的罪恶和当下利用高科技手段犯罪的动向一无所知，以至于这时候的她完全慌了手脚，失去了正常的思维能力和起码的判断能力。其间还有自称“法官”的人打来电话，说限定的时间已过，再不转款后果将极为严重，警方有可能对她采取“强制措施”。

下午三时许，文女士向那个所谓“安全账户”转款 1951 万元。同时她还担心着自己的海外账户和理财产品。10 月 25 日晨，她专程飞往新加坡，又向那个“安全账户”转入 5 万多新加坡元。10 月 28 日，文女士接到“李警官”电话，称她的部分资金已经清查完毕，准备返还，但需要文女士支付资金回流手续费。到这个时候，文女士才对这件事情产生怀疑：查清来源不明资金是公安机关的职责，但返回本人怎么还要收费？文女士突然醒悟过来，意识到自己可能上当了，随即向上海警方报了案。

这是上海迄今案值最高的一起电信诈骗案。

侦办任务转到二支队。姜伟良他们随即通过高科技手段对那个所谓“安全账户”进行搜查，发现为文女士“特设”的这个账户已经空了，她的 2000 余万元资金在一天之内被犯罪分子通过网银系统层层转账，一路飞快转了七级并被分散到大量账户之内，最终大部分在台湾地区被取现，其中只有 2 万元在上海普陀区银行网点被两个持卡人取走，总共涉及境内外银行账号多达 2000 余个。眨眼之间，2000 多万元巨款被瓜分殆尽。

对此类手段，姜伟良解释说，高科技犯罪就是高智商犯罪，电信诈骗团伙组织严密，行动迅速，分工专业，规定明确，其中有开卡组、话务组、转账组、取款组、洗钱组等，共同组成一个高速流动的产业链。例如，此案被骗的文女士的 2000 多万元，在短短数小时内就被“消化”掉了。团伙内部结构为“金字塔”形，巨款进来了，最底层的一线成员拿“底薪”，提一个点，二线成员提五个点，三线提十个点，绝大部分则被团伙老板和高管攫走。他们精通网络电讯技术，个个可以充当“帝国黑客”，还能创作和导演“剧本”。团伙大多把据点安置在社会管理较松的国家或地区，利用境外服务器，绕来绕去绕到国内，通过网络数字电话和模拟讯号电话的对接，获得“透传功能”，使被害人回打的警方电话实际上又回到犯罪据点。总之，所有电话、程序、口径、脚本设计、人物角色，包括用于诈骗指导的《问答手册》等，都在这个秘密据点编排和操控。

姜伟良（左1）在研析案情

姜伟良和战友看了一天一夜的银行网点监控录像，上海的开卡人很快被抓获。经与台湾警方沟通，两岸开卡人都一样，他们大都是无业青年或底层老百姓。犯罪团伙“一线”人员通过收买手段，利用他们的身份证件办理银行卡，双方约定：款取出后付给“卡主”一些报酬，大部分则被犯罪团伙成员拿走。

通过网上侦查，姜伟良他们迅速锁定这个电信诈骗犯罪团伙的秘密据点设在柬埔寨首都金边市。中柬两国有着数十年的友谊和良好合作关系，沟通起来并不难。2013 年 11 月 17 日，即文女士报案之后半个月，一个中国“旅游团”飞赴金边，他们身穿花花绿绿的短袖衫沙滩裤，颈挂照相机和录像机，脚踩人字拖，谈笑风生，东走西看，说着南腔北调的中国方言，好像旅游公司临时拼凑起来的一群“驴友”，实际他们都是上海“803”总队侦探。在异国他乡，中国警察没有执法权、办案权，一切要依靠该国警方。总队副总队长杨维根、二支队支队长姜伟良秘密会晤了柬埔寨警方高层，把部分线索交给他们请求协查。对方满口答应，但查询电信信息首先要经警察部门和邮政部门同意，再与电信公司交涉。金边有大小数十家电信公司，查询一遍起码要一周时间，而且极易走漏消息。好在柬方警察对中国同行十分友好，双方共同行动，携手排查。据中方办案经验，电信诈骗窝点往往设置在高档住宅区内，独门独院，高墙铁网，保安严密，交通畅利，便于逃跑。房间装有隔音板，成员身份相互保密，皆以化名出现。

韦健，四十一岁，二支队副支队长，公安部打击电信诈骗特邀专家，每年出差办案都在二百天以上。用他女儿的话说，是“专门不回家的专家”。他和刑警余恺打扮成小生意人，手拎着酒瓶子，坐上当地“嘟嘟车”到处转，最终在金边 319 大街别墅区锁定了可疑的 5 号三层别墅。为避免引起怀疑，他们撤下来了，两位曾赴海外参加维和的警花万静艳和吴锐又分别带上自己的“情侣”轮番上去了。经我侦查人员对这座别墅的长时间观察监控，发现楼内经常夜灯长明，白天却鲜有人员车辆出入，保安昼夜巡逻，墙头装着铁网倒刺，门口、楼角安了多个监控探头。这里与其说是别墅，其实更像堡垒。

国外工作组和“803”总部密切沟通，天上地下寻踪定位，一切确定无疑了。姜伟良说：“时机成熟了，我们请求柬方采取抓捕行动，一道道手续都办完了，但为防止泄密，我们始终没告诉柬方具体地点。直到行动的那天早晨，柬方警官笑着对我说，我的枪都拔出来了，你得告诉我打谁呀?”

12 月 9 日上午十时，抓捕行动正式展开。柬方警察一拥而上，把大力钳探进大门缝，试图剪断里面的锁链，没想到锁链异常坚固，哗啦啦响了半天没剪断。别墅里的人发现墙外有警察行动，顿时慌作一团，有人惊叫有人乱窜有人喊着毁掉什么。如不能迅速冲进楼内控制局面，被犯罪团伙毁掉电脑记录、文字资料等罪证，以后就麻烦了。中国刑警们迅速转到别墅后面搭起人梯，姜伟良抓住铁网，踩着窗口的遮阳棚，飞身跃进三楼一个房间，然后不顾一切冲到院内，和一位借助木梯跳进来的柬方警察合力将大门锁链剪断。姜伟良说：“后来回想真够后怕的，到境外办案不能带枪，我等于赤手空拳冲进去了，然后背朝别墅在那里剪锁链。当时如果有人朝我开枪，我就彻底玩儿完了。”

大门打开后，双方警员潮水般拥进去，迅速控制了各个房间和二十多个犯罪团伙成员。登记犯罪人员信息，搜集作案工具、物品等项工作按照事前分工有序展开。其间窝点内的电话此伏彼起，一直没有消停过，大都是国内受骗者打来的。侦查员接听了一个电话，没等对方说完即答复说：“我是中国警察！这里是诈骗团伙在境外的窝点，我们刚把它端掉了!”

设在别墅高管房间的一个电话响了几声就挂断了。事后查明，这是犯罪团伙的幕后指挥“林老板”（又称“吉哥”）打来的。按照惯例，他每天都打几通电话过来查问情况，如有异常，他会通过远程操作，立即删除窝点内的核心电脑数据库资料。幸亏“803”战警江圣杰、陈剑伟都是电脑高手，转瞬之间，数据库里的资料已拷贝完毕!

人犯、物证都被带上了车，“803”总队副总队长杨维根给大本营发回一条报捷短信：“收网成功!”这时，姜伟良等多名战警才发现自己腿上、手上鲜血直流，那是刚才越墙而入时被铁网倒刺扎伤的。

18 日，10 名台湾籍团伙成员在金边被移交给台湾警方，生活在台湾的“林老板”的相关资料也通报给对方。

19 日，11 名大陆籍团伙成员被押解到上海。

遗憾的是，文女士被骗走的 2000 多万元已无法追回，大部分已被“卡主”和其他犯罪团伙成员挥霍掉了。姜伟良说：“有部分款项我们查到去向，但因在境外，我们鞭长莫及，无法追索。面对诈骗团伙，最重要的是公民要提高警觉性。就像防火一样，关键在于老百姓要有防备意识!”

四、尚岩峰：一个神奇的“黑匣子”

公安部上海第三研究所研制了一个神奇的“黑匣子”，主攻这个项目的是“海归”尚岩峰。

尚岩峰

小伙子戴一副眼镜，朴素、清纯，一双清亮而专注的眼睛炯炯有神。1976 年，他出生于河南安阳一个农村基层干部家庭。小岩峰在乡村学校读书，父亲对他要求很严，他的成绩也一直名列前茅。高考时发挥不好，进了一所普通大学，岩峰为此大哭一场，想复读再考。老师告诉他，命运是自己可以做主、可以改变的，以后还可以读研读博嘛！一席话点亮了岩峰心中的希望。在那所普通的大学，岩峰成为全校瞩目的最发愤最刻苦的学生，他把学校图书馆很多与专业相关的藏书都读了一遍。后来有师弟告诉他，他们到图书馆借书看，发现许多书的借书签上都写着“尚岩峰”。那时，尚岩峰就开始了对网络世界的勇敢探索和创新。上制图课时，岩峰觉得很多时间都浪费在重复劳动上，没必要。于是他设计了一个制图程序，把图画得无比精美，老师惊呼这个尚岩峰“是个天才”，整个校方为之倾倒。当时全校老师用的电脑都是“286”、“386”，校领导特别批准给尚岩峰买了一台“486”供他使用。尚岩峰毕业离校以后，校方拿他的毕业设计报到有关专业部门，竟然拿回一个大奖。

此后，尚岩峰一路精进，硕士之后是上海交大博士，再后考入比利时布鲁塞尔自由大学。第一年当学生，第二年签了工作协议，参与科研并拿到第二个博士学位。在那样一个幽雅宁静的现代化小国，每月有2000欧元（当时相当于人民币2.6万元）的收入，又是一个很受器重的青年人才，尚岩峰完全可以选择留在那里。但他还是眷恋自己的热乡热土。他说：“无论国外的生活条件多么好，你还是免不了有一种漂泊的感觉。”2011年，尚岩峰返回祖国，在中科院参与国家重大科研项目干了一年。此后他觉得自己的专长更靠近软件开发应用，于是转入公安部上海第三研究所。尚岩峰主攻的科研方向叫“视觉支撑项目”，他是整个团队的负责人。

要认识这个项目的重要作用，可以用一个场景来加以说明：某市一个持枪杀手连环作案，杀死数人后逃得无影无踪，全市人民为之震惊。为寻找案犯踪迹，公安机关调动大量警力，党政机关也调集数百人员增援。大家集中在一个大会议厅，分别观看各交通要道、各繁华区街的监控录像，近千人看了几天几夜，看得人困马乏，还是没有收获。

正是这个场景触动了尚岩峰，“视觉支撑项目”的灵感随之激迸而出：比如，将一个需要寻找的特定图像设定为“比对标本”，通过相关程序，由电脑进行快速自动扫描，以图找图，时效性准确性自然大为提高。如今，具有这个功能的“黑匣子”已经横空出世并投入使用。

2013 年 9 月 9 日，桂林一所中学门前发生三轮车爆炸，现场遗留有被炸死的三轮车夫的身份证。此案吓得全市学生和家长人心惶惶。此案是三轮车夫自爆还是恐怖分子所为？其动机是什么？尽快查明案情以安人心，成为当务之急。现场相邻各路口都有监控录像，警方组织大批人力，加班加点审看视频监控资料，时间往前推了十天，但一直没有发现相关踪迹，有的同志累得视网膜脱落了。听说上海三所有这套“视觉支撑”设备，桂林方面立即致电求援。尚岩峰带上这套设备和两个“80 后”技术员赶赴桂林。他们打开笔记本，启动相关程序，联上相关监控录像资料，一直上推到案发前二十天。很快电脑报警了：那个三轮车夫出现在录像中，他到商店买东西、买材料，到学校门前踩点，等等。按图追踪，案子告破，市领导看到这套“视觉支撑”设备如此便捷高效、省时省力，立即表态：“你们造出成型设备时通知一声，我们买它两套！”

此后，这个神奇的“黑匣子”在上海、苏州多地破案工作中发挥了奇效，警察们再也不用采取“人海战术”，昼夜兼程在成堆的录像中搜索那个可疑的身影了……

第十三章

警界神探的“中国功夫”

1999 年 9 月，公安部成立 50 周年之际，首聘乌国庆等八位身怀绝技、功勋卓著的老刑警为“特邀刑侦专家”，网称“中国警界八大侠”，后来发展为十六位。他们是：

首席刑侦专家——乌国庆
痕迹指纹鉴定专家——徐利民
“妙笔神探”画像专家——张欣
“中国第一审”——季宗棠
首席枪弹痕迹鉴定专家——崔道植
法医人类学专家——陈世贤
爆炸分析专家——高光斗
现场勘查鉴识专家——欧桂生
痕迹物证勘验专家——吴大有
物证鉴定专家——班茂森

刑事侦查学首席教授——彭文

痕迹物证勘验专家——阎子忠

首席物证鉴定专家——王满仓

法医病理鉴定专家——闵建雄

首席刑事技术专家——郑道利

刑事侦查专家——余新民

一、乌国庆：共和国第一代名探

走进乌国庆的家，一切都是陈旧而明净的，显现着老公安的家风。

乌国庆，七十九岁，身材颀长，腰肢挺拔，一头稀薄的霜发，言谈举止依然相当敏捷。1936年，乌国庆生于内蒙古宁城。父亲青年时代“闯关东”大概走错了道，一路竟闯到大草原上，不到四十岁已成为当地不大不小的地主。老人家不识字，喜欢听说书，还跟蒙古族兄弟学了一手马头琴，懂得知识文化的重要性，把孩子都送进了学堂。1950年，全国掀起抗美援朝热潮，十四岁的乌国庆已会背诵许多“四书五经”，深知天下兴亡，匹夫有责，于是毅然辞别父母应征入伍。部队领导见他小小年纪文化很深，说打仗最缺的就是医生，你学医吧。乌国庆学得相当出色，几乎门门考试第一，组织大为欣赏，又把他送进上海法医研究所研究生班，由苏联导师执教。1959年毕业时被评为“上海市社会主义建设积极分子”。一个学生凭借学习成绩优秀就能当上市劳模，这在新中国历史上也是不多的。在这个班，乌国庆还有一个重大收获——相伴终生的爱情。夫人曹彭秀是他的同窗，如今八十三岁，温文尔雅，依然是大家闺秀风度。

乌老忆起自己毕业后第一次破案的经历，不禁哑然失笑。当时，上海郊区一个农民吊死在树上，一群警察到了，有人说是自杀，有人说是他杀，莫衷一是。后来乌国庆到了现场。大家听说来人是苏联导师教出来的青年专家，都尊敬地等着他下结论。乌国庆早已把苏联导师教的侦查和破案方法写在几百张小卡片上，一边看现场，一边看卡片，紧张得满头大汗，左看右看也没找到答案。不大工夫一位老刑警来了，警服敞着怀，嘴角叼着烟，一副老大气派。他寸步没动，只是抬眼看看又问问情况，就下了结论："他杀"。大家都惊了，问他有什么根据。老刑警鼻孔里哼一声说："这么简单的事情看不出来还当警察？你们看，这个农民从家里走到这棵树，要经过那片豆地，但他吊死在树上没穿鞋子，脚上也挺干净，显然是被人弄死后扛到这儿挂在树上的。"老刑警一眼就看出案子真相，给满脑子书本知识的乌国庆一个极深刻的警示："光学不行，实践出真知。"

依靠扎实的知识功底，经过多年的实践和历练，乌国庆终于成为享誉全国的大侦探。每有大案要案疑案，各地公安机关常请他出山。

乌国庆在研究案件

1. 河南、陕西特大系列杀人案

1998 年 2 月至 1999 年 4 月，河南、陕西两省交界处的多个市县接连发生三十多起杀人抢劫案。几个蒙面杀手手段残忍，连几个月大的婴儿也不放过，女性被杀前后皆遭奸污。当地警方做了大量侦查排查工作，依然没有头绪。案件震动北京，乌国庆被请到现场，他按照各个案件发生地和发生时间走了一遍：

第一案：1998 年 2 月 14 日至 3 月 13 日，罪犯在两省交界的潼关、灵宝作案 3 起，杀死 3 人。

第二案：7 月 20 日至 8 月 20 日，在潼关、灵宝、周至、眉县、户县、乾县、礼县、高陵等八地连续作案 9 起，杀死 38 人，伤 2 人。

第三案：11 月 6 日至 18 日，在富平、蒲城、大荔、灵宝作安 5 起，杀死 11 人。

第四案：1998 年 12 月 16 日至 1999 年 1 月 17 日，在登封、伊川、蓝田作案 3 起，杀死 7 人。

第五案：1999 年春节后，在眉县、周至、杨岭、内乡作案 4 起，杀死 14 人。

五大连环案，总计杀死 73 人，伤 2 人。经现场勘查和查看收集到的相关物证、痕迹，乌国庆在有公安部有关领导、各级公安机关领导和专案组人员参加的工作会上，对案情和案犯作了如下分析。

（1）大量证物、痕迹、现场遗留信息表明，这些案子是同一伙罪犯所为。他们在作案前和作案间歇时，都在现场附近的看守果园或菜园的小棚房里待着，如吃饭、睡觉、抽烟、大小便。

（2）案犯作案前都不特别准备作案工具，杀人所用的钝器都是就地取材的锤子、树棒或木棍，用以打击被害人头部。不过每次作案前都提前备好了蒙面布，挖两个洞或四个洞（眼睛、耳朵）。蒙面布也是就地取材，都是偷来的当地老百姓家的门帘或窗帘，作案后再把凶器和蒙面布扔掉。

（3）现场遗留的案犯血迹都是 B 型血。

（4）作案者是关系密切、长期合作的团伙。根据现场足迹判断，可能有三人，作案时间都在凌晨零时至四时之间。

（5）有一处作案现场有一堵矮墙，高不过 1.80 米，案犯是掏洞进去的，因此主犯一定很瘦小，身高不超过 1.59 米。此人很可能是农民出身，善于使用镢头、铁锤、木棍之类的工具。因个头儿不高，不善攀登，喜欢以打洞的方式潜入屋内。现场作案痕迹证明，他非常熟悉农村房屋的结构。

（6）大量信息表明，这个主犯很像是在艰苦环境中长大的，或至少经历过艰苦的生活，譬如，可能有过流浪、乞讨的经历，甚至可能受过警方打击和处理。比如，他可以经常性地、长期地在野外环境和小棚房、机井房里活动生存；受害者家里一般都养狗，但这个主犯不怕狗，而且懂得怎样引开狗；案犯杀人劫财后并不急于逃跑，反倒常常回到藏身的棚房里休息一阵子，有点儿把这种地方当成“家”的感觉。故而可以判断，案犯很可能是农民出身。

（7）案犯手段残忍，作案时连婴儿都不放过，斩尽杀绝不留活口，证明他非常警觉，肯定受过警方打击处理，或者是负案在逃人员。

（8）案犯一定在河南与陕西交界处，即潼关、灵宝一带的金矿打过工。因为最早的串案就在这一带发生，而且在好几个现场，案犯都拿走了提炼黄金的工具和材料，没在金矿干过的，不会懂得这些工具的用途。

（9）案犯很可能不是本地人。这伙案犯曾用刀逼迫眉县一家信用社的工作人员打开保险柜抢走了一些钱，八个月后案犯通过打洞入室的方式，再次潜入这家信用社盗窃，打洞的地方正好紧靠信用社原来放置保险柜的地方。这表明，前后作案的是同一伙人，但不是本地人，如果是本地人，打洞前应当早已侦知信用社的保险柜换了地方。

（10）一处现场遗落了一些碎纸屑，经公安人员拼接，发现那是一张票面价值 35 元、从华阴洛夫至西安的长途汽车票据，乘车时间为 1999 年 3 月 16 日上午。按此票值，应当是三个人的乘车费（后经售票员回忆，果真是三个关中口音的男青年）。

乌国庆的分析，使得侦查方向、案犯特征都有了清晰明白的指向。

不到一个月，困扰警方两年多的系列杀人案成功告破。主犯彭妙计，从小生活在陕西山阳县山区，心黑手辣，曾将自己的生母拐卖他乡。许多年前他还曾伙同六名歹徒在河南某地犯下入室杀人抢劫强奸案，案发后六名同伙相继落网，只有化名“小王”的彭妙计脱逃。此后他跑到湖北某地安家落户，娶妻生子，表现良好，没有引起当地公安的任何怀疑。每逢起了杀人劫财的恶念，彭妙计都以“出门做生意”为名，拉上同伙跑到河南、陕西交界一带作案。这个杀人恶魔的一切表现特征，都与乌国庆的分析相当契合。最奇的是，他的身高果然如乌国庆所判断的：1.58 米！

凯旋的警察们交口称赞：“乌老真是神机妙算！”

2. 昆明百货大楼爆炸案

1995 年 1 月 14 日，春节前的购物旺期。昆明百货大楼人山人海，热闹非凡。上午，二层商场有人见地上失落了一个黑皮公文包，伸手去拾的当口儿，皮包突然发生爆炸。五分钟后，一楼又发生爆炸，一时间整个商场一片混乱，到处是哭喊声尖叫声，人们蜂拥着朝门口乱挤。一楼的一位售货小姐事后回忆，听见二楼发生爆炸以后，她赶紧走出柜台，愣愣地站在那儿上下观看，发现柜台前有一个纸箱，好像什么人忘在这儿的，可没一会儿，那个纸箱没冒烟没发出什么异味儿突然也爆炸了。

此案中，顾客死伤达 96 人。

警方进行了现场勘查和大量排查，但所获物证有限，再加上顾客数以千计又来自四面八方，案件毫无头绪。

现场被严格封锁保护。很快，乌国庆和另一位爆炸案侦查专家高光斗、画像专家张欣等刑侦专家应邀从北京飞到昆明。经现场勘查和听取相关汇报、查看笔录，张欣很快画出了两个案犯的画像，并推断他们很可能是北方人。乌国庆等专家则认定：

其一，根据一楼售货小姐的回忆，那个纸箱无烟无味就爆炸了，说明它不是导火索引爆，而是定时器引爆。来自民间的案犯一般采用闹钟和洗衣机的定时器当引爆装置。他请人拿来一个洗衣机定时器，拆解开来，把各种零件给当地公安人员看，让他们找找现场有没有这几样东西，特别是摆、轴、发条这三样。一位刑侦人员恍然大悟说：“我刚进现场时发现了这个摆，以为是日光灯管里的什么东西，扔掉了。”摆很快找回来了，确定是洗衣机定时器里的零件。

乌国庆说：“还有发条，它有弹性，爆炸后很容易挂在高处，再去找找。”

果然，发条挂在房顶上了。

公安人员又拿来一把旧锤子，说这是在爆炸装置旁边发现的。锤把儿很短，是用两截铁管焊接成的，末端有切割痕迹。乌国庆像文物鉴定专家一样找到一件神秘东西，上下仔细观察了半天。

乌国庆办案一向很谦虚，他问当地公安人员：“你们对此案有什么判断?”

比较一致的回答是：“案犯选择在春节前的重要时段在百货大楼搞连环爆炸，目的肯定是制造负面影响，搞政治破坏！我们云南警方前不久在缉毒行动中打掉缅甸某地的一个大毒枭，这个毒枭的弟弟曾扬言要对中国警方进行报复，很可能是他雇佣杀手干的。”

乌国庆摇摇头说：“根据这把锤子，我看案犯是国内人，而且是本地人，是冲着钱来的。”他的根据是：

其一，一般顾客到商店购物，肯定不会带着这么沉的锤子来，这显然是案犯留下的。

其二，锤把儿是从一个整体钢管切割下来的，而且焊接技术很糙，证明案犯懂焊接，但肯定不在技术装备很高端的工厂企业，不过这个厂一定有切割机。应当尽快排查有切割机的一般小厂，切割机旁边很可能放有与锤把儿规格相同的钢管。很快，在某部队办的一个加工厂发现一台切割机，旁边放有一些钢管，比对之后，证明锤把儿正是从那些钢管上切割下来的！

在侦查案犯去向时，警方拿着张欣的画像到处打听，是否见过这两个北方口音的男青年。一家个体工厂老板见了，连说：“像极了，像极了！长方脸的姓李，东北人；国字脸的姓陆，河南人。这两个人都在我这里打工，昨天刚刚辞职走了。”

自此，这两个打工仔进入警方视线。经搜查两人住过的出租房，从一堆垃圾中发现了一些碎纸片，拼接后上面赫然记着：买炸药花了多少钱，买雷管花了多少钱，买定时器花了多少钱。分析会上，当地警方有人认为，案犯跑到昆明作案，是因为云南有漫长的国境线，作案后很容易逃往境外，应加强警力对出境站口严加控制排查。乌国庆却认为，两个案犯冒着巨大的风险，宁可死这么多无辜群众，制造了这起爆炸案，可只抢走了四百多元，足见两人经济状况很差，他们逃走的最便捷最省钱的唯一方法就是坐火车。

张欣进一步建议，应当从速查清案犯辞职离开工厂当天两个小时之内，开往外地的火车有几班。一查，只有开往广州一班！

很快，真名为袁凯泉和宋献伟的两名案犯在广州被抓获。两人交代，他们的计划是：爆炸发生后，趁乱用锤子砸收银台或打倒收银员，抢钱后脱逃。结果只掠得四百多元，他们吓得扔下锤子就跑了……

3. 石家庄特大爆炸案

2001 年 3 月 16 日夜，乍暖还寒的春风轻轻拂过冀中平原，石家庄沉浸在安详的睡梦中。

凌晨 4 时 16 分，一声震天巨响，炸碎了全城的梦境。孩子哭女人叫，有人惊恐万状地打电话报警：“你们快来吧！棉纺三厂 16 号宿舍楼发生爆炸，整座楼已经倒塌！”石家庄市公安局 110 指挥中心迅速指派一批警力赶到现场。警笛高鸣、警灯闪烁的十几辆警车刚刚停稳——

4 时 30 分，长安区建设大街市建一公司 1 号宿舍楼发生爆炸。

4 时 40 分，新华区电大街 13 号市五金公司宿舍发生爆炸。

5 时 1 分，桥东区裕华路民进街 12 号一栋二层居民楼发生爆炸。

不足一个小时的时间内，全市四个不同区域发生连环爆炸。这是共和国成立以来、石家庄建市以来从未有过的。经统计，受害群众涉及162人，其中死亡108人，受伤54人，四处现场血迹斑斑，砖石遍地，几成废墟。被爆炸声吓醒的数万居民来不及穿好衣服，许多人披着棉服、裹着棉被潮水般涌上街头，全城陷入一片惊恐。

由市领导牵头的临时指挥部迅速成立，公安局方面根据案情分析，四次爆炸时间较为集中，爆炸手法和现场情况较为接近，这四起连环爆炸案极有可能是同一伙或同一案犯所为。凶犯究竟安放了多少爆炸装置？其他地方尤其是要害部门、重要单位会不会发生接续爆炸？一切都是未知数！全市紧急动员驻军官兵、武警、消防、公安总计近万人出动，组织营救群众，维持社会秩序，守卫重要单位，封堵控制火车站、汽车站和各交通要道，对可疑人员、可疑物品设卡盘查，全力围堵凶犯。

"3·16"特大连环爆炸案震动中央。公安部部领导、刑事侦查局领导及公安部特聘侦查专家乌国庆、高光斗等人紧急飞赴石家庄。经现场勘查，乌国庆、高光斗认定：其一，案犯具有明显的报复社会目的；其二，极有可能是本地人或在本市长期居住者；其三，很可能有过犯罪史；其四，爆炸地点都是事先踩过点，预谋已久的，说明凶犯的行动有明确的针对性，被爆楼房内肯定居住着关联人；其五，爆炸装置使用的炸药是低威力、非标准炸药，可以判断凶犯来自社会底层，具有一定的使用炸药经验，但并非专业技术人员。

依据以上各条，侦查方向一下子明晰了。指挥部急令公安人员对被爆楼房内的居民进行逐户走访排查：他们与何人发生过激烈矛盾和冲突？是否有人曾扬言对他们进行报复？社区内是否有可疑的犯罪嫌疑人？是否有受过公安机关处理、明显敌视社会的人？等等。

海量信息汇总到指挥部。八个小时后，即16日12时，犯罪嫌疑人靳如超被锁定。经查，此人居住在第一爆炸现场，即棉纺三厂16号楼2单元201室；他1997年进入棉纺三厂准备车间当工人，1988年曾因犯强奸罪被判有期徒刑十年；他性格孤僻，为人刻毒，报复心强，平时喜欢摆弄炸药，大概因为玩过爆炸，听力受到损害。

各爆炸地点果真都有其利害关系人：

——育才街棉纺三厂 15 号楼，居住着靳如超的生父和继母。靳与继母长期不和，矛盾很深。

——被爆的 16 号楼 301 室，即靳如超的楼上邻居，曾因分房问题与靳如超发生争吵，双方情绪十分对立。

——建设大街市建一公司宿舍内，居住着靳如超前妻尚某父母。靳曾多次前往要求与尚某复婚，被拒绝。

——电大街市五金公司宿舍，居住着尚某和其现在的丈夫。靳如超出狱后曾多次到这里纠缠，要求尚某和他复婚，曾被尚某丈夫殴打并撵出门。

——民进街 12 号二层小楼是靳如超生母去世时留下的遗产。靳在狱中时，其姐将该房出售，事后给了靳如超一万元，靳大为不满，多次与其姐争吵。

再经公安机关追查其底案，发现靳如超是云南省公安机关通缉的重大杀人犯罪嫌疑人。2000 年 8 月，靳如超用欺骗手段将云南省马关县女子韦某骗到石家庄家中同居。时过不久，韦某因识破靳如超的谎言并常遭打骂，逃回云南马关县家中。2001 年年初，靳如超追到马关县韦某家，强迫她随自己返回，遭韦某坚决拒绝和全家人的反对。3 月 9 日，靳如超趁韦某一人在家，将其砍死后潜逃。

以上种种，基本上可以判定：靳如超即是制造“3·16”系列爆炸案的唯一犯罪嫌疑人。公安专家当即对其进行了画像：身高 1.75 米左右，长方脸，短发，前额较宽，体态较瘦，肤色黑黄，操河北口音，双耳失聪，与人交流常用书写方式。随即，河北省公安厅向全省发出通缉令，公安部也向全国发出附有靳如超照片和身份证号码的 A 级通缉令。很快，靳如超购买炸药的地下黑工厂在鹿泉市北白沙村被发现。3 月 23 日，靳如超在北海市郊被逮捕归案。

数十年来，乌国庆足迹遍及大江南北，破案上千起，从未失手，更无错案，且主导破获了 200 多起重特大疑难案件。

2011年，在公安部和中央电视台联合主办的第四届“我最喜爱的人民警察”评选活动中，乌国庆荣登榜首，被授予“终身成就奖”。颁奖词这样表述他非凡的一生：

走进你的世界，就像翻开一部共和国的刑侦档案。你在挑战中磨砺，在压力下迸发，用自己的职业生涯，见证了中国刑警的成长。从意气风发到两鬓斑白，从一粒种子到参天大树，你深深扎根在你眷恋的这一片热土。你标示着中国刑警的实力和高度，最好地诠释了人民警察的根本职责。我们向你致敬，你是身怀绝技的神探、诲人不倦的良师、清正廉洁的楷模、中国警界的常青树。你或许并不与犯罪分子直接搏斗，但你的存在，就是对犯罪分子极大的震慑。

二、王满仓：侦破京城第一劫钞大案

王满仓，身材不高，剑眉星目，笑声爽朗，北京市公安局高级工程师，今年六十七岁。他十六岁入警，从事刑侦技术、勘验物证研究。三十余年来，参与重特大刑事案件的现场勘查5000余次，受理检验鉴定痕迹物证80000余件，判断件件命中，从未发生差错。他牵头组织刑侦技术民警，参与破获鹿宪州系列抢劫运钞车案、白宝山抢劫哨兵枪支杀人抢劫系列案、全国高考试卷被盗案、北新幼儿园杀人案等一批重特大案件，轰动一时，名满京城。

1996年2月8日，春节前夕，距亚运村不远的工商银行甘水桥分理处。上午9时50分，几名银行送款员提着两只黑色密码箱，向停在近处的运钞车走去，一位保安随即打开运钞车铁门。就在这时，停在路边的一辆蓝色大宇车的车门突然打开，一个蒙面歹徒手持微型冲锋枪纵身跳下，对着保安和送款员猛烈扫射，两名送款员当场遇难，保安重伤。歹徒随即抢走装有116万元巨款的两只密码箱上车逃窜。街上行人还在目瞪口呆之际，蓝色大宇车已经消失在远处。

王满仓在工作

光天化日之下公然持枪杀人、抢劫银行待运巨款，在共和国首都北京尚属首次。"2·8"案件震动京城，震动中央。数日后，在朝阳区安贞西里发现被劫匪抛弃的蓝色大宇车，车上遗有被撬开的两只密码箱和两只蒙面用的羊毛衫套袖。

正当警方全力侦查此案之际，6 月 3 日，犯罪分子又持枪抢劫了海淀区知春里银行运钞车，掠走 76 万元巨款。

数天后，警方在海淀区红砖村发现被歹徒抛弃的黑色公爵王轿车。王满仓闻讯抵达现场。经查，此车和军车牌号都是被盗之物。车上有个坐式按摩器，原车主说，这东西不是他的，肯定是歹徒扔下的。经勘查，王满仓认定："案犯具有熟练的驾驶技术，对车门锁性能构造熟悉，故而盗车并没破坏车锁，并且会熟练使用枪支，很可能有军人经历。我们主攻方向就是以车找人，以枪找人，此人肯定是个惯犯。"

那个坐式按摩器上印有"洛阳工商银行"字样。经查，这是 1991 年洛阳工商银行作为奖品发给全系统职工的，共发放了 800

台。警方按台查人，无重大发现。

案子一天天拖了下来。没有任何有价值的线索和痕迹。王满仓认为，案子长期未破，劫匪一定自以为得计，认为我们警察都是“吃干饭的”，一定会再露头的。

1996年8月27日上午，北京城市合作银行滨河路支行的运钞车在行驶中突然被一辆蓝色本田车别住。车上跳下两个蒙面歹徒，双手持枪，砸开驾驶室车窗，打伤司机和副驾驶，从他们衣袋里掏出钥匙准备行抢。这时，负责押运的银行会计李春国和保安杨晓东绕到运钞车一侧，抡起警棍击中一个歹徒的头部。两个歹徒气急败坏当即开枪，杨晓东重伤倒地，李春国当场殉职。两个歹徒似乎没料到银行工作人员面对枪口竟然如此誓死抵抗，光天化日之下不敢再抢钱了，转身跳进蓝色本田车企图逃跑。这时，银行工作人员冯永刚闻声跑出办公室，捡起一块砖头，砸中本田车前挡玻璃左上角。歹徒驾车很快逃之夭夭。

王满仓赶到现场。据目击者提供，两个案犯一个身高1.75米左右，体态中等，穿一条迷彩裤，白色旅游鞋。另一个身高1.70米左右，穿深蓝色工装，戴棕色眼镜。王满仓仔细查看着现场一切痕迹，忽然发现一颗子弹壳。他拾起来观察了一会儿，又背手转了几圈，仿佛在思考着什么。蓦然间他大叫：“对，是高档轿车！”周围警察都被他喊蒙了，什么高档轿车？哪儿跟哪儿呀！王满仓说：“三次抢劫运钞车，劫匪用的都是盗来的高档轿车。第一次是大宇，第二次是公爵王，这次是本田，这就是他们作案的习惯和特点！”

当天十时许，在玉林小区发现了被弃的本田车。歹徒试图用纸点燃车座将车烧毁，但因车内缺氧，火未燃起来。

案情分析会上，王满仓说：“我们还是要坚持以车找人，应当从控制、排查高档轿车入手，把侦查工作集中于劫匪盗车之后、作案之前。这次他们没得手，下次他们还会干的。”全北京迅即展开被盗高档轿车的排查工作。一条重要线索报上来了：收费凭据表明，那辆本田轿车在案发前一天即8月26日，曾驶入亚运村汇园公寓停车场。

9月3日，公安机关接报，近日有五辆轿车被盗。全市警力广泛动员，并将失盗车辆的情况详细通报，要求全市各停车场严加排查和秘密监控。

9月8日晚，一辆失盗的米黄色尼桑轿车被发现停放在长城饭店停车场。警方随即调来数辆地方牌号的轿车，将此车前后左右死死堵住，十多个便衣警察带枪秘密埋伏在长城饭店内和停车场的几辆车里。夜12时许，长城饭店走出一个中年男子，一边警惕地东张西望，一边朝尼桑车走去。他注意到尼桑车被几辆车包围了，情况似乎有点儿异样，于是停下脚步，在车路口点燃一支烟，装出一副休闲的模样，实际上是在观察周围动静。埋伏警察注意到此人有所警惕了，迅速密报指挥部。指挥部说：“将计就计！把旁车调走！”很快，长城饭店走出一对时髦的恋爱男女，说笑着把尼桑车旁边的车开走了。中年男人这时终于放下心来，走近尼桑车，背靠车门，一边继续观察周围动静，一边打开车门插上钥匙启动了车。就在这时，五名警察从藏身之处一跃而出，将尼桑车团团包围，五支枪口对准车中男人，齐声大吼：“警察！快出来！”

中年男人愣怔了一忽儿，似乎在思考对策。猛然间，他打开车灯一踩油门，驾车朝前方的警察冲去。队长王威、赵宁迅速闪开，同时枪口喷射出愤怒的火焰，尼桑车冲出十几米后，砰的一声撞到前面的一辆车上。侦查员们猛扑上去，将头部、腿部受伤的中年男人拉了下来。车后备箱里发现一架红外望远镜和一条迷彩裤。

案犯鹿宪州及同伙郭松终于落网。鹿宪州时年三十三岁，经查，他曾在云南某部服役三年，1984年复员后在北京某出租车公司开出租车。1991年伙同他人盗窃高档轿车三辆，被判处死刑，缓期两年执行；后来他伺机越狱逃出，蛰居北京。三起杀人抢劫银行运钞车的惊天大案都是他一手策划并与同伙郭松一起干的。

事实证明，王满仓对案犯的预测及对办案方向的建议非常正确。

三、“神笔张”：笔下的飞贼

张欣，1960年生，上海铁路公安局刑事技术高级工程师。

张欣在画室

张欣是一个画家，可是他的作品不能卖钱、参展、获奖。他的创作方式是：根据当事人和目击者的口述，模拟为逃犯画像，供刑警搜查追捕。

1977年春，张欣应征入伍进入海军部队。领导发现他有出色的绘画才能，便把他送到军人俱乐部培训班。他在那里曾听过李可染等许多大师的指导课。1982年秋，张欣复员进入上海铁路公安处技术科。那时他还做着专业画家的梦，天天练素描，拜老师。不久，上海火车站行李房发生一起冒领彩电案件，怎么追查犯罪嫌疑人呢？有领导灵机一动说：“技术科那个张欣会画小人儿，让他按照行李员的口述试着画画。”张欣迅速赶到，按照行李员的描述，一边画一边问像不像？就这样，他的第一幅“作品”——贼的模拟像——诞生了。画像复印后，很快散发到大上海各个社区。一位派出所副所长见了，说这家伙有点儿像辖区里的居民徐某。几个便衣警察赶到徐某住处，说要查水表。进了屋，徐某正满头大汗调试着冒领的彩电哩。

一张画像，人赃俱获，张欣一炮打响。

20世纪90年代的一个秋天，兰州市发生连环命案。案犯假称供电局职工，以“抄电表”为名，入室杀人抢劫，先后杀死四名老太太和一个婴儿。张欣应邀前去模拟画像，画像印在通缉令上，发了几千份张贴在各居民区，有一张甚至直接贴到案犯的家门上。案犯回家抬头一看，通缉令上的画像就像照片，跟自己一模一样——

显然警察已经盯上他了。案犯感到走投无路，进屋后上吊自杀了。

2002 年 4 月 2 日，张欣飞赴青海省西宁市，当地警方三十多人手捧哈达用民族礼节迎候他。案情十分严重，凶犯手段也十分残忍：从 2000 年 1 月到 2002 年 1 月，西宁市先后发生四起命案，第一具女尸颈部被刺 2 刀，胸部被刺 13 刀。第二个死者是 12 岁少女，在地下室遭奸杀，胸腹部被刺 13 刀，面部 6 刀，颈部 2 刀。2002 年 1 月初，某游戏厅 29 岁的女店员在室内遭奸杀，12 天后音像店 18 岁女店员又被奸杀，背部被刺 11 刀，胸前 2 刀，臀部、阴部皆有刀痕。四个现场提取到的案犯遗留物经 DNA 测定，作案者为同一人。省市公安机关动员警力，先后走访了六千余户人家，三万多名居民。尽管有一些居民、行人见过疑似凶犯，但何姓何名？人在何方？历时两年多警方始终未能找到。公安部对西宁系列杀人案高度重视，列为部级挂牌督办大案。张欣听取案情汇报后，认为四起案件都发生在春节前后，作案人很可能老家在西宁，本人在外地工作。张欣这一判断给了青海警方极大启发。经细致询问目击人，张欣很快制作出一幅犯罪嫌疑人模拟像，西宁市公安局当即将画像在媒体公布。五天后，一位民警报告说，西钢厂一位职工的哥哥在天津工作，每年春节都回来探亲，模样很像画像上的人。公安机关秘密提取该人家庭成员的 DNA 样品，证实与四起杀人案的作案人遗留物 DNA 相同。侦破组随即飞赴天津，在天津钢铁厂将杀人恶魔李晓军抓获。从画像绘出到破案，仅用八天时间。

青海警方大为感叹，这个案犯利用春节探亲之机在西宁作案，事后悄然返回天津，要是没有“神笔张”的画像，我们上哪里摸去呀？

“神笔张”的笔确实够神，经常“像从笔下出，人从雾中来”，不经意间案犯就手到擒来。有位派出所民警将一个偷盗嫌疑人的画像压在办公桌的玻璃板下。十几天后，辖区两位妇女为小事争吵不休，跑到派出所争理。其中一位见到玻璃板底下的画像，好奇地说：“这不是我儿子吗，照片怎么压在这里？”几桩连环盗窃案顿时告破。上海郊区发生一起强奸杀害出租车女司机案，某派出所把犯罪嫌疑人的画像挂在墙上。第三天，一个妇女到所里问事儿，见到画像脱口而出：“咦，把我老公的照片挂在这里干什么？”凶犯立马就擒。

最奇的是，有一次张欣应邀到某派出所绘制一起大案嫌疑人的模拟画像。所里民警对张欣画像过程十分好奇，都围在旁边观望。张欣根据目击人口述，刚刚画出脸形和眼睛，一位民警就大叫：“这不是我们辖区的阿三吗？”像没画完，人犯已到！

1994 年，北京出现一个飞贼。据目击者说，此人力大无穷，有绝世轻功，能飞檐走壁，穿房越脊，双手拉弯窗户铁栅，号称“京城第一飞贼”。数月间，他足蹬快靴，身穿夜行衣，先后“光临”数十个机关和人家，盗走上百万元。北京警方动员大批警力，在飞贼经常活动的区域死看死守。有一次飞贼终于被警察和群众三面包围在一堵四米多高的墙下，人们都以为这次飞贼一定插翅难逃了。没想到一身黑衣黑裤的飞贼果有绝世轻功，根本不用“插翅”，众目睽睽之下只见他像壁虎一样飞快爬上四米多高的墙头然后飞身而下，消失在墙那边。围观的人们目瞪口呆。

警方想到了模拟成像技术，根据目击人口述，先是请了多位专业画家，后用电脑精心制作了一张又一张，大家都说“不像”，全失败了。有人建议，还是把上海的“神笔张”请来吧。

张欣抵达后，做了两件事，一是听口述，二是看卷宗。警察们很奇怪，卷宗里都是方块字，能看出什么呀？

所有目击者都说，飞贼长着一双小三角眼，一对浓黑剑眉。张欣看完卷宗后，凭着数十年画像积累的经验，再加上对人类学、人种学、心理学的精深研究，他果断把浓黑剑眉改成淡而疏的眉毛。张欣说：“由于这个飞贼能飞檐走壁，有轻功，人们习惯于把他想象成古代侠客的模样，以我的经验，小三角眼上面绝不会有一对浓黑剑眉。”

三千份飞贼模拟画像发出去了，第三天飞贼就落入法网。大家一看，此人稀疏的眉毛果然与张欣画的一模一样，神了！

飞贼名叫曹延棋，祖上是清宫侍卫，游身八卦掌是其家世代相传的独门武功。曹延棋自幼跟家人习武，轻功尤佳，靠运气四肢吸附墙壁，攀爬二三十米高墙如履平地。他曾因犯流氓罪被判刑。这次重出江湖不到半年就落在张欣笔下。

再看另一奇案：“背影画像”。

1997 年 3 月江南某市发生一桩奇案。新婚之夜的洞房中，新郎林某和新娘一丝不挂，在席梦思上盘腿相对而坐，神态安详，手中各有一把尖刀深深刺入对方心脏，两人都没有任何痛苦或挣扎的迹象。经现场勘查和法医解剖查验，死者无中毒、麻醉等他杀因素，也无移尸床上的痕迹，故而确认为自杀。但该市刑警大队长陈晓海总觉得此案谜团重重，一对新人好不容易喜结良缘，乐还乐不够呢，干吗要自杀呢？一定有人以常人难以知晓的方式制造了这一假相。据查，案发当晚十一时许，在新郎家打麻将的朋友看到两个三十多岁的男人来找新郎，面对突然造访的不速之客，新郎林某的神色似乎有些不自然。不过，婚宴上这几位朋友都喝高了，记不清来人长什么模样，只能模糊记得两人的背影和侧影。

张欣被请到该市。陈晓海问他，依据目击人的口述，能不能画出两个嫌疑人的模样？

张欣说：“试试吧。”

身高、背宽、颈长、头部大小和形状、脸颊侧影和下巴角度，一切问完了，两张画像出来了。陈晓海说：“真是难为你了，靠得住吗？”张欣说：“百分之九十可用！”

半年时间过去了，全市找不到画像上这两个人，案子搁浅。

真是天网恢恢，想不到这个案子让张欣本人破了。半年后张欣前往深圳画像办案，晚间到滨海公园散步时，不经意间发现一个瘦高男人和一个年轻女子正靠在树上野合。张欣盯看了那男人一眼，心里蓦然一震。不知为什么，他觉得这个男人很像“新郎新娘对杀案”中两个不速之客中的一人。

那个乱搞的男人发现张欣盯看了他一眼，似乎有些生气，当即甩开女人大步朝张欣走过来。正在这时，一个陌生年轻人出现在张欣身边，热情地说：“原来你在这里呀？走，老板正找你哪！”

事后才知道，那个瘦高男人叫宋清，是被公安机关通缉多年的毒贩子，正在策划一桩跨国贩毒活动；而把张欣叫开的年轻人是一直秘密跟踪宋清的便衣警察。数日后，当地警方逮捕了宋清及其同伙多人。张欣仔细审视了宋清及其同伙李某的模样，认为有必要进一步追审两人是否是那个“新郎新娘对杀案”的凶手。

两人拒不承认。张欣根据自己的推断，画出十几张“连环画”：新房中打麻将的场景；两人来访时新郎惊恐的表情；两人将赤裸、僵硬的新郎新娘搬上床；然后把尖刀放入新郎新娘手中，手把手刺入对方心脏，等等。

审讯中，张欣把十几幅画摆到宋清和李某面前，淡然说：“这套场景你们熟悉吗?”宋清和李某顿时汗如雨下，惊问：“你从哪里知道这些的？难道当时你在屋里打麻将吗?”

两个案犯彻底交代了。原来，新郎林某曾是这个贩毒团伙成员，做成一笔大交易后，他将宋清和李某灌醉后卷款逃回家乡。贩毒分子相互交往做买卖时都使用假姓名、假身份。林某以为宋清和李某无法摸到他的踪迹，放心大胆在家乡开始了新生活，从恋爱到结婚都很张扬。万万没想到，正在新婚之夜宋清和李某闯上门来。宋清自幼习武，学得一手点穴功夫，等打麻将的客人醉醺醺散去后，宋清出手将新郎林某和新娘点了穴，两人都不能动也不能喊了。接着，宋清和李某设计制造了新郎新娘盘腿而坐、对杀至死的假相。

1998 年开始，上海铁路公安局组织电脑专业人员开发“张欣计算机模拟画像系统”。经铁道部科委、公安部科技司、公安部物证检验中心、沈阳刑警学院、清华大学等权威部门认定通过，全国近百个公安机关使用了这套系统，“神笔张”的效应更加扩大。

四、兰玉文：“让骷髅复活的人”

兰玉文，一个女性化的名字，却是地道的东北纯爷们儿；一个从警数十年的警察，又是一个极富想象力的多产作家；一个从照相开始研究骨头的技术人员，其造型艺术的绝活儿却赛过了雕塑家，甚至抓住了一个隐藏多年的杀人雕塑家。他的生活太富戏剧性了！

兰玉文

1947 年，兰玉文出生于辽宁省开原市。他青年时代当兵数年后，复员进入铁岭地区公安局，从事刑事照相工作。他爱摄影，爱美术，爱文学，爱戏剧，爱破案，天底下有趣的事情没有他不爱的。1980 年，《铁岭日报》连载了一部长篇侦探小说《一枚桔瓣形铁钉》，在铁岭产生极为广泛的影响，报纸发行量为之猛增，作者就是兰玉文。此后他又创作出版了长篇小说《一封没写完的信》、《替身之谜》，多场话剧《白衣血案》等。据说出身铁岭这个“较大城市”的笑星赵本山、潘长江等人，未出道时都曾是兰玉文的粉丝。

不过谁都没想到，连“著名作家”兰玉文本人也没想到，后来他竟然成了研究骨头的国际知名专家，以至于他不得不放弃文学爱好，淡出文坛。家里除了几书柜五花八门的各类书籍，渐渐多了几个白花花的骨架和骷髅，客人冷不丁进门能被吓死。

2003 年夏的一天，天津警方接到报警，一个钓鱼人说，他在海河边发现一个黑塑料袋，打开一看，里面是一些碎骨头和一把锤子。警方随即赶到现场。钓鱼人说，上午他带上宠物狗到海河边钓鱼，发现狗一直很专心地在刨河边的一处垃圾堆，走过去一看，地面露出一个黑塑料袋，他用木棍拨开袋口，发现里面有好些碎骨和一把锤子。开始他没当事儿，以为是兽骨，可一下子拨出一块眼眶骨，黑洞洞的好像是人的，吓得他赶紧报了案。

刘法医做了化验鉴定，认定总共 32 块碎骨来自一个青年女性的颅骨，数月前遇害，头颅被凶手清除皮肉后用锤子敲碎，装进黑色塑料袋，埋进河边的垃圾堆。这个青年女性的模样无从知晓，尸体也不见踪影，而且碎骨被埋数月，作案时间过去太久，缉拿凶手简直比大海捞针还难。唯一的办法，就是设法复原这颗头骨，看能不能找出什么有价值的信息来。

兰玉文被请到天津。

兰玉文从碎骨、毛发上提取了必要的微量证物后，和刘法医把碎骨倒进锅里蒸煮。两个小时后，将附着的碎肉完全剔除，再将碎骨洗净晾干。接着，用胶泥捏出一个大小相仿的人头模型，然后仔细核对每片碎骨在头颅上的位置，再一一粘在人头模型上。三天后，碎骨一片不少，一个完整的女性颅骨出现了！尽管看着还是很恐怖，天津刑警们都不由得啧啧赞叹："兰老师这手绝活儿太妙了！简直就是一位雕塑家！"

颅骨虽然复原了，可用途不大，"女主人公"的确切模样还是难以洞悉。唯一的出路就是查那把锤子的来处。警察很快在海河边发现碎骨的不远处查到一个修车摊，修车的老张头在这里摆摊多年了，眼下用着一把较新的榔头。上前一问，老张头说："旧榔头丢了，也不知谁这么缺德，连榔头也偷！"警察把黑塑料袋里那把锤子给他看，老张头高兴地说："对！这就是我丢的，你们从哪里找来的？"

凶犯作案的过程看似可以下结论了，不！心细如发的兰玉文经查验碎骨上的痕迹，发现凶犯敲击颅骨用的并不是这把锤子。这家伙太狡猾了！故意偷了老张头的榔头放进塑料袋，企图嫁祸于人并转移警方视线。谁偷的，当然没法儿查。

唯一的线索断了。兰玉文和刘法医决定根据颅骨形状，尽可能复原受害女青年的模样，以供刑警寻踪破案。两人对人脑的结构、造型、布局以及皮肉附着上面的基本规律早有精深研究。经过半个多月的揣摩和努力，贴上肌肉、皮肤，嵌上假眼珠、假睫毛，再根据残留毛发色泽，安上一个半黑半黄的假发套，一个模样清秀的女孩形象出现了。

拍照之后，广泛散发，四出排查询问，大半年过去了，毫无结果，案子再次搁浅。

兰玉文回到铁岭，特意把“复原女孩儿”的照片放大，挂到家里。夜深人静的时候，有时抬头看看，总觉得女孩儿幽怨而忧伤的眼睛在瞅着他，仿佛在一次次地追问：“你们找到凶手了吗?”，“那个凶手太残忍了，把我碎尸敲骨，你们一定要替我报仇啊!”这个女孩儿是兰玉文亲手“复原”的，他似乎对这个女孩儿有了许多的牵挂，好像对她负了一笔债。“请放心！我绝不会放弃你的……”他想，他决心。

兰玉文知道，依照当时的几乎全凭揣摩与想象的复原技术，这个女孩儿的相貌与死者的相似度很可能在40%以下，如果超过50%甚至更高，照片广泛散发后，死者家属会一眼认出的。站在那位复原女孩儿的照片前，兰玉文时常默思良久，嘴里喃喃自语说，不像，肯定不像，否则早就会找到你了。

或许，正是这个不像的“复原女孩儿”，还有更多的难案积案和毁容案，让兰玉文下定决心，加快速度，领导麾下的铁岭市公安局213研究所，对颅面鉴定复原技术进行了刻苦攻关。特殊的案例，特殊的决心，让铁岭市公安局213研究所在全国警界科研领域异军突起。2005年，兰玉文领导该所运用“三维数字图像造型技术”在颅面鉴定、复原方面取得重大突破。

刘法医和兰玉文一样，都是盯住一件事一抓到底的狠角色。听说兰玉文的技术有了重大突破，他当即电问兰玉文：“那个碎骨女孩儿我们是不是该重新做做啊?”兰玉文说：“立即行动!”

数天后，一个新的“复原女孩儿”出现在电脑上，与原来用胶泥做的“复原女孩儿”相比，几乎是另一个堪称美女的女孩儿了。

附有照片的通告广泛发出。很快，一个奇特的回馈线索来了。一位在艺术院校学习的女大学生打来电话说：“我好像见过这个女头像，但不是真人，而是在一本艺术类杂志上，封底刊发了一件雕塑作品，就是这个女孩儿的样子!”

天津刑警们激动得热血沸腾，找来这本杂志一看，天哪，太像了!

雕塑家的大名赫然在目！看来，这位艺术家对这个美丽女孩儿早就情有独钟了。

案件立马告破。这个雕塑家交代，女孩儿来自外地某市，明眸皓齿，肤白如雪，酷爱艺术，来天津求艺期间两人结识，陷入热恋。雕塑家情潮激荡中，为女孩儿创作了一座栩栩如生的头像。后来女孩儿痛感这种婚外情没前途也不会有结果，提出与雕塑家分手。但这个雕塑家既不敢与妻子离婚又不肯放弃这个女孩儿，疯狂中他失手杀死了女孩儿。过后他毁尸灭迹，将颅骨敲碎，然后偷了老张头的锤子一起装进黑塑料袋，埋进海河边的垃圾堆。

事过两年，这个雕塑家见警方毫无动静，媒体也未见报道，便以为那个女孩儿和那些碎骨一样永远消失在大地深处了。面对一直摆放在工作室的女孩儿头像，他不时忆起当年一起度过的激情时光，为了纪念那段孽缘——也是鬼使神差，雕塑家将作品的照片投给一家美术杂志。编辑大为欣赏，特意安排在封底发表。

如今，兰玉文已成为国际知名的权威颅骨身源鉴定专家，他主持的科研项目填补了国家空白，并获得国际博览会尤里卡金奖和多项国家级奖励。

五、四大名捕："威宁的警察不是人！"

1

威宁"四大名捕"因《南方周末》的一篇报道而名震全国。

威宁彝族回族苗族自治县地处贵州省西北角，与云南省接壤，属毕节市管辖，约有人口140万。毕节曾是贵州省最贫困的地区，威宁曾是毕节最贫困的县。

"四大名捕"的名字是："白面煞神"王俊卿、"猛张飞"张美德和"神枪手"金云赛，"飞车王"宋杰已调任其他工作，因忙未到。我们一直畅谈到月亮高悬，星光灿烂，他们的故事听得我如痴如醉。

威宁“四大名捕”

“白面煞神”王俊卿——

1962 年生，白面长身，英眉朗目，说话慢条斯理，有板有眼，记忆力惊人。十五岁时母亲去世，父亲含辛茹苦把五个孩子拉扯大。1980 年他当兵入伍，1988 年进入威宁县公安局，1998 年任刑侦中队队长。他最爱看的书是《孙子兵法》和军事家传记，以足智多谋、经验老到而位列四大名捕“老大”。现任县公安局党委委员、工会主席。从部队到警局，几乎年年立功受奖，任刑侦队长期间，指挥办理各类刑事案件 1200 余起，摧毁各类犯罪团伙 185 个，为国家挽回经济损失近 1000 万元。“白面煞神”威名远扬，战功卓著，被授予“全国五一劳动奖章”，获“全国特级优秀人民警察”、“贵州省十大优秀青年卫士”、“贵州省优秀人民警察”等多项光荣称号。

“猛张飞”张美德——

一级警督，现在调到看守所工作。战友们都亲切地叫他“老美”。1964 年生，身高 1.80 米，粗膀宽肩，腰圆如鼓，剑眉虎目，两个拳头像大汽锤一样，堪称一员悍将，与三国时候的张翼德（张飞）体貌相像，名字只差一字，简直就是张飞再世。

他力大无比。一次抓捕两个逃犯，张美德和战友们在前面追逃犯，逃犯的帮凶和亲戚挥舞着菜刀棍棒在后面追警察。张美德犹如“草上飞”，猛扑上去像抓小鸡儿似的大手一甩，肩上扛了一个，胳肢窝儿夹了一个，大步飞奔，气不喘脸不红就上了山，把“追兵”远远甩在后头。后来他成了“四大名捕”中专门运送罪犯的“运输大队长”。王俊卿说，把罪犯交给他，保证没问题！

张美德力大、脚大、胆大、话大，胃也出奇的大，饭量惊人，一顿饭一斤米算是微饱。曾有一顿饭吃了两大碗加56个鸡蛋。和妻子谈恋爱时，他扛了两袋各182公斤重的大米到三楼，老太太惊呼：“你简直是起重机啊！”人家娘儿三个汗巴流水儿地包饺子，结果供不上他一个人吃。姑娘笑说：“嫁给他将来还不得饿死啊！”娘说：“和你爸一样，能吃得也能做得！”

张美德还有一条牛吼般的亮嗓门儿，大肚囊里藏了几百首山歌。办案时他常化装成乡民、流浪汉当卧底搞侦查，满身脏黑，两个月不剃胡子，穿着露脚趾的塑料拖，一路哼唱着山歌走来晃去。有一次跟踪一个逃犯，时机已到，大手一抡，猛地拎起那家伙的衣领将其摔倒在地，然后掏出手枪大吼一声：“不许动，我是警察！”旁边卖烟的一个姑娘惊呼，我怎么也没想到这个脏兮兮的老头儿是警察！

王俊卿笑说，老美，唱一个提提神。张美德张嘴就来，那高亢的嗓音震耳欲聋：

> 郎骑白马上云南，
> 妹骑海骝下四川。
> 要是郎心合妹意哟！
> 哪怕云南隔四川！

“神枪手”金云赛——

战友们都叫他“小赛”。彝族，1979年生，是“四大名捕”中年龄最小的。浓眉大眼，脸膛方正，很帅的小伙子。高中毕业后，小赛考进师范专科学校体育系。2003 年，二十四岁的小赛经招录考试进入警察队伍。从摸着枪的第一天开始练枪法，他没多久就有了一手百步穿杨的本事，秋后落叶，林中跑兔，一枪必中。

第二年，毕节市公安局办培训班，选聘这个小警察当了教官。警察们见教官是个嘴上没毛的小崽子，都不服，喊着让教官亮一手。小赛淡然一笑，枪口一抬，身子钢浇铁铸纹丝不动，只听啪啪啪啪，十发子弹电光石火，打出七个 10 环、三个 9 环，惊得学员们阵阵欢呼。“神枪手” 金云赛的美名一时传遍县、市警界。

“飞车王” 宋洁——

肤色黝黑，结实得像是一块铁疙瘩，以车技超群著称。在抓捕罪犯的过程中，他把车开得飞快，却又稳如泰山。长途奔袭中，一天跑近千公里是常事。战友们可以鼾声大作，宋洁却必须保持神经高度紧张，双眼紧盯路面。任务完成，带上罪犯快速返回，宋洁更是小心翼翼，十几个小时不眨眼。每次追捕结束，他都是血红着两只眼睛回家。在他手上跑烂了两辆吉普。

2

曾经，因为威宁地处偏远，长期处于封闭、落后、穷困的境地、图财害命、盗窃抢劫、强奸妇女、贩卖儿童等刑事案件时有发生，老百姓怨声甚多，说“威宁”这个名字叫白瞎了。在威宁，警察“无威”百姓“无宁”。1998 年，新局长林科俊就任，他让局里做了一个汇总统计，结果让他大吃一惊：一个县城，历年在逃罪犯竟达 2137 人，而全局警察才有 360 人。林科俊在大会上慷慨陈词：“无论我们有多少困难，既然我们叫‘公安局’，就要给全县老百姓一个‘公安’!”他决定展开一次“清仓大扫荡”，为此组成一个追捕队。最初，他选了十六个能干的警察，分成四个组行动，每组四人。几个月后战果累累，抓回上百逃犯，证明效果不错。林科俊在四个组中又挑选出最精明强干且各有专长的四位警察，正式成立了追捕中队，由王俊卿出任队长。

这是全国公安机关首创的第一个追捕专业队。

1999年10月16日，王俊卿记得很清楚，这天县公安局长林科俊把他找到办公室，板着脸说："交给你一个硬任务，必须在年内把潜逃多年、血债累累的要犯周二权抓到，不能让他过年！我到省市厅局开会，因为这个王八蛋一直没抓到，领导当众把我骂得狗血喷头。我恨不得找个地缝儿钻进去啊！"

那时王俊卿年轻气盛，又是新官上任，他叭地一个立正说："我保证一个月内把周二权缉拿归案，抓不到你就撤我的职！"

天哪，出了门他才清醒过来，脑门儿顿时冒出一层冷汗。刚才等于向局长大人立下了军令状，太冒失了！人海茫茫，手里连张照片都没有，要抓住周二权这个穷凶极恶、狡猾多端又毫无踪迹的要犯谈何容易！他心里后悔不迭，觉得牛皮有点儿吹大了。事情传出来，有同事私下嘲笑说："吹吧！抓几个小毛崽子还行，抓'毛公牛'那么容易啊！"还有同事跟王俊卿打赌："全省警力动员多次都没抓到他，你们要是一个月内抓到周二权，我拿一个月的工资请客！"

周二权，一个杀人恶魔，性情极其凶残，全国头号要犯。此人家有兄弟八个，住东风镇彩拖村，长得浓眉恶目，五大三粗，脸上长满黄胡子，身高近1.90米，体重近一百公斤，身手矫健，力大如牛，奔跑像豹子一样快，喊叫起来吼声如雷，就像一只黄毛巨兽一样，当地人叫他"毛公牛"。1989年，他因盗窃、伤害致死等数罪并罚，被判处有期徒刑十三年。结果三年后他越狱出逃，潜回老家，依仗家族势力继续横行地方，疯狂作案。周二权经常身背炸药、火枪，手拎长砍刀或杀猪刀，在周边各村寨出入，要吃要喝找女人。他越狱出来不久，怀疑村民崔某和他的老婆"不干净"，一家七口被他杀了四口，然后把自己的老婆送人换酒喝了。村民杨兴华娶了一个年轻漂亮的老婆，1998年的一个深夜，他闯进杨家，强迫杨兴华把老婆送给他做偏房。两口子当然拒绝。他勃然大怒，兽性大发，当着杨兴华的面强暴了他的妻子，又拿杀猪刀将夫妻两个和一个孩子全部捅死。出门遇上村民老罗，为灭口又把老罗捅死。

在刘姓、张姓村民家，周二权多次当着一家老小的面，强奸他们的妻子、儿媳。在村民杨二保家，周二权把他从被窝里拎出扔在地上，当面强暴了他的妻子，然后酣然大睡；天亮时又强奸了他十六岁的女儿，杨二保被活活气死。

这个恶魔作恶多端，因此警惕性极高。1992年，一个邓姓村民与到村的片儿警打了一声招呼，当晚邓姓村民和他八岁的儿子就被他用砍刀砍死。有一次他窜到一个村民家，逼人家给他杀鸡买冰冻啤酒。酒买回来，瓶子突然炸了，他觉得这是个凶兆，赶紧起身跑了。警察们扑了空。

据警方调查统计，这个恶魔历年来在各地抢劫、盗窃作案上百起，杀害群众12人，活活摔死一个婴儿，伤24人，强奸妇女近百名，抢走贩卖二十多个孩子。因为他的存在，东风镇成了恐怖的“恶人谷”。寨子里54家村民搬走了34家。小孩子调皮捣蛋，爹妈说一声“毛公牛来了”，孩子立刻吓得缩在角落里老实了。因为他的存在，当地负责税收、计生和乡村工作的基层干部不敢到那里开展日常工作，去了也是提心吊胆，匆匆就走。老百姓怨气冲天，说“当年八百万国民党军队都打跑了，今天连一个逃犯都抓不住”！

罪大恶极、行事凶残的周二权严重影响了威宁县乃至周边地区的社会安定。自1992年起，公安部、贵州省公安厅每年都将其列为头号通缉犯和重点抓捕对象。凡是他作过案的地方，如威宁县、赫章县、毕节市、六盘水市等地，多次出动大批警力抓捕。但周二权有家族的人通风报信，又有反侦查经验，且熟悉地形地貌，跑路上树飞快，每次围剿他都漏网了。那些年，周二权只要听说风声紧了，就逃得无影无踪，风声松了再回到家乡作案。近几年，他再次亡命天涯，仿佛人间蒸发了，踪迹全无。

3

不管怎样，军令状已经立下了。王俊卿带领当时的三名追捕队员张美德、陈文光和赵强迅速展开侦查行动。

那是一次大海捞针的行动。中国之大，人海茫茫，哪里去找这个恶魔？追捕组翻阅了有关周二权的一切档案资料，查了他祖宗八代，走访了东风镇上百户村民，发现他的一个姑妈嫁到毕节市的赫章县。从赫章县找到这个姑妈，她说，周二权的奶奶是从云南宣威那边嫁过来的。奶奶在世时常回老家走动，大概周二权熟悉那边的情况。王俊卿他们判定，周二权作案范围仅在云南、贵州两省，这家伙只会说地方土语，普通话讲得很烂，他潜逃的地方也肯定只在云贵两省。

那是许多个昼夜兼程的日子，追捕组分兵多路，先后到贵州赫章县、纳雍县、六盘水市，云南的昆明、大理、宣威等地调查走访。11 月 3 日大清晨，王俊卿电话里一声喊，出发，奔宣威！陈文光、赵强立即赶到，张美德按照往常习惯，饱餐一顿后正在外头跑步锻炼，没接到电话。那时警察们还没有手机，只有一个传呼机。“白面煞神”王俊卿一向是雷厉风行之人，吼了一声：“不管他，咱们走！”车上，王俊卿握着微型冲锋枪，一言不发。开车的赵强小心翼翼地问：“王队，老美没跟上，咋办啊？”王俊卿说：“放心，他会找来的！”当天晚上三人到了宣威，“猛张飞”张美德已经等在那里了。赵强惊问他是怎么来的？老美笑呵呵说：“我跑步回家，听说你们已经开车走了，立马带上家什儿跑到路上，见车亮证就截，连换了四辆车，然后跳上火车，当然比你们快！”

第二天，即 11 月 4 日，在宣威市龙潭乡派出所，追捕组有了重大发现。他们向当地警察介绍了周二权的体貌特征：体壮如牛，满脸黄毛胡子，因为夜里入室强奸妇女，被男主人砍掉一根手指。所长回忆说，他曾接到鸡公山上一户人家报案，这家住在很高的山林里，有一次家里的火腿丢了，主人顺着地上掉的盐粒儿追踪寻找，发现被住在百米之外的另一户人家偷了。所长前往查问，见到一个名叫“金碧义”的壮汉，体貌特征很像周二权，有个年轻漂亮的老婆和两个男娃，穿着破烂，家徒四壁，过着野人一样的生活。所长问他是什么人？从哪里来的？这个“金碧义”说，他是为了逃避计划生育，从贵州那边跑来的。当时偏远乡村的老百姓很多人没有身份证，此人说的话无从查证，所长也就没当一回事儿。

追捕组大喜过望。他们虽然没见过周二权，但经多方秘密调查询问，这个“金碧义”十有八九就是周二权！他们商议再三，决定只能智取不能强攻，如果夜闯他的草棚房强行抓捕，这个杀人狂魔一定会拼死顽抗挣扎，可能会伤着那个女人和两个娃娃。

11 月 16 日，追捕组三人（赵强留在山下看车）和当地警察三人潜伏到“金碧义”下山的必经之路——母鸡沟的道口处。此时已是冬季，云贵高原上山风凛冽，寒气透骨，他们头戴钢盔，身穿防弹衣，手握微型冲锋枪和手枪，一连埋伏了三天，等待“金碧义”下山购物。三天里他们几乎没合眼，吃喝也很少，尤其大饭量的张美德，饿得心虚手抖。18 日晚，夜幕刚刚落下，眼瞅着山林中晃出一个粗大身影，肩上挎着一个鼓鼓囊囊的布包，一手摇动着手电筒，一步步东张西望、小心翼翼向道口走来。

王俊卿小声提醒战友：“动作要快要狠，小心他背包里装着炸药!”

“金碧义”渐渐走近了。王俊卿假装若无其事地从道口迎上去，为防这家伙警觉，故意用云南口音问：“我们是巡山的，大黑天你瞎逛什么？你是哪里人？”

“金碧义”说：“我是贵州人。”

“背包里装的什么？”说着王俊卿伸手过去捏了捏。那家伙赶紧用手护住。刹那间，王俊卿发现他那大巴掌缺了一根手指。

“就是这狗日的!”王俊卿大吼一声。说时迟那时快，张美德一个箭步跃上来，泰山压顶般把金二权扑倒在地，大铁柱般的膝盖头顺势顶住他的胸脯，只听几声闷响，这家伙断了三根肋骨。接着老美掏出绳子，把他的手脚捆了个结结实实。王队生怕抓错人，拿手电照着他喝问：“老实交代，你叫啥？说了实话我们给你疗伤!”这回王队露了威宁乡音，周二权一听，知道是老家的警察来了。“我是二权……”他垂头丧气地说。

追捕队三位战友相互对视一下，透着满心欢喜。老美拿那把杀猪刀砍了一根粗杠子，在周二权捆死的手脚中间一穿，然后和陈文光一起，像抬死猪般把周二权抬下山。回到龙潭乡派出所，王俊卿第一个电话就打给了威宁县公安局局长林科俊：“向你报个喜，周二权抓到了！”

电话那边稍稍静了一会儿，像是激动了，又像是有点儿不太相信。“好！好！好！大捷报！”林科俊终于吼道。

宣威当地警察听说王俊卿他们抓的真是公安部通缉的头号罪犯賙二权，个个敬佩得五体投地。所长点燃一支烟，慢悠悠说：“你们威宁警察不是人。”老美愣了，这个所长怎么骂人呢？所长笑盈盈接着说：“是神！”

逃亡十几年、血债累累、罪大恶极的周二权被捉拿归案，王俊卿的追捕队一战成名，轰动全省，“四大名捕”的名号一下子叫响了。

周二权被抓捕归案的消息传到威宁东风镇，老百姓奔走相告，额手称庆，许多店铺和人家欢天喜地放起了成挂的鞭炮，人们扯着嗓子高喊：“提前过年了！”

经查，跟周二权同住的年轻女子是他在集市上瞄上的，跟踪到无人处用杀猪刀把姑娘逼上了山，接连生了两个男娃。周二权落网时，姑娘又怀了身孕。

2000 年，周二权被执行枪决。

4

因为工作需要，“四大名捕”不时换人。陈文光另有重任，彝族战警“神枪手”金云赛加入这个行列。那是 2005 年的元宵节，晚上，在局里举办的联欢晚会上，小赛演了一个小品，逗得大家哈哈大笑。回到家里，他心满意足地蒙头大睡。半夜两点，家里电话突然响了，对方的声音很严厉：“我是王俊卿，你在哪里？”“在威宁。”“有任务，马上赶到公安局！”

“四大名捕”的首领叫他，让小赛又振奋又莫名其妙。他穿戴停当，飞速赶到公安局院内。只见一辆绿色吉普四门大开，“白面煞神”王俊卿、“猛张飞”张美德和“飞车王”宋杰身穿迷彩服，正站在那儿等他。四人上了车，“飞车王”宋杰果然名不虚传，把车开得飞快。车上，小赛得知此次任务是抓捕一个从监狱脱逃的犯人苏爱全。据情报提供，这个歹徒数天前已潜回老家。车开到四十多公里之外一个偏僻的小山村，这时已是凌晨三时了。灯黑人息，四野静悄悄的，只有一户人家的窗口还亮着灯。根据情报，那里正是苏爱全的藏身之处。王队、老美和小赛摸过去，只听屋内一片嘈杂声，像是在打麻将。都说“猛张飞”粗中有细，果然，老美侧身接近房门，以极其轻柔的小动作轻轻推推门扇，还好，没锁。他一步跨了进去，像黑铁塔似的把门挡住，眼睛迅速环视一圈。这间是外屋，十几个人或坐或站，正围着一张桌子打麻将。根据事先掌握的照片，苏爱全不在这堆人里。旁边还有一个里间。老美迅速做出最恰当的反应，他压低牛吼般的粗嗓子，轻声说：“不许动，我是公安局的。”那伙人都咧嘴笑了，以为是哪里的野小子来蒙人的。不过刚笑出声就立刻收了声。跟在后面的王队和小赛端着微型冲锋枪进来了！

王队冲这伙人摆摆手，微微一笑说：“别出声，你们玩你们的，谁和了我提成。”接着一挥手，示意老美和小赛进里间查看。两人进了里间用手电一照，一张大床上死睡着三个男人，不知哪个是苏爱全。小赛绝顶聪明，他蓦地想起苏爱全是从监狱逃出来的逃犯，在监狱肯定受过训练。他亮开嗓子突然大喊一声：“苏爱全！”

“到！”苏爱全一个挺身坐了起来。

老美哈哈大笑：“逮的就是你！”说着一个箭步冲过去，大手一挥把苏爱全按倒在地，手铐咔嚓一响，逃犯归案。

这次行动也是王队对小赛的一次“小考”。不久，金云赛被选调到毕节市公安局训练科当教官。2005 年 5 月，他又回到威宁县公安局，正式进入追捕队，成为威名赫赫的“四大名捕”成员。

追捕逃犯的任务一个接一个，忙得“四大名捕”马不停蹄，天昏地暗。

杀人犯周云民，因口角纷争，光天化日之下把对方捅了十八刀，然后若无其事地揩揩刀上的血，说：“杀个人算个屁事，谁敢报案，谁敢抓我，我就让他尝尝杀猪刀的滋味！”话说得狠，其实他是吓唬周围群众别报案。溜出现场后，他迅速逃到外地，几年毫无音讯。死者家属发信给贵州省长信箱，要求将凶手捉拿归案，让死者九泉之下能够安眠。省长批示下来后，任务交给了“四大名捕”。王俊卿说：“罪犯逃亡在外，总会和人接触，时间久了总会与家人联系。许多逃犯的案子就看你办不办，撂下就是死案，认真办就会有线索。”又是祖宗八代刨根问底一顿查，得知周云民化名“李二忠”，在云南西双版纳基诺乡一个橡胶林场打工。“飞车王”宋杰驾车，几人一天时间就从威宁赶到版纳基诺乡。

经当地派出所所长调查，听说这个“李二忠”今天到林场某人家喝酒去了。王队命小赛化装成贵州来的打工仔，换了一身破烂衣服，进林场摸摸“李二忠”的情况和真假，然后再行抓捕。小赛笑说：“一个小蟊贼，不必那么兴师动众。我要是发现真凶了，抓来就得了。”小赛跟着当地派出所所长晃晃悠悠进了林场，发现“李二忠”并没到那个职工家喝酒，而是蹲在一个工棚里，正和几个人聊大天。小赛一个饿虎扑食将“李二忠”按倒在地：“不许动！我是警察！”拉起来一看，小赛觉得不对劲儿了。他没见过周云民本人但见过照片，知道周云民身高为 1.65 米，可这家伙又细又高，足有一米八以上。

“你真叫李二忠?”

旁边的林场老板说：“是，他确实是李二忠。”

显然情报有误，抓错人了！

这时派出所那边，王队他们已急得火上房了。他们也获知，林场确实有个贵州来的打工仔李二忠，但并非他们要抓的周云民。如果小赛冒冒失失把李二忠抓回来，等于打草惊蛇，真凶周云民肯定逃跑，再抓就难了！

金云赛是何等聪明之人。他意识到抓错人以后，立即低声命令李二忠老实待在工棚里，不得出声不得走动。他则在当地派出所所长的陪同下继续查看另外几个工棚，每进到一个工棚，他就自我介绍说：“我是贵州计生委的，来查看有没有计划外生育的。”到了最远处的一个工棚，发现一个怀孕的年轻妇女正在棚外洗衣。他走过去眼睛向里一瞥，里面一个躺在睡铺上哼小调的瘦家伙很像照片上的周云民！小赛问那个妇女：“你有几个孩子?”妇女说：“一个。”

“不对！据群众反映，你已经有一个孩儿了，肚子里的这个肯定是计划外的。走！跟我走一趟吧，到派出所登个记，我也就交差了。”接着他假装犹豫一下说，“你怀着孕不方便，道上出了事儿我可负不了责，让你男人跟上吧。”

妇女喊：“李德亮，跟我上派出所登个记。”

那个瘦男人甩了烟头，懒洋洋站起来，从其身高、长相判断，可以确定此人正是周云民！

周云民那张“李德亮”的身份证，是他在潜逃路上从一个农民那儿抢来的。

在押解周云民回威宁的路上，“四大名捕”大展神威，又顺道在云南兰坪县智擒了曾在威宁涉嫌抢劫的臧三学、臧地清兄弟。车上，臧氏兄弟很沮丧，周云民竟然做开了他们的“思想工作”：“我犯下的罪比你们大，我都无所谓，你们算什么！人家是有名的‘四大名捕’，落到他们手里也是活该。我是肯定被枪毙的了，可一路上人家对我还挺人道，不打不骂，管吃管喝，我戴着手铐拉屎，张警察还替我擦屁股。我想抽支烟，人家金警察拿自己的烟给我，还替我把烟点上，死在这几个警察手里，也值了……”

周云民被判死刑。作为省长信箱提及的逃犯，临刑前记者去采访他时，指着旁边坐着的王俊卿、金云赛问他：“是他们把你抓回来的，你恨不恨他们？”周云民说：“不恨，人家是个好官，说心里话我还挺感谢他们的。路上他们对我要求很严，但也很尊重我的人格。路上我听说，有一次他们抓着一个独腿杀人犯，那位张警察一路上一直背着他，背到威宁。那个罪犯当头跪倒给张警察磕了三个头，哭着说：‘我没想到一个警察能一路背着我这个杀人犯，就是枪毙了我，我也感你们的恩。’唉，可惜我和他们认识晚了，否则我绝不会犯罪，说不定我们还能成铁哥们儿呢。”

这番话说得王队和小赛好感动。其人将死，其言也善。小赛带了一盒烟来，本来打算给周云民抽几支，一感动把整盒烟都给了他，王俊卿也特意出去买了一条烟送他了。

逃亡多年的杀人犯终于被缉拿归案，死者家属送来一封感谢信。

还有一次，黄某杀了一个人后跑回家里，被村民们团团包围。黄某挥舞着长砍刀大吼大叫，谁进来杀谁。追捕队闻讯赶到，张美德堵在后窗，王队和小赛在前面强攻。王队猛的一脚踹开房门，小赛一手抓着一块木板当盾牌，一手端着手枪飞身跃了进去，王队也疾速跟进。黄某疯狂地挥刀扑了上来，格斗中小赛手中的木板砰砰被砍了好几刀，王队的手也受了伤。经鸣枪示警无效，两人不得不将其击毙。这番激战被周围村民看在眼里。当他们揩着额头汗水走出房门时，四周爆发出热烈掌声，有人高喊：“四大名捕，好样的!”

追捕队成年累月、昼夜兼程在外飞奔，调查，抓逃犯，吃小摊，睡小店。为了“蹲坑”，有时几天几夜埋伏在山林草野中，累惨了。曾有一只强悍的警犬跟着他们进入深山老林抓捕逃犯，五天跑下来，警犬累得四只爪子的皮和趾甲都磨掉了，直流血。第六天早晨出发，警犬趴在地上怎么叫也不动了，可怜巴巴地瞅着驯犬员直掉眼泪。驯犬员和自己的警犬感情极深，他抱着警犬哭着说：“你们就饶它一命吧，别把它累死了!”

如今，“四大名捕”年龄大了，工作都有了变化。“白面煞神”王俊卿升任县公安局领导班子成员；“猛张飞”张美德调到看守所工作，使他能够有点儿时间照顾家庭；“神枪手”金云赛当了一个派出所的领导。

新一代的“四大名捕”则正在书写新的传奇。

第十四章
刑事技术的“国家队”

公安部物证鉴定中心，一群神秘人物在这里出出进进，一些难以破解的重大案件需要他们亲往现场，一些案件的难点在这里迎刃而解，关键物证在这里获得验证和确认……

该中心坐落于北京市西城区木樨地南里，与中国人民公安大学比邻而立，它是公安部直属的犯罪调查实验室，也是我国物证鉴定领域人员最多、专业最全、综合实力最强的检验鉴定机构。这里集中了一批用高科技、高智商武装起来的白衣侦探，其中有中国工程院院士，有一大批国家级的“有突出贡献”、享受国务院特殊津贴的专家，更有很多前途无量的青年才俊。他们各有各的绝活儿，既是战功累累的警探，又是身穿白衣的科研工作者。全中心共有专业技术人员300余名，先后获得国家科学技术奖30余项、公安部科学技术奖200余项。从1990年起到现在，他们共派出近5000人次，参加了近3000起重大案（事）件的现场工作。在中心琳琅满目的展览室里，每一张图片，每一个数据，都是一个扑朔迷离、峰回路转的破案故事。

他们的DNA数据库存储总量居世界第一。

他们存有的各类数据千奇百怪，仅鞋样本数据就达17万枚以上。

显然，这里是中国公安一个精英荟萃的神秘“智库”。

一、毒饺子风波：人海中捞出一根“针”

1. 毒饺子惊动中日两国

曾经，来自中国河北省石家庄市天洋食品厂的冷冻饺子，在日本大受欢迎。煎熟之后，白里透黄，香味扑鼻，一盘盘端到餐桌上，日本人吃得津津有味。天洋食品厂因此成为信誉良好的长期供货方，一船船冷冻饺子源源不断输出到日本……

突然，一个偶发事件打断了这一通道。

2007年12月28日下午六点多，千叶县千叶市，一对母女选择天洋食品厂出口的速冻饺子做晚餐。母亲后来回忆：“吃第一个时，一股药味在嘴里弥漫开来，我没好好嚼，赶紧吞下去。吃第二个，感觉跟平时的味道一样。再吃第三个，有股苦味，我立即把饺子吐出来了。”与此同时三岁的女儿也说“好苦”，将饺子吐出。大约二十分钟后，母女俩出现头晕、呕吐等症状。被送到医院后，母女脸色发青，上吐下泻，被诊断为“食物中毒”……

紧接着，2008年1月22日，千叶县市川市一家五口吃饺子中毒，其中四人是儿童，病情最重的五岁女孩儿一度昏迷。1月29日，日本兵库县警方又公布一条消息：该县一家三口因食用了天洋食品厂生产的速冻饺子而中毒。经检测，饺子中含有高毒农药甲胺磷。2月3日，兵库县警方检测出：经由关西流通的六袋冷冻饺子包装外侧，附着有有机磷杀虫剂，其中一袋表面有一个一毫米大小的小孔。由此推断，杀虫剂是在食品加工制作之后，附着或渗入的可能性非常大，但尚不能确定发生时间究竟在饺子输入日本之前或之后。

一连串“饺子有毒”的报道惊动全日本，一时间引起广泛恐慌。那些日子的日本，翻开报纸，打开电视，天天在说毒饺子和中国食品。一周之内，因食用中国速冻饺子而提出健康诉讼的人数超过2000人。许多商场、超市的中国冷冻食品纷纷下架，进口“问题饺子”的上市公司股票暴跌，各大城市的中华街顾客骤减。与此同时，因日本产的冷冻食品原料有大量来自中国，以至于所有冷冻食品都遭到普遍“冷冻”……

天洋食品厂位于石家庄市，属于地方国企，隶属河北省食品进出口（集团）公司。该厂在日本农林水产省有注册，总资产9700万人民币，年产值近亿元，雇工平时约在1300人左右，主要业务是通过手工制作和速冻方式加工饺子等食品，全部出口日本。

输日毒饺子事件的影响越来越大，引起中国政府高度关注，正在日本访问的外交部副部长何亚非向日本方面表示了遗憾并向受害者表示慰问。日本政府召开内阁会议专门讨论了此事，首相福田康夫就此发表讲话，向全体国民表示道歉并保证“被害范围不会继续扩大”。日中双方相关机构将联手进行调查。与此同时，中国国家食品药品监督管理局责令停止了天洋食品厂的生产和出口。厂区被封锁，所有员工不得外出，以配合警方调查。2008年2月5日，日本政府调查团抵达中国。第二天，调查团团长在石家庄市召开记者招待会声明：“经我们调查，天洋食品制造现场进行着清洁的管理，并没有发现异常。”19日，中国公安部成立由侦查、毒化、痕迹专家组成的专案组赶赴石家庄，会同河北省、石家庄市公安机关迅即展开调查。20日，中国公安部十人组成的工作组飞抵日本，与日方进一步交换意见。

中国警方的侦查工作迅速取得第一成果。2月28日，国务院新闻办公室举行新闻发布会，公安部刑事侦查局副局长余新民宣布，经中方检测，有证据表明，这次发生在日本的饺子中毒事件，不是因农药残留引起的食品安全事件，而是人为作案的个案。同时，根据日方提供的资讯和中方调查，2007年10月，日方共输入天洋食品厂产品26吨，引发日本三户人家中毒的毒饺子显示为两个批次，其生产日期分别为2007年10月1日和10月20日。

2. “狗基地”里的伟哥

现在来看看，警方的调查是何等的艰难。

——虽然已经确定，两批次毒饺子的生产日期分别为2007年10月1日（国庆假日）和10月20日（休息日），但至案发之日，时间已过去四五个月之久。天洋食品厂雇工不仅有上千人的规模，而且人员来自五湖四海，今天你来明天我走，流动性很大。要重新查找和确定此期间在劳动岗位上的员工，需要进行海量的调查，并一一加以查询和指认。

——案发后，天洋食品厂的名誉遭受重创，产品卖不出去了，再加上还要接受警方调查，工厂不得不全面停工。大批外来临时工一哄而散，流向全国各地特别是东南沿海，警方需要派员一一前往寻找，调查取证。

——日本方面的报道刚刚出现时，天洋食品厂为推避责任，迅速改变了车间和生产线的结构，使现场遭到破坏，毁弃了许多痕迹和可供调查的线索。如否认厂区绿化曾用过农药甲胺磷等，并在全厂“统一口径”，给警方侦查工作造成长时间的困难和障碍。

——由此，警方不得不以虚拟的方式“重建现场”，以确定在岗人员和可能作案的一道道程序关口。同时，警方梳理出19种可能的作案动机，如劳资纠纷、私怨泄愤、栽赃陷害、精神病症、性格孤僻抑郁、家庭或本人有反社会倾向，等等。甚至还调查了员工祖辈儿上是否有亲人被日本鬼子杀害？是否因日本政客参拜靖国神社、否认侵略历史而产生强烈不满和“仇日情绪”？数百上千的员工，从本人到家庭，都按照这 19 种可能的作案动机一一进行排查比对。由于这是个人偶发作案，且时过境迁长达半年，痕迹与线索基本上是“一穷二白”，警方完全是“白手起家”办案。

毫无疑问，侦破此案无异于大海捞针。但事关国家形象，且两国领导人及媒体、民众都给予极大关注，要求中国警方不惜一切代价，必须捞出已经消失于茫茫人海的这根“针”！

公安部刑事侦查局副局长余新民和专案组的同志们一直战斗在最前线。该局一处处长程伟，黑白板寸，虎背熊腰，方额大脸。他 1966 年生于辽宁，1985 年考入警官大学，典型的关东大汉。战友们都叫他“伟哥”，他也满口答应着。初当刑警时，他曾在客运火车上独战五个扒手，而身上只有一副铁铐，后来在赶到车上的战友帮助下，将蟊贼全部擒获，整个车厢响起热烈掌声。伟哥说：“那一刻我打心眼儿里感到荣耀，从此下定决心干一辈子警察了。”毒饺子案发生后，他和其他专家紧急赶到石家庄，住进警犬训练基地——简称“狗基地”。在公安部刑事侦查局的领导下，以地方刑警为主力的侦查、摸排工作随即全面展开，一个一个地挨个儿找人对人查人。程伟忙得几乎没时间刮胡子。有一次同事问他怎么不刮刮？伟哥开玩笑说：“案子不破不刮！”结果这句话一下传了出去，弄得伟哥真的不好意思刮了。八个月后，胸前的胡子足有半尺多长，成了“美髯公”。领导笑说：“你胡子再长下去就成孔子了，我还怎么领导你？刮了吧。”伟哥这才刮了。

程伟

侦查过程中，根据毒饺子的包装袋和纸皮箱上有针眼儿等相关物证和物证鉴定中心专家的检测结果，专案组判定，饺子袋中的甲胺磷成分是在完成包装后到进入冷库前的过程中被人注入的。为此刑警们做了大量极其艰苦、复杂、烦琐的工作：重建现场和流程，虚拟时间和手段，工人谁在谁不在，人员定位精确到每分钟，仅班组长就涉及900多人。再挨个儿查找这些员工，审查每个人的成长经历、家庭背景、社交情况，对考勤记录、生产记录、出库记录、开资记录一一进行核实。卷宗堆了满屋子，表格绕墙贴了几丈长。许多员工奇奇怪怪的习性、私密生活都让刑警们查得底儿掉，那真叫挖地三尺，捕风捉影，针眼儿大的线索都不放过！

在专案组眼中，一个可能的形象渐渐画像成形了：此人对生产车间情况到入库这段流程十分熟悉；多次进入现场，在有很多员工在场的情况下从容作案而未被发现，证明其是就职时间较长的员工，与大家很熟，可以脱离监管；此人蓄意制造投毒事件，但伪装很深，心理稳定，有不达目的誓不罢休的意志，应是年龄在35岁至45岁之间的男性；此人明知甲胺磷为剧毒农药，毒饺子出口到日本后会对人造成伤害，形成重大不良影响，但他一意孤行，多次作案，一定有借此危害厂内他人的强烈动机，且性格内向，心胸狭隘，等等。

数月后，一封匿名举报信出现了。信中检举，投毒事件是在食堂工作的范某干的……

3. 检测组：三年间做了上万次检验

于忠山

于忠山，公安部物证鉴定中心毒物检验鉴定处处长。1963年生于山东省威海市一个农民家庭。厦门大学化学系毕业后，进入当时的公安部第二研究所工作。

侯小平，该处调研员，性情开朗，思维缜

密，是善于表达的“白衣侦探”。1962 年生于河北省保定市，1979 年考入河北师范大学化学系，2002 年调入公安部物证鉴定中心。

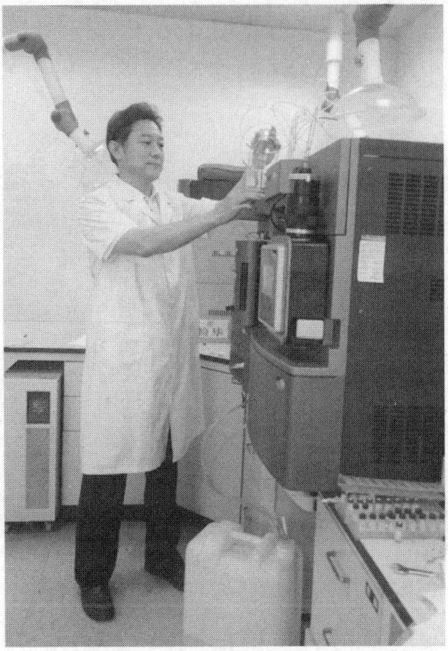

侯小平

毒饺子案发生后，于忠山率侯小平等一批专业人员立即奔赴石家庄市天洋食品厂，进行全面细致的毒物检测。从员工上工换装的每个衣柜、办公抽屉到尽可能收集到的旧工装，从厂区车间的每个角落到所有生产工具，从收集到的塑料铝箔包装袋、纸箱到罪犯作案前后各批次的饺子，他们采集了大量检材，做了难以数计的海量化验。侯小平说：“我们首先要在现场采样，然后拿回中心化验室进行检测。我们根据罪犯的作案时间，调取前后出库的几十个批次的饺子，挨个儿检测，这些过程既繁琐复杂又要求自己耐心细致，有些检材还要给出定量数据。比如，对塑料铝箔包装袋的检测要用蘸有溶剂的棉签在饺子袋内部擦拭一次，进行第一次检测；再在饺子袋外部擦拭一次，进行第二次检测。你说工作量有多大吧！我们的检测结果，为此案是人为作案提供了证据！”

还有，仅收集到的破包装袋，专家们就做了上万次观察检测，一是检查是否有破孔，二是检测是否有毒物；员工的工装要剪取四个口袋，用溶剂泡过再进行检测；厂区、办公室、生产车间，包括卫生间、垃圾堆等各处，共提取 5000 多份检材，很多东西又脏又臭……

侯小平说：“在三年多的时间里，我们中心的同志们，夜以继日钻在化验室里做检测。有时我累得直不起腰来。说心里话，我自己的苦和累不算什么，因为我们承担的是国家任务，我们为的就是不辱使命，我们要对国家、对历史负责！”

4. 中国警察“表现出高度的专业水平”

天洋食品厂曾是河北省效益很好的国企之一，因毒饺子案发，该厂一夜之间臭名远扬，效益一落千丈，最后归于破产。厂方因此对警方十分不满，明里暗里拒不配合，使尽办法掩盖生产管理中的漏洞和一切线索，使警方侦查工作在很长时间里难以有所进展。

专案组特别是石家庄市公安局刑警支队的战警们排除种种困难和阻碍，在第一阶段，全面调查了员工与企业可能发生的矛盾以及19种可能的作案动机，没发现任何有价值的线索……

第二阶段，又全面摸排了投毒期间所有在岗员工的个人、家庭情况，无论他们外出去哪里打工，都逐一进行了调查询问，同样没发现任何有价值的线索……

对于甲胺磷的来源，经调查，天洋食品厂作为外向型企业，一直十分重视环境绿化，树木草坪遍布厂区。厂里还有一个专业绿化队，甲胺磷就是绿化队用来当杀虫剂的。平时药剂就放在绿化队的一间库房里，随用随取，没有任何监管，因此无从发现究竟是何人何时盗取了甲胺磷……

一切都像是山重水复疑无路了。

终于，那封寄给公安机关的匿名信出现了，从而引起专案组的注意。该信是从邻近市郊的一个邮筒寄出的，信中举报，毒饺子案件是在食堂工作的范某一手制造的。经笔迹鉴定和普查，厂内职工包括临时工没有任何人的笔迹与此信接近，也不像写信人故意改变了自己的笔迹。

从举报信的内容判断，写信人显然是工厂内部职工，但他为什么要匿名呢？为什么不亲笔写信，而执意隐藏自己的笔迹和身份呢？专案组决定悬赏65万元，号召知情人举报罪犯。奇怪的是，没有赏金的时候，这个举报人写来了检举范某的匿名信；如今有了巨额赏金，举报人却始终不露真身，彻底蒸发，这完全是违反常理的！

专案组据此做了大胆推测：举报人很可能就是作案人！他一定是出于私人怨恨，蓄意对范某和厂方进行报复，先是进行投毒，但看到案发后对范某没有任何影响和涉及，故而又炮制了这封“举报信”，企图把祸水引到范某身上！

于是，围绕范某的个人情况及社交面，针对可能与他有矛盾的一切人员展开秘密深入的排查。很快，一个叫吕月亭的人进入专案组的视线。

——此人三十六岁，性格沉静，寡言少语，家庭生活中等偏下。他在天洋食品厂工作多年，但一直是临时工，没能转正。而在食堂工作的范某，进厂时间比吕月亭晚得多，却早早转了正。正式职工与临时工在待遇上有很大差异，如年终奖金，正式工为5000元，临时工只有200元，等等。显然，长期不能转正，令吕月亭心里对厂方深为不满。

——为贴补家庭生活，吕月亭在厂里承包了一间房，办了个小炒饭店，事实上形成与食堂的竞争。在食堂工作的范某似乎心里有气，故意跟吕月亭对着干，每天吕月亭备什么菜，食堂就炒什么菜，价格却比吕的小饭店低得多，把小饭店顶得门可罗雀，两人显然结怨很深。

——经查，2007年10月1日和20日，发生两个批次毒饺子的时间，吕月亭都在生产现场。

——毒饺子案发生后，一直过着平庸生活的吕月亭表现有所异常，既对警方破案工作的进程表现好奇，又缩头藏尾，极少露面。

经报请上级批准和充分准备，2010年3月21日，专案组将吕月亭带到工作地点进行了问询。吕月亭一定是在长达两年的时间里承受了太大的压力，神经高度紧绷，几乎夜夜难眠，精神已近崩溃。双方交锋一个多小时后，吕月亭彻底交代了！

正是他，出于对厂方和范某的报复心理，决定伺机投毒。在盗取了绿化队备存的甲胺磷以后，他于2007年10月1日和20日，分别使用两个注射器，偷偷向饺子包装箱注入该杀虫剂，过后将注射器扔进工厂办公楼北侧的一个下水道。所谓“举报信”也是他雇人所写。

专案组随即在下水道的淤泥里找出一大一小两支注射器，经物证鉴定中心于忠山、侯小平等专家检测，针头、针管内确实含有甲胺磷成分；为吕月亭代笔的“举报信”书写者也交代确有其事……

茫茫人海中，终于捞出了吕月亭这根隐藏很深的“针”。惊动中日两国的毒饺子案终于告破。消息在第一时间上报公安部和中南海，中央领导十分欣慰，批示应对办案人员予以表彰。在专案组长期下榻的“狗基地”，公安部刑事侦查局一处处长程伟，物证鉴定中心“白衣侦探”侯小平，石家庄市公安局刑警支队副支队长张国群等人得知吕月亭彻底“撂了”，战友们不禁紧紧相拥，热泪盈眶。两年多来，他们承受的压力太大了，也太累了！

法庭上，吕月亭对所犯罪行供认不讳，被判无期徒刑。

日本警方得知毒饺子案的破案全过程，对中国警方表示了真诚敬意，称赞中国警察“表现出高度的专业水平”。

二、难逃法眼：让时光倒流，现场重现

1. 孙玉友：面对烧焦的“过去时”

孙玉友，高高的个子，脸上带着淡定的微笑，现为公安部物证鉴定中心涉爆案件侦查处处长。1963 年，他出生于吉林省公主岭市一个工人家庭，家里八个孩子，玉友排行老六，是学习最好的，自然也是爹妈倾注心血“重点培养”的接班人。1985 年孙玉友毕业于兰州大学化学系，被分配到公安部第二研究所工作。他说：“凡是重大、奇难、有广泛影响的案件，都会找到我们。半夜里接到电话立即出发是常事儿，有一次新疆库车县发生暴恐事件，八个恐怖分子身挂自制炸弹冲击几处政府机关。我半夜赶到机场，和部领导及工作人员一起坐专机飞了近四个小时。早餐在飞机上吃的是方便面，下了飞机乘汽车又跑了三个多小时，直奔库车县现场。到了现场立即展开查证工作，整整二十四小时没合眼。这些年在现场，连续工作时间最长的一次达六七天，实在顶不住了，就在树根下打个

盹儿，二三十分钟以后起来接着干……”

以他的专业，经常面对的是经过爆炸或燃烧后的一堆乌黑的废墟或残留物。事件发生时的过程和细节、线索都被炸碎或焚毁，一切都成了“过去时”，这样的案子太难破了。经过几十年的历练，孙玉友练出一个让时光倒流、“现场重现”的本事。

孙玉友

2001年12月14日凌晨，广东省湛江市连续发生十多起连环爆炸，同时不远的江门市也发生了爆炸，两地相加共发生爆炸二十起，造成十多人死伤，其中某路口一个死者被炸得最惨，几乎粉身碎骨，面貌已无法辨认。有现场还发现了几枚失效未爆的“土炸弹”。如此规模的爆炸案，很像是一次恐怖袭击，这在广东是极为罕见的。事件迅速上报公安部。当天下午，孙玉友等一批专家奉命紧急赶赴现场。经调查，第一波爆炸发生在某社区，时间在凌晨四时许。此后一路左拐右弯，在下一个社区又发生爆炸。以此类推，随着时间推移，二十起爆炸相继在湛江市几处居民区和江门市某社区发生。查到的土炸弹都是用可口可乐罐自制的，里面装有自制雷管和炸药，外面包一层水泥，以增加杀伤力。爆炸方式则分为两种，一种是拉发式，即拉线即炸；另一种是用加装的传呼机（当时人们普遍使用传呼机）进行定时或遥控引爆。

孙玉友在各爆炸现场走了一圈，回到办案指挥部。面对市区地图和当地刑警画出的各个爆炸点，他点着一支烟，陷入深长的思索……

孙玉友很快对罪犯作案过程作出判断。他果断地否定了这是所谓“恐怖袭击”案件的判断。他认为，这是一个罪犯出于某种心理，圈定杀害目标，经过精心准备干的。

果然，罪犯及真相很快水落石出。经查，罪犯的家就在第一起爆炸地点附近。此人本是较有实力的生意人，所有受害人家（有的是亲戚）都向他借过钱，但后来这些人均与罪犯发生经济纠纷，罪犯多次讨债不果，遂起报复之心。他自学了爆炸技术，进行了长达两年的精心准备。制造爆炸案的当天，罪犯为掩盖罪行，在自家也安放了炸弹，企图以此蒙骗警方——不过他没想到，自制的炸弹最终把自己也炸死了。

2009 年 6 月 5 日上午，成都市一辆 9 路公交车行驶至三环路川陕立交桥时突然燃烧，造成 27 人死亡，76 人受伤。此案后果严重，震惊全国。孙玉友等专家于 7 日抵达现场。他们面对的是典型的一堆被烧焦的“过去时”：全车钢结构严重变形，车窗全部呈空洞状，后车门外的地面有五具尸体，车内后门附近集聚了十七具尸体，车内左侧倒数第三排座位下有一具尸体，车内前部过道处有两具尸体，共计二十五具；车内地板上和一些尸体衣物残片上发现有汽油成分；生还的受伤者因急于逃生，没能提供任何有价值的线索……那么，是谁携带汽油上了车？携带者是死是活？汽油是因颠簸、摩擦等某种原因发生自燃，还是携带者有意纵火？面对车内外一具具无法辨认、几乎成了焦炭的尸体，一切简直就是一片“乌黑”……

仅仅九天后，案件告破。孙玉友说：“首先引起我们注意的，是左侧倒数第三排座位下的那具尸体，别的死者都挤在车门处，他为什么不逃生，留在自己的座位上？与此同时，通过对各种痕迹和残留物的科学检测和鉴定，我们排除了定时和遥控引燃方式，确认为明火引燃，而就在倒数第三排那具尸体附近，发现一个打火机的防风帽——已经烧成一个乌黑的小金属疙瘩了。经通告全市，让家属前来认领尸体，这个纵火者的身份很快就查明了。”

此人叫张云良，时年六十二岁，江苏省苏州市人，案发前暂住成都市。他长期嗜赌，不务正业，主要经济来源靠女儿资助。近些年他身体不好，饱受痛风等疾病折磨。女儿因其又嫖又赌，减少了给他的生活费。张云良由此产生悲观厌世、怨恨命运、仇视社会的阴暗心理，多次以自杀相要挟，向家人要钱。2009 年 6 月 4 日，张云良与家人通电话时暗示，“明天我就没有了”，“跟别人死的方式不一样”，但这些话没有引起家人足够的警惕。2009 年 6 月 9 日，其家人收到了张云良案发前从成都寄出的遗书。后来，成都警方调取张云良居住地四周街道的监控视频资料，发现他曾到附近的加油站买过汽油。在公交车站监控视频资料中，警方发现案发那天，张云良拎着一个塑料桶上了车又下来了，然后犹豫一阵，回头打了一辆出租车到 9 路始发站，上了那辆公交车……

2. DNA——天下第一铁证

物证鉴定中心主任刘烁说，物证鉴定中心的 DNA 检验鉴定技术，已达到世界先进水平，每年工作量平均为 2500 起左右，最高达 4000 多起，其中不乏一些疑难奇特大案。

案例一：清末重臣张之洞（1837—1909），祖籍在直隶（今河北）南皮县双庙村，死后葬于祖籍墓地。1966 年，“文革”中的造反派掘墓暴尸，其后张之洞及其妻的遗骨不知失之何处。20 世纪 90 年代初，南皮县重建了张之洞墓，因遗骨难觅踪迹，只好在原墓地北侧建了一座空冢并刻碑勒石。2007 年 3 月，相关专家几经周折，终于打听到当年收殓埋葬张之洞遗骨的是南关村村民张执信。在张执信的指点下，专家在该村附近的小麦地里发掘出两具遗骨。遗骨并列而卧，头北面上，男左女右，与张执信所说相吻合，初步判断是张之洞和他的妻子，但无确凿根据。张之洞的族人和后人心里总觉得有些不托底，事关千秋万代的事，总不能拜错祖宗啊！后来地方有关部门向公安部物证鉴定中心求援，法医遗传技术处的专家涂政等人以他们高超的技术，竟然从埋葬了近百年的朽骨中提取出 DNA，证明其为张之洞后代的先祖。这位先贤终于得以安眠九泉，继续接受后人的祭拜。

案例二：1953 年朝鲜战争期间，一架美国军机坠落在中国丹东境内，飞行员当场死亡。当地一位老乡对这位“大鼻子”葬身异国他乡十分同情，遂将其背出，埋葬在自家地里。后来随着这位老乡去世，此事渐渐被人遗忘。2013 年 5 月，这具遗骸在一位老乡家的猪圈地底下被发现。当地人模模糊糊忆起早年有个美国“大鼻子”飞行员埋葬在这里，但出土遗骸究竟是不是这个美国人，谁都拿不准。当地政府为防止“自摆乌龙”闹出笑话，特将一根遗骨送至物证鉴定中心，请求检测。遗骨已深埋半个多世纪，呈深度霉变腐朽，经处内专家李彩霞提取 DNA 检测，确认死者为白种人。该遗骸后来移交美国，美国政府深表感谢。

案例三：2002 年 12 月 1 日，四川省资阳市某公司女出纳曾雯从金库取款返回出纳室时，光天化日之下被两名男子持枪杀害，抢走现金 41 万余元，罪犯逃之夭夭。此案震动极大，公安部挂牌督办。当地公安局成立专案组开展侦破工作，但始终没有实质性的突破，办案单位和警员承受了巨大压力。案子一拖拖了十一年。2013 年此案再次被列为重点督办案件。当地警员把当年在凶杀现场提取的一个物证——凶手逃跑时丢下的一顶黑色棉帽送到物证鉴定中心，要求进行难度极大的接触性 DNA 检验。这实在太难了！凶手虽然戴过这顶帽子，但谁知道会不会留下足够的皮屑可以提取他的 DNA？而且检材保留了十一年之久，且经过当地警方多次、多级检验，DNA 降解、污染严重，提取难度之大可以想象。任务交给了在冷案侦破中做出突出成绩的徐秀兰。徐秀兰先后采取剪取、真空吸附等多种方法，提取重点部位十几处，都没能获得有比对价值的 DNA 图谱。但她毫不罢休，天天围着这顶棉帽转来转去。突然，她发现棉帽护耳边缘残留着不到一厘米长的一根细小线头。她想，护耳处是与皮肤接触最多的地方，或许这根小线头就是检测工作“最后的希望”了。徐秀兰小心翼翼提取了这个微小的检材，终于从线头上检出一个男性个体的DNA分型。再经过污染排查，认为该DNA极有可能为罪犯所留，遂上报“DNA快速协查比对平台”进行比对，在数据库中一举比中一个叫梁开武的有前科人员。此人曾因盗窃被捕，公安机关就此保留了他的DNA样本。比对结果于5月24日告知资阳市公安局，26日、28日梁开武及其同伙石盛强被抓捕归案，并起获作案用的自动步枪一支、子弹54发。至此，挂了十一年的2002年“12.1”持枪抢劫杀人案成功告破。同时，由涉案枪支连带破获了陕西省凤县2002年“8.30”杀害哨兵抢劫枪支案。

一举两得，一切源自一根细小的线头，奇了！

郭声琨等公安部领导当即作出批示，对检出DNA的有关同志“应予以记功”。

3. 闵建雄：“让死者说出真相”

闵建雄，1957年生，现为物证鉴定中心副巡视员，公安部特聘刑侦专家。英气逼人，讲话铿锵有力又逻辑严谨。父母是共和国第一代热血青年，大学毕业后志愿奔赴边疆到了内蒙古，从此献了青春献终身。1982年，闵建雄自医疗专业毕业后从警，从此开始了30余年的法医生涯。其间经历了浙江嘉兴市公安局法医、武汉同济医科大学硕士研究生、公安部第二研究所法医、德国海德堡大学博士研究生等多个阶段，打下了扎实的专业理论基础。1994年回国至今，闵建雄参与了数十起死亡50人以上的空难、爆炸、纵火、矿难、地震、重大事故等事件的处置工作，办理了数千起重大疑难命案，每年出差都在180天以上。他凭自己的火眼金睛和“现场重建”功夫，破了很多大案要案奇案，被誉为“让死者说出真相”的共和国刑侦专家。这里，单说一个闵建雄“足不出户，决胜千里”的故事。

2013年11月的一天凌晨，江西某县的一个山村，一对九十三

闵建雄

岁的老夫妻在较为偏远的家里遭到杀害。两位老人相依为命，与他人没有任何纠纷，现场也找不到任何有明确指向的线索。当地警方侦办了一个多月，仍没有重大进展，于是在 12 月中旬到公安部物证鉴定中心进行会商，请求支援。闵建雄听取了案情汇报，详细翻阅了卷宗，特别是现场勘查的记录与照片等。过后，闵建雄分析：案犯为一人，持金属圆锤类工具杀人，杀人顺序先女后男，动机为谋财。根据打击工具和头部损伤的特征看，案犯的爆发力不足；根据男死者搏斗抵抗明显和两次受攻击的特点分析，案犯的耐力也不足。老夫妻被杀后，凶犯东翻西看，查找财物，甚至还搬来其家的木梯登上棚顶查看，说明他心理稳定，不是毛手毛脚的年轻人；为翻找财物，他用了一定时间，说明凶犯熟悉情况，不急于逃跑，知道不会有人来。根据以上的分析判断，闵建雄对当地警方说："我认为，凶犯肯定是男性，本地人，身体比较瘦弱，年龄起码在六十岁以上，你们回去查吧。"

来人莫不感叹："我们怎么也没想到罪犯会是六十岁以上的老

年人。”回去不到十天，即2014年元旦前案子就破了，凶犯果然是本村一个六十八岁的瘦弱老头儿。警方从他家搜出一个带有死者血迹的手电筒，还找到一个烧过的圆形锤头。

三、张云峰：台湾有个“胡坚强”

2011年11月4日晚，福建省莆田市公安局指挥中心接到涵江区江口镇新墩村居民龚某报警，称其丈夫、台商胡其扬（五十岁岁，台湾桃园县居民）在其家不远处的宫庙旁被三名歹徒持刀抢劫。不仅身上大量现金被掠走，为抢夺名贵手表和金戒指，歹徒还将胡的手掌多处砍伤。接报后，莆田市公安局立即派出警力赶赴新墩村，一方面积极联系、帮助胡其扬转入莆田市武警医院进行治疗，同时连夜对现场进行保护和初步勘查，对周边居民进行调查访问，并控制布防交通要道。

胡其扬就医时，医院向他出具诊断书说明，“左腕掌部毁损伤”，“左腕部以远肢体血供障碍”，及时进行缝合，虽然手掌功能可能会因伤有所损害，但并无大碍。但奇怪的是，胡其扬不听医生建议和好心劝阻，坚决要求截去左掌。不得已，医院对其进行了截肢手术，经征求胡的同意，将截取下来的左掌暂时保留。

就在警方还在调查中，胡其扬却于8日匆匆返回台湾。9日，在民进党某女性立委的陪同下，胡其扬和他的女儿胡怡玲戴着大口罩在“立法院”召开记者会。父女两个“痛哭流涕”，对大陆警方、医院，包括台湾国民党政府海基会进行了疯狂攻击。胡其扬称，台湾人在大陆人身安全根本得不到保障，他遭遇抢劫受伤后，被送到医院，警方要求“先做笔录，才可就医”，因此耽误了救治时间，错过接掌时机。截肢手术后，警方“强行扣押”了他的左掌，宣称“要当证物”。此后他要求转院治疗，遭警方拒绝，因此不得不匆匆返回台湾。其女胡怡玲则宣称，听到父亲在大陆遭遇抢劫受伤，她当即联系台湾海基会求助，海基会人员表示在大陆“无驻点”工作人员，要家属“自行到大陆问人”，等等。时值台湾大选前的关键时期，经胡其扬此番描述，再加上许多媒体跟风炒作，“台独分子”煽风点火，一时间胡其扬的“不幸遭遇”被炒得沸沸扬扬。事件轰动海峡两岸，在不明真相的人的眼里，大陆简直成了“黑暗”一片、不讲道理不讲人道的地方。

中央领导和公安部对此事高度重视，均作出重要指示。莆田市公安局迅速出面澄清，说明真相，指出：警方接到胡妻龚某报警后，立即赶赴胡家及现场，主动将胡送往医院，要求院方尽快救治，并无丝毫拖延，术后进行了笔录；院方向胡出具了诊断书，再三说明可以缝合，但胡本人不听劝阻，自行要求截肢；经胡签字同意后，院方遂将断掌冷冻保存；手术后，胡行动自由，7 日办理了出院手续，8 日搭机返台，并无“转院遭拒绝”之事，等等。

但是台湾一些别有企图的人士和媒体根本不理会莆田市警方的说明，依然大肆炒作渲染胡其扬父女的“控诉”。真相究竟如何？必须迅速给出答案，以正视听！

关键时刻，需要公安部物证鉴定中心的专家上手了！

2011 年 11 月 11 日，福建省公安厅将胡其扬截肢手术后的血样、尿样送到鉴定中心，经检验确认，胡的术后血和尿中检出麻醉药以及止痛药成分。不过，术前医院对其使用这些药物很正常，似乎没有任何疑点。看来需要到现场看一看了。12 日，受公安部刑侦局委托，鉴定中心派出由法医、痕迹、DNA、毒化检验技术人员组成的专家组飞赴莆田，展开现场勘查检验工作，张云峰是专家组成员之一。

张云峰，出生于河南省濮阳市，“80 后”新生代，戴一副眼镜，山东大学药学院硕士毕业。说话声音轻轻的柔柔的，眼镜后面的目光却透出一种执着、冷静和锐利的探究精神。她说：“我们专家组抵达时，确实遭遇一些困难。”比如，案发后，当地派出所出警人员忙于对胡其扬的救治，未对其体表进行规范检查；对胡的衣物、鞋子没有提取固定；对现场血迹虽然进行了拍照，但缺少对细目的拍照固定；案发后又碰上连雨天，使现场痕迹遭到严重破坏；再加上胡其扬已经回台，所有相关事项都无法查验，等等。但是，公安部及省市刑侦高手云集于此，哪有疑难能难倒他们！

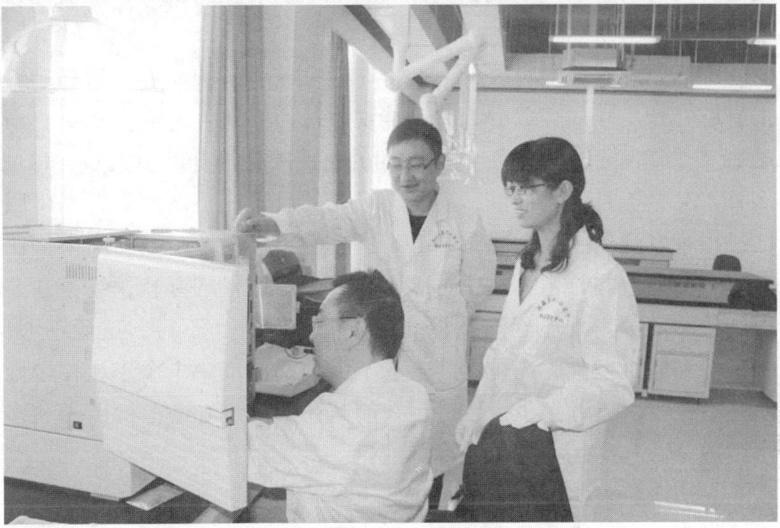

张云峰（右）

很快，胡其扬以其愚蠢的智商所编造的愚蠢的谎言，包括唯恐天下不乱的民进党某女立委愚蠢的炒作呼应，如同不堪一击的泡沫，在电光石火之间立马破灭，原形毕现！

细节一：专家根据现场勘查情况和血迹分布形态的分析结果，判断胡其扬左手损伤是在中心现场的一个石凳上形成的，伤后胡有自主活动行为，没有发现任何抵抗搏斗和被他人挟持、追赶的痕迹。经对周边居民调查，也没发现当时有他人作案的可疑迹象和异常情况。

细节二：胡的伤口全部集中于左手掌约八厘米的区间内，呈横向平行排列，经过至少十六次砍切形成，其周身再无其他伤痕。按理，正常人遭遇抢劫，都会本能地有所抵抗。歹徒如欲抢劫其手表，撸去就得，这种整齐的切菜般的砍切方式也太奇怪了！

细节三：警方在附近池塘中打捞出一把斩骨刀。虽经水泡多日，但经中心专家以高科技手段检验，在刀柄护圈中赫然提取出胡的DNA，说明案发时这把斩骨刀是胡本人用的。警方随即找到出售这把刀的商店，经调取监控视频资料显示及店主的证言，证实此刀系胡其扬购买。

细节四：这是最重要的。此前在胡截肢术后的血样和尿样中检出有麻醉药、止痛药成分，并不能说明任何问题。关键在于要查清胡在“受伤时至送医前”这段时间的血液中是否有可疑成分。时过多日，又经连日雨水冲洗，胡受伤现场的血迹几乎荡然无存，肉眼已经很难发现了。张云峰是细心、执着的年轻女性，她和同事们趴在地上和河边的竹栏草丛中，瞪大眼睛一遍遍仔细寻找，终于在一根细竹的底部发现已经有些淡化的一星点血迹！不行，这还不够！张云峰和同事们干脆用锤子将现场水泥地面凿成一个个小块，带回实验室检验。天哪！重大发现！在胡其扬的遗留血迹中检出了利多卡因成分——这是一种局部麻醉药！

一切迹象表明，胡其扬蓄意搞了一场自导自演、自伤自残的闹剧。自伤前为止痛，他在左手掌腕涂了一层利多卡因药物，砍了自己十六刀以后，捂着血手跑回家让妻子报了警。

“简直不可想象！”张云峰说，“尽管胡其扬自残前在左手的掌腕处抹了大量麻醉药，但他能举着斩骨刀向自己的掌腕连砍十六刀，这也太可怕太‘坚强’了！后来我们都叫他‘胡坚强’了。”

案发二十四天后，即 11 月 28 日，福建省公安厅召开记者会，做了权威发布，警方调查访问情况、现场勘验结论，包括上述所有证据及案情细节分析等，全部公之于世。面对无可辩驳的事实真相，台湾记者们目瞪口呆，连称“不可思议”。他们纷纷提问发言人，胡其扬为什么要演这么一出自伤自残的闹剧？发言人淡淡地说，警方在胡其扬的随身物品中发现了一份巨额保单，投保金额达 2000 万元新台币。发言人还特别指出：“这份保单对部分索赔条款作了专门的记号。”意思是，胡其扬对如何索赔是做过精心研究的。

哇！记者们惊叫了。

发布会获得圆满成功。台湾记者们接着掉转枪口，对胡其扬父女及那位民进党立委“穷追猛打”。老鼠想躲进洞里也来不及了。台湾警方根据大陆警方提供的线索，传讯了胡其扬，发现案发前胡其扬一共购买了三份保险，总投保额达3100万元新台币。

2014年10月30日，据台湾东森电视台报道，台湾法院以诈欺未遂罪判处胡其扬有期徒刑十个月。此人不惜以自残方式企图抹黑大陆，回台骗保，没想到被大陆警方就揪住了狐狸尾巴。可怜这位“胡坚强”一分钱没捞着，一只手还丢了，最后身败名裂，进了监狱，临到晚年沦为街谈巷议的笑柄。

第十五章
青春，一柄高昂的火炬

一、温思博：生死瞬间的一扑

极其突然，猝不及防。漆黑的夜色中，蓦然间窜出一个幽灵，一个杀人恶魔，一双喷着血红凶光的眼睛，右手举着霰弹猎枪，左手拎着冲锋枪，对准了年轻的警察温思博。

面对面，眼对眼，双枪对赤手。温思博刹那间愣住了，大脑一片空白，愣了大约0.1秒。

砰的一声，霰弹猎枪喷出一团炽亮的火焰，射向这位年轻的警察！

温思博，1.84米的个头儿，白面长身，浓眉大眼，文质彬彬，笑起来满脸阳光。那些日子，温思博正沉浸在爱情的涡旋里，手机里装满了甜蜜的短信、温情的问候、欢快的合影、幸福的表情。就在前天那个月夜，在景色壮丽的外滩，两人携手而行，情语绵绵。那位亭亭玉立的上海女孩儿说，给我拍一张照片吧。说着，女孩儿飞身一跃，双手高扬……咔嚓一声，衬着灯海楼群，女孩儿腾空而起的曼妙身姿定格在手机里，也定格在温思博的心里。

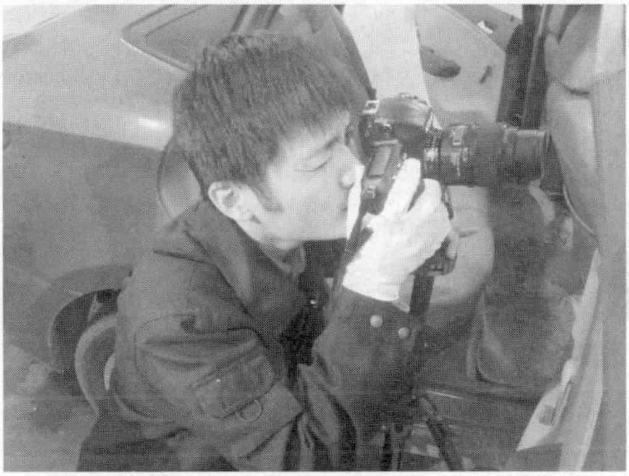

温思博

1984 年 10 月，温思博出生在大连，是家里的独生子。父亲海军出身，转业后当了导航员，母亲是医院的护士。思博的学习成绩一直很优异，高中进了省级实验班。父母对这个宝贝儿子自然充满期望。毕业前夕，父亲建议他考军校，母亲建议他学医，进个名牌大学，可他偏偏选择了中国刑警学院刑事科学技术系。温思博说，小时候家里没人照看，母亲常把他带到医院去，在那里，幼小的他看到太多的伤痛与眼泪，因此对学医十分畏惧。至于父亲让他考军校，他也不愿意。男孩子嘛，少年时候喜欢看侦探片和破案故事，还在电视上看到许多警察的英雄事迹，觉得当警察特别威武，又能为国家和老百姓做贡献，是真爷们儿。

2007 年大学毕业后，温思博考进上海市公安局刑侦总队（即著名的“803 总部”）。按规定他先到基层派出所锻炼了一年，之后进入刑事技术中心三室，从事影像技术工作（案后取证照相、现场录像等）。小伙子功底深，脑瓜灵，又勤奋好学，很快成为技术室的骨干，先后在《中国司法鉴定》、《警察技术》、《影像技术》等权威刊物发表过多篇论文。他参与的科研成果多次获奖，连续三年获得总队嘉奖。

刑事技术是侦查破案的支撑，照相技术更是痕迹、法医工作不可或缺的辅助手段。2008 年，上海宝山吴淞地区的过街天桥发生一起抢劫杀人案，一名下班女工遭遇抢劫后，又被连刺两刀，推下天桥。过街天桥人流量很大，罪犯混杂在人流中，很难区分与识别，破案难度可想而知。经仔细勘查，细心的侦查员在尸体跌落处的天桥栏杆上发现一枚汗液指印，鉴定证明其留下的时间与发案时间很接近。接下来的任务就交给温思博了。圆形栏杆为不锈钢材质，指纹呈弧形，有反光，那天还飘着细细的小雨，怎样才能把指印清晰准确地拍下来呢？小温拍了几次都没取得满意的效果。有一次他凑近栏杆观察指印时，突然发现嘴里呼出的哈气覆盖在指印上，使纹线变得清晰了。小温灵机一动，赶紧叫来搭档王哥，让他张大嘴巴哈气，经过十几次抓拍，终于成功获得清晰可鉴的指纹。凭借这枚指印，“803”刑警很快从茫茫人海中将凶犯抓捕归案。

2010 年 6 月，嘉定区一幢别墅里发生一起凶杀案，老板和他年幼的女儿惨遭杀害。凶手在旋形楼梯栏杆的底部留下一枚血指印，拍照角度极为不便。温思博请同事用手电筒照明，他则躺在地上一次次拍片，终于获得全真效果，案情也跟着水落石出：一个员工因不满被老板辞退，遂起杀人报复之心。

温思博从警七年来，参与 1100 余起各类重大现场勘查，独立完成 40 多起现场勘查，获取、固定痕迹物证 300 余件，提供有效照片近万张。

2013 年 6 月，宝山区一处偏僻的工厂厂区发生了一起打人致死案。起因是这家民营化工厂倒闭，股东之间就是否变卖工厂、设备发生争执，工人们也有愿意的和不愿意的。傍晚，十几个人在厂院里发生激烈争吵。老板闻讯赶来，刚下车就被不同意变卖工厂的保安队队长范杰明和其儿子用铁棍活活打死。过后父子两人逃逸。晚 8 时 10 分，温思博和法医等多名勘查人员赶赴现场，照相取证。现场在厂区的门口，荒凉而昏暗。很快，现场勘查和拍照工作结束了，很多警察撤走了，法医把老板尸体也拉走了，准备回去解剖查验。温思博和“803”总部的几位同事坐在一辆面包车上，宝山公安分局的几位技术人员坐在另一辆面包车上，他们都留在现场，等待警犬队的人带警犬来，以期查明现场是否遗有其他凶器和痕迹。围观的人们渐渐散去，昏暗的厂区一片寂静。等警犬队一到，第二轮查验完毕，温思博他们也可以打道回府了。可所有人都没想到，死亡的威胁正向他们步步逼近……

凶手范杰明是个残忍暴烈的家伙，身材壮猛，力大无穷。他年轻时当过兵，在家乡当过民兵连长，喜欢弄刀玩枪，是个民间“军事迷”，家里藏有许多武器弹药。他和儿子把老板活活打死后很快逃离现场，但过后一想，作案时有十几人在旁围观，他和儿子就是逃到天涯海角，警察也能把他们抓回来。范杰明为了给儿子留一条活路，决定一不做二不休，豁出自己一条老命，把十几个现场目击者全部做掉，自己再饮弹而死。随即，范杰明拿出一笔钱，让儿子赶快逃离上海。他则从家里拿了一支霰弹猎枪。可仅靠一支猎枪杀不了那么多人啊。还好，家里还藏了上百发冲锋枪子弹，下一步就是设法搞到一支冲锋枪。他背上一个行囊，里面装着自制手枪、手雷、冲锋枪子弹，端着猎枪上了路。恰巧迎面驶来一辆出租车，他不由分说地一枪打死司机，然后开车向附近一处部队驻地驶去。此时夜色已深，街上见不到几个人影。到了部队驻地门口，范杰明下了车，将猎枪藏在身后，悄悄接近两位手持冲锋枪的哨兵。按内部规定，门岗哨兵只起震慑作用，手里只有枪而没有子弹。范杰明手起枪响，两名哨兵当场身亡。他拾起一支冲锋枪匆匆跑回车上，向化工厂方向疾驰而来。

到了厂区门口，范杰明从行囊中拣出 28 发子弹，装进冲锋枪弹匣。然后他下了车，大摇大摆向保安室走去。被害老板的司机正站在门口，同老板的一位朋友和三名保安聊这个案子，一抬眼见全副武装的范杰明手持猎枪从昏暗的夜色中走来，吓得一声大叫，回身跳进奥迪车想逃。又是连续几声枪响，司机被打死在车里，老板的朋友被打死在保安室里，一名保安的脸被打烂，溅了其余两人一身血。三名保安疯了一样向厂院里的勘查现场逃去。他们知道那里停了两辆面包车，车上有几位警察。

那时，在被打死的出租车司机被害现场，在部队驻地大门案发现场，警方都火速赶到，但尚不知是何人作案，更不知道是一人连续作案。此刻在厂区院内，温思博正坐在宝山公安分局的车上拷贝照片，突然见两个满身血迹的保安架着一个脸被打烂的人跑到车门口，哆哆嗦嗦大叫："救命啊，有人杀人了！"

宝安分局的同志立即呼叫110来人来车。与此同时，小温纵身跳下这辆车，绕过车后匆匆向本单位面包车跑去。他想，车上还有两位同事，得赶快提醒他们注意防范。这时，杀红了眼的范杰明见院内两辆面包车闪烁着警灯，知道警察还在这里，于是开着那辆出租车猛冲到警车近前，然后猛地掉转车头，车头向外刹住车——显然，那是准备杀光警察后方便逃跑。夜色漆黑，两辆面包车内都亮着灯，车外的情况看不太真切。车上的警察都不知道这辆急驶而来的出租车上是什么人，是来干什么的，谁都没想到杀人凶手会重返作案现场。范杰明跳出车门，左手端着霰弹猎枪，右手拎着装满子弹的冲锋枪，大步朝警车走来。温思博刚刚绕过宝山分局的车尾，正好与范杰明撞个对面，两人相距三米。范杰明的左手上，黑洞洞的猎枪枪口直对着小温的胸膛。这家伙显然是个左撇子。

小温愣住了，站在原地愣了0.1秒。他还太年轻，2013年才二十九岁，从警才六年，除了案后做现场勘查，多在办公室里工作，从未见识过这等生死一瞬间的场面，更不曾有过与凶犯直面对抗的实战经验。而且他是技术人员，两辆车上的警察也是技术人员，都没有枪。夜色中的一刹那间，小温甚至没看清来人手里举的是什么。但来人目光如此凶恶，表情如此镇静，他知道，此人就是凶手了。

面对枪口的瞬间，胆小的人一定会吓软了，吓傻了，吓倒了，很难做出什么反应了。

死神等了小温0.1秒，仅仅0.1秒。也就是说，范杰明也没想到车后突然间冒出一个人，他也愣住了，愣了0.1秒。然后砰的一声枪响了，一团毒焰向小温的胸口喷来！

这个海军军人的儿子，这个上海"803"刑警总部的小伙子，不愧为天之骄子，不愧为铁血警察，刹那间的反应如同惊雷掣电——就在枪响前的0.01秒，温思博飞身跃起扑向凶犯！然后一手卡住范杰明的脖子，一手拨开那支猎枪。瞬间，毒焰从他左边擦身而过。两人重重地摔倒在草丛里。小温死死压住他的左手和猎枪，一身蛮力的范杰明拼命挣扎着，右手上的冲锋枪冲着小温又开了一枪，只听咔的一声——卡壳了！

英雄的“803”警察就是好样的！就在温思博扑向范杰明的那个瞬间，总部面包车上的孙奋进——一位五十多岁的技术警察大喝一声：“上！”他和年轻的战友田巍、刘寅先后纵身跃下，一起扑到范杰明身上将他死死压住，缴了他的枪，然后找来一根长铁丝将范杰明捆住。

捆好凶犯，小温这才站起来松了一口气，头上却冒了一层汗。检查现场，小温身后的墙上，在胸口的高度爆开一个海碗大的洞，要不是小温闪电般的一扑，这个大洞就在他的胸口上了。搜查凶犯的行囊，里面装着自制手枪、手雷和数十发猎枪和冲锋枪子弹。孙奋进检查了那支卡壳的冲锋枪，然后对小温说：“好险！幸亏你把这个王八蛋压在身下了，冲锋枪压在地上，弹壳跳不出来，卡壳了，不然28发子弹都得喂给咱们，整个儿一个全军覆灭呀！”

小温这才感到一阵后怕，等于捡回一条命啊。定了定神后，他掏出手机，抑制不住地想把这件事告诉给谁，内心倒海翻江，五味杂陈。打给父母？不行，老人会担心的。打给恋人？不行，会吓着她的。打给同学和同事？大家都是同行，没必要。想了想，小温又把手机揣进衣袋，接连抽了几支烟。

连杀六人的持枪恶魔范杰明在作案当晚被擒，此案震惊大上海。东方电视台等媒体很快把新闻报道出来，不过没提温思博的名字。接连许多天，小温的手机被打爆了，都是他的同事、同学、好友打来的，问勇擒凶犯的警察是不是他？伤着没有？情况如何？温思博和女友约会时，女友发现他胳膊上多处青紫，肘处还有一块伤，问他怎么啦？小温怕吓着女友，轻描淡写地说，走路摔了一跤，没啥事儿。可这时候仍有问候电话一个接一个打来，弄得两人连说话的时间都没有。当着女友的面，小温电话里也不好多说什么，只好哼哼哈哈应付着，说“以后再说”。女友有些怀疑了，后来打电话问小温的同事，同事满怀对小温的敬意，把那个夜晚的惊险历程绘声绘色说了一遍。话音未落，这边的女孩儿已泣不成声，泪流满面。

2013 年，温思博获得公安部授予的“全国公安系统二级英模”荣誉称号。不过，那个上海女孩儿或许太脆弱太现实了，后来她痛下决心中断了和温思博的恋情。她说，警察的妻子必须有同样的刚强，而我没有……

二、吕凯：高速公路上的“雷锋哥”

江西有 4000 公里高速公路，每 100 公里配备一个交警大队，计 22 人。他们昼夜轮班，无缝对接，驾驶警车在路上来回巡查，检查物流卡车和“红眼”大巴是否超载，拦截误上高速的行人和非机动车辆，及时排查、处理各类交通事故。目前，巡查在江西高速公路上的交警平均年龄二十八岁，多为“80 后”，他们个个晒得黝黑，网上自称“焦警”。

吕凯，肤色黝黑，身材壮实，胖乎乎的圆脸，一笑两只眼睛眯成一条缝。1984 年他生于河南开封一个农民家庭，2007 年毕业于河南警察学院。吕凯毕业后考入江西省公安厅，当上高速公路的交警，现任江西省公安厅交警总队直属三支队第三大队下属的中队长。

吕凯是一夜“曝红”的。当警察，穿警服，曾是他少年时代的梦想。如愿进入警察队伍后，最初的兴奋与激动渐渐退远。日夜巡查在路上，除了处理偶发的事故，时时刻刻，身边永远是呼啸而过的车流，仿佛整个世界都不理他，匆匆而过，头也不回，留下的只是尖啸的声波、严冬的飞雪、盛夏的热浪和刺鼻的尾气；加上身处异乡，举目无亲，语言不通，饮食不服，他觉得自己似乎被飞速远去的时代车轮抛弃了，抛弃在一片寂静的乡野上，一条看不到尽头的孤独的“过客路”上。年轻人总是喜欢热闹、渴望激情、梦想干一番事业的，可在高速公路上，吕凯最怕的就是“热闹”——那肯定是大事故；他最担忧的就是“激情”——那肯定是醉驾、超载和冲突。日复一日，年复一年，日子重复、单调、枯燥，面对的只是自己巡查的路段，护栏外面有多少棵树、多少条小路，只要是固定的物体都记得清清楚楚，而所有能行动的、能流动的，能喘气的，连大货厢里的猪马牛羊都高傲地飞驰而过，更别说想找个心爱的姑娘了。青春，似乎就这样在车流滚滚中飞速远去了。

那是一个暴风雨的夜晚，一个就近穿越高速公路的村民被车撞死了。家人们闻讯赶来，呼天抢地，悲号不已。吕凯和同事们赶到现场处理事故。责任当然完全由这个不幸身亡的农民自负，但望着抚尸痛哭、悲号欲绝的死者的父母、妻子和孩子，吕凯不禁潸然泪下，同时心中暗暗感到一种自责。他是农民的儿子，知道农村生活的艰难，知道一个顶梁柱倒下了，会给全家带来怎样的伤痛与悲惨的后果。那一刻，吕凯痛切地意识到，作为一名高速交警，要好好守着、紧紧盯着自己的路段，尽一切努力，别让无辜的老百姓惨死在飞驰而过的车轮下。

误上高速公路的人主要是两类，一类是着急赶路、就近穿越的附近村民，一类是有智障的流浪人。江西省交警总队一方面组织力量加强巡查、严加防范，一方面与沿路地方政府、乡村干部密切合作，对高速公路附近的群众特别是学生展开广泛的交通安全教育。村民穿越高速公路的现象大为减少了，但患有智障的流浪者窜上高速公路却是难以控制的。常常，吕凯和战友在巡逻中发现了他们，随即把人护送到护栏外的乡间道上，再三叮嘱他们不要再擅自登上高速公路。他们目光呆滞，懵懵懂懂地点点头，好似听明白了，没过多久又闯上来了。有的背着脏黑的包袱，有的骑着没气的破自行车，有的甚至站在公路中央，挥舞着手臂模仿交警“指挥”呼啸而过的车流，稍有不慎，就会发生车毁人亡、连环相撞的重大交通事故……

吕凯意识到，把智障人仅仅护送出高速公路是不够的，必须让他们找到回家的路，才是万全之策。

2011 年 3 月 4 日上午，一位中年妇女肩挎破书包出现在高速公路上。她头发零乱，脸色脏黑，目光呆滞，一看就是患有智障的流浪者。吕凯赶紧把她带到路边，然后指指警服上的字告诉她：“我们是警察，不会欺负你。你叫什么名字？家在哪里?”女人一律说不清，听口音也不像本地人。查看她的书包，里面全是树叶草根，还有发霉的脏面包，像是她用来充饥的“食物”。吕凯心里隐隐一痛，又问：“你想回家吗?”那一瞬间，女人混沌的大脑似乎透进一线温暖的光亮，她使劲点点头，眼里闪出盈盈泪光。这一丝丝的泪光，让吕凯和他的年轻战友们感动了。他们把女人带上车，女人身上的异味很大，他们只好打开车窗，再吸支烟。回到大队办公室，请女同事安排她洗了澡吃了饭。过后，吕凯问：“你会写自己的名字吗?”女人点点头，写下“池丽莉”三个字。吕凯立即登上“人口信息网”查询，没有任何信息。根据经验判断，看样子这个女人已走失多年，说不定当地早就注销了她的户口。吕凯又让她写父亲的名字，还好，女人写得清清楚楚：“池俊华”。网上一查，池俊华是广西玉林市陆川县的村民，六十多岁，这位流浪女的口音也是广西地方的，可以肯定，这个池俊华就是流浪女的父亲了！

吕凯大喜过望。第二天是 3 月 5 日，正是全国的“雷锋日”。上午，吕凯的电话打到广西陆川县那个村委会，双方语言不通，对方听不明白，吕凯赶紧找来一位广西籍战友。这回对方听明白了，但他像是一个年轻村官，说池俊华家在一个很远的山区村组里，家里是否走失过什么人，他也不知道，需要查问一下再给吕凯回话。

下午，陆川县那位村官回话了，听声音气喘吁吁的，像是刚刚翻山越岭跑回来。电话里，他相当激动，大声说：“吕警官，我们查清楚了！十一年前，池俊华走失了一个女儿叫池利群，当时她已经结婚了，儿子九岁，现在都二十岁了！池丽群还有一个弟弟，现在在广东做事，我把池利群的老母亲带来了，请你把情况跟她说说吧！”吕凯讲完遇到池丽群的过程，电话那边没有一句回话，只有不可遏止的悲哭……

第二天，池利群的弟弟从广东打来电话，请吕凯为池利群拍一张照片从网上传给他。弟弟泣不成声地说：“姐姐原来是很正常的人，后来得了一场大病，神智就有些不清楚了。走失以后，妈妈因想念女儿患了一场大病，年年春节，年夜饭的桌上，我们都给姐姐摆上一只盛满米饭的饭碗和一双筷子，对着那个空空的座位，全家老小总要痛哭一场。十一年没有音讯，我们以为姐姐不会活在人间了太感谢你们了……”

池利群的家人对江西高速公路交警的善举非常感动，特意报告了玉林电视台。两天后，池利群的弟弟、老公、儿子和玉林电视台青年记者刘复军等人一起乘车赶到南昌附近的抚州救助站。救助站工作人员把走失了十一年的池利群收拾得干干净净。一家人意外团圆，喜极而泣，哭成一片。老公问池利群：“你认识我吗?”她木然呆坐摇摇头。儿子又问：“你认得我吗?”池利群走失时才九岁的儿子如今已成了二十岁的大小伙子，她当然不认得了。弟弟又问：“你认识我吗?”池利群点点头又摇摇头，好像有一点儿依稀的印象。身穿警服的吕凯笑问：“你认得我吗?”池利群眉开眼笑地说：“认得，你是雷锋哥啊!”

在她残存的一点儿记忆和智力里，留有雷锋的形象。她忘记了所有的亲人，却依然记得雷锋！这一幕深深打动了电视台记者刘复军。他一向酷爱音乐，会作曲会写词，返回玉林后，他依据这段感人的经历创作了两首歌《雷锋哥》和《回家的路》，配上拍下的镜头制成视频发到网上。歌中唱道：

“雷锋哥开着巡逻车，一双眼睛是雪亮的。看见流浪的人很无助，忽然想起了这首歌：‘学习雷锋好榜样，忠于革命忠于党。’雷锋哥他心肠热，为流浪的人安排了宿舍，送来了饭菜他更热　流浪的人盼来了亲人，送他们上了回家的车……”

短短数天，这段视频和这首歌获得数十万网民点赞，央视也作了报道。“雷锋哥”吕凯一夜曝红！

其实，此前此后，高速公路上的“雷锋哥”做了无数好事：

——宋丽梅，湖南湘潭人，曾是学业优良的女孩子，因出身所谓“富农家庭”，被禁止考大学，从此患了精神病。婚后离家出走，在外流浪了二十年。吕凯在高速路上遇上她时，她已是近六十岁的人了，满头苍发一身脏污，对家乡完全失去了记忆，口音也变了。问她家乡在哪里，她一会儿说是河北，一会儿说是湖北。让她写自己的名字，竟然写下三十多个。再写父母的名字，却查不到，显然已经注销。吕凯又问孩子叫什么？她迅速写下“潘力扬”、“潘丽华”两个名字，但网上无信息。又问她上过什么学校？她脱口而出：“湘潭九中。”再问家乡地点：“红旗公社。”就这样，吕凯在网上查了无数遍，电话打了无数遍。5月6日那天，吕凯终于和宋丽梅的哥哥联系上了。哥哥几乎不敢相信走失二十年的妹妹还活着，电话里问吕凯，走失女的额头中间是否有一块小伤疤？吕凯说有，哥哥在电话那边顿时哭了。5月8日，儿子潘力扬开车从湖南赶到江西抚州。这一天正好是母亲节！吕凯告诉潘力扬：“我问了你母亲许多亲人的名字，包括自己的名字，她都记不得了，只有你和妹妹的名字，她记得清清楚楚。”这是怎样的母爱呀！潘力扬泪如雨下，扑地跪倒在母亲膝下叫道：“妈妈，我就是扬扬啊！二十年了，我们找你找得好苦啊……”那一刻，宋丽梅似乎清醒了一点儿，怔怔地呆望着儿子，突然蒙面失声大哭。那是在懵懂、伤痛的心里积存、激荡了整整二十年的泪水啊。当天，宋丽梅在深圳工作的女儿潘丽华给吕凯打来电话说：“前几天我突然做了一个梦，梦到妈妈回家啦，没想到果然回来了！以前每当过母亲节，同事们张罗着给母亲买这买那，我都躲起来偷偷哭，我无法跟同事们说，母亲走失了……我在网上查到了，你就是有名的‘雷锋哥’，太感谢你了！”儿子带宋丽梅登车离开抚州时，宋丽梅紧紧抓着吕凯的手不放，喃喃说着一些听不清楚的话语。蓦地，她从自己的破包里抓出一大把硬币——那是她在二十年走失路上捡的，双手捧着送给吕凯。吕凯从中拣出一枚，说：“谢谢你，我只要一枚，留着作个纪念吧。”在场者无不潸然泪下。

后来，经过治疗，宋丽梅的精神状况大为好转，现在在深圳和女儿生活在一起。

——严冬的深夜，路面结了一层冰霜，一辆满载生猪的外地大货车侧翻，司机受了轻伤，六十多头猪在路上路外四散逃窜。吕凯

吕凯在帮助宋丽梅找家人

一边电请大队派人支援，一边与司机追着喊着赶猪寻猪。直至凌晨，六十多头猪被全部赶上前来接应的货车。货主瞧着满头热汗又满身霜雪的吕凯和他的战友们，感动地说："你们找回了猪也救了我的命，要是这一车猪跑没了，我就破产了……"

一位粗心大意的车主开车进入服务区后，把一岁的儿子和车钥匙都反锁在车里了。时值酷暑，车内温度急剧升高，孩子热得汗流不止，哇哇大哭。吕凯迅速接上一位开锁师傅赶到现场。车门打开了，父亲热泪滚滚把孩子抱出驾驶室。一个当地青年认出了吕凯，说："你就是网上走红的交警'雷锋哥'吧？"现场围观的群众齐声高喊："好样的！"报以热烈的掌声……

高速公路成了爱民之路。据统计，吕凯从警七年，成功送返三十五位行走在高速公路上的特殊病患群众。他们的家乡遍及全国多个省区，都是吕凯不厌其烦，通过互联网多方查询，再不断电话联系，找到其家人，把他们送上回家的路，同时消除了高速路上的重大隐患。许多病患者的亲人通过互联网，了解到吕凯就是那位有名的"雷锋哥"，无不钦佩有加，感激不尽。今天，"80后"交警吕凯和他的年轻战友们依然开着警车，日夜巡逻在他们负责的那段高速路上。他所在的第三大队被命名为“雷锋驿站”。

三、龚辉：“轮胎女孩儿”的泪与笑

龚辉，南昌市高新区公安分局麻丘派出所片儿警，肤色白皙，身材瘦削，文质彬彬，说话慢条斯理，一双眼睛清澈而温和，看起来不像警察，更像刚刚走出校门的青年白领。

2010 年 6 月的一天，在辖区陈毅纪念小学兼任“法制副校长”的龚辉给同学们上完一堂法制课，伴随着下课铃声和潮水般涌出教室的孩子们一起来到操场上。这时，他发现一间教室的门口有一个女孩儿，小脸清瘦，神情孤寂，浑身脏黑，一直跪坐着，默默瞅着操场上欢叫玩乐的同学们。女孩儿默然无语，过了一会儿，伏下身双手撑地，慢慢爬回了教室。龚辉这才发现，女孩儿不能行走，双手和双膝各绑着一块黑色的轮胎胶皮。龚辉心里一痛，跟了进去。女孩儿缓缓爬到自己的座位上，龚辉问她：“你叫什么名字?”“腿怎么了?”“你父母是做什么的?”“每天你都这样爬着上学吗?”女孩儿始终不吭声，像一个小哑女，只是默默看着课本。龚辉看看她的作业本，上面写有她的名字：“周思盈”。

龚辉走出教室。一种痛，一种同情，一种深切的牵挂，使他转身走进校长办公室。校长说，周思盈是留守儿童，父母长年在外打工，把女儿留给爷爷奶奶抚养。周思盈五岁时发了一次高烧，治得不及时，据说腿骨骨髓烧坏了，从此双腿瘫痪不能行走。父母花光了所有积蓄，借了很多债，背着女儿走了省市多家医院都没能治好，绝望之中把女儿扔给爷爷奶奶，再也不管了。为了抚养这个小孙女，年迈的爷爷又出去打工，没想到摔伤了腰，行走困难，只好由奶奶天天背着周思盈上学、放学。校长说：“这个女孩儿命太苦了！在学校里只能靠绑着四块轮胎胶皮爬行，孤僻的生活环境让她很少说话。不懂事的孩子叫她‘拐子’、‘哑巴’，附近居民叫她‘轮胎女孩儿’，老师见了能帮就帮一把，可谁都没法天天守着她。

周思盈最困难的就是上厕所，她要慢慢爬进去，瘫坐在便口处……那样子真是难以想象。不过，这个女孩子也够坚强的，无论有些同学怎样嘲笑她，捉弄她，从来没掉过眼泪……”

那天的放学时间，龚辉来了。他背起周思盈，和奶奶一起走回家。一路上周思盈依然默然无语，那颗幼小的心灵似乎被残酷的命运和悲惨的遭遇冰透了，不再有感动。

麻丘派出所的辖区在南昌市东郊的城乡接合部，原有 3 个村落，现在发展为 16 个行政村、1 个居委会，常住人口达 57000 余人。这一带自古以来代代传有杀猪剐肉的手艺。这些年，青壮劳力都到邻近的武汉等城市打工去了，大多以屠宰卖肉为生，形成一个著名的麻丘屠宰业。本地留下的都是“九九重阳部队（老年）、三八部队（妇女）、六一部队（儿童）”，群众生活水平不高，社会秩序较为混乱，老弱病残较多，组织群众做点儿公益事业很难。

周思盈的家在一栋陈旧残破的二层楼上。窗玻璃是碎的，房间里一贫如洗，除了床、锅、碗，几乎别无他物。爷爷奶奶再三感激龚辉。龚辉安慰鼓励了周思盈几句，要她坚强，要她好好学习，然后很快离开了。他觉得自己不能坐久了，坐久了眼泪就忍不住了。他的第一个念头就是给周思盈买一把轮椅，走进一家大商场一看价格，1000 多元，龚辉有点儿为难了。

此刻，走出商场，为那把 1000 多元的轮椅，龚辉真是为难了。他的月薪只有 1800 多元，在辖区中心小学当老师的妻子张丽月薪不足 1000 元，双方父母还需要月月寄钱，女儿生来弱视，只有 0.1 的视力，一直在寻医找药治疗。结婚时没房子只好按揭，月月要还房贷。经济压力如此之大，要一下子拿出 1000 多元给周思盈买轮椅，实在是一项额外的大支出。龚辉和张丽商量，张丽落泪了，一夜没表态。第二天早晨张丽眼睛红红地说，我也是当老师的，这样的孩子咱不能不帮，你去办吧。

当龚辉把光亮闪闪的轮椅抬进周家时，爷爷奶奶落泪了，小思盈落泪了。她第一次说：“谢谢叔叔！”从那以后，龚辉成了周家的常客，送衣送米，买菜做饭。闲暇时，推着轮椅陪她上学，接她放学。假日里，一家三口带上小思盈上街走走看看。在学校给孩子们上法制课时，龚辉教育同学们要尊重、关心、爱护、帮助周思盈。讲到小思盈的悲惨家境时，同学们都哭了，从此再没人叫她“拐子”，上课下课上厕所，都会有许多热情的小手伸过来帮她，还带她一起玩游戏。在热闹的操场上，在繁华的街道上，在南昌动物园，在特色餐馆里，无数个“第一次”让小思盈睁大了好奇的眼睛，露出了开心的笑容！

龚辉给周思盈买了轮椅

片儿警龚辉，还有他的妻子张丽，默默地做着这一切。但他的身影和轮椅上的周思盈的故事却感动、轰动了整个辖区。口口相传，高新区公安分局知道了，市公安局、省公安厅知道了，地方政府知道了，纷纷给龚辉以鼓励，并向周思盈和她的爷爷奶奶伸出帮扶之手。媒体也知道了，纷纷加以报道，“好心片儿警”龚辉和“轮胎女孩儿”成了江西省、南昌市街谈巷议的热门话题。整个社会的爱心、援助和正能量迸发出来，潮水般向小思盈的家涌来。辖区的老百姓第一次深切体味到，一颗善良的心，一个自觉的善举，会得到全社会多么巨大的拥护和响应。2012 年，家住上饶市的著名中医张桂香女士主动与龚辉联系，请龚辉把周思盈送到上饶，她愿意为女孩儿免费治疗病腿。在张医生那里，小思盈一边上学，一边接受治疗，一个月内就长了5斤体重，两个月后体重由22公斤增长到34公斤，腿部也长出肌肉，如今已经能站起来了！

还有一位家住宜春市的残疾人龙大爷，每年都如期给周思盈寄来1000元……

曾经被称为“哑巴”的小思盈，如今变得开朗活泼，连续两年被评为“三好学生”。每次龚辉去看望她，她都滔滔不绝地讲述着那些帮助她的人们的故事。

在所辖社区，龚辉默默帮助了许多困难群众。资助孤寡老人，扶助留守儿童，解救危困病人，化解邻里纠纷，一桩桩一件件，使他成了辖区群众最信任最喜爱的“一家人”。

四、田坤：兴安岭上的红杜鹃

大兴安岭，盛开着一朵娇艳的红杜鹃。

田坤，眉清目秀，“80后”警花，带着甜美温柔的笑，姗姗走向她的社区。

中国版图，雄鸡唱晓。鸡冠的最高处，是号称“神州北极”的漠河县。

漠河县城原都是老旧的木制建筑，许多还是俄式的木格楞房子，被称为“站在树尖上的县城”。

2002年冬，二十一岁的田坤警校毕业，被分配到漠河县公安局西林吉镇派出所做内勤工作。可田坤偏偏要求当外勤警察。于是，田坤成了中国“北极”第一个女片儿警。

领导好像有意要考验一下田坤，把县城地域最大、人口最多、社会结构最复杂的辖区交给了她。那里有全县最大的综合市场、学生最多的中学以及银行、商服等单位共152家，居民1100多户，人口3327人。做片儿警工作，绝大多数警察的工作方式是留下通讯方式“有事来找我”。田坤的工作方式却是“无事我访他”。她

田坤到老乡家走访

想，自己是主动要求下到基层的，那么一定要做到最好，给领导一份满意的答卷。她开始走家串户，白天走老人家，晚上走双职工家。坐下聊一聊，问问家庭，问问工作，问问身体，问问孩子，在老人面前像闺女，在孩子面前像姐姐。有一户生意人很忙，田坤早起晚归，先后敲了12次门才进了屋。她定下了一个完全彻底的目标：认识、了解辖区里的每一个人。两年下来，17个笔记本记得满满的，辖区3327人的情况，熟悉程度达到100%。提到每一个居民，她都能准确地说出该人的年龄、身世、身高、长相和体貌特征。许多居民记不住自己家人的出生年月日，田坤却记得一清二楚。有时她带上一束鲜花上门祝贺老人的生日，当儿女的才想起来。

田坤成了辖区的“活字典”，辖区成了她拥有3327个成员的“大家庭”。什么是家？家就是爱。她觉得，警察是一种力量，也是一种温暖，警察融入社区的大家庭，就应当给人们带去关爱。

——第一次，她走进体衰多病的妇女王凤华的家。聊起来，王凤华和儿子李继铭都抹起了眼泪。许多年前，王凤华患了脑血栓，很长时间生活不能自理，丈夫离家出走，扔下这对孤儿寡母。没有生活来源，儿子考上大学却交不起学费。田坤掉泪了，把兜里的钱全掏了出来。此后，田坤跑了多次民政局、镇政府和社区，为李继铭办了特困生减免学费的所有证明。再以后，儿子离家读书去了，田坤成了王凤华的“好闺女”，时常帮助整理家务，洗衣做饭，买药拉煤，什么活儿都干。中秋、端午、春节，田坤都去陪陪她，直到李继铭大学毕业。离家多年的父亲浪迹江湖没混好，听说儿子上了大学，又回来找母子俩，进门先向妻子和儿子谢罪。王凤华流着泪说，你抛下我们母子两个不管了，要是饿死冻死，你还能找到我们吗？幸亏我添了一个“好闺女”，这么多年一直照顾着我们……

——辖区有两个淘气的学生，打架逃学泡网吧，家里穷困，父母很愁，也没心思管他们。田坤找到老师，详细介绍了孩子的家庭情况，请老师“救救这两个孩子”。说着说着她掉泪了。然后，她几乎成了这两个孩子的“家长”，送衣服送文具，谈心引导，说父母养他们不容易，希望他们好好学习，好好做人，将来当个男子汉，帮助父母脱贫。两个孩子幡然醒悟。如今，一个孩子上了大学，一个孩子参加了工作，成了家里的顶梁柱……

为特困户的孩子寻找工作，照料孤寡老人，帮着解决跑水、断电的难题，调解邻里纠纷和家庭纠纷，田坤做了无数的小事烦事琐事好事，甚至夫妻吵架闹离婚都找她来评理。时间长了，田坤和辖区居民结下了深厚感情，老人们见面都叫她“闺女”，小的见她叫“姐姐”。有啥事儿大家都听她的。田坤组织起“三老”治安巡逻组、环卫工人治安流动哨，发展了许多群众治安积极分子，筑起一道牢靠的治安防控网。

——2008 年 2 月，黑龙江省巴彦县警方致电漠河县公安局，请求协查一宗投毒药死大牲畜的案件。据说犯罪嫌疑人可能藏在漠河。根据巴彦警方提供的资讯，田坤的脑海里立即浮现出辖区居民魏某。相貌差不多，家访时他还说曾在巴彦打过工。于是，巴彦警方很快将这个犯罪嫌疑人抓捕归案。

——一天傍晚，田坤在辖区例行巡查，发现一个中年男人很陌生。问他叫什么？从哪儿来？男人随口编了自己的姓名和租房住址。可在田坤大脑的“活字典”里，根本没这个人的信息。“我是片儿警，认识这里所有的居民。”田坤严肃地说，“你说老实话，到底是从哪儿来的？请把身份证给我看看。”那人只好吞吞吐吐说出真名，并掏出了身份证。田坤随随便便扫了一眼，笑着说：“你看你，早说实话就完了呗。行了，走吧，我也该下班了。”其实，这是她“演”给那人看的。回到派出所，她立即上公安网搜寻，此人竟是内蒙古图里河盟伤人外逃的嫌疑人！警方迅速将此人控制。第二天，内蒙古警察赶到了。

——2006 年 5 月 4 日，漠河县发生一起抢劫杀人案，罪犯潜逃。有线索表明，犯罪嫌疑人和一位在江边打鱼的人住在一起。所有的民警被动员起来，集中调查临江居住的渔民。田坤的“活字典”又一次飞速打开：她的辖区距江边有 100 多公里，按理说不会有什么打鱼人。大脑里的“活字典”赫然显示：其辖区中有一个姓孙的人偶尔——只是偶尔，会到江边打鱼。经调查走访，周边群众说，孙某家中近些天确有一个陌生人居住。老百姓都和田坤有感情，也关切自己社区的安全，几名群众自告奋勇当暗哨，帮助田坤“望风”。一天夜里，电话传来“情报”：目标出现！田坤立即和三名民警赶到，将犯罪嫌疑人高某抓获。

田坤是中国“北极”唯一的女片儿警。她的青春花季，深深扎根在人民中间，与民同乐，与民同忧。她为老百姓做的好事点点滴滴，汇成一股巨大的暖流，融化了那里的孤寂、忧伤与寒冷。

第十六章

人民至上，天下归心

一、盖起章：宁可干死，绝不等死！

1951 年，盖起章出生于山东莱阳一个贫苦农民家庭，1970 年高中毕业入伍。从那以后他的人生道路就铺满了累累战功与“军区优秀共产党员”、“全军十佳侦察员”等荣誉称号。

1994 年，盖起章转业到福州市公安局。他走上纪委书记、督察长岗位的那一天，大概很少有人意识到，一个铁腕治警的“黑脸包公”出现了，一场震撼福州警界的“纪检风暴”很快就要到来了。上任伊始，盖起章就对全局系统纪检干部提出：“敢抓敢管就是能力，发现问题就是水平，严格查处就是政绩，回避矛盾就是失职。”

很快，他接到二十余封来自社会各方面的举报信，矛头直指交警支队的车管所和驾管所。

盖起章（右）

众所周知，公安局的车管所、驾管所历来是“油水儿”最肥的单位，许多警察拉关系走门子要钻进这个地方，表明以权谋私、乘机揩油的腐败风气已成不言自明的公开行为。人们说，凡是能进车管所、驾管所的警察，大都“根子很硬”，有“门子”有“关系”。盖起章不管那一套，经局党委同意，2002 年 11 月 8 日，一夜之间他从市局和县、市公安机关纪检、监察、刑侦、经侦、技术、网络安全等部门抽调了 110 名精兵强将，秘密组成阵容空前强大的“11·8”专案组。

一辆崭新的车开进车管所进行“年检”。那里的警察头都不抬，挥挥手说：“去，到某某修理厂修去！”车主说：“我这是刚买的新车，而且刚做过保养，修啥呀？”没有理由，必须去，“那是我们定点保养检测单位。”

到了那个修理厂交了 700 元，老板挥挥手说：“没事儿了，拿上收据去车管所吧。”这位“车主”就是新上任的局纪委书记盖起章。后经侦查，这条“潜规则”在车管所和修理厂之间已通行多年。据案发后一个参与作案的女警交代：“这条规矩谁都动不了，我尽管也参与了，但我丈夫的车也得照例交 700 元。”

案子一动，福州为之一震。政界、警界、社会各界、领导、战友、亲戚的求情电话响个不断。有一天，六个身份不明的人从六个地方给盖起章打来电话吼着：“抬抬手大家都过得去，不然小心你的脑袋!”“你不怕死，可你还有老婆、孩子呢!”女儿盖方方也接到电话威胁:“你要手还是要脚?告诉你爸，给我老实点儿!”局里也有人讽刺盖起章说:“为了当先进，不惜把福州公安搞乱。”有高层领导来电话，话一定说得很难听，办公室的警员看到他放下电话后脸色铁青，气得浑身发抖。历经半年，全案告结，涉案的两个副支队长和十八名警察受到法律严惩。

福清市，是中国历史上有名的黑社会组织“福清帮”的发源地，一代代福清恶少参与其中，多年绵延不绝，活动遍及全球。2002 年 9 月，福清两个横行乡里的犯罪团伙被打掉。局党委会上，盖起章严肃指出，这两个团伙何以横行七年之久?背后有没有公安的“保护伞”?必须查清楚!果然，以福清市公安局一名副局长为首的七名警察被依法判刑，五名警察受到党纪政纪处分。

盖起章担任局纪委书记六年间，组织查处违法违纪科以上干部 154 人，其中 100 人被追究刑事责任，136 人被撤职、辞退或开除。由于工作出色，战绩累累，他多次立功受奖。但他却高兴不起来。一次表彰大会请他发表感言，他痛切地说:“说实话，我并不感到多么光荣。有这么多警察，其中还有我的战友、部属，因违法违纪被查处，我哪里还有什么成就感?只有痛心疾首!如果我们的教育更加有效，我们的制度更加完善，我们的监督更加到位，这些人不会走到今天这一步的。我建议各级组织好好管理教育部下，警察们多多自珍自重，我少立些功，会发自内心为自己高兴也为大家高兴的!”

全场静默，继而是雷鸣般的掌声……

在党课和警员教育课上，他给警察们算了一笔账:一个警察廉洁从警，一生可以拿到国家发给的 200 多万元，其他福利待遇不算。“你难道就为了几万、十几万或数十万元的赃钱，扔掉 200 多万元的合法收入吗?即使你贪得再多，难道不怕半夜有人敲门吗?”

别以为盖起章只有敢抓敢管的铁石心肠，他对警察的关爱与呵护也广为传颂。打字员郑月珍的孩子脑内长了个血管瘤，幸亏盖起章帮着四处奔走多方关照，手术获得成功。如今孩子已经大学毕业走上工作岗位。勇斗歹徒身负重伤的警官郑伯武被送到医院后，第一口水、第一口饭是盖起章喂的，第一次小便是盖起章倒的。

即使是被盖起章查处的警察，他对其家人的生活仍然充满关爱。一名警察被判刑了，盖起章得知他妻子下岗，父母多病，家里生活极为困难，多次到他家里看望，帮他的妻子安排工作，资助他的孩子上学，送老人治病并请求医院减免了许多医疗费。那位警察得知后，从狱中给盖起章写了一封信，信中说："盖书记，你让我认识了什么叫大写的人，我痛悔对不起你，对不起党……"

2008 年春节，市局宣传处干部陈艳一家三口遭遇车祸，陈艳胸椎、腰椎、脊椎全部粉碎性骨折，医生断言"活过来也是终生瘫痪"。已进入肝癌晚期的盖起章拖着沉重的病体去看望她一家，拿出 1000 元表示心意。陈艳坚决不收，说："你病得那么重，我们大家表示点儿心意你都不收，我也不能收。"盖起章笑笑说："我这病是不治之症，你的伤是可以治愈的，你还年轻，可以为国家做很多事情，俗话说'好钢用在刀刃上'，这些钱留给你，比用在我身上有用。"

后来，陈艳这样说道："也就是在那一刹那间，我理解了什么是崇高。每个人都珍惜自己的生命，一个人在生命的最后，用自己的生命托起他人的生命，这就是崇高！那一次盖书记来看我一家，是他生命中最后一次看望他的部下和战友。对我来说，那就是一次灵魂的洗礼。今天，我能打破'终生瘫痪'的医学预言，站在这里，可以说是盖书记给了我生的渴望和站起来的力量！"

发现自己患了肝癌以后，盖起章一直坚持工作，而且更加忘我，更加投入。同事们劝他多休息，他说："我工作的时间不多了，所以更应该多干点儿。""我宁可干死，也不能在家等死。"2008 年 8 月，盖起章癌病广泛转移，福州市红十字会特拨赠五万元。市局机关党委书记老郑去医院看他，盖起章说："我得病后才知道这个病花费这么大，我这级干部尚且觉得压力很大，基层民警有了大病会更困难，请你摸摸底，把这五万元分给他们吧。"

老郑泣不成声说："不行！这钱是给你救命的。"

盖起章说："我的命是命，其他同志的命也是命。"

后来，老郑从5万元中拿出3.5万元，分给患了癌症的普通警察翁春明、陈发荣各1.5万元，分给换肾后仍坚持工作的派出所民警龚津5000元。

2008年10月16日，盖起章溘然长逝，享年五十七岁。

二、杨耀威："用人不正，一整就漏"

辽宁省丹东市副市长兼公安局局长杨耀威，身材颀长，精神饱满，一双大眼睛里充满激情、意志与力量的光芒。

杨耀威，1963年生于辽宁北票，大连警校毕业。从警以后以办案果决、执法严明、追逃神速著称，从基层派出所一路干到省公安厅，担任经侦总队总队长，新世纪以后赴丹东市任职。

杨耀威（中）在检查工作

丹东市辖区15030平方公里，人口240万，边境线长300公里，隔江与朝鲜相望，具有沿边、沿江、沿海地域特色，区位敏感，警务工作纷繁复杂。杨耀威深深体验到丹东市3700名警察的日夜操劳、流血流汗、牺牲奉献，也看到警察队伍不是生活在真空里，也有极少数堕落的、贪腐的、渎职的、懈怠的。要打造好这支警察队伍，关键在于：一要从严治警，二要真心爱警。

因此，全局大张旗鼓推出警务改革的"一二三四"战略：

"一"是坚持一个中心不动摇，即以忠诚职守、忠诚人民为宗旨，做大做强警务指挥部。

"二"是两手抓，两手都要硬。

“三”是从“沿边、沿江、沿海”市情出发，强化110的指挥功能，树立绝对权威。要求“全体警察都是处警队员，所有单位都是处警单位，对指挥中心下达的指令必须无条件绝对服从”。

“四”是四到位：“管理到位，服务到位，职责到位，待遇到位。”

“不能光让马儿跑，还不给马儿吃草。”杨耀威说，“工作干好了，表现优秀了，老百姓满意度高了，通过民意测验和组织考察，给级别给待遇给奖励，绝不含糊！警察生活困难的，家里有灾有难的，我们有一项重要的常规化的工作，就是既帮民贫也扶警贫。大家精气神儿上来了，警务工作做得好，上访人员和刑事案件大量减少，破案率百分之百，110接警连续三年零投诉，群众满意度98.5%，安全感指数96.3%。全市风调雨顺，民心大快。警察站岗，天热了老百姓有人送水，天冷了老太太送棉手套。大冬天一位大军区副司令路经一个路口，见几个警察正帮着老百姓推车，司令特意下车向我们的警察敬军礼。警察干好了，市委市政府也高兴，我要啥给啥。市领导明确表态，叫‘有求必应’。”

杨耀威接着说：“用人要用英雄、能人和甘于奉献的好人，让英模们只戴红花不给交椅，不公道！”

隋国峰，1973年生，1996年从警。青年时候当了七年社区民警，“上管天文地理，下管计划生育”。那时没有电脑，隋国峰制作了一面墙那么大的社区地图，标明的1500户民房每处挂了一个小纸兜，里面装着该户家庭成员的所有情况。因为工作出色，上级要提拔他当派出所副所长。隋国峰说：“当也行，不当也行，我还是在基层多干几年吧。”上级有意树个典型，就没提，继续干。后来一路先进一路高升，现在是市公安局政治部主任。看守所优秀女警王晶曾当选“第二届全国人民最喜爱的人民警察”，现在当了所长。还有两个英模分别提拔当了市局纪委书记、分局政治处主任。热心帮助下岗工人找工作的“好警察”关世武退休前提拔为副处级调研员，当了二级英模，整个丹东警界为之一震。新一代警官在其位，谋其政，个个心情舒畅，生龙活虎，大展宏图。

杨耀威说："历史经验证明，用人不正，一整就漏，一看就明白。"真是掷地有声！

以往市区多数派出所办公场所陈旧狭小，装备落后，条件艰苦。杨耀威初来时到阳固派出所考察，发现人均面积不足 3 平方米，没热水，不能吃饭，床铺底下堆着方便面，不过倒是有一间小淋浴室。杨耀威走进去一看，没窗帘，龙头是新的。"你们这是新安排的，糊弄我呢！"说着，他的眼圈红了。

现在所有派出所全部焕然一新，多家建起独立办公楼，新建警务室 35 个，社区民警一人一台笔记本电脑。全系统新增配车 109 辆，38 个中心警务室升格为副科，38 位警长全部聘为副科实职，试用一年，年底民意测验，排在前面的晋级，排在末尾的淘汰。

一支"铁军"凛然形成。

大鹿岛是丹东有名的风景区和"亿元岛"。面积 6.6 平方公里，居民 952 户 3500 余人，他们靠接待旅游、打鱼开店、养殖海鲜和开展对韩朝贸易为生，百万元户占一半以上，千万元户和亿元户也不少。因为经济利益、权力分配和宗族之争，岛上的渔民协会和村委会分成两派，双方斗得不可开交。岛上几乎处于无政府状态，遍地垃圾，房子乱盖，聚众群殴，砸车砸房撞船，重伤多人，轻伤难以数计。群体性进京上访 27 次，到省上访 54 次，人数最多的一次达到 400 多人，并多次与警察发生冲突。仅 2012 年全岛经济损失就达一个多亿。中央和省领导多次批示，市里下了很大功夫，但一直平息不下来。先后几个工作组派进去了，最后都溃退回来，组内会议都不敢在岛上开。"大鹿岛风云"成了辽宁省、丹东市领导剪不断、理还乱的一块心病。2012 年 4 月，杨耀威上任第三天听取了大鹿岛情况汇报并做了深入的蹲点调查。过后他决定："严查腐败分子，打击首恶分子，教育普通群众，举行公正选举。"四大举措一出，贪污受贿、涉嫌非法经营的村支书和几个带头闹事、伤害群众的首恶分子被抓了起来，岛上形势迅速趋稳。不久，换届选举在小学操场上举行。近百名警员到场，入口处安上钢管隔离道，各个角落装上监控录像。村民签名后再发票入场，并禁带手机，以防村民拍照，拿去找候选人换钱。

选举大获成功，有威望的干部上来了，有问题的干部下去了。接着，工商、环卫部门都上来了，全岛整顿，面貌一新。如今的大鹿岛风平浪静，面朝大海，春暖花开，繁荣日盛。

曾赴丹东调研的全国公安文联主席祝春林说："当代公安应当具备三大特色，也是警务改革的方向，即法治公安、科技公安、人文公安。据我了解，丹东、湖州、无锡等地在这三个方面都做得很好，值得推介。"

三、姜金利："草帽警察"闭眼破案

姜金利生于1966年，家在辽宁省凤城县赛马镇。

1984年姜金利去内蒙古当兵，三年后复员回到老家。一天路过派出所时，一位老警察正蹲在门口抽烟。他认识姜金利，知道这个小伙子当过兵，能吃苦："哎，你过来！"他招招手说，"想当警察吗？我们要招考警察了，你来试试吧。"姜金利说："我没钱报名啊。"老警察说："我看你小子行！没事儿，我先给你垫上。"

半个月后，那位老警察笑眯眯地对他说："去镇上买套警服吧。"

就这样，姜金利考上了合同制警察，当地叫"草帽警察"。身上没警号，警服自己买。

姜金利没钱买全套警服，只买了一件上衣。培训后，他上身是警服，下身是军裤，脚上是农田鞋，"军警民"三位一体，兴冲冲地走进派出所当了社区民警。

姜金利无比珍视自己的新职业，因此无比地投入。全社区1500余户、8000余人，他挨家挨户走，把姓名、岁数、职业、模样、喜好、家庭成员、电话号码，全部倒背如流，对谁家有什么摆设？电视冰箱是什么牌子？谁有案底？全部了如指掌，等于脑袋里装了一个"档案馆"。后来丹东市举行片儿警竞赛，他获总分第一名，在辽宁省大赛中获第二名。

凭着对辖区情况了如指掌的本领，赛马镇一带发生什么盗窃案，姜金利人到案破，神了！他思考的时候总是耷拉着眼皮。构思文章、思考问题、琢磨破案的时候，那厚厚的眼睑一耷拉，一会儿点子就来了。一天晚上，赛马村徐景良一家看完电影回家，进门就傻了，屋内一片狼藉，电视机、录放机、衣物、香烟等被盗，价值上万元。在农村这就是大案了。姜金利和战友闻讯赶到现场，这种老鼠搬家式的盗窃，肯定不是"飞贼"而是本地人。战友在靠炕沿的地面发现一张小纸片，是不到一岁的孩子梁宝的药费票据。失窃的人家姓徐，这张出现在徐家的票子肯定是盗贼掏兜时从口袋里带出来的。姜金利的大眼皮一耷拉——脑子里那个"档案馆"的大门迅速打开。这个叫梁宝的孩子还没报户口，金利不知道他属于哪家哪户，但知道本地有一个梁某是惯盗，因盗窃罪刑满释放回家不到两年，不久前老婆生了一个男孩儿。

没跑啦，就是他。"走，到梁某家看看！"姜金利对战友说。

到了梁家，女人正在哄孩子。姜金利问："几个月啦？叫啥名啊？"

女人幸福地说："十个月啦，叫梁宝。"

"你男人呢？"

"上亲戚家串门去啦，一会儿就回来，先喝口茶吧。"

姜金利和战友一边聊一边坐等。那个梁某把赃物藏好后才回家，一进门就傻眼了，"草帽警察"已等他半天了。

一次，姜金利正在路上巡逻，恰遇一个人骑着崭新的山地自行车迎面过来。他眼皮一耷拉，心里琢磨，此人不是本社区的，但似乎在哪儿见过他，知道此人到处打工，生活潦倒，这样的人怎么可能买一辆崭新的山地自行车。姜金利大喝一声："你怎么骑着我的自行车？"那人立马扔下车钻进玉米地里跑了。失主很快找到了。

有一年春节前，半个月时间接到群众二十多起报案，其中被盗电视机五台、煤气罐六个、杀完未吃的年猪三头、香烟数十条，还有冰箱、地毯等，集中起来可以堆成一座小山了。据现场勘查，盗窃方式相似，脚印都一样。姜金利的大眼皮耷拉多少次，脑袋里的

“档案馆”都查不出这个人。他判断，盗贼不是本地人，但一定身强力壮，能扛能搬，而且一定有一个存放赃物的秘密地方。经广泛访查，有人遇到过这个盗贼，说“听口音像是东沟人”。姜金利的大眼皮这回不用耷拉了，只是一眨，心里就有数了。他知道本辖区有个女工，丈夫姓柳，是东沟人，长得膀大腰圆，以打工为生。两口子在山那边有套自建房，但长期住在东沟的女方父母家。姜金利和战友驱车一路进了山，摸到柳某的自建房。果然，他家的玉米垛里、菜窖里、天棚上，到处堆藏着赃物：电视机、煤气罐、风扇、录放机、地毯、香烟等。偷来的猪肉吃不完，腌了满满四大缸。公安局派车拉运，装了两辆130货车才拉完。春节前，公安局在当地召开了返赃大会，那天会场人山人海，人们欢天喜地排着长队，领回自己的东西和年货，很多人家放起了鞭炮，喊着：“谢谢警察，让我们提前过年了！”在热烈的掌声和欢呼声中，镇长把一朵大红花戴到了姜金利胸前。

后来战友们戏称姜金利是“神算子”，“眼皮一耷拉，案子就哗啦。”

因为表现优秀，业绩突出，丹东市公安局特批时年已二十五岁的姜金利转正，“草帽警察”的草帽摘了。

姜金利是本地人，三亲六故、绕圈子亲戚特别多。按当地民俗，走家串户的亲戚越多，证明地位和威望越高，就算大户人家了。姜金利家如今出了一个警察，不久又当了派出所所长，真亲假亲转圈儿的“亲戚”越来越多，来人进门不自称“二奶三姑四舅五侄六小姨子”，爹妈都认不出。手里再拎上两瓶酒三斤核桃酥，自然一律都认了，赶紧招呼上炕喝茶。

为了对得起这身警服，姜金利只能六亲不认，严格执法。许多年里，因为打架斗殴、邻里纠纷、开车肇事等，让他抓起来拘留、判刑的三亲六故足有十多个，爹妈出面说情都不管用。他先后三次被老爹撵出门。有一年中秋节，他趁夜深悄悄溜回家，爹妈都“睡”了，桌上赫然放着一块月饼，姜金利潸然泪下……

姜金利就是这样一位警察，铁骨柔肠，一尘不染，忠诚人民，执法如山。他获得很多荣誉，还被评为公安部“二级英模”。丹东市公安局用人有好风气，正如局长杨耀威所说：“光给英模戴大红花，不给交椅，不公道！”现在，这位曾经的“草帽警察”，担任丹东市公安局纪委书记。

姜金利

四、王晶：阳光下摇动的红伞

一天，丹东市公安局看守所管教员王晶，拎着钥匙穿过走廊，向第三监室走去。进了第三监室，王晶通知女监犯人周志杰，两天后法院的人会来向她宣判死刑，立即执行。

这时，王晶的心情有一种难以名状的沉重和悲凉，甚至有些伤感。在看守所，王晶目睹和送走了一批又一批在押人员，有些被判有期徒刑，有些被判死刑，有些刑满释放走了。对于那些被判死刑的女犯，眼瞅着她们戴着镣铐被押上囚车拉走，王晶总是难以避免有些伤感。

周志杰才三十多岁，就走到生命的终点了。她初进监时，对王晶叫“管教”，后来改叫“大姐”。

王晶，满族，1965年生于丹东市一个普通工人家庭，多年来是丹东市有名的好警察。年轻时在社区当了十年片儿警，成了所有大爷大娘的“好闺女”。一次上午九点多，她给一户人家送新办的户口本，敲门不开。看来主人不在家，一般人就走了。王晶熟悉社区每一家的情况，知道大娘平时总是在家，很少出门，她觉得事情不好，出问题了，赶紧叫来两个男警把门撬开，结果发现大娘和两个女儿煤气中毒昏过去了。母女三个被紧急送到医院，在高压氧舱里住了十三天，都活过来了。这样大大小小的好事王晶做得很多很细，社区多年平安无事，没发生过案子，居民们都喜欢她尊敬她，也珍视她的业绩。几个小青年发生了矛盾要打架，老人劝不开，就说："要打上外面打去，别给你王姐添麻烦！"1993 年，二十八岁的王晶当选全国先进工作者，是丹东市社区民警中唯一的一个。两年后她患了一次病，护士打针拿错了药，王晶小命差点儿没了，躺了两个月缓过来了。局领导把她调到看守所当管教员，说这样不用天天跑路了，可以省点儿力气省点儿心。

其实更苦。看守所在市郊很远的地方，条件简陋而艰苦。

这个看守所有警察和工作人员 60 余人，平均关押人员约为 800 人。王晶分管三个女监，在押女性人员一般为 50 至 80 人。在派出所分管辖区，王晶见的都是好人，在这里见的都是坏人和混人，涉杀涉盗涉毒涉黄涉黑的人，等待宣判的人，还有染上性病或艾滋病的人。女人是情感动物，三个女人一台戏，几十个涉嫌犯罪的各色女人凑在一起，那就是连台火爆戏了。监室里天天麻烦不断，哭闹不休，吵嘴打架，你抢我夺。这里的"丛林法则"决定了软的怕硬的，硬的怕不要命的，动不动就有人被抓得满脸血或揪下一把头发。初见这番恶浊景象，王晶差点儿吐出来。

行家形容管教员的工作很轻松，无非是"开开门儿，关关门儿，拎着钥匙提个人儿"。但王晶不，她说："我就像个农民，干什么工作都把它当作自己的'责任田'，不惜投入，精耕细作，我知道有多大的付出就会有多大的收获。"她从帮着在押人员打扫室内卫生、整顿内务、清洁自身开始，她说："咱们都是女人。尽管你们是在押人员，但一个人特别是一个女人，在任何情况下都要保持自己的形象、人格和尊严，死也要死得好看一点儿。"有病的，她帮着联系医生；有皮肤病的，她自费帮着买药；头发乱的，她帮着梳理，用红头绳系成一条马尾辫，然后端详着说："这样好看多了。"从那时起，在押女性都觉得她像自己的"妈妈"或"大姐"。

那个雨天，王晶走到第三监室门口，里面的人刹那间都静默了。尤其是周志杰，眼神惊呆，脸色惨白，她预感到自己的死期到了。

周志杰是一个不幸的女人。少女时代她性情活泼粗犷，敢打敢冲，人称“假小子”，曾当过辽宁省的柔道运动员。婚后生了一个儿子，丈夫没有固定职业，家庭生活十分困难。无奈，周志杰跟一位干妈借钱买了一辆车开出租。没想到一个月后遭遇交通事故，车撞毁了。干妈一个劲儿催她还钱，以往周志杰帮干妈干了不少活儿，扛米运菜装修房子，母女两个处得感情很深。这回干妈明知周志杰还不上借款还紧着催。两人终于撕破了脸，越吵越凶。有一天干妈摔盆砸碗的，周志杰气得发了疯一样，扑上去死死按住她。当过柔道运动员的人，手上的劲多大呀！老太太被掐死了。1997 年，周志杰被关进看守所等待判决。沦落到这个地步，她的人性完全失控了，天天大哭大闹大骂，昼夜不睡。她是犯了杀人罪的重刑犯，在监室必须戴镣铐，夜里弄得镣铐哗啦哗啦响，三个监室的女人都睡不着觉。周志杰知道自己犯的是死罪，不想关在这里等死，不如一走了之，于是躺着不吃不喝，决定饿死拉倒。

王晶听说后，把周志杰提到办公室做思想工作。随着谈话的深入，王晶才知道周志杰从小到大命运非常悲惨。周志杰落生不久，因家境困难，孩子太多养不起，生身父母把她送给了一家邻居。养父母对她还好，但同样是贫困之家。周志杰懂事后，听说父母原来是养父母，再三追问自己的亲生父母是谁。养父母好不容易把她养大，自然不肯说，为此先后搬了六次家，让她远离亲生父母。周志杰虽然性情粗犷，其实内心很柔软很重感情，一直念念不忘寻找自己的生身父母，结果直到关进这里也没找到。说到这儿，她长泣不已。

婚后，周志杰生了一个可爱的儿子，丈夫没工作，为了维持生计，她不得不借钱开出租，天天早出晚归，午饭都舍不得吃。出了事儿以后，周志杰在押，丈夫把孩子扔给周志杰的养父母不知去向。可养父母根本无力抚养这个外孙，周志杰惦念着两位老人和孤苦伶仃的儿子，惦念着自己的生身父母，可自己什么力也使不上了，心里真是苦极了也悔极了。王晶问她："你想一死了之，可孩子扔给养父母，老人又养不起，你就是死了心里能了吗？我必须批评你，你想绝食自杀是最自私的想法，没人性，等于把自己的孩子、爹妈都扔下不管了！你总得想个解决办法，然后才能静心走啊。"

王晶的一席话令周志杰幡然惊觉。周志杰说，看来最好的办法是找到自己的生身父母，那边老人的家境可能会好一点儿，可以把孩子托付给他们抚养。"我不能和亲生父母团圆，孩子留给他们，也等于我的骨血留给他们了。"周志杰泣不成声地说，"可是我身不由己，什么事情都办不了，不死怎么办啊？"

王晶说："好，你安心等着吧。这件事我替你办。"

镣铐哗啦一响，周志杰痛哭流涕跪倒在地，说："大姐，你要帮我了却这件心事，你就是我再生父母，来世我当牛作马也要报答你的大恩大德。"

王晶扶她起来，说："这是我该做的。社会应当是温暖的，每个人的心都应当是温暖的，你即使是犯人，也应当得到这种温暖。"

在哪里能找到她的生身父母呢？周志杰毫无线索，只说自己的养父母可能知道一些情况。

利用休假日，王晶到了周志杰的养父母家，给老人和孩子带去了一些粮油食品。听王晶介绍了周志杰的想法，养母哭了。老人说："其实志杰从小到大一直是个孝敬孩子，家里什么脏活儿累活儿都是她干。她想找自己的亲父母，我们一直舍不得，守着这个秘密，为此先后搬了六次家，现在没必要了。"老人说，志杰的生父姓阚，现在住在老商场胡同，具体的门牌号码他们不知道。

王晶太忙，空闲时间太少，回家后她把周志杰的不幸身世跟丈夫和父母说了。一家人都很同情周志杰的不幸遭遇，丈夫亲自到老商场胡同挨家打听寻找"老阚家"，终于找到了。听说了亲生女儿的遭遇，两位老人痛心疾首，泪流满面，说当初迫于穷困把闺女送人了，真是害苦了她，当即答应负责抚养那个小外孙。

在管教办公室，王晶告诉周志杰，她的生身父母已经找到了，两位老人答应抚养小外孙。“谢谢你了，大姐！”周志杰扑通一声跪倒在地磕了三个响头，额头都出血了。王晶拉都拉不起来，说：“你看你，没必要，流了血我还得给你治伤。”

按规定，在押人员需要家里支付一定的生活费用。周志杰家无人给送也无钱可交，王晶不时资助她一些，到换季时候还从家里拿些自己的衣服给她。

法律就是法律，钢浇铁铸。临刑前一天，王晶把周志杰提到办公室，说明天法院的人就到了，“你有什么心愿，只要是不违反法律和纪律的，我可以帮你办。”

周志杰早有思想准备，表现得很平静。一年多来在王晶的帮助教育和关怀下，她已经恢复了应有的人性和理性，她知道自己罪有应得。她说：“大姐，我要是早认识你，我一定是个好人，不会走到今天了。”她含泪说，上路前，期望能看亲生父母一眼，能看看自己的孩子。王晶说：“这件事我想到了，已经替你安排好了。明天，他们会站在看守所街边，打着一把红雨伞朝你摇动，老的是你的亲生父母，年轻的是你的兄弟姐妹，孩子就抱在老人家怀里。”

周志杰崩溃了。在她短暂而悲惨的一生中，王晶是她遇到的最好的大好人。她带着一个有罪之身来到看守所，将带着一颗悔罪之心走向“来世”。

周志杰第三次跪倒在“好大姐”面前——那是她人生中的最后一跪。周志杰说，进了看守所以后，没有任何亲人给过她温暖，王晶就是她唯一的亲人。一年多来，王晶加在她卡里的钱一共是475元。“一笔笔我都记着，可我没机会还了，对不起大姐啦！”周志杰说，“上路前我有两个请求：一是孩子以后有什么困难，还请大姐帮帮；二是我愿意捐献遗体，换了钱都给大姐，也算了却我对大姐的报恩之心。”

周志杰“上路”那天，天清气朗，阳光明媚。看守所的路边，果然摇动着一把红雨伞，伞下是她的生身父母、兄弟姐妹和儿子……

十几年过去了，王晶一家始终把周志杰的遗愿挂在心上，一直默默帮着她的两家老人和孩子，就像走亲戚一样。周志杰养父母先后去世，都是王晶给办的后事。孩子上学读书，王晶经常给予资助，现在小伙子长大了，职高毕业后当了厨师，每月收入数千元。

王晶

不止周志杰一个。王晶在看守所做了许多许多这样的好事，这样的感化人心、温暖人心的事。她抚养和资助了五个死刑犯的孩子。很多“滚刀肉”式的人被她改造过来，恢复了人性理性，表示了真诚的忏悔。有的人释放后当了老板，特意把王晶在所里资助的钱加倍送来，以示谢恩。王晶说：“你成为对社会有益有贡献的人，就是对我的最大回报了。”被判死刑的朴某曾当过舞蹈演员，临刑前她强烈要求，要给“好大姐”跳一支舞。监室内，镣铐哗哗作响，一个女犯流着眼泪，尽情展示着“白天鹅”般的舞姿。她在感谢一位女警察给她带来的人生最后的温暖，也在怀念曾经无比美丽的青春，痛悔一失足成千古恨……

2009 年，王晶当了看守所所长。

五、李云波：“对我监督，向我看齐”

李云波，1965 年出生于辽阳，1982 年警校毕业后被直接分配到辽宁省公安厅纪检组。

在省公安厅纪检组，他参与处理了许多干警违纪违法的案子，有的还是曾做出过杰出贡献的警察。李云波为此生出很多感叹，也因此给他自己定下一条座右铭：“懂规矩、守纪律、讲程序”。

2011 年，李云波调任铁岭市公安局局长。他接的是一个烂摊子，原来的三位局主要领导都因贪腐问题垮台，案情震动铁岭

300多万老百姓，一时间成了人们街谈巷议的主题。当时省厅组织“百万群众评公安”的活动，李云波领着警察上街征求意见，很多群众不理不睬，冷着脸走过。一位老者见李云波像个官，忍不住对他说：“你们好几个局长都蹲笆篱子啦，公安局哪有好人啊！”

李云波（右2）在一线指挥

李云波在全局干部大会上问了“三问”：“你们听了这样的评价，脸红不脸红？当爹当妈的听了这样的评价，觉得丢人不丢人？你们穿着警服上街，心虚不心虚？”他喊出的第一个口号是：“对我监督，向我看齐！”

后来，整顿警风，落实政策，扶贫救困，表彰先进，竞聘上岗，公正用人，一切都严格按他的座右铭“懂规矩、守纪律、讲程序”办。从基层社区聘上来当中层干部的老警察赵铁南掉了眼泪。站岗数十年的老交警、老模范李向南因患病提前退休，市局在他的岗上举行了隆重的交接班仪式，由新一代民警接过他的指挥棒，李云波给他戴上大红花。

迄今在任三年半，李云波为4000名铁岭警察办了无数好事，没吃过警察一顿饭。

2012年春，两个绑匪身捆炸药包绑架了一个富家孩子，索要百万元赎金。李云波率民警亲临现场，并与绑匪直接谈判，要求绑匪不得伤害孩子。警察迅速查清绑匪的家庭住址，把他的孩子带到现场，期望唤醒绑匪的人性。副局长黄长雄挺身而出，与绑匪巧妙周旋，以自身作人质换出了孩子。最终绑匪举手投降，围观的群众掌声雷动。有人高喊：“警察万岁！”

那一刻，李云波极为感动。老百姓从骂街到喊“万岁”，铁岭警风发生了多大的变化啊！

六、金伯中：公布手机号码的局长

金伯中，浙江省湖州市公安局局长，白皙，沉静，有江南雅士之风。

1959 年，金伯中出生于浙江省新昌县。1981 年警校毕业后当了警察。

金伯中

因为党的教育和从小到大的“草根情结”，金伯中在工作中只有一个追求：“为民做主”。从警三十多年金伯中先后担任派出所所长、诸暨市、绍兴市公安局局长。2009 年出任湖州市公安局局长。到了湖州，经过多年磨砺和积累，金伯中对警务工作再创新进行了更深入的思考，一个全新的警务理念随后叫响全湖州，即由以往的“为民做主”跃升为“由民做主”，“民意导向警务”成为推动警务工作、警务改革的根本方针。2009 年 6 月 24 日，金伯中在湖州公安干部大会说：

——“现在中国进入改革深水区，社会进入矛盾多发期，维护国家长治久安、繁荣发展是根本大计，但现在很多群众有一种仇官仇警情绪，说明我们的警务工作一定在什么地方出了大问题。”

——“我从警二十多年了，知道广大警察在工作中付出巨大艰辛和努力，破了很多案子，抓了很多罪犯，还牺牲了很多警察。我也知道湖州治安工作良好，破案率很高，但老百姓仍然不满意，这是为什么？”

——“我们本来是为民服务、为民做主的，我们的工作做得怎么样？春江水暖鸭先知，应该把老百姓‘高兴不高兴，满意不满意’作为评价的第一标准，但现在搞反了，上级机关的考核成了第一标准。为此有些公安机关不惜造假数据，蒙骗上级。警察很辛苦，百姓不满意，这是需要我们深入思考的！”

——“这个悖论的根源是什么？就在于数十年来，我们警察一向以居高临下的‘管人者’自居。”

——“新形势下，我们要树立一个更新的理念：‘为民做主’后面再加一个‘由民做主’。它的表述是两句话：‘更多地以老百姓的视角来检验警务工作，更多地以老百姓的感受来改革警务工作。’老百姓的安全感和满意度，就是警务工作的 GDP，应当成为评价警务工作的最高标准。这就叫‘还政于民’！”

一个最小却影响最大的改革举措率先推开：从局长到派出所民警，手机号码向群众公开。一位在派出所里工作数十年的老警察不理解，同所长吵翻了。他说：“我当了一辈子警察，干了两辈子活儿，苦了三代人。我夜里 11 点回家，一个电话就把全家惊醒了。手机号码公布以后，家里日子还怎么过？”

金伯中听说这件事，心里很受震动。他想，究竟谁的道理对？应当通过公开讨论让大家认识明白。他在会上说：“我们常说，人民是我们的衣食父母。如果这句话是真的，那么当子女的怎么可能不把自己的电话号码告诉父母呢？当然，我理解那位老同志的辛苦，我要向他特别表示敬意。同时我还认为，我们要相信老百姓，绝大多数老百姓是有觉悟的，没事儿不会三更半夜打电话骚扰你的。如果真有电话来了，一定是出了案子或者老百姓有了难处，这个电话难道不该打吗？我们难道不应当立即出动，帮助老百姓解决困难吗？”

最后，他坚定而响亮地说：“不要怕老百姓，因为我们也是老百姓！”

全场报以热烈掌声。

北京《新京报》记者来访，怀疑地问金伯中：“你是不是有两个手机?”金伯中笑说：“天地良心，我只有一个，号码就在网上。”

现在，湖州所有派出所门前，都挂有醒目的告示：“所长某某向大家问好，手机号码多少多少”。社区民警也同样。

以往，湖州市公安局对警察和警务工作的考核中，群众测评分仅占5%，现在占60%，具有决定作用。

湖州市公安局富有特色的“警务广场”活动定期在市中心地带举行，宣传防火、防盗、禁毒等各方面知识和工作，接受报案和对警察的投诉，回答疑难，现场办公，听取意见。那里被称为“民主的表达场”、“民意的大平台”、“民声的汇聚地”。

连续五年，湖州老百姓的安全感和对公安工作的满意度在全省名列前茅，实现了“零上访”。

第十七章
“不能让英雄流血再流泪”

一、写不尽的忠烈之士

1. 郝万忠：保险柜里的“秘密”

郝万忠，内蒙古鄂尔多斯市准格尔旗公安局局长，一级英模。2011年5月14日，他在训练场上奔跑锻炼了1500米，因突发心脏病不幸殉职，年仅四十一岁。从警十七年来，他参与、领导打掉800多个犯罪团伙，破获2200多起刑事案件，抓获3000多名犯罪嫌疑人，被誉为“高原神探”。他工作的准格尔旗位于中国最大的神东煤田上，身家数亿或几十亿的煤老板难以数计。郝万忠身居要职，手握重权，只要一个电话，一个条子，一个暗示，就可以在权钱交易中获得巨额“好处”。但是，郝万忠给自己定下了铁律：绝不参加煤老板的宴请，绝不收煤老板的一分钱，绝不为煤老板办一件人情事，绝不让煤老板知道自己的家，绝对禁止他们登门。为此，他严格要求司机小刘不得把家庭住址告诉任何人。郝万忠局长的“五绝”震动了准格尔，煤老板私下都叫他“绝性人”。

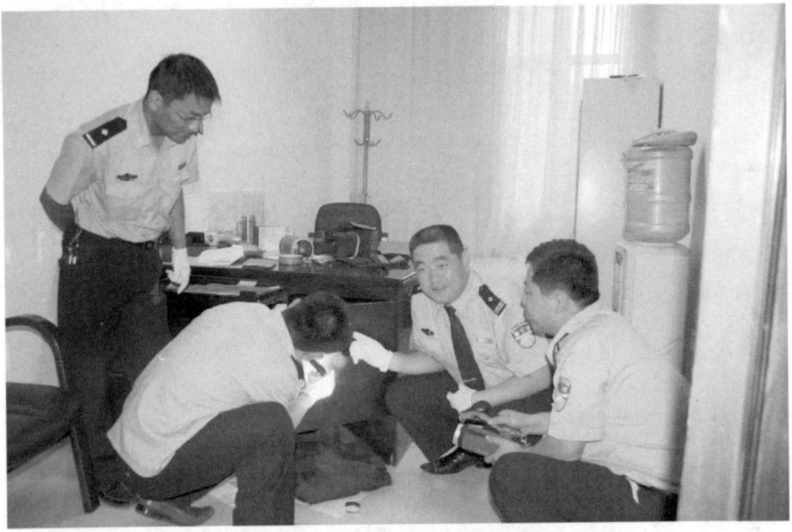

郝万忠（右2）在勘查现场

郝万忠猝然离世的第二天，局里把他的办公室贴上封条，等待家属前来清理遗物。他的妻子孟文娟痛哭不已，伤心欲绝，没有勇气来收拾处理丈夫用过的那些物件。她怕自己挺不住，瘫在那里哭个没完。数天后，郝万忠的姐姐郝凤兰赶来参加追悼会，会后，家里稍许平静些了，在公安局人员陪同下，郝凤兰和孟文娟到了郝万忠的办公室。郝万忠威望很高，生前做了很多爱民爱警的好事，局里宣传科想搞一个专题片，于是派人带着照相机，扛着摄像机也跟来了。在镜头下，那张盖着红色公章的白纸封条撕开了，门锁打开了……

办公室里立着两个玻璃柜，里面全是书，还有总共 70 本工作手册、日记和一叠获奖证书、一大盒勋章。写字台抽屉里除了文件，有半条 10 元一盒的“紫云烟”。不过他为了禁绝有人送礼，早把烟戒了。烟下面压着两个月前妻子写给他的一封信，信中写道：“工作事业是很重要，我不是不支持你，但你能不能给我们娘儿俩留点儿时间？儿子马上要中考了，你也应该回来多陪陪他，鼓励鼓励他呀……”重读这封信，孟文娟悲痛欲绝，伏在桌上痛哭不止。

办公室还有一个小内间，里面摆着一张木床、一个衣柜，床头柜上放着一个保险箱。谁都没有钥匙。

一个尖锐的问题摆在所有在场人面前：开不开？

面对一位公安局长的遗物，一个保险箱，这时候会有人紧张吗？会心跳吗？会的。许多年来法治不严，物欲横流，权钱交易盛行，郝万忠为官清正廉洁的名声虽然在外，但他的办公室里是否藏有一些秘密？有没有“地雷”？

盖棺论定，就在此刻。看出办公室的同志有点儿犹豫，孟文娟最了解自己的丈夫，她平静地说：“开！为什么不开？他已经走了，我不会再到这间办公室来了。”办公室请来开锁工，那一刻，保险柜的小门打开了，里面空空如也，只有薄薄的一层灰尘。那些灰尘，那是灰尘，那没人动过、擦拭过的灰尘证明，猝然离世的郝万忠干干净净地走了。

局纪委书记说：“我跟万忠相处多年，他就是这样的人，英雄的光芒想挡都挡不住！”

2. 薛永清：妻子随他而去

2015 年 6 月 8 日晚七时许，河北省肃宁县公安局政委薛永清忙完公务，把桌上收拾得干干净净，习惯性地掀开第二天的台历，页面上一条成语肃然入目：“鞠躬尽瘁，死而后已。”

薛永清

当天深夜，在付佑乡西石宝村，一个黑影提着双管猎枪悄悄溜出家门，摸向一个又一个村民家。此人叫刘双瑞，内心阴暗变态。他怀疑自己患了什么重症，先后枪杀了两名村民，打伤三名。接到报警后，睡在单位的政委薛永清得知案情严重，当即与十几名警察分乘警车赶到现场。

地处河北平原的西石宝村是一个有1300多人的大村，抗战期间是打地道战的地方。这里民房密集错落，村路四通八达，各个方向有多条出口。二十多位警员根本无法实施包围，只能重点布防。薛永清判断，凶手很可能向废弃的自家老宅方向移动，因为那里有一家邻居及附近两个兄弟家都是刘双瑞记恨已久的“仇敌”。夜色如漆，就在警察向刘家老宅接近时，刘双瑞藏身在一垛瓦堆后面开了枪，警犬驯导员袁帅等三名警员各身中十几粒铅弹。薛永清立即下令将他团团包围。直到天色微明，凶手再无动静。这时薛永清发现刘家老宅后墙靠着一架木梯。他担心凶手脱逃或再伤及群众，决定悄悄登上去观察一下。

生死之间，薛永清就做了这样的选择！

藏身在那里的凶手射出一颗霰弹，薛永清当场牺牲，年仅四十八岁。凶手随后畏罪自杀。警犬驯导员、辅警袁帅因抢救无效也壮烈殉职，年仅三十四岁。薛永清曾在沧州市公安局经侦支队工作七年，侦破大小案件数十起，零差错、零投诉，成为河北省著名的经侦专家。赴任肃宁县公安局政委后，警风警纪警力明显提升，几个难解的上访案件也迎刃而解。他先后获评“全国经侦系统先进工作者”、“河北省优秀人民警察”、“省新长征突击手”等称号。薛永清和妻子刘文娟是沧州二中的同班、同桌，青梅竹马的感情至真至纯，婚后两口子相敬相爱，从没拌过嘴。薛永清猝然离去，给刘文娟带来无法接受也无法承受的打击。她日夜以泪洗面，挺了两天之后，6月10日凌晨，肝胆已碎的她从楼上纵身跳下，随风化蝶——寻找和伴随丈夫的英灵去了。

3. 柯善梅：女儿的泪诉

柯善梅，江西省九江市庐山公安局政委，2014年2月13日，在铲冰除雪、抢修道路时，因劳累过度突发心脏病殉职，享年五十五岁。他是农民的儿子，从基层干上来的老警察，当过片儿警、交警、派出所所长。

他的女儿回忆——

柯善梅

从小到大，我见到同学的时间比见到爸爸的时间还多还长。爸爸当片儿警时，总东跑西奔，“两眼一睁，忙到熄灯”。当政委以后，我以为爸爸只要指挥下令就行了，不会那么忙了，没想到回来得更晚了。妈妈因此患了习惯性失眠症，总是下半夜才睡。我上中学时，学校离家有十几里路，可爸爸从不让我搭便车，说：“老师同学看到了，对你印象不好，对爸爸影响也不好。”在大学，同学们听说我爸在庐山当政委，期望能免票玩一次，我知道爸爸肯定会拒绝，只好编了“爸爸有病在家休养”的理由把这件事挡下了。后来我考上警察，先在武宁县，后到庐山天天巡逻。有一次我发了低烧，请假回家抱怨太累。爸爸严厉地说：“这点儿工作量就喊累，那些交警一天站十四五个小时，他们跟谁喊累去？”第二天我咬牙坚持上岗。同事们见我满脸通红，支撑不住，让我坐进警车休息一会儿，恰好这时爸爸来查岗。他硬是把我叫下车，当着同事的面严厉批评了我，并在督察记录本上记下了我的名字，我哭了，可爸爸根本不理我。第二天我彻底病倒了，躺在床上不理爸爸，觉得他的心太硬太冷，不像我的爸爸。周末晚上，我勉强起来喝了一碗稀粥。这时爸爸回来了，见我病成那样，爸爸一下把我抱在怀里，久久无言。我感觉爸爸哭了。良久，爸爸说：“不管爸爸对你怎么严格，都是为你好。爸爸只有你一个女儿，怎么可能不爱你？”在爸爸走出房间的那一刻，我忍不住叫了一声：“爸爸，我爱你！”爸爸的脚步顿了顿，没有回头。我知道，他不想让我看到他的眼泪。

爸爸走了以后，我依然能感觉到爸爸留下的温暖。因为他在庐山为民警、为当地老百姓做了很多很多好事和善事，大家知道我是柯善梅的女儿，都对我特别好。许多与爸爸多年同事的警察叔叔、阿姨对我说：“你爸是个好人，我们都念着他的好处，他走了，你就是我们的闺女，有难处跟叔叔、阿姨说，别见外！”

这种温暖，让我觉得爸爸仍在我身边……

4. 戴成江：开学第一天的大红横幅

戴成江，天津市公安交通管理局一中队民警，在三尺岗台上站守了整整二十三年，在路口做了很多扶病、救人、抢险的好事，成为天津知名的模范人物。有一次，他到岗位附近的一家商店打水，发现一个柜台里放着许多身份证、驾驶证、工作证、银行卡、支票、提货单等证件、票据。服务员告诉他：“这都是顾客遗忘的，放在这里等他们来认领的。”

戴成江

戴成江是一位交警，这件事并不在他的职责之内，但戴成江对服务员说：“这些东西交给我吧，我替你们寻找失主。”从那以后，他牺牲了大量业余时间，骑车走路，电话问询，把那些证件、票据一一归还物主。时间长了，很多人把遗忘东西的事情都遗忘了，戴成江把物品送到门上，失主们大喜过望，感动不已。四十三岁时，戴成江因劳累过度，久病不治去世。

暑假结束开学的第一天，他的女儿戴娟走到校门，发现大门上方悬挂着鲜红夺目的大横幅：“向优秀民警戴成江同志学习致敬！戴娟，全校师生欢迎你！”那一刻，戴娟泪如雨下……

5. 拉玛才旦：无悔今生

拉玛才旦，1975 年生，1997 年从警，果洛藏族自治州达日县公安局刑警大队大队长。

拉玛才旦

身高 1.83 米，一条热血汉子，先后在三个地方担任派出所所长。其实那里常常就是他一个人。2008 年达日县下了数日大暴雪，大雪封山，十四名牧民被困。接警后，拉玛才旦开车携带食品、燃料和衣物前往营救。经过一夜跋涉，第二天天亮后他爬上高山草场，十四名牧民获救了，而他的双脚却严重冻伤。2003 年，三名歹徒杀人抢劫后潜逃，全县震惊。四年后拉玛才旦出任刑警大队长，长途跟踪，奔袭十万余公里，终将凶手从四川、西藏抓捕归案。2008 年 3 月，达日县发生“藏独”暴徒打砸抢烧事件，大部分罪犯潜逃。4 月，首恶分子曲多被警方锁定，拉玛才旦率队前往抓捕。他们翻过皑皑雪山，涉过堆雪浮冰的河水，一夜急行军 170 多公里，将曲多围困在藏身地点。经多次喊话，曲多拒不投降，拉玛才旦第一个冲进屋内。丧心病狂的曲多退到墙角开枪拒捕，拉玛才旦身中数弹。在倒地前的那一刻，他手中的冲锋枪喷射出愤怒的火焰，将曲多当场击毙。拉玛才旦壮烈牺牲，时年三十三岁。战友们在他胸前的口袋里发现一张折叠的白纸，是他七岁的女儿格桑措画的一幅画，取名《春天》。画中是一个梳着两条小辫的小女孩儿，正在一棵绿树下跳舞。一幅憧憬着美好春天、幸福生活的儿童画，被父亲的鲜血染红了。

工作环境太艰苦了，拉玛才旦对手下民警十分关心，为他们做了很多扶贫帮困的好事，大家平时叫他“阿喔”（藏语：哥哥）。为英雄送行之后，达日县公安局十三位女警按藏族对死去亲兄弟的最高习俗，相约七七四十九天不洗头。同事们在拉玛才旦的博客上发现这样一段话：“无论春夏秋冬，无论刮风下雨，日复一日，年复一年，我逐渐在这样的工作环境中找到人生的真谛。这样的工作环境也在不断磨炼着我的意志，使我走向成熟与坚定。我每走一步都有着一步的意义，每过一天都有一天的收获，每过一时都有一时的快乐。我在我的警察岗位上快乐地耕耘着，幸福地收获着。光荣从警，无悔今生!”

6. 高斌：马背上的战警

高斌够黑，脸蛋上两朵“高原红”，笑起来露一口白牙，黑白红分明之极也可爱之极。

高斌

1991年，高中毕业的高斌从家乡山南徒步翻越了两座海拔5000多米的雪山，到隆子县当了一名警察。他说，从那以后他死都不怕了。隆子县分为南北两个警务区，北区最艰苦，民众分布广泛，各乡镇不通公路。高斌和一位藏族警察负责整个北区的警务工作，两人从此成了北区群众广泛称颂的“马背上的战警”。经过多年历练，高斌的骑术十分了得，在飞驰的马上跳上跳下，藏身马腹，双手打枪，俨然行走江湖、专门打抱不平的草上飞侠。藏民扎西旺久家的十几头牦牛被盗了，整整四天，高斌自带干粮策马飞奔，寻迹追查，一直追到邻县。过后他成了老练的牧民，赶着十几头牦牛一路护送到扎西旺久家。暴风雪来了，牧民被困在雪山里，又是高斌和战友骑着马百里驰援，送去了食品和衣物。村民的孩子患了急病，高斌将孩子搂在怀里，翻山越岭送到县医院。从青春时代至人到中年，身患多种疾病，他在北区基层坚守了二十一年，当地所有藏族青年都叫他“高哥”。2010年，高斌出任隆子县公安局副局长。面对反恐反暴反“藏独”的新形势，他依然日夜奋战在第一线，多名制造暴恐事件的“藏独”分子落在他手上。2012年8月上旬，他为追捕罪犯连续奔波奋战了三天三夜。9日23时，他和战友们在堆龙德庆县发现了暴徒踪迹，随即打电话报告局长格桑。刚通上话，高斌身子一晃突然倒在地上。战友们惊叫着扑上去，高斌艰难地说：“我没事儿，快告诉局长，人已经找到了……”这是高斌留下的最后一句话。

7. 阳军：“咱兄弟们……”

阳军，山西省忻州市公安消防支队轩岗大队副大队长，1985年出生，人如其名，一个充满阳光的消防战士。

阳军

一家公司大楼着火，阳军率领攻坚队冲入浓烟火海，挨屋搜索，33名被困群众全部解救成功。从警四年半，他参加火灾抢险救援300余次，总是冲在第一线，多次与爆炸擦肩而过，先后解救群众八十余名。常与战友共生死，他对部下充满关爱，并记得他们每一个人的生日，“咱兄弟们”是他挂在嘴边的话。阳军还是一位诗人，在自己导演拍摄的纪录片《兄弟》中，他这样写道：“越高山兮过大江，过大江兮野茫茫，野茫茫兮绝天海，与子同袍兮相守望，相守望兮同生死，同生死兮报家乡！”

2013年3月8日，春旱时节，原平市发生山林火灾，风高火猛，一阵高达两米的火浪扑来时，阳军一把将战友班行行推出火海，自己却被卷了进去，时年仅二十八岁。

8. 马彩凤：女名探的本能反应

一个星期天，马彩凤抱着两岁的孩子和丈夫董晓峰正在逛街。突然间，她把孩子往丈夫怀里一塞，纵身扑了出去。一个正在行窃的小偷的手腕被她牢牢抓在手里。也是警察的丈夫吓了一跳，事后埋怨妻子，“你太要强啦，当时还抱着孩子，出了大事儿咋办？你应该告诉我才对。”马彩凤笑笑说：“来不及了，本能反应。”

马彩凤

马彩凤，1979 年生，扶风县公安局刑警大队刑侦技术员，对犯罪痕迹有精深研究。从警十八年多次立功受奖。2008 年 9 月，双庙村玉米地发生一起强奸杀人案，案发五天村民发现尸体后报了案。因连续数天下雨现场遭到很大破坏。怀孕三个月的马彩凤跪在地上一寸一寸向前勘查。经过五天寻查，她终于找到犯罪嫌疑人的五根毛发，刑警以此为证迅速破了案。11 月，县城内发生一起爬阳台入室盗窃案，怀孕六个月的马彩凤登梯在阳台和楼梯间爬上爬下，终于在阳台玻璃角处发现一枚指纹，先后作案九起的惯盗被迅速抓获。还有多起大案，尸体已经高度腐烂，呈白骨化，马彩凤忍着强烈的腐臭，对每根骨头进行清理观察，终于发现破案线索，数案齐破。

2012 年 6 月 22 日早晨，马彩凤身着便衣，带着五岁的儿子在路边等候班车。一辆严重超载的大货车失控后沿坡道疯狂下滑，与多辆汽车相撞后，径直冲向北边人群密集的街道。马彩凤立即大声呼喊，要群众赶快闪避。几个摊贩顾及自己的摊床，躲得慢了，马彩凤猛冲上去把摊贩推开，自己却被倒滑下来的大货车撞倒。在倒地的最后时刻，她把五岁的儿子奋力推向路边的花坛，人们眼瞅着车轮从她的身体上碾过。当医生从她上衣口袋里翻出警官证时，人们才知道她叫马彩凤，是一名警察，年仅三十三岁。

9. 王健：把生的希望留给群众

王健是青岛市香港中路派出所的普通警察。

王健

2013年3月29日下午三时，位于山东路与闽江路街角的高层建筑国华大厦B座26层突发火灾，并迅速蔓延到27楼，数十名群众被困。一幢高楼大厦上端浓烟滚滚，惊叫声哭喊声响成一片。接到报警，正在附近巡逻的王健和战友余建军立即驾警车最先赶到现场，采取了一系列紧急措施：命令围观的群众远离现场，为即将到来的消防车让开通道；然后冲入国华大厦大堂，发现有很多群众急于上电梯，因为上面还有他们的同事或亲人。王健和余建军果断制止了他们，并要求大家迅速疏散、撤离。

这一切都做得很好很及时，表现了警察良好的素质和临场处置紧急情况的能力。接下来，作为派出所维持治安的警察，两人完全可以尽职尽责地在楼外继续清场，在楼内封锁电梯，在街面维持秩序，等待消防官兵的到来。而此刻，一辆接一辆的红色消防车已经高鸣警笛向这里疾驰而来。三十九岁的王健，身经百战，经验丰富，完全明白高层建筑救火不比一般低矮民房着火，需要专业的设备、专业的技能和专业的知识。没这些准备，贸然闯进去是很危险的。可以说，只要他和余建军做好上述那些工作，就是很称职的警察了。但是不！当两人听逃难下来的人说，楼内特别是起火的26层、27层还有很多被困群众时，王健立即下令让保安严格封锁电梯，非消防人员不得入内。然后他和余建军则乘坐消防电梯直升26层火场。梯箱内，王健瞪着血红眼睛叮嘱年轻的余建军说：“救人要紧，保命也要紧，你千万要注意安全！”

消防电梯只到24层。两人从楼梯冲上26层。这时26层已浓烟滚滚，热浪灼人。对面不见人影，两人已经听不到呼救声，只有被浓烟呛得带着哭腔的咳嗽声。王健和余建军尽可能压低身子，猫着腰到各个房间搜寻被困人员。王健还拼力嘶喊："有人吗？赶快趴到地面上，向安全通道转移！"几个受困人员被发现了，王健组织他们牵着手，连滚带爬从安全通道下了楼。二十多分钟过去了，十几名群众获救了。这时因吸入大量塑料包装和化学品燃烧产生的有毒烟气，王健感觉到神智逐渐模糊，全身无力。就在倒地的一刹那，他朝余建军喊了一声："你快撤！"然后一脚把身边的余建军踹下安全通道。余建军像麻包一样从 26 层滚到 25 层昏过去了。当消防官兵把余建军抬出大楼时，他清醒过来，大喊："快去救王健，他还在上面！"

王健被抬下来了，英雄已经停止了呼吸。大火熊熊，毒烟滚滚，生死瞬间，全无装备的王健选择了冒死上前，把生的希望留给了人民群众。

英雄之举绝非偶然。王健从警十九年，先后抓获各类犯罪人员 560 余名，救助群众 7200 余人次，收到表扬信、锦旗 150 多份。他所在的派出所 110 车组先后获得青岛市"利剑之星"、"服务之星"和"十佳巡逻标兵"称号。

10. 韩培清：四闯山洪

2013 年 8 月 15 日，暴雨之后的抚松县发生百年一遇特大洪灾。山洪狂澜卷着枯树、泥石滚滚而下。露水河镇沿河 480 户民居被冲毁，1350 户进水，交通、电力、通信全部中断。当天深夜，露水河镇派出所所长韩培清将民警分成三组，分头组织疏散群众。经过两个多小时奋战，598 户、2392 人被转移到安全地带。这是他第一次闯进滚滚山洪中抢救群众。

韩培清

第二天凌晨三时许，天色微明，韩培清带领多名警察再次进入洪水中，挨家挨户搜寻被困群众，共救出 25 名村民并帮助他们转移出大量财物。五时许，村中的水暴涨到 1.7 米深。得知还有庄素明等几位老人执意不肯离家，韩培清不顾战友劝阻，抓着一块木板游向庄素明家，扶着老人登上房顶。过后他又游向其他民房，继续搜寻被困群众。这是他第三次进入洪水中。

上午十一时许，在洪水的冲击下，庄素明家的房子摇摇欲坠，瘫坐在房顶上的老人大喊“救命”。韩培清不顾身体极度疲劳，再次抓着木板游向庄素明老人，这是他第四次进入洪水中。就快游到老人身边的时候，一个巨浪打来，木板脱手，韩培清消失在滔滔洪水中。站在高坡上的群众齐声哭喊着：“老韩！”“老韩！”……几个青壮年奋不顾身地跳进河水，游向下游寻找，仍不见踪影。当天，电力和通信恢复，有网民发帖：“请寻铁人老韩回家！”两天内点击量近两万人次。连续数天，沿河3000余名村民主动配合警察下河寻找。六天后，韩培清的遗体被发现。

韩培清先后担任过三个派出所的所长，管理严明，办案迅速，服务到位，群众满意度都达到95%以上，名列全县第一。

11. 唐修维：舍命解救孕妇人质

2000年7月10日晚九时许，雨夜，做生意的回族老板马林喜开车和怀孕八个月的妻子马雪飞回家。路经平松加油站时，妻子去公厕解手，马林喜打着雨伞把妻子送到门口，站在外面等。马雪飞刚进入公厕就被一个蒙面歹徒一把勒住，刀架在脖子上低声说：“不许动！动就杀死你！”妻子一声尖叫，马林喜闻声冲了进去，抡起雨伞就打。歹徒吼道：“住手！赶快拿十万块钱来赎人，不然我就把她杀了。我身上绑着炸药，你如果报警，咱们就同归于尽！”

唐修维

马雪飞苦苦哀求说：“我就要生孩子了，求你放了我吧！”

歹徒口口声声就是要钱。

马林喜不得不打电话给父亲，说明事情原委，让父亲赶快带钱来。父亲立即向110报了警，随即带了两万多块钱赶往现场。

派出所指导员邓兴鹏闻讯，带上民警唐修维火速开车抵近平松加油站。还在远处，他们就发现蒙面绑匪站在公厕门口，用尖刀勒着一名孕妇，站在一旁的马林喜正在哀求他放人。邓兴鹏和唐修维熄灭了警灯，下车绕道悄悄摸到公厕后面，准备从后窗钻进去。但后窗很小，根本钻不进去。这时马林喜的父亲赶到了。绑匪喝令马林喜把钱放到车上，然后把车发动起来，他要架着马雪飞一块上车，让马林喜开车送他。绑匪威胁说，如果马林喜不从，他就杀死孕妇再引爆身上的炸药。马林喜被逼无奈，不得不打开车门，把钱扔了进去。

此刻，邓兴鹏和唐修维悄悄躲在公厕旁边，两人的枪都上了膛，但他们知道绝不能开枪。如果打死了绑匪同时引爆了他身上的炸药，整个加油站就将发生连环爆炸。眼看绑匪要押着孕妇上车了，以后的事态就难以控制了，唐修维低声对邓兴鹏说："干脆，我假扮家属上去开车，在路上找机会收拾他。"说着他脱下警服甩给邓兴鹏，大步走上去对马林喜说："马叔，你下来，我来开！"

唐修维坐到驾驶座上。绑匪急着逃走，也没细想来人是谁，随即架着马雪飞一步步靠近轿车。马雪飞知道此去凶多吉少，拼命与绑匪厮打着不肯上车，马林喜和父亲也抱住马雪飞的胳膊使劲拉。绑匪一边侧着身子钻进副驾驶座，一边吼骂着扯住马雪飞不放。唐修维见绑匪的注意力全在马雪飞身上，突喝一声："不许动！我是警察！"猛地抓住绑匪肩膀，把他扳倒在副驾驶座上。指导员邓兴鹏一个箭步纵身过来将马雪飞拦腰抱起，迅速转移到安全地带。绑匪见阴谋落空，顿时像发了疯似的拼死反抗挥刀猛刺。唐修维身前有方向盘，空间狭小，难以躲避，身上腿上连中数刀，但他仍然死死抓住绑匪不放。邓兴鹏和马林喜很快扑上来将绑匪制服，从其身上收缴炸药一筒、雷管两支、导火索两根、尖刀一把。等邓兴鹏回身到车这边看唐修维时，他因左大腿动脉被刺穿，流血过多已昏迷过去。在送往医院途中他停止了呼吸，年仅三十二岁。

二、英灵远去，关爱长在

中国警察天天有牺牲，时时在流血。一个警察倒下了，意味着一个家庭的顶梁柱就塌掉了，主要的经济来源就断了，父母失去了儿子，妻子失去了丈夫，孩子失去了父亲。

英灵远去，他们的亲人怎么活呀？

孟建柱在公安部长任上讲过一句话：“不能让英雄流血再流泪！”

郭声琨部长讲过一句话：“不能让英模干了白干，英烈死了白死！”

两句话，暖到200万人民警察心里头。

令人欣慰的是，全国各地所有公安英烈的遗属都得到了党和国家、公安机关和全社会的照顾与呵护。

——2011年，国家颁布实施了《烈士褒扬条例》，建立了烈士褒扬金制度。褒扬金标准为：烈士牺牲时上一年度全国城镇居民人均可支配收入的30倍。这意味着：褒扬金额度会随着全国人民生活水平不断提高而与时俱进，逐年增加。

——2014年，公安部会同国家相关部委制定了《人民警察抚恤办法》，规定：除国家规定发给的烈士褒扬金之外，再发给一次性抚恤金，标准为上一年度全国城镇居民人均可支配收入的20倍加本人40个月的工资。因公致残的，也有相应规定。

——除一次性的褒扬金、抚恤金之外，政策还规定，每年向烈士遗属发放特别慰问金，时限为二十年。

——公安部实施了英烈子女保送生制度。凡属英烈子女，符合规定条件并达到优待性分数线的，保送进入公安院校就学。一至四级伤残警察子女，报考中等教育学校和成人高等学校的，考试可降20分录取。

所有这一切，烈士倘若九泉下有知，一定会感到欣慰。为国捐躯，为民牺牲，不是干了白干死了白死，党和国家、全社会以及公安战友们以超过他们本人百倍、千倍、万倍的关爱，呵护着他们的家人和孩子。正如习近平总书记所说，对为国牺牲、为民牺牲的英雄烈士，我们要永远怀念他们，给予他们极大的荣誉和敬仰。

尾声
世上最温暖的夏令营

——夏瑜：关于爸爸的回忆

每年暑假或寒假，总会有一群可爱的小鸟从全国各地飞到北京。他们是公安英烈的孩子，因为失去了父亲或母亲，神情略显忧伤和沉郁。1998年，公安部举办了一个令人感动的活动：与俄罗斯警方共同举办警察英烈子女夏令营。这是世界上最独特也最温暖的少年夏令营，一直坚持到现在。每隔一年的盛夏暑假，中俄双方各组织十几个孩子互访一次。在俄罗斯，中国孩子们访问了莫斯科、圣彼得堡等历史文化古城；在中国，俄罗斯孩子们访问了北京、上海、深圳、杭州、济南等大都市。中方带队指导员大都是公安部机关和中国公安民警英烈基金会的干部，俄方也是相关部门官员。

2013年8月，应俄罗斯内务部邀请，中国公安英烈子女代表团访问了俄罗斯，小团员共 14 人，男、女各 7 人，最大的 17 岁，最小的 12 岁。俄方给这些孩子以最高的礼遇，内务部部长助理接见，武装警卫全程陪同，每天发给一袋水果、点心，生活照顾得无微不至。孩子们归国后，郭声琨部长亲自接见慰问。

2014 年 1 月，中国公安英烈子女冬令营在广东举行。21 名孩子有汉、侗、羌、蒙古、维吾尔五个民族。孩子们访问游览了广州、深圳、香港、澳门，参观了警署和警察学校，观看了精彩的会操表演。女孩儿张玉阳在一篇日记中写道："在北方寒冷的冬日中，是警察叔叔、阿姨给我带来了艳阳般的温暖。2012 年，父亲因为工作忙累而突发疾病，牺牲在工作岗位上，我们一家悲痛万分。但失去父爱后，我得到了来自公安部门和社会各界好心人对我的关爱，让我又能够继续保持对美好生活的渴望与热爱。在冬令营，带队阿姨说，'孩子们，我们大家都爱你们！'让我和很多营友都掉了泪……"

中国公安民警英烈基金会秘书长毕重谦多次做过带队指导员，他说："每次带孩子，心情都很不平静。他们大都十六七岁，和我自己的孩子差不多，但他们的父亲牺牲了，孩子的心灵和情感受到重创，有的孩子变得性格孤僻，不合群，有的女孩子很脆弱，听人喊爸爸就掉泪。我们当老师的都非常心疼他们，觉得应该给他们更多的关爱和温暖，给多少都不够！大家在一起朝夕相处，访问观赏了俄罗斯和中国很多美丽的城市，开阔了眼界，增长了知识。离开夏令营时，明显感觉到他们开心多了，笑声多了。能听到他们的笑声，是我最大的欣慰。"

夏瑜，一个美丽的女孩儿，少女时候叫夏梦。小学四年级时参加了上海市公安局组织的夏令营，后来先后参加了公安部、贵州省公安厅组织的夏令营。一晃，十多年过去了，夏梦已经长成了夏瑜，明眸中闪着沉静，温婉中透着坚强。

父亲夏林，1958 年出生于广西桂林。1989 年转业到贵州省公安干部管理学院任警体教研室副主任。1991 年 3 月 30 日晚十时许，四个歹徒在贵阳一条小巷抢劫路人，附近一位公安执勤人员听到"救命"的喊声后飞奔过去大喝："住手，我是警察！"歹徒见来的只是一人，反而冲过来将这位警察刺伤，然后分散逃窜。恰逢夏林路过此地，听到喊叫声和厮打声，又见两名持刀歹徒窜出巷口，他迅飞挺身上前堵截。搏斗中，歹徒的尖刀深深割破夏林的腹部，导致腹主动脉断裂，肠子外溢，穿孔八处。但他依然死死抓住歹徒不放。枪声惊动了正在附近巡逻的警察，两名凶犯被当场擒获。夏林被送往医院后抢救无效，3 月 31 日凌晨 4 时 30 分牺牲。

夏林

那一年，夏梦才四岁。

如今，夏瑜在贵州省中国银行系统工作——不是组织的照顾性安排，而是大学毕业后凭优异成绩考进去的。工作第一年，她就在全省“贵州银行业形象大使暨金融知识大赛”中获奖，足见其形象姣美，业务也过硬。在支行，她的业务量一直排名第一，在贵州省排名第十五。2014 年 7 月，夏瑜获得“中国银行总行先进个人”称号。

夏瑜写了一篇怀念父亲的文章，读来令人无不动容。

春蚕到死丝方尽，蜡炬成灰泪始干

——忆我的爸爸

四岁那年，我亲爱的爸爸为了履行一个人民警察的职责，在同歹徒的搏斗中英勇献身。他连一句话也没有来得及留给妈妈和我就走了，走得那样匆忙，那样突然。爸爸只是一个普普通通的民警，虽然那天他并没有任务，但出于强烈的责任感，那个夜晚他挺身而出，用自己的生命和鲜血留下一道鲜红的记忆。

印象中的爸爸是一个很帅、爱笑、话不多的人，一身绿色警服，总是坐在书桌前写些什么。爸爸有一把手枪，每天晚上睡觉前，他都要把枪放在枕头底下，用头压着睡，从来不许我摸，对我来说充满了好奇与神秘。

记得爸爸牺牲后，我们家突然来了很多人，刚刚记事的我并不知道发生了什么事情。那几天，我一直睡在外婆家，感觉很久没见到爸爸妈妈了。突然有一天，他们把我带到一个伯伯面前，我只知道是一个领导伯伯，我能感觉到当时周围的气氛很沉重，他和我说了一些话，我似懂非懂。记忆中，我还勇敢地对他说："以后我要当公安，像爸爸那样，挂枪！"然后跑到楼下找小伙伴玩去了，在小伙伴家门口，我把他叫出来，很神秘地对他说："我告诉你个事，我爸爸死了。"小伙伴当时懵了。呵，对于刚满四岁的我来说，根本不知道"死"意味着什么，直到爸爸遗体告别的那一天。

那天，舅舅抱着我站在人群中，我远远地看到妈妈哭得很厉害。周围有很多人，其他的我什么都看不到。我问站在旁边的舅妈："他们在哭什么？"谁都没有回答。舅舅抱着我走到爸爸遗体前时，我看到，爸爸穿着崭新的警服，静静地躺在那里，身上盖着一面旗子，场内一片肃静。我以为爸爸睡着了，禁不住大声呼喊："爸爸、爸爸！"

爸爸再也没有醒来。

天下的妈妈都忙于操持生活，照顾孩子。天下的爸爸不管别的，只管和孩子玩儿，因此我最喜欢我的爸爸。他经常教我唱儿歌，给我翻跟斗，学猫叫，学小狗爬，当马让我骑，逗得我笑弯了腰。每当我们一家出门，他总喜欢把我扛在肩头上，高兴得不得了。那时我有很多玩具，都是爸爸给我买的。有绿皮上发条会跳的铁青蛙，穿着红白相间衣服的塑料洋娃娃，上电池的小钢琴，我最喜欢的是那个遥控小跑车，大红色，上电池的。爸爸有空儿的时候总是把玩具一件一件拿出来，陪我一起玩儿。

长大后，有一次无意间翻到爸爸的一个笔记本，第一页上工工整整写着两句诗："春蚕到死丝方尽，蜡炬成灰泪始干。"由此我更深地理解了爸爸，它正是爸爸短暂而光辉一生的真实写照。

爸爸离开一个多月之后的一天晚上，半夜里我突然醒了过来，在我的面前，黑暗中有一双发亮的大眼睛，周围什么都没有，只有一双眼睛，是爸爸！我一下子大声哭起来，连住在隔壁的外婆、舅舅、舅妈都被我的哭声吵醒，跑到我家来了。后来我又多次梦见过爸爸那双明亮的大眼睛，每次都哭得不行……

上学以后，我参加过几次公安系统的夏令营，每次夏令营里，我都结识了很多和我一样遭遇的哥哥、姐姐、弟弟、妹妹们，他们的爸爸也和我爸爸一样，把生命奉献给了祖国和人民。渐渐地，我开始明白，爸爸其实并不仅仅属于我和妈妈，他还属于人民和国家。同时我也知道了，我并不孤独更不另类，还有许许多多兄弟姐妹和我一样，在童年和少年时候就失去了亲爱的爸爸。在夏令营，我们一起生活一起回忆一起梦想一起努力，我们时时刻刻感受到那些警察叔叔阿姨的关爱与呵护。

长大以后我懂得了，失去了爸爸，妈妈该是怎样含辛茹苦才把我带大的，我应该加倍地孝敬母亲。这些年的长假期间，我带妈妈游览了大江南北十四个城市，去了泰国和韩国。去年和今年的春节我们是在泰国度过的，“春晚”是在泰国的酒店里看的。刚开始我们出去玩的时候，遇到老外主动和我们打招呼，妈妈总是羞涩地笑一笑，不敢吭声。现在再遇到外国人，妈妈会大方地主动和他们打招呼，互致问候。看着妈妈的变化，我很高兴。工作确实太忙了，以后，我期望能抽出时间带妈妈去更多更远的地方，看更美的风景。

爸爸走了，让我懂得了生命的珍贵与短暂。我的微信签名里一直写着一句话：“让我们过好每一分、每一秒、每一天。”期望全国的公安英烈子女都能和自己的爸爸或妈妈，过好每一分、每一秒、每一天。和平时期，警察是流血牺牲最多、付出奉献最大的人。我们的生命和生活，正因为无数像爸爸那样的警察为之奋斗牺牲，才变得如此明丽和美好啊！

后记
流泪最多的一次写作

夜灯下，键盘上，我敲击着、描述着、倾诉着许多警察的战斗记忆或遗属的生活记忆。时光匆匆而去，我就像长河纤夫，背负一条沉重的绳索逆流而上，想努力拉回一部悲壮的历史，一排英雄的雕像。

这就是《国之盾——鲜为人知的中国警察故事》。

毫不夸张地说，这是我一生写作中流泪最多的书。访谈烈士遗属、忠诚奉献的英模，以及得到警察救助关爱的人们时，我经常崩溃得不成样子，直喊："拿面巾纸来！"

从开始本书的采访与写作，我的所有日子都与警察有关。在北京的雾霾天，在贵州的大山里，在新疆的街口处，在漠河的北极村，在南海的码头上，每见到警察的身影，一种亲人般的温暖感恩之情便油然而生。因为认识了警察，知道了警察，懂得了警察，我有生以来第一次如此强烈地意识到，我和家人的一切幸福、安宁都与窗外的警察有关。而警察的幸福时光都流失在岗位上了。他们留给家人的，只有长明灯的企盼和无尽的担忧。警察深夜归家爬楼梯的喘息声和脚步声，门锁响起的钥匙声，是家人最幸福的时光。

我访问过的警察，十几年或数十年很少和家人在一起度过大年夜。人民最欢乐的时候，正是他们最忙碌最辛苦的时候，无论在北方还是在南方！

据说，公安部的历史上，还不曾有过较为全面地记述警察工作与战斗、牺牲与奉献的书。我有机会来做这件事，深感光荣。

首先感谢全国公安文联主席祝春林先生，他是一位老公安，对警察充满感情。是他提议，应当为全国200万警察、特别是那些牺牲的英烈和甘于奉献的英模写一本书，以志纪念，永垂史册。采访写作期间，祝主席与我多次晤谈，对本书的写作提出很多有益的建议。

全国公安文联秘书长张策是著名的公安作家，既知警察又懂文学，是他一手推动操办此事，使本书得以顺利完成。

全国公安文联的韩乐平等同志也对我的创作给予很多帮助。

在我赴全国各地采访时，全国公安文联副秘书长盛清宪全程陪同，并做了十多本翔实的访谈记录，包括时间、地点、人名、电话，堆积起来比我的书还厚。如果没有这些原汁原味的记录，本书显然无法完成。书中所用照片，都是盛清宪不辞辛苦打遍电话收集来的。

感谢全国公安文联副主席、著名公安文化人、作家武和平先生和中国人民公安出版社的有关领导，他们在阅读初稿后提出很多富有卓见的建议。感谢全国各地公安机关的许多“笔杆子”，他们为我提供了大量用于参考的报道文本和总结材料，使我能够准确把握英雄的事迹和思想的轨迹。

历时一年有余，书稿终于告成。敲上最后一个句号，我在电脑前默默坐了许久许久。我以为我会平静下来，但是不。想起书中那一个个远去的英烈、仍在战斗的英模和难以数计的普通警察，他们的血、他们的泪、他们的汗，还有他们父母妻儿深夜中日复一日、年复一年的等待与期盼，我的眼睛再次湿润了。能够为200万中国警察写一本“传”，让国家和人民时时记住他们的忠诚与守卫，知道他们的辛苦与牺牲，作为一个作家，有机会完成这样的使命，心愿足矣！

2014年11月　初稿

2015年11月　改定

图书在版编目（CIP）数据

国之盾：鲜为人知的中国警察故事 / 蒋巍著．—北京：群众出版社，2015.11

ISBN 978-7-5014-5440-2

Ⅰ.①国…　Ⅱ.①蒋…　Ⅲ.①报告文学—中国—当代　Ⅳ.①I25

中国版本图书馆 CIP 数据核字（2015）第 246423 号

国之盾

——鲜为人知的中国警察故事

蒋　巍　著

出版发行：群众出版社
地　　址：北京市丰台区方庄芳星园三区 15 号楼
邮政编码：100078
经　　销：新华书店
印　　刷：北京市辉腾印刷有限责任公司

版　　次：2015 年 11 月第 1 版
印　　次：2016 年 5 月第 5 次
印　　张：13
开　　本：880 毫米×1230 毫米　1/32
字　　数：320 千字
印　　数：19001—24000 册

书　　号：ISBN 978-7-5014-5440-2
定　　价：49.00 元

网　　址：www.qzcbs.com
电子邮箱：qzcbs@sohu.com

营销中心电话：010-83903254
读者服务部电话（门市）：010-83903257
警官读者俱乐部电话（网购、邮购）：010-83903253
文艺分社电话：010-83903973